Raoul Mille

Le paradis des tempêtes

**

Les enfants perdus de l'Empereur

ROMAN

LE GRAND LIVRE DU MOIS

22, rue Huyghens, 75014 Paris

ISBN : 2-7028-3373-X

À Louis Nucera

PREMIÈRE PARTIE

1796

« Et quand j'aurais le don de prophétie, la science de tous les mystères et toute la connaissance, quand j'aurais même toute la foi jusqu'à transporter des montagnes, si je n'ai pas l'amour, je ne suis rien. »

PAUL
Première Épître aux Corinthiens

Toute la journée il avait fait un temps froid et beau avec des éclairs bleus dans le ciel. Maria aimait le vent vif, la brume grise du soleil qui faisait cligner des yeux. On était fin mars. Une fois contourné le rocher du Château apparut le port déjà mangé par les ombres du soir. Elle pressa le pas. Elle avait fait ce grand tour pour se donner la possibilité de rebrousser chemin. Sachant qu'elle ne le ferait pas. Elle voulait voir. D'abord voir. La rumeur lui parvint, elle venait de la place de la République. Une rumeur d'hommes et de chevaux, de cris et de sabots portée par le vent glacial. Les rues étaient désertes, la foule s'agglutinait sous les arcades plongées dans l'obscurité. Elle se faufila. La fumée des torches et des flambeaux montait depuis le terre-plein. Le jour livide se mêlait à leurs lueurs rouge vif. Elle approcha des premiers rangs, là où l'odeur des chevaux saisissait à la gorge. Les bataillons étaient rangés en carrés serrés. Des frôlements, des claquements s'échappaient de cette masse mouvante, cabossée par endroits. Une armée. Pas n'importe quelle armée, celle d'Italie, misérable, sans solde depuis des mois, sans espoir depuis des années. Les hommes fumaient la pipe assis à même le pavé d'autres, couchés, semblaient dormir. Maria regrettait d'avoir oublié son châle, elle était partie avec le grand soleil. Elle tremblait. Peut-être le froid, l'impatience ou le trouble de ce pressentiment qui l'avait conduite jusqu'ici. On allumait des feux, des silhouettes se découpaient sur les murs de l'ancienne chapelle des Pénitents.

Soudain les hommes se dressent, éteignent leur pipe, les rangs se reforment, un silence épais se lève au-dessus des têtes, troublé par le martèlement des sabots. Maria sent son cœur battre plus vite. La foule se tait. Des lumières crépitent, jaunes et violettes. La fumée des feux voile les yeux. Personne ne l'a vu arriver, il est là, immobile sur son cheval blanc au milieu de la place, dominant les hommes. Il est mince, si mince, presque maigre. La clarté des flammes ne monte pas jusqu'à son visage sur lequel se profile l'ombre du bicorne. Maria porte la main à son cou comme pour le protéger d'un brusque courant d'air. C'est alors que les mots jaillissent. Ils viennent de cet homme immobile écrasé par son chapeau. Et ces mots, ces mots qui transpercent la nuit, ces mots qui poudroient, scintillent, ces mots confirment à Maria que son pressentiment ne la trompait pas, que l'homme solitaire sur son cheval, cet homme allait changer le cours de sa vie. Elle n'était pas venue là par hasard, elle savait qu'avec ce général arrivé la veille des routes nouvelles allaient s'ouvrir. Étrange certitude. Splendide certitude. Maria n'écoute plus, les mots la pénètrent, ruissellent, rebondissent, galopent. Elle se sent soulevée, portée. L'homme est là. Il possède un nom étrange presque imprononçable : Buonaparte. Il commande cette armée oubliée dont personne ne voulait. Lui l'a voulue. Il l'a prise.

— Soldats ! Vous êtes nus, mal nourris ; le gouvernement vous doit beaucoup, il ne peut rien vous donner. Votre patience, le courage que vous montrez au milieu de ces rochers sont admirables ; mais ils ne vous procurent aucune gloire. Je viens vous conduire dans les plus fertiles plaines du monde. De riches provinces, de grandes villes seront en votre pouvoir, vous y trouverez honneur, gloire et richesse. Soldats d'Italie, manqueriez-vous de courage ?

Ils n'en croyaient pas leurs oreilles les gars des Pyrénées, du Roussillon, du Languedoc, tous ces loqueteux qui attendaient depuis plus de quatre ans que quelqu'un leur parle, leur dise simplement ce qu'ils faisaient dans cette ville, dernier bastion de la République recroquevillée, ignorée et incertaine, où l'ennemi se diluait dans la montagne, où le pain et le vin n'arrivaient que pourri et imbuvable.

— Manqueriez-vous de courage ?

— Non, mon général !

La houle était partie du plus profond de la place et allait jusqu'à lui, le général tout mince sur son cheval blanc. Il aurait pu soulever son chapeau. Faire quelque chose. Non, il ne bougeait pas d'un pouce. Il écoutait. Il attendait que la houle retombe. Alors seulement il traversa les rangs, les hommes s'écartèrent, un minuscule sourire flottait sur ses lèvres. Maria aurait voulu mêler sa voix à l'enthousiasme des soldats. Elle n'osa pas.

La ville semblait possédée, elle vibrait, secouée par les convois militaires, les allées et venues des soldats. Ce coup-ci on partait, c'était pour demain, on briquait les armes, on harnachait les chevaux, on attelait les chariots. Le général avait fait distribuer double ration de pain et de vin, du bon, celui du Var. Nice ressemblait à un énorme poêle soufflant et crachant sa vapeur du pied des collines jusqu'à la pente caillouteuse de la grève où s'écrasait l'écume des vagues fouaillée par le vent. À l'hôtel d'York, la table d'hôte était vide, disparus les agents du Directoire, les fournisseurs aux mains sales, toute cette armée de profiteurs qui vivait sur le dos de la solde et de l'approvisionnement des soldats.

Maria traversa la salle où finissaient de se consumer les bûches dans la grande cheminée, Vincent, son mari, devait l'attendre à l'étage. Elle ralentit le pas dans l'escalier. Une nouvelle fois, elle allait faire souffrir cet homme généreux qui l'aimait d'un amour sans illusions. Elle poussa la porte de la chambre, Vincent était là, grosse boule de chair ronde, souriant, cachant du mieux qu'il pouvait son inquiétude. Elle avait failli arriver en retard à leur rendez-vous quotidien. Chaque soir ils se retrouvaient, partageant une tisane dont elle dosait le mélange avant de le verser précautionneusement. Vincent aimait ces minutes d'intimité. Jamais ils ne parlaient du passé, ni de Benjamin, ni de Masséna, les deux hommes si différents qui avaient peuplé la vie de la jeune femme. L'Anglais qui lui avait appris à lire, à écrire, à comprendre, à aimer et le rustre qui ne lui avait rien appris sinon que le corps ignore la raison, se moque des sentiments et exige sa part de sauvagerie. Mais de tout cela ils ne disaient rien. Vincent le bon, le brave époux était sorti victorieux de cette guerre d'amour, lui qui n'avait jamais été désiré avait su se contenter d'exister, de tendre la main, d'être présent. Benjamin était mort, Masséna oublié. D'autres auraient considéré cette victoire par défection comme une défaite, pas Vincent, il avait choisi sa place. Il ne s'interrogeait pas sur le bonheur, il préférait vivre la présence de Maria. Pour lui elle était la plus belle femme du monde, la plus belle de toutes celles qu'il avait rencontrées. Pouvoir l'adorer même en silence, surtout en silence, le comblait.

Au contraire de son habitude, il se précipita dès que Maria eut franchi le seuil.

— Savez-vous la nouvelle ? lança-t-il. Une ordonnance est venue en début d'après-midi nous commander le souper du général. Nous devons le livrer après dix heures du soir. Je me suis démené pour trouver des nourritures dignes de notre hôte. Vous imaginez mon embarras ? Nous manquons tellement de denrées convenables. Et puis quels sont ses goûts ? Il est si maigre. Enfin, vous me donnerez votre avis, je me suis décidé pour de la *poutine* pêchée ce matin même, très fine, transparente, pour suivre, un des gigots que nous avions mis de côté pour Pâques, ensuite j'ai hésité entre du lapin et du canard mais j'ai pensé que le canard ferait plus noble, j'ai demandé en cuisine qu'on le serve accompagné de navets et de haricots verts. J'ai aussi réquisitionné quelques asperges, les premières. Pour le vin, du chambertin, il m'en reste quelques bouteilles d'avant la Révolution. Alors, qu'en dites-vous ?

Maria avait à peine écouté.

— C'est très bien choisi, Vincent, je vous assure. Et où doit-on livrer ce festin ?

— À deux pas, les mets ne risquent pas de refroidir, le général est installé rue Saint-François-de-Paule, pardon, rue de l'Indivisibilité. J'enverrai Aglaée et un marmiton.

— Non Vincent, j'irai moi-même, j'ai bien trop peur qu'Aglaée ne mette en péril la qualité du repas par ses bavardages.

Vincent acquiesça et quitta la chambre précipitamment. Ce soir, la tisane serait sacrifiée.

Décidément le destin veillait, dans quelques heures peut-être, ce général allait mettre un terme à l'existence creuse qui était la sienne depuis la mort de Benjamin. Elle s'installa à sa toilette. Était-elle encore avenante ? Était-elle encore belle ? Aucune ride, pas le moindre pli disgracieux, une peau brune que l'on devinait tiède et lisse comme la surface d'un galet oublié au soleil. Elle ne voulait pas séduire. Elle n'avait jamais vu l'intérêt de séduire, il lui fallait être elle dans sa plénitude, dans tout ce feu qui la dévorait. Elle passa la brosse puis le peigne, l'enfonçant profondément dans son opulente tignasse noire. À Paris, paraît-il, depuis la fin de la Terreur, les femmes qui comptaient se promenaient à moitié nues, couvertes de tuniques, de gazes fendues jusqu'aux hanches. Maria ne possédait rien de semblable. Joséphine de Beauharnais, que le général venait d'épouser avant de prendre la route, faisait partie de ces élégantes. Maria choisit une écharpe en mousseline rehaussée d'un camée. Cela suffirait.

Elle traversa la place au milieu des groupes de soldats. Le vent soulevait les fanions, s'engouffrait dans les uniformes. Les hommes avaient le visage grave, plus de chansons plus de rires, l'avant-goût du départ desséchait les gorges. Une servante la suivait avec les plats empilés sur un plateau d'argent. L'appartement du général était au deuxième étage, les gardes en faction laissèrent passer les deux femmes. Maria s'annonça, un grenadier lui ouvrit les portes d'une vaste pièce dont les fenêtres donnaient sur la mer. De là, on pouvait voir la tour du Château que la lune inondait par instants. Sur une immense table, une lampe, une seule lampe, et des papiers partout, des papiers et personne. Maria s'immobilisa, derrière le bureau une porte était fermée. Elle fit signe à la servante de poser les plateaux sur un guéridon et de la laisser. Le général ne se montrait pas. Les nuages dessinaient des forêts sur les murs. Son travail s'arrêtait là, signaler au grenadier que la nourriture attendait le général, puis partir. Elle s'approcha de la grande table. Jamais elle n'avait vu autant de cartes, de plans striés de coups de crayon. Elle contourna la table. Elle était à la place que devait occuper le général. Elle posa les mains sur le dossier du fauteuil. Elle ferma les yeux. Elle eut peur, un frisson la parcourut. Elle aimait cette peur. Elle aimait ce frisson sous la peau. Posée sur un monceau de cartes elle remarqua une lettre écrite d'une large écriture, plutôt des signes que des lettres, des mots jetés semblait-il avec précipitation comme si leur auteur n'avait pas la patience de les écrire entièrement. Elle n'aurait pas dû, elle s'empara de la grande feuille de papier, tout en haut il était écrit :

À la citoyenne Beauharnais, rue Chantereine à Paris.

Nice, le 10 germinal.

Cela suffisait, elle reposa la lettre. Que pouvait bien écrire à son épouse un général en campagne au milieu des cartes, des commandements, des instructions ? Elle reprit la lettre. La première phrase la laissa étourdie : « Je n'ai pas passé un jour sans t'aimer ; je n'ai pas passé une nuit sans te serrer entre mes bras, je n'ai pas pris une tasse de thé sans maudire la gloire et l'ambition qui me tiennent éloigné de l'âme de ma vie. » Maria n'avait pas le sentiment d'être indiscrète mais plutôt de lire un roman dont la première phrase vous happe et vous force à continuer. « Au milieu des affaires, à la tête des troupes, en parcourant les camps, mon adorable Joséphine est seule dans mon cœur, occupe mon esprit, absorbe ma pensée. » C'était la lettre d'un amant, d'un amant passionné. Suivaient quelques lignes indéchiffrables, Maria ne put reprendre sa lecture qu'à partir de : « Ah ! mauvaise ! Comment as-tu pu écrire cette lettre ? qu'elle est froide ! Et puis du 23 au 26, reste quatre jours ; qu'as-tu fait puisque tu n'as pas écrit à ton mari ?... » Maria reposa la lettre. Derrière, la porte s'ouvrit doucement, elle se retourna, le général la regardait. Il était vêtu d'une robe de chambre, jambes nues, une serviette autour du cou pour sécher les gouttes d'eau. Ses cheveux longs étaient plaqués sur sa nuque. Plutôt que son teint olivâtre et ses lèvres minces, Maria fut saisie par son regard, il lui évoqua celui de Jean-Jacques Rousseau peint par La Tour qu'elle avait vu sur une gravure achetée à un colporteur : la même brillance faite d'intelligence et de volonté que venait adoucir une ombre de tristesse, l'expression d'une extrême lucidité. La ressemblance du regard du général avec celui du philosophe fit oublier à Maria l'étrangeté de la situation. Le général avait déjà commencé à parler lorsqu'elle s'en aperçut.

— ... Je prends autant de bains que je peux, j'ai attrapé la gale au siège de Toulon, ce n'est pas très douloureux mais extrêmement inconfortable. Vous êtes aubergiste ? Vous êtes bien jolie et distinguée pour une aubergiste. Je n'ai pas très faim, voyons voir.

Le général s'approcha du guéridon où attendait le repas.

— C'est quoi ? fit-il en désignant la *poutine*. Ne restez pas là-bas, approchez-vous.

— Ce ne sont que des alevins cuits, que j'ai préparés en salade avec de l'huile d'olive, balbutia Maria.

— Oui, nous avons cela aussi en Corse, je n'aime pas, et là du gigot... non ça ne me dit rien, le canard encore moins... Comment vous appelez-vous ?

— Maria.

— Maria, trouvez-moi du jambon, peut-être une omelette, quelques fruits, pour le vin il fera l'affaire. Apportez de l'eau, je coupe le vin avec l'eau.

Maria demeurait figée au milieu de la pièce.

— Allons, fit le général, je vais m'habiller, pendant ce temps faites comme je vous dis, nous nous retrouverons en bas, j'ai besoin d'air, je dînerai au bord de la mer.

— Au bord de la mer !

— Oui, j'ai horreur de manger seul, prenez quelque chose pour vous et couvrez-vous les épaules. Quelle idiotie, cette manie des femmes aujourd'hui d'avoir toujours les épaules dénudées !

Maria retraversa la place en courant. L'hôtel était plongé dans l'obscurité, munie d'une bougie elle dévala les escaliers de la cave, se saisit du jambon de montagne, remonta dans l'office, s'empara d'un grand pain, fit intrusion dans la cuisine, une omelette c'était vite dit ! si les feux étaient éteints ce serait impossible. Il y avait encore un peu de flamme. Elle posa la poêle sur la braise, battit six œufs et y mêla quelques lardons, plaça une pointe de beurre dans la poêle, renversa les œufs. Une omelette ! l'aimait-il baveuse, épaisse, à peine dorée ou bien cuite ? Comment choisir ? Elle décida d'en faire une moitié baveuse et l'autre bien cuite. Elle plaça les plats, les couverts, l'omelette, le jambon, la cruche d'eau dans un panier, retraversa la salle à manger, la cour pavée qui séparait l'hôtel du relais de poste. Des écuries s'échappait le souffle des chevaux, elle enjamba un palefrenier qui dormait sous le porche roulé dans une couverture. Serait-il présent au rendez-vous ? Elle ralentit le pas afin de ne pas arriver essoufflée et décoiffée. Le général attendait devant les gardes, étonnés de le voir là à une heure pareille. Sans prononcer un mot, ils prirent le chemin du bord de mer, deux grenadiers les suivaient porteurs de torches. Ils marchèrent jusqu'au rocher de Rauba Capeu, la mer s'écrasait à quelques pas d'eux, le vent couchait la flamme des torches. Maria avait du mal à suivre, ses chaussures de ville la faisait trébucher sur les galets. Ils firent enfin halte au détour d'une roche.

— Ça ira ici, fit le général s'adressant aux deux hommes. Installez les torches et attendez-nous plus loin.

Il faisait froid, il faisait sombre, le général étala son manteau et, d'un signe, invita Maria à s'asseoir à ses côtés. Le bruit du vent et de la mer trouvait un écho de cathédrale sous la voûte des roches. Dans l'épouvantable vacarme Maria étala les nourritures.

— Nous sommes bien n'est-ce pas ? fit le général.

Maria regardait cet homme indifférent qui mâchonnait une omelette aux lardons en plein vent. Il remplit à moitié son verre de chambertin, le coupa d'une rasade d'eau, but une lampée et sans détourner la tête demanda :

— Vous avez lu la lettre, n'est-ce pas ?

À quoi bon mentir.

— Les premières lignes seulement…

— Ça n'a pas d'importance. Et qu'en pensez-vous ?

— Mon Dieu, je pense que toute femme aimerait recevoir une lettre semblable.

La situation était si irréelle que Maria oubliait les convenances, le respect qu'elle devait à ce jeune général d'une armée de quarante mille hommes. Elle n'imaginait, ne voyait qu'un homme amoureux, inquiet, jaloux. Un être solitaire écrivant la nuit à son aimée, gagné par le doute, guetté par le désespoir. Un homme enflammé et malheureux.

Le général posa son verre vide en équilibre entre deux aspérités de rocaille.

— Joséphine est faite de gaze et de dentelle, c'est un colibri des îles, égoïste. Elle chante et danse sans s'occuper de ceux qui l'aiment, de ceux qui souffrent. Peut-être mes craintes sont-elles vaines, mon inquiétude inutile ? Mais aussi pourquoi ne répond-elle pas à mes lettres ?

Il remplit son verre, ajouta un peu d'eau. Suivant les mouvements des nuages, découvrant ou dérobant la lune, Maria le distinguait comme en plein jour, avec son profil aigu, le trait sombre de sa bouche puis, quand il se tournait dans sa direction, la vivacité glaciale de son regard. S'adressait-il à elle ou monologuait-il à haute voix ? Maria restait sans bouger, meurtrie par la roche. Brusquement, il releva la tête, sembla revenir à la réalité, son visage s'éclaira, il souriait et ce sourire changeait tout, ses yeux s'adoucissaient, une lumière tendre éclairait son visage.

— Que voulez-vous de moi ? demanda-t-il.

Maria ne fut même pas surprise qu'il ait deviné. Pourtant elle-même avait oublié. Elle était là et cela lui semblait naturel d'être en compagnie du général en chef de l'armée d'Italie au milieu des rochers, au bord de la mer, en pleine nuit, une bouteille de chambertin entre eux. Elle dut faire un effort, briser la gangue d'évidence prodigieuse qui l'enveloppait.

— Général, le destin a voulu que mon fils Jean-Jacques, en pension à Levens, chez le frère de mon mari, ait été enlevé par les « barbets » et enfermé dans un couvent en Lombardie, certainement à Milan.

— Pourquoi enlevé ?

Maria chercha le regard du général avant de répondre. Puisqu'il voulait savoir, il fallait lui faire comprendre sa fierté et son absence de remords.

— Mon fils est l'enfant d'un dénommé Benjamin Davis, un Anglais épris de l'esprit des lumières qui s'est battu contre l'armée de la tyrannie dans les montagnes du Comté. Le malheur a voulu qu'il perde une jambe au cours de la bataille de l'Authion, peu après, la fièvre l'emportait durant l'épidémie de typhus. Pour les « barbets » et leurs maîtres, je suis une diablesse.

Maria se tut, l'expression du général n'avait pas changé. Elle poursuivit :

— Sachez aussi que j'ai été l'amie du général Masséna, j'ai chevauché à ses côtés pendant des mois.

— Vraiment ? fit le général.

Sortant de la poche de son gilet une tabatière, il se saisit d'une prise qu'il enfourna dans ses narines avant de poursuivre :

— Vous voulez retrouver votre fils ?

— Oui général, c'est mon souhait le plus cher, le seul moyen est que je sois dans le convoi du vainqueur. Général, laissez-moi suivre l'armée. L'immobilisme m'assassine lentement.

Il la regarda en souriant.

— Qui vous dit que je serai vainqueur ? Qui vous dit que j'irai jusqu'à Milan ? C'est bien loin d'ici, les plaines de Lombardie !

— J'en suis certaine général, aussi certaine que le jour se lèvera tantôt. Dès que je vous ai vu ce soir sur la place de la République, j'ai su que vous étiez mon sauveur.

— Savez-vous faire les œufs autrement qu'en omelette Maria ?

Le sourire avait disparu, la question était sérieuse.

— Oui général, je sais faire cuire toutes sortes d'œufs, frits, mollets, durs, au four, à la coque, farcis aux anchois, aux champignons, en gelée, au fromage…

— Oui, mais connaissez-vous les œufs au miroir ?

Maria hésita.

— Non général, finit-elle par avouer.

— Vous avez un jour pour apprendre. Voyez mon chef d'état-major, le général Berthier, dites-lui qu'il vous inscrive à l'escadron de service, vous serez attachée à la cantine. Vous n'interviendrez que la nuit lorsque les feux sont éteints et qu'il me prend une fringale. Ce qui m'arrive assez souvent. Procurez-vous une carriole, un cheval, un poêle, du bois et des marmites.

— J'ai tout cela ! s'exclama Maria.

L'entretien était terminé. Lorsque le général se leva une lueur mauve découpait à l'ouest les sommets de l'Esterel.

— Vous repartez !

Vincent ferma les yeux de détresse et ajouta à voix basse :

— Avec Masséna ?

— Non, pas avec Masséna ! protesta Maria.

Elle s'étonnait de la hantise de Vincent, ne comprenait-il pas que le rôle démoniaque de Masséna s'était éteint avec la mort de Benjamin ?

— Je pars à la recherche du fils de Benjamin, dit-elle.

Vincent ne doutait pas de la sincérité de Maria, elle devait tenir la promesse faite au chevet de Benjamin mourant : prendre soin de leur enfant négligé. Non, il n'en doutait pas, mais il savait aussi qu'il y avait une autre force qui poussait

Maria. Et cette force c'était la volonté de rompre l'ennui d'une vie partagée entre ses obligations et ses devoirs de mère envers Catherine leur fille. Une existence tranquille pour femme tranquille. Maria qui avait vécu la passion, la charge des chevaux, la poussière et le feu ne pouvait se satisfaire de la monotonie. Il y avait une autre Maria faite d'appels et d'élans que Vincent devinait et redoutait.

Parmi les femmes de chambre de l'hôtel, Maria choisit une Piémontaise robuste et courageuse au travail, les qualités requises pour l'équipée à venir. À l'écurie elle se décida pour un cheval habitué à tirer la diligence de la poste. Un animal sans imagination mais brave. Pour les casseroles et les marmites, elle se servit aux cuisines de l'auberge. À l'office, elle fit provision des ingrédients indispensables. Au grenier, elle dénicha un vieux poêle qui une fois nettoyé se révéla capable de belles flambées. La fille s'appelait Marcellina, le cheval Baron, un titre qui convenait à sa dignité un peu fatiguée. Le départ était prévu le lendemain à la hauteur de la Croix de Marbre dans l'ancien quartier anglais, non loin de la villa du bord de mer où elle avait vécu et aimé Benjamin. Elle crut y voir le symbole de la chance et du renouveau.

Dans les solitudes sauvages qui s'étendent derrière Albenga, où l'état-major de l'armée s'est installé avec son chef, entre la mer et la montagne, les chemins sont rares, les habitations inexistantes, les hommes absents, les bêtes invisibles. Jean-Antoine Gros se trouva vite perdu au beau milieu d'une forêt d'yeuses. Le jeune homme mit pied à terre, aussitôt le silence l'oppressa, c'était un silence immobile, les feuilles semblaient collées aux arbres et les arbres murés dans la terre. Le cheval bougeait les oreilles, inquiet. Jean-Antoine leva la tête, entre les frondaisons il aperçut le ciel bas, l'orage allait éclater d'un moment à l'autre. Plutôt qu'à lui-même, il pensa à son équipement qui risquait de prendre l'eau : une seule goutte et c'en serait fini des croquis, des dessins, des gommes, des crayons, des fusains, des cahiers à la couverture bleue pour les paysages, noire pour les humains, tout risquait de se trouver perdu. Parti à l'aventure au soleil de midi, il ne possédait ni toile ni même un simple manteau. En vérité, pour se protéger il ne pouvait compter que sur son uniforme d'officier d'état-major, pas flambant neuf peut-être, mais très seyant avec sa capote rouge. Rouge ! Soudain, il s'aperçut qu'il faisait une cible idéale. Encore heureux qu'il ait ôté le shako avec son plumet arrogant. Il avait oublié que tout ce remuement d'hommes, de chevaux, de chariots, toute cette poussière, ce déploiement de force, de fer, de canons n'avaient qu'un seul but, la guerre, la guerre et la victoire, autrement dit la mort de l'ennemi. La guerre ? Il n'avait vu que des cavalcades mêlant les couleurs, il n'avait entendu que des chants et des musiques, une immense fête se déplaçant sous le soleil avec ses feux, ses fourniments, ses voitures peinant dans les côtes. Il avait dessiné sans répit, trouvant le moindre mouvement digne d'intérêt, beauté du hussard rattrapant son cheval à la volée, beauté des cavaliers en voltige tourbillonnant dans la poussière blanche, perfection de la jambe tendue du fantassin, de son buste mince et mouvant. Tout capter, saisir, jamais il n'y arriverait ! La nuit il parcourait le campement, dans leur sommeil les hommes étaient beaux, certains, la tête simplement repliée sur leur avant-bras, tels les athlètes de l'Antiquité, les autres allongés le corps à l'abandon. Tous étaient jeunes, endurcis, sans un brin de graisse, squelettiques parfois, ce qui intéressait Jean-Antoine c'étaient les formes, les poses, les mouvements. Les individus, il ne les voyait pas, il se satisfaisait de leurs proportions, de l'équilibre qui en sourdait.

L'averse fut brutale transperçant les branchages, une furia rageuse qui crépitait contre la terre trop sèche. Jean-Antoine aperçut un repli constitué par une roche en épi et un épais massif de broussailles, il courut en direction de l'abri, tenant son cheval par les rênes. L'animal affolé secouait la tête en hennissant : « Calme-toi, calme-toi mon vieux ! » fit Jean-Antoine qui peinait sous la mitraille de la pluie. Il se faufila, s'accroupit protégé par les flancs du cheval. Il vérifia la fermeture des sacoches, décida de se priver de sa capote, la noua autour du précieux bien : « Le bel officier que je fais, sacrifier l'uniforme plutôt que quelques gribouillis ! » Il est vrai qu'il se sentait très peu militaire, il faisait partie de ce petit monde de privilégiés détachés à l'état-major et laissés entièrement libres de leurs actes. Il y avait là quelques artistes, vrais et faux, paradant dans le plus grand mépris à l'égard des officiers et des soldats. Conscient de sa chance, Jean-Antoine avait su se rendre invisible, crayon à la main il ne dérangeait personne. Quelle idée avait-il eue ce matin de partir à l'aventure ! Se croyait-il dans un des romans de chevalerie de sa jeunesse qui faisaient son régal quand, dans les après-midi de la fin de l'été, il trouvait refuge dans le grenier de la maison familiale ? Certains grands livres illustrés le hantaient avec leurs blasons dorés, les armures scintillantes, les étendards et les fanions brandis au ciel, au nom de Dieu ! N'était-il pas ici pour retrouver le prestige des guerriers d'antan ? Avec la pluie arrivèrent le vent et le froid, du sol suintait une épaisse odeur d'humus. Il grelottait, bientôt il n'y eut plus aucun horizon, il se retrouva enfoui dans une brume opaque, verdâtre. Des éclairs meurtrirent l'horizon, l'orage dégringolait des sommets, roulant des grondements effroyables dont les échos multipliaient la fulgurance et la puissance. « Évite de te protéger sous un arbre », lui avaient conseillé son père et ses oncles. Mais au pied de cette maudite montagne il n'y avait que des arbres, gémissant et ployant sous la tempête et le déluge.

Avait-il peur ? Il tremblait, mais c'était de froid. La peur. Jusqu'ici, il n'avait connu que des petites peurs domestiques, des émois plutôt. La guerre allait lui donner l'occasion de mesurer son courage. Saurait-il être vaillant ? Il pensa qu'il n'était pas le seul à subir l'averse, les hommes de troupe s'étaient-ils protégés ? Non. « Avancez ! Avancez ! » devaient crier les officiers. Et justement il était un officier, un officier pelotonné sous les branchages, inquiet pour ses dessins, inquiet, il devait se l'avouer, pour son propre sort. Serait-il couard ? Pis, lâche ? Instinctivement il se redressa, le mouvement rapide déclencha un éboulis de pierrailles, la terre céda, le cheval perdit l'équilibre, l'entraînant dans sa chute. La pente n'était pas très rude, la terre mouillée ralentit la descente de l'homme et de l'animal. Des branchages traversèrent la chemise de Jean-Antoine, déchirèrent sa peau d'estafilades brûlantes. Il poussa un cri auquel le cheval répondit par un gémissement. La boue l'aveuglait, s'insinuait dans sa bouche, sous ses dents. Immobile, à plat ventre, il eut un instant d'inconscience. Doucement il bougea une jambe puis l'autre, rien de cassé. Il écoutait le sang battre à son oreille. Est-ce ainsi que commence l'agonie des blessés ? La pluie le fouettait, mais il n'y faisait plus attention. Il fallait se retourner, remonter la pente. Oui, mais il n'osait pas. Et si le cheval était gravement blessé ? Il faudrait l'abattre. Cela jamais ! D'ailleurs, il n'avait qu'un sabre à sa disposition, on n'achève pas un cheval à coups de sabre. Il chercha l'arme et ne la trouva pas, envolée dans la chute. Seul au fond d'un ravin avec sa monture en mauvais état, du sang dégoulinant sur la poitrine, l'eau ruisselant sur son visage, il eut envie d'appeler. Appeler qui ? Il sentit des larmes au fond de sa gorge. Un artiste doit être capable d'endurer la souffrance pour plus tard l'exprimer. Comment rendre le frémissement du courage sur une toile si soi-même on est incapable d'affronter l'épreuve ? Désarçonné, quelques gouttes de pluie et le voilà désespéré. Un instant, il se méprisa. Quand il se reprit, ce fut pour réaliser que sur le chemin au-dessus un charroi s'avançait. Il cria, s'arc-bouta, puis s'aidant des mains tenta de remonter la pente. Il glissa, rechuta à son point de départ. Il hurla de toutes ses forces, afin que sa voix domine le grondement régulier de la pluie. Il aperçut une carriole protégée par une bâche, tirée par un cheval dégoulinant.

Précédant le cheval, le tenant par le licol, le poussant, l'encourageant dans un langage incompréhensible, une femme courte sur pattes pataugeait dans la terre gluante. Ainsi trempée, le corsage et le jupon fumant sous la rafale, le cheveu collé, on aurait dit une gorgone échappée d'un bas-relief noyé dans la brume. Le cheval s'immobilisa de lui-même. La femme, surprise, jeta un œil et poussa une sorte de rugissement, ce qui fit sortir de dessous la bâche une seconde femme qui devait être la maîtresse. Quelques brèves secondes il put apercevoir son visage auréolé de longs cheveux noirs recouverts d'un fichu et, surtout, son étonnant regard sombre et lumineux. Comme si des ténèbres intérieures jaillissaient la clarté, une nuit enfantant la lumière. La maîtresse s'adressa à la paysanne. D'où il se trouvait Jean-Antoine ne pouvait saisir un mot. La femme revint avec une corde qu'elle noua à la roue du chariot. La maîtresse lui fit signe de se hisser. Il se propulsa assez facilement et se retrouva, sanguinolent, en lambeaux, à hauteur des voyageuses.

— Eh bien, vous voilà frais ! fit Maria.

Ni les grondements ni le bruissement de l'eau dans les branchages ne pouvaient y faire : il n'entendit que sa voix.

— Venez vous remettre. Il faut nettoyer ces plaies, j'ai de la *grappa,* c'est très bon pour les écorchures.

Il obéissait. Muet. Heureux dans son désarroi.

Appuyé contre la ridelle, il se retrouva torse nu. Il avait à peine senti les mains de la jeune femme lui ôter sa chemise blanche en charpie. Ce qui le gêna le plus ce fut l'absence de poils sur sa poitrine. A-t-on vu des officiers sans poils ? Il se recroquevilla.

— Allons, tenez-vous droit, l'alcool pique un peu mais, croyez-moi, ça vaut mieux que l'infection.

Il aperçut les instruments de cuisine, le four où

crépitait encore un peu de charbon de bois. L'odeur de l'huile se mêlait aux parfums que la forêt exhale sous la pluie. Elle l'observait et son regard n'avait plus rien de lumineux ni de doux. Il tressaillit, cette femme devait être d'une prodigieuse dureté quand il le fallait. Brusquement elle sourit et la lueur clémente revint dans son regard, Seigneur ! il lui sembla que la vie reprenait son cours normal. Elle lui tendit une blouse de travail un peu trop courte mais suffisamment large.

— Marcellina, reprends la route, l'officier vient avec nous, dit-elle.

— Et mon cheval ? questionna Jean-Antoine.

— Où est-il ?

— Au fond du ravin, certainement blessé.

Elle le regarda à nouveau un instant, puis ouvrit le tiroir de la table de travail et se saisit d'un pistolet à la crosse ouvragée.

— Pour les rôdeurs, précisa-t-elle avant de sauter sur le chemin.

Les gouttes ruisselaient sur la bâche. Deux coups de feu retentirent. Jean-Antoine sursauta.

Un peu pâle, Maria reprit sa place, s'empara des brides de l'attelage et d'un claquement des lèvres ordonna à Baron de reprendre la route.

— Voilà, dit-elle en tendant les sacoches à Jean-Antoine. Vous les aviez oubliées.

À une heure du matin avait été donné l'ordre du départ. Il pleuvait toujours, une pluie froide, lancinante. Jean-Antoine avait vu passer le général sur son cheval, le visage sombre, le col de la redingote relevé. L'offensive ! Un remue-ménage silencieux étrangement grave, chacun semblait savoir ce qu'il avait à faire, sauf lui. L'offensive... Il sentit comme une boule dans sa poitrine. Il fallait se décider, choisir sa route dans le déploiement des hommes, cette immense toile décousue qui s'enfonçait dans la montagne à la lueur de quelques torches. Il suivit le général. Il avait touché un nouveau cheval plus nerveux que l'ancien, pas facile à mener dans l'obscurité. Il regrettait celui laissé au fond d'un fossé. Le cheval l'amenait à penser à la femme, l'étrange femme. Elle l'avait abandonné à l'entrée d'Albenga. Sans un mot. Le temps de réagir le chariot s'éloignait déjà. Et d'ailleurs que lui aurait-il dit ? Les jours suivants il l'avait cherchée en vain, ou plutôt il espérait la rencontrer. Il aurait pu poser des questions, il préférait laisser faire la chance. Il pensait à ses yeux, à cette façon qu'ils avaient de changer en l'espace d'un simple mouvement de tête. Du clair au sombre, de l'acier à la soie, une palpitation incessante, la vibration de l'âme, se disait-il.

Ils atteignirent la hauteur de Casabianca, de là on dominait la plaine où se déployaient les hommes. Jean-Antoine sortit ses crayons et un carnet. Dans l'aube fumeuse les uniformes se confondaient, les habits bleus de l'infanterie, les épaulettes rouges des grenadiers, la floraison des plumets usés, des bonnets sans poils. Dans le silence gris retentirent les tambours, ceux de l'avant donnant la cadence du pas de charge, ceux de l'arrière poussant les hommes, les propulsant sur les pentes de l'Apennin. Jean-Antoine avait du mal à cerner les mouvements, quelques traits et déjà la situation avait changée, il fallait dessiner au même rythme que le son des tambours sans aucune possibilité de ralentir la cadence. Bientôt ce fut un brouillard devant ses yeux avec quelques taches de couleur se diluant puis s'effaçant complètement. « Je suis trop loin ! » La guerre était en bas, lui ici, avec les généraux. Mais eux possédaient des jumelles.

Il eut la terrible impression qu'il ne servait à rien. Il regarda sa feuille, rien, quelques traits, des zébrures. « Je dois les rejoindre. » Il éperonna son cheval qui impétueux dévala la pente glissante. Les fumées de la mitraille commencèrent à l'environner, plus il avançait, moins il voyait, la canonnade le guidait. À l'inclinaison du terrain il devina qu'il abordait le dos de la montagne, là où tout à l'heure les hommes se ruaient à l'assaut. Il continua d'avancer, la brume se dissipa, il distingua un horizon bosselé dépourvu d'arbres, complètement découvert, il baissa les yeux et vit son premier cadavre. Ce devait être un Sarde avec son baudrier blanc, le corps était ramassé, genoux pliés, bouche ouverte, la balle avait pénétré par la tempe, fracassant le crâne, les mouches voletaient au-dessus de la plaie. Le cheval s'immobilisa. Devait-il dessiner les blessés et les morts ? Il passa son chemin. Devant lui s'élargissait un ravin, des corps il y en avait par centaines, des Sardes, des Autrichiens, mais aussi des Français. Le fort du combat avait eu lieu dans cet entonnoir, peu de morts par balles, on s'était battu sabre contre sabre, les blessures par arme blanche étaient facilement reconnaissables à leurs larges excavations par où le sang continuait de couler. Certains de ces morts l'étaient de quelques minutes seulement. Jean-Antoine réprima une nausée. Lui parvinrent alors les cris des blessés, les appels au secours, les gémissements, des yeux grands ouverts où se lisaient la terreur, la solitude, la peur. « Avance ! » Il fallait avancer, un groupe de cavaliers, des Français, le dépassa, sabre au clair, ceux-là devaient pourchasser l'ennemi, l'encercler, l'anéantir. Le cheval voulut les suivre, Jean-Antoine eut du mal à le maîtriser. Il se rendit alors compte que le soleil éclairait le champ de bataille, il commençait à faire chaud. Au fond de la vallée, il distingua un minuscule village et en prit la direction. Le village s'appelait Montenotte. Les Français campaient sur le parvis de l'église, on distribuait un demi-litre de vin réquisitionné par homme. La plupart s'étaient servis sans attendre, ils buvaient au goulot un vin épais si rouge qu'il en paraissait noir. On fouillait les caves, les greniers, les celliers, dans les cuisines on vidait les armoires, de grosses armoires profondes et sombres comme des chambres secrètes. Le général l'avait dit, il fallait se servir sur place ! On mangeait tout, les volailles et les graines, les légumes et les fruits. Ventre plein, les hommes chantaient, ils étaient heureux sous ce soleil déjà d'été. Ce petit bonhomme de général leur donnait la victoire, un malin qui savait les faire bouger et surtout devinait comment les autres allaient se déplacer ou au contraire ne pas broncher. Et ça, c'était fort. La faim leur donnait envie de se battre, la faim puis autre chose, le sentiment confus de se sentir vainqueurs. C'était neuf, c'était bon.

Les soldats suivaient des yeux les deux femmes, certains sifflaient, d'autres faisaient des bruits de baisers, ils criaient qu'elles étaient belles et puis autre chose. Il ne fallait surtout pas se troubler, déterminées mais sans arrogance : « Droit devant soi, le regard », répétait Maria à Marcellina qui mourait d'envie de répondre à chaque œillade, chaque invite... que de maris il y avait là-dedans, beaux avec ça ! Elle aimait et admirait les militaires, dans sa hiérarchie de l'humanité seul Dieu se trouvait au-dessus d'un caporal. Pendant que Marcellina rêvait, Maria se souciait de s'approvisionner en lait, en beurre, en œufs frais, en charcuterie, il lui fallait se pourvoir chaque jour au cas où... Depuis Nice, le général n'avait pas encore fait appel à ses talents, il était toujours pressé. Vite ! Vite ! Il ne tenait pas en place, à cheval, en voiture, il bougeait sans cesse, ne semblait jamais se reposer, ni même dormir. Il s'assoupissait parfois, quelques minutes au milieu des cartes. Une nuit, à Albenga, elle avait entrouvert la porte de la grande pièce qui lui servait de bureau. Il reposait la tête penchée sur le côté, ses longs cheveux noirs lui tombant sur les oreilles, dans l'abandon il paraissait beaucoup plus jeune, fragile. Un enfant que la fatigue a surpris au milieu de ses jouets. Elle l'avait observé un moment, veillant à ne pas réveiller les sentinelles ni Berthier, le chef d'état-major affalé dans un fauteuil le nez sur la poitrine. Seigneur qu'il était mal gardé, n'importe qui aurait pu s'approcher, le tuer et repartir sans attirer l'attention. Il faudra qu'elle lui en parle. Mais quand ? Se souvenait-il encore d'elle ? Improbable. Cet homme menait une guerre contre une armée deux fois plus importante que la sienne, mieux équipée, mieux nourrie et pourtant il la battait. Les généraux, qui n'y croyaient pas, ouvraient des yeux ronds mais obéissaient. Non seulement ils obéissaient mais ils filaient, soûlés par la stratégie précise de ce gringalet que tous dépassaient d'une bonne tête. Alors elle, insignifiante cantinière dans le tumulte, le fracas des armes, les tourbillons des marches et des assauts, comment ne l'aurait-il pas oubliée ? Elle avait refermé la porte et s'était éloignée sur la pointe des pieds.

Sur la place de Montenotte, elle reconnut ce fin jeune homme au visage distingué, triste et langoureux. De toute sa personne se dégageait une distinction qu'elle n'avait connue que parmi les rangs des émigrés venus se réfugier à Nice dès le début de la Révolution. Ils peuplaient l'hôtel avec la même hauteur désinvolte, cette façon qui leur appartenait d'être familiers sans jamais s'abandonner. Maria se souvenait avoir envié cette grâce innée que rien jamais ne venait troubler. Chez ce jeune homme qui lui avait confié apprendre à peindre, elle la retrouvait. Elle arrêta la voiture et s'approcha, il dessinait l'église. Il ne la vit pas arriver.

— L'église est sans intérêt, fit-elle.

Il rougit, se releva.

— Avez-vous faim ? demanda-t-elle.

— Oh, oui !

Il mentait pour se donner une contenance. « Elle va me prendre pour un imbécile. » Pourquoi était-il si gauche ? si dépourvu d'esprit ? Il avait pourtant tant de choses à lui avouer... Qu'il la trouvait belle, belle comme une égérie, noire comme un bijou du désert, gracile comme une baigneuse de Watteau. Si belle, si dure, un marbre, mais un marbre tiédi par le soleil. Voilà ce qu'il aurait dû confier à cette cantinière s'il en avait été capable.

— Venez !

C'était un ordre, il s'exécuta.

Ils trouvèrent une place derrière l'église à l'abri d'un tilleul en fleur. Marcellina toujours silencieuse alluma le feu, immédiatement une délicieuse odeur de bois sec se répandit dans le réduit bâché. Le poêle craquait, Jean-Antoine pensa à une maison de poupée ou à l'une de ces cabanes qu'avec ses cousins il construisait au fond du jardin de la propriété familiale. Il étendit ses jambes, ses grandes jambes.

— Excusez-moi.

Maria éminçait de l'ail qu'elle mêlait à des herbes d'un vert vif et mystérieux. Une fois que le feu fut bien pris, elle mit à bouillir une grosse marmite d'eau captée à la fontaine toute proche puis elle lissa les pâtes entre ses mains. Elle surprit le regard curieux du jeune homme.

— Vous n'avez jamais mangé de pâtes ?

— Certainement, se récria Jean-Antoine, mais dans la soupe, la cuisinière appelait ça des vermicelles.

— La cuisinière ! ironisa Maria. Eh bien ce soir c'est moi votre cuisinière et vous allez goûter des pâtes avec du basilic et de l'ail, je suis certaine que vous ignorez tout du basilic ! Le basilic est une plante qui porte le nom d'un serpent de la mythologie grecque, une herbe enivrante, miraculeuse. Les sorcières s'en servent couramment. Mais n'ayez crainte, je me contenterai de son arôme.

Marcellina prit les pâtes des mains de sa maîtresse et les plongea dans l'eau bouillante, à l'aide d'une fourchette de bois elle les décolla puis ajouta du sel. Maria lui tendit une écuelle, une fourchette et une cuillère.

— Marcellina connaît le temps exact de cuisson, les Français les font toujours trop cuire, elles doivent être souples mais fermes.

La Piémontaise versa les pâtes bouillantes dans un gros saladier de terre cuite. Maria s'en empara, y mêlant les herbes, l'ail et l'huile d'olive dont elle maîtrisait le débit à l'aide de son pouce sur le goulot de la bouteille. Une fois les pâtes bien arrosées, elle reposa la bouteille et porta son doigt à ses lèvres, le léchant consciencieusement. Fumantes, elles débordaient de l'écuelle, Jean-Antoine huma un parfum d'huile et d'ail. Il plongea la fourchette, les pâtes s'échappaient, elles glissaient entre les dents, le long du manche. Il recommença. Il en retint deux, précautionneusement les porta à sa bouche, le temps du voyage elles voltigèrent et retombèrent dans l'assiette.

— Il faut les rouler, tourner comme ça, doucement.

Maria se saisit du poignet de Jean-Antoine, elle avait les doigts légers, leur pression imperceptible mena à bien le lestage de la fourchette qui resta comme suspendue en l'air.

— Elles ne vous mordront pas, mettez-les dans la bouche et mâchez bien…

Jean-Antoine bredouilla :

— Effectivement, c'est quelque chose de…

— Incomparable ? interrompit Maria.

— Oui.

Les deux femmes se penchèrent, le visage dans la vapeur elles roulèrent à toute vitesse les pâtes, rapprochèrent leur bouche de l'écuelle et les glissèrent entre leurs lèvres luisantes.

Il regardait, le spectacle lui semblait merveilleux et indécent. Il y avait dans cette façon d'engloutir une force animale qui venait du fond des âges, pourtant quelle délicatesse dans le toucher, quelle précision, quelle justesse dans la parfaite adéquation du mouvement de la main et de la bouche, une perfection !

Le soleil disparut derrière la montagne, le parfum des tilleuls se mêla à celui des acacias. Tout près du chariot, sous un porche, des hommes du village entonnèrent un chant qui ressemblait à une plainte, mais une plainte sereine dépourvue d'amertume, une plainte qui ôtait le malheur pour le remplacer par un sentiment d'éternité. Les soldats se rapprochaient, ils écoutaient, les rires se figeaient. Durant quelques minutes ce fut comme si la guerre n'existait plus, que la distance qui les séparait de leur village s'anéantissait. Durant quelques minutes l'existence fut douce et belle. Les feux s'allumèrent sur les collines, une foule de minuscules braseros, autant de campements, autant d'hommes disséminés. Qui pouvait s'y retrouver dans cette multitude de postes avancés, de bataillons de réserve, cet immense échiquier dont un seul homme connaissait les clés ? Maria se surprit une fois de plus à penser à lui. Elle y pensait souvent, elle y pensait tout le temps. Elle revoyait son sourire, son regard, elle entendait sa voix, elle le revoyait au bord de la mer grignoter de l'omelette. Elle décida que c'était son amour déçu pour sa femme, cette douleur qui le vrillait qui la rendait compatissante. Compatissante ! Elle tournait autour de ce terme, elle essayait de lui faire dire autre chose avant de s'avouer que la compassion n'avait rien à voir. Alors quoi ?

Marcellina alluma des bougies et une lampe à huile, le jeune homme était toujours là, découpé par la lumière, avec à ses pieds les sacoches qui ne le quittaient jamais.

— Montrez-moi, fit Maria.

Allait-il prendre ses jambes à son cou, fuir à l'autre bout du village ? Il se contenta d'obéir. Il fit sauter la boucle d'une des deux sacoches puis, sur la sorte d'établi qui servait à éplucher les légumes, il étala les croquis un à un prudemment puis le lot entier. Apparurent des esquisses de chevaux en pleine course, de cavaliers dressés sur leurs étriers, de sabres en mouvement voltigeant dans l'espace. Aux chevaux et aux cavaliers succédèrent des croquis d'hommes dans l'effort, tantôt glorieux, tantôt grimaçants, les muscles saillants, le jarret tendu, certains étaient saisis en plein saut, comme suspendus dans l'air. Il y en avait des dizaines, des centaines. Apparurent quelques portraits : Masséna le regard ombrageux, Augereau se rengorgeant, et enfin Lui, taciturne, tête rentrée dans les épaules. À chaque fois quelques coups de crayon suffisaient. On finissait par deviner avant même de voir.

— Ce n'est rien, murmura Jean-Antoine, juste des exercices. On ne devrait jamais montrer ce genre de choses, les écrivains ont leur journal intime, les peintres leur carnet de croquis.

Maria repoussa sa chaise, se leva et plaça la bouilloire sur le feu mourant.

— Voulez-vous du thé ?

— Vous savez, vous pouvez me dire ce que vous en pensez très sincèrement.

Maria plaça les tasses au milieu des dessins.

— Je trouve ça plein de force, Jean-Antoine. La guerre semble vous intéresser beaucoup.

— Pas la guerre. Pas la guerre mais la force et la beauté que déploient les hommes qui la font. Plus tard toutes ces esquisses me serviront à peindre des fresques illustrant leur bravoure et leur gloire.

Maria versa le thé, Marcellina, dans un coin, dormait déjà.

— Vous ne dessinez jamais de femmes ?

— Mais si !

— En mettrez-vous dans vos peintures ?

— Si le sujet s'y prête, par exemple dans une représentation à l'antique.

Maria trempa ses lèvres dans le breuvage, puis dans un sourire :

— Merci, Jean-Antoine. Il faut nous reposer, vous pouvez vous installer près du chariot. Vos dessins m'ont beaucoup plu.

Le peintre rassembla les feuilles où la lueur des bougies creusait des ombres donnant l'illusion d'une immense cavalcade éperdue.

— Non, vous n'avez pas vraiment aimé, je le sais. Mais un jour vous verrez les couleurs, la profondeur des éléments, vous sentirez la tragédie et la grandeur d'un champ de bataille.

Il s'enflammait, Maria à cette minute le trouva très beau.

« Se coucher près du chariot ! Est-ce que par hasard on pourrait me confondre avec un chien ? » Quelle idée aussi de demander à une parfaite inconnue de juger de sujet dont elle ignorait tout. Il se maudissait. Il fit le tour du village et revint à son point de départ. Après tout le chariot pouvait figurer un abri comme un autre. Non mieux, beaucoup mieux. Il dormirait à côté d'elle.

À plus de minuit, il y eut un grand remue-ménage, d'abord le piétinement des chevaux puis des torches zébrant les ténèbres, des éclats de voix, des ordres qui claquaient dans la nuit. Le chambardement du général en chef. Maria ne dormait pas, elle ne dormait jamais jusqu'à l'approche de l'aube où elle avait la certitude qu'il ne ferait plus appel à elle. Elle approcha un miroir et, à la clarté mourante d'une bougie, appliqua un voile de rouge sur ses joues. « Voilà que je me farde, oh ! si peu, c'est une simple question de civilité et de politesse. » Elle réactiva le feu, jeta un coup d'œil sur la batterie de marmites et de casseroles. Rien ne manquait, elle était prête. Une senteur de terre mouillée monta jusqu'à elle. Il pleuvait à nouveau.

Elle fut surprise par la voix :

— Mademoiselle la cantinière, on a besoin de vous.

Elle se précipita. Berthier en personne se trouvait au bas du chariot.

— Dépêchez-vous, préparez une collation pour le général, nous avons le vin, occupez-vous du reste. Que tout cela soit prêt dans une demi-heure. Nous vous attendons.

Marcellina s'affairait. Maria s'empara des rênes du cheval, la pluie ruisselait sur son visage. Une pluie fine, presque chaude, une vraie pluie de printemps.

On attaquait chaque jour, chaque jour une victoire, chaque jour une place emportée, du lever du soleil à son coucher l'armée du général se divisait pour mieux se regrouper plus loin, plus haut. On avait tranché l'ennemi en deux tel un gros gâteau indigeste, tantôt on s'occupait de la tranche piémontaise, tantôt de la tranche autrichienne. On leur tombait dessus et vlan ! pas le temps de respirer, de voir venir. Les vieux généraux du vieux monde s'envoyaient des messages de désespoir qui n'arrivaient jamais à leur destinataire. Enfin, en voilà une guerre ! Ce *giovinastro inesperto*[1] se foutait du monde, menait les opérations à sa guise, ne respectait aucune règle, se moquait des pièges, déjouait les plans. Eux, ils calculaient, lui avançait, attaquait, cela en devenait indécent. Il les dispersait, les taillait, les séparait chaque jour un peu plus. Ils avaient beau crier : « Pouce ! On recommence tout, ce n'est pas du

1. Vaurien inexpérimenté.

jeu ! » Oui, mais voilà, Augereau enlevait Millesimo aux Piémontais, Masséna, Dego aux Autrichiens. Les Piémontais se sont réfugiés dans Ceva. Le feld-maréchal Colli que l'on transporte en civière n'en peut plus, trop âgé, trop malade pour courir de la sorte. À Ceva, il respire, il contemple la neige sur le sommet des Alpes, un instant de paix. De la vallée parvient un chant, puis un autre. Il a beau être un peu sourd, il reconnaît *La Marseillaise*. Ils sont là, la division Serrurier, six cents bouches qui clament l'hymne, les hommes d'Augereau leur répondent par *Le Chant du départ*. Cela en fait un tintamarre, une vapeur, une mer ! Le chant rebondit à l'écho des montagnes, les strophes se mêlent pour finir par ne faire plus qu'une houle clouant sur place les Piémontais. Les Français leur font peur. Ils écoutent, ils se signent, ils écoutent, ils tombent à genoux. Les prêtres sortent les Christ en croix, les jeunes filles derrière les volets rêvent, les républicains, sur des calicots, écrivent « Vive Bonaparte ». Les cloches sonnent, les Français sont là, en rouge, en bleu, en or, hirsutes, les yeux étincelants, les dents aiguisées, la bouche frémissante. Ils attaquent en poussant des cris de bêtes. Ce sont des fous, des créatures, des démons ! Ils foncent, ils escaladent les fortifications, y pénètrent comme dans du beurre. Ils meurent sans peur, ils tuent sans haine. Ils gueulent « Vive la République ». Ils sont les libérateurs. Et cette liberté leur donne le plaisir immense de la conquête parfumée au goût du bonheur. Ils sont la joie jusque dans la douleur et l'agonie. D'ailleurs, ils sont invincibles, ce sont des dieux qui chantent et dansent dans le soleil couchant. Voilà, ils sont dans Ceva, la nuit tombe. Colli a fui, une fois de plus. Bientôt il n'aura plus de troupes, plus de chevaux, même plus de civière pour le porter.

Le soleil teinte de rose les toits de la ville. Sept heures sonnent aux églises, la foule, prudemment, sort de l'ombre des arcades. Tous n'ont d'yeux que pour ce général perdu au milieu de ses hommes, mince silhouette grise. On l'acclame. Il sourit à peine. On le sent pressé. Dans les lieux évacués quelques heures plus tôt par Colli il installe ses plans et ses cartes : la victoire du lendemain. Demain… En attendant, dans le doux soir de Ceva, la *grappa* coule, les jambons se fendent sous le couteau, les gros saucissons ronds dévoilent leur ventre d'enfant joufflu, les femmes touillent un sabayon de vin blanc et d'œufs, pour le seul plaisir de s'en repaître jusqu'à l'écœurement.

Un ciel sans nuages d'une beauté veloutée, combien sont-ils parmi tous ces hommes à s'émouvoir en le contemplant ? Bien peu. Jean-Antoine sait qu'il appartient à ce mince contingent, il sait aussi qu'il est certainement le seul à ressentir un si profond désarroi. Plus la fête coule le long des rues, plus les fenêtres des maisons s'illuminent, plus la nuit avance, plus les cœurs chaloupent, plus le sien se sent déserté. Dans cette nuit sans sommeil, quelque part dans la grande maison derrière l'une de ces travées où frémissent les flammes des bougies, à une heure dite Maria rejoindra le général. Désormais, il la fait venir chaque nuit. Le général n'arrête pas d'avoir faim à plus d'heure. Elle lui prépare des œufs, des potages et même parfois des pâtes ! Maria est devenue la vivandière du général. Oh, sans mauvais esprit, tout le monde sait que le général est amoureux fou de sa femme, l'invisible Joséphine qui tarde tant à répondre à ses lettres, à qui il demande de venir le rejoindre et qui s'en moque comme de sa première chemise de batiste. Ce n'est pas au général qu'il pense c'est à elle, elle qui s'empresse, qui court, qui vole, qui se remet du rouge aux joues à deux heures du matin, elle qui à Montenotte l'a laissé choir sur le parvis comme s'il n'avait jamais existé. La souffrance s'est emparée de lui comme une maladie, le terrassant en une nuit. Les femmes ! Bien sûr, les femmes. Elle l'avait questionné sur cette absence étonnante. Comment lui avouer qu'il ne pouvait dessiner que ce dont il connaissait les formes, la tessiture, le poids, la chaleur ? Les militaires étaient des hommes et les hommes, c'était son terrain. Il suffisait qu'il se regarde dans une glace. Mais la femme, Seigneur ! Lui venaient à l'esprit les Salomé, les Cléopâtre, les bergères de Watteau, les dolentes de Boucher, les rêveuses de Fragonard, ces seins, ces fesses, ces corps, ces chairs sous les ombrages, au creux des bergères, à travers les lits, toutes cousues d'émois et de fausses pudeurs, pures et perverses, révélées ou cachées, toujours dans le seul dessein de plaire et de séduire. Bref, des femmes, Jean-Antoine ignorait tout ! Les quelques expériences sensuelles vécues avec des modèles dans l'atelier de David n'avaient fait que le conforter dans l'idée d'un mystère qui le dépassait.

Il se retrouva logé dans une chambre sans air, au tréfonds d'un appartement ployant sous les tentures, aux meubles sombres et sévères. Dans la chaleur étouffante de ce local se déplaçait la maîtresse des lieux, une forte femme qui parlait sans arrêt à une vitesse fulgurante. De temps à autre, amusée d'elle-même, elle éclatait de rire, ce qui dévoilait une mâchoire impressionnante. À l'heure du dîner, elle mit plats et couverts sur une longue table qui sentait la cire, fit signe à son hôte de s'installer et, quelques minutes plus tard, revint des profondeurs tenant à bout de bras une soupière fumante contenant un bouilli de bœuf avec carottes, poireaux et un gros morceau de courge. Sans cesser de discourir, elle remplit son assiette à ras bord. Jean-Antoine eut beau déboutonner son col, il manquait d'air sous la surveillance de la matrone. Il mangea à peine, salua l'hôtesse et se précipita à l'air libre. Sous les arcades une foule se pressait à la lueur de rares quinquets, dans cette quasi-pénombre, hommes et femmes se frôlaient, se refrôlaient, les mains se touchaient, les lèvres s'humectaient. Les arcades se trouvaient en contrebas de la rue, voûtées, ramassées, trapues, elles protégeaient les embrassades. Jean-Antoine prit place à un café du bourg où on lui servit un petit verre de *grappa*, il alluma une pipe et prit la décision d'aller déclarer son amour à Maria. Ce soir ou jamais. Sa décision une fois prise, il se sentit mieux, il retourna dans sa chambre, se saisit de son matériel, franchit la distance en quelques enjambées, l'état-major flamboyait, on entendait des rires, il croisa des généraux, Murat fier comme un coq, Sérurier, d'un sérieux de pape, Masséna un peu en retrait surgissait de la pénombre tel le colosse des légendes. Il s'écarta instinctivement, ces hommes lui faisaient peur, ces trois-là en quinze jours avaient pris la tête d'une centaine d'assauts, fourraillant les Piémontais et les Autrichiens de la pointe de leur sabre. Invincibles, ils ignoraient la mort. Pis, ils en méconnaissaient la crainte.

Le chariot de Maria ne pouvait être bien loin. Il n'eut pas le temps de chercher, une main s'aplatit sur son épaule.

— Gros, cela tombe bien, le général en chef vous cherche.

Les genoux lui manquèrent, sa gorge se noua, il pensa qu'il lui faudrait remettre sa déclaration. Le monde s'écroulait. Il suivit l'ordonnance qui l'introduisit dans l'antichambre du général. Il y avait là des marchands avec leur valise posée entre leurs jambes, des représentants de la municipalité avec la reproduction des clés de la ville, des comédiens que l'on reconnaissait à leurs plumes et à leurs rubans, à leur façon de parler haut et fort. Italiens et Français s'interpellaient sans se comprendre. Mais cela n'avait aucune importance. Tous étaient dans l'attente d'une audience, qui pour l'argent, qui pour se faire valoir, qui pour dénoncer, qui pour se vendre, s'offrir, se soumettre. Des officiers attendaient les ordres ou faisaient semblant, il était toujours bon de se trouver sur le passage d'un chef devenu dieu.

Jean-Antoine se colla contre un chambranle, maudissant ce général qui se souvenait de lui au plus mauvais moment. Que pouvait bien lui vouloir Bonaparte qu'il n'avait fait qu'apercevoir de loin ?

Berthier fit irruption dans la pièce et d'une voix de stentor hurla :

— Tout le monde dehors, fini pour aujourd'hui. Allez, dépêchez-vous.

Jean-Antoine s'apprêtait à suivre le mouvement des visiteurs vers la sortie quand Berthier le retint d'une voix adoucie :

— Non pas vous, Gros. Le général en chef vous attend.

Berthier le précéda, poussa une porte et introduisit le peintre dans ce qui avait dû être le salon d'apparat de la demeure. La pièce était sombre, le peintre s'avança, ne sachant s'il devait s'immobiliser ou continuer sa marche vers une vaste table ronde derrière laquelle il entrevit la silhouette d'un homme en train d'écrire.

— Approchez Gros, approchez, fit le général. Si vous en trouvez une, prenez une chaise.

Comme il semblait épuisé ! La peau grise, les ailes du nez pincées par la fatigue, le visage émacié. Il recula son fauteuil, se saisit d'une prise de tabac, la porta à ses narines, respira profondément, ferma les yeux quelques instants. Soulagé, son expression changea, ses yeux s'illuminèrent.

— Gros, on m'a dit le plus grand bien de votre talent. Vous sentez-vous prêt ?

— À quoi mon général ?

Bonaparte garda le silence.

« Il me scrute, il me fouille... » Jean-Antoine

avait envie de prendre la fuite, d'être à des lieues de cette pièce, de cette ville, de ce pays déraisonnable.

— À la gloire, reprit enfin le général en repoussant son fauteuil. Gros, nous faisons l'Histoire, vous vous en apercevez j'espère ?

Puis baissant la voix comme en confidence :

— J'ai besoin d'un peintre pour immortaliser les événements et ceux qui les font, ce sera vous Je veux les champs de bataille, les chefs, les hommes. Soyez sur le terrain, étudiez la bravoure et la souffrance et rendez cela avec votre sensibilité et votre talent. Dès demain quatre grenadiers vous accompagneront, ils seront chargés de veiller sur votre personne.

— Général, bredouilla Jean-Antoine, c'est beaucoup d'honneur. Serai-je digne de votre confiance ? Peut-être faudrait-il attendre avant de me confier une telle tâche ?

— Je n'ai pas le temps, Gros. Allez, j'ai confiance en vous.

Le général se saisit d'une plume et baissa la tête. Il était déjà ailleurs.

Désormais, toutes les nuits on l'introduisait auprès du général. Marcellina suivait avec les plats tenus au chaud sous cloche. Maria réussissait très bien les œufs au miroir, le jaune et le blanc cuits sans être frits, la surface de l'œuf lisse et limpide. Le général se nourrissait sans prêter attention. Avait-il seulement faim ? Dans la pièce généralement trop grande et humide, le feu de la cheminée n'arrivait jamais à ôter l'odeur de moisi et de terre humide qui suintait des murs. Partout le même relent d'une ville à l'autre, partout ces chambres immenses sans meubles, sans confort. Il levait les yeux de ses cartes, un regard fiévreux aux cernes bistre. Il souriait, faisait un geste de la main qu'elle interprétait comme l'autorisation de rester. Peut-être se trompait-elle ? Elle décidait que non, posait l'assiette, poussait les papiers, remplissait un verre toujours moitié vin, moitié eau, rangeait le pain dans une panière, le couvrait d'une serviette. Au second signe, elle ôtait la cloche. S'il ne venait pas, elle attendait, elle se sentait bien à le regarder. Il pouvait rester dix minutes sans bouger. Elle ne s'en étonnait plus, elle savait que brusquement le silence serait rompu et que la conversation, l'étrange forme de conversation faite de silences pour elle et de monologues pour lui, reprendrait, comme si au long de toutes ces heures ni combat ni victoire ni changement de ville n'étaient advenus. Un fil ininterrompu. Et ce fil était sans doute la raison, la nécessité peut-être de leur étrange relation. Fil chaque nuit tendu qui dévorait les lieux, traversait les montagnes, les plaines, les villes, se déployait jusqu'à Paris, rue Chantereine, jusqu'à Joséphine. Joséphine la muette. Cette souffrance qui le minait, l'humiliait, le général devait s'en délivrer, il fallait que la rancœur, l'inquiétude, la rage, la haine quelquefois se répandent dans une oreille de femme dont il remarquait sur le visage un voile de mélancolie vite effacé. Maria ne se sentait ni confidente ni conseillère, d'ailleurs le général n'attendait aucun conseil. Il parlait, voilà tout. Dans sa façon de se taire, de sourire, de l'écouter résidait sa mission. Son bonheur. Ce bonheur, fait de mots et de proclamations d'amour pour une autre, réveillait dans son cœur une musique abolie.

Cette nuit-là dans les rues étroites de Cherasco, sur les places où les soldats ont installé leur bivouac, personne n'arrive à trouver le sommeil, il fait chaud malgré la pluie, le tonnerre a rôdé un moment avant de s'éloigner au-dessus des montagnes. On attend. Dans la demeure la plus grande, la plus belle, les envoyés du roi de Sardaigne demandent l'armistice. Les conversations ont commencé à dix heures du soir. À une heure du matin, toujours rien. À une heure et demie on vient chercher Maria. Elle se doute qu'il n'aura pas le temps d'un souper chaud, elle a fait rôtir un poulet, l'a découpé, les ailes d'un côté les cuisses de l'autre. La guerre est à un tournant. Une fois le Piémont hors de combat, le général réunira toutes ses forces contre l'Autriche, le plat de résistance. Milan sera l'heure de vérité. Au départ, c'était si loin, presque improbable, Milan… Puis il y eut cette course folle, cette série de victoires, il y eut le général, il y eut son envie de redevenir femme, et femme dans une tempête qui bouleverse l'Europe. Depuis quinze jours, l'univers paraît plus vaste, on y respire un air d'héroïsme. Tout cela la fait trembler d'émotion tandis qu'elle pénètre dans l'antichambre de la salle où se joue le sort de la première partie du drame.

Une chandelle est accrochée au mur face à la porte. Maria demeure immobile dans la pénombre. Au-dehors la pluie ruisselle sur les feuilles bourgeonnantes d'un immense orme, sentinelle avancée de la forêt. Au milieu du tintement monotone de la pluie, elle entend battre son cœur. La porte s'ouvre, elle reconnaît sa silhouette, il est seul, il s'avance vers elle, elle le distingue à peine. Arrivé à quelques pas, il tire sa montre d'une poche de son gilet. Sa voix résonne dans le silence, un silence de lieu abandonné :

— Je leur ai laissé jusqu'à deux heures avant de donner l'ordre de l'attaque générale… Que m'avez vous amené ?

— Du poulet.

Elle a toujours des difficultés à lui dire « mon général » ou même « général ». Elle se contente le plus souvent de répondre par le nombre de mots le plus succinct, des phrases courtes, dépourvues d'intonation.

— Du poulet, c'est bien.

Il se saisit d'une aile et la mange en allant et venant entre la fenêtre et elle, debout l'assiette à la main.

— Ils céderont, ils céderont tous, et vous savez pourquoi ? Ils se battent pour des territoires, pour des provinces, nous, nous nous battons pour des idées, l'idée de la liberté. C'est la plus grande idée de toutes, des hommes peuvent mourir pour elle jusqu'au dernier sacrifié, mais dites-moi qui peut mourir pour Coni, Tortona, Alessandria, Valenza ?

Personne. Pas même le roi, c'est pour cela que nous sommes les plus forts, que nous gagnons sur tous les terrains, nous gagnons parce que nous avons une idée. Nous apportons la liberté. N'est-ce pas magnifique ? C'est la République qui peut cela. La République.

Il repose l'os de poulet dans l'assiette, s'essuie avec la serviette que lui tend la jeune femme, ouvre la fenêtre, une bouffée de printemps mouillé pénètre dans la pièce et vient coucher la flamme de la chandelle. Le général respire longuement, se remplit les poumons de cet air frais et humide.

— La République, quand je dis la République je ne parle pas de ses dirigeants, de toute cette veulerie du Directoire, eux ne veulent rien, sinon de l'argent et durer, durer encore, non je veux parler de la Nation.

Dans l'une des pièces éloignées du vieux palais une horloge sonne deux heures, le général sort sa montre puis la remet doucement, très doucement dans la poche de son gilet. Impassible, sauf peut-être une légère crispation de la lèvre supérieure que Maria remarque pour la première fois. La porte du fond s'ouvre, les plénipotentiaires piémontais apparaissent, derrière eux les flammes de la cheminée du bureau découpent leurs silhouettes comme autant de minces soldats de plomb à la parade. L'un d'eux fait un pas en avant et laisse tomber :

— Nous sommes prêts pour la signature, général.

— Bien, répond Bonaparte, et à l'intention de

Maria : Ne bougez pas je reviens, c'est l'affaire de cinq minutes.

Effectivement, il est de retour cinq minutes plus tard et fait signe à Maria de le suivre dans la salle des négociations où traîne encore la fumée des cigares. Elle glisse l'assiette de poulet près d'un papier couvert de signatures : l'acte d'armistice. Le général se laisse choir dans un fauteuil de l'autre côté du bureau, Maria observe la profonde lassitude qui émane de tout son être, la tristesse qui traverse son regard.

— À quoi bon, murmure-t-il avec dégoût, on me dit que Paris ne parle que de moi et elle, croyez-vous qu'elle parle de moi, qu'elle pense à moi ? Cette gloire neuve, je la lui donne, elle s'en moque. Dans sa dernière lettre elle ne parle que de petits riens, de babioles, elle s'inquiète de ma santé comme si j'étais son frère. Mais nom de Dieu, je suis son mari, un mari amoureux comme un amant.

Il se tait quelques instants.

— Général, demande Maria à voix basse, voulez-vous que je vous prépare un plat chaud ?

Il la scrute un moment puis lâche :

— Croyez-vous qu'elle me trompe ?

C'est la première fois qu'il l'interroge directement, habituellement, il ne fait que passer à travers elle, s'adressant à l'absente ou à lui-même. De toute sa conscience de femme, Maria sait que Joséphine trompe le général. Amoureuse, elle serait là, partagerait sa marche, amoureuse mais peureuse, elle lui écrirait deux lettres par jour, indifférente, elle ferait semblant, infidèle, elle lui parle d'elle, de ses robes et de l'argent qui lui manque.

— Je ne connais pas Paris, répond Maria. La vie doit y être pleine de fastes, de distractions, votre femme doit s'y distraire. Imaginez un champ de bataille, c'est une expérience qu'il faut avoir vécue.

Le général se redresse, porte à ses narines une prise de tabac.

— Quelle étrange hôtelière vous faites, qui êtes-vous à la fin ? c'est énervant ce mystère.

Maria rougit. Ce qu'elle voulait éviter depuis le début de leur relation finit par arriver. Elle se reproche de s'être engagée, d'avoir émis une opinion. Précipitamment, elle répond :

— Je suis une fille du peuple, les événements ont agi pour moi.

Le général se laisse de nouveau tomber dans les profondeurs du fauteuil.

— Les événements agissent pour moi aussi, personne ne décide de rien en vérité, ce qui importe c'est de comprendre et de tirer les avantages avant et mieux que les autres. L'art militaire c'est de penser et de se déplacer vite. Mais en amour je suis un ignorant, vous me voyez malheureux, indécis, je connais peu les femmes en vérité. Un homme peut-il affirmer tout savoir d'une femme ? répondez-moi votre sentiment.

Son sentiment ! Comment peut-elle évoquer son sentiment ? Il faudrait lui répondre qu'elle se moque bien des femmes en général et qu'au fond de son cœur elle jalouse cette Joséphine frivole.

D'ailleurs qu'en a-t-il besoin puisqu'elle est là, elle, vivante, consolante et aimante s'il le désire ?

— Ce sont les femmes, répond-elle, qui ont inventé la morale dans l'amour, selon Rousseau pour établir leur empire et rendre dominant le sexe qui devrait obéir.

Grâce au philosophe, la dérobade prenait des allures de réflexion, de pirouette intelligente. Le général se contente de sourire.

— Je vois que vous connaissez aussi Rousseau.

— Oui. Mon maître, Benjamin Davis, m'a appris à lire en déchiffrant *La Nouvelle Héloïse* et l'*Émile*.

— J'ai beaucoup aimé *La Nouvelle Héloïse*, Rousseau m'a fait tourner la tête. Il y a du feu là-dedans, il remue, il inquiète.

Le général s'empare de deux verres, les remplit, oubliant de couper le sien avec de l'eau.

— Buvons, dit-il, Rousseau a peint avec frénésie la passion et je m'aperçois seulement maintenant avec quelle vérité. Avez-vous connu cela vous aussi ?

Maria vide son verre d'un trait.

— Oui, je l'ai connu.

— Et le regrettez-vous ?

— Non, j'attends qu'elle ressuscite.

— Croyez-vous cela possible ?

— Je ne sais pas, j'espère.

Une clarté laiteuse s'insinue dans la pièce. Maria regarde par la fenêtre le jour se lever, elle a envie de pleurer, elle voit là-devant ses yeux, la terre profonde où gît Benjamin, un jour nouveau se lève qu'il ne verra pas. Tant de jours, de mois, d'années... Elle s'en veut, elle en veut à ce général, les joues dévorées de barbe noire.

— Retirez-vous, fait-il. Vous devez vous reposer.

— Général, demande-t-elle, serons-nous bientôt à Milan ?

— Dans dix jours au plus.

— Je suis impatiente.

— Moi aussi, à Milan Joséphine viendra. C'est une ville pleine d'attraits pour une femme coquette qui veut briller en société.

Maria se lève, traverse la pièce glaciale dans la lueur de l'aube. Dehors un grenadier dort appuyé contre la porte. Il fait doux, une odeur d'eau imprègne l'air, les arbres et même les chevaux qui se rendent à l'abreuvoir d'un pas lent et tranquille.

La gloire, avait dit le général. C'était un mot que l'on employait rarement chez son père, le marchand de tableaux, où il ne se souvenait pas de l'avoir entendu. Gloire ! Désormais, il ne pouvait plus dire qu'il en ignorait le sens. Le matin qui avait suivi sa conversation avec le général en chef, quatre grenadiers s'étaient présentés à lui.

— Nous sommes à votre disposition.

Un soleil jaune se déversait sur le pont de pierre. La canonnade commença, les Autrichiens faisaient jouer toutes leurs bouches à feu. Les grenadiers devaient traverser le fleuve Adda. Encore une fois, une fois de plus, tout se jouait sur une seule donne. Les temporisations étaient interdites. Tout ça, parce que depuis le début ils auraient dû être morts et leur foutu général en déroute, oublié à jamais. Mais ils étaient là ! Une troupe de chenapans qui avait échappé à la gendarmerie du monde.

Jean-Antoine perçoit le sifflement des balles, le fracas de la mitraille. Les grenadiers s'élancent, on croirait des fourmis balayées par la puissance du feu autrichien. Ils mettent un pied sur le pont, parfois deux et les voilà qui s'écroulent, le mouvement est rapide, fulgurant, une fois sur le pont il y a ceux qui ne bougent plus et ceux qui se traînent, ceux qui meurent et ceux qui agonisent. Le talent ne suffit pas, la guerre est là, le devoir est d'y être, enfin de s'approcher. Les charges se succèdent, fauchées comme des blés. Les quatre grenadiers à ses côtés ne bronchent pas, de toute évidence ils connaissent le spectacle, ils regardent d'un œil blasé, ça ne les empêche pas de fumer la pipe et de cracher à tour de rôle. L'un d'eux lâche du bout des lèvres :

— Ça va bientôt être l'attaque.

Les morts-là, ne faisaient donc pas partie de l'attaque ? Jean-Antoine avale sa salive, de la salive épaisse. S'il comprend bien, c'étaient des morts pour tâter le terrain. Et soudain c'est comme une marée... Sur le pont ils sont deux, trois mille à la charge entonnant *Le Chant du départ*, un grondement du diable hurlé à pleins poumons, à pleine rage. Ce pont, il suffit de le courir vite, de le ramasser sous les pieds, de le faire plier. Les hommes s'engouffrent, il y en a tellement que l'on croirait qu'il n'en tombe plus un seul, que c'est un mouvement continu avec ses vagues d'assaut qui caracolent en tête. Jean-Antoine s'élance... Les grenadiers l'arrêtent.

— Restez là !

— Il faut que j'y aille.

— Non, on nous a donné l'ordre de vous faire demeurer à une bonne distance pour observer, d'ici ça suffit. Sortez vos crayons, c'est le moment, vous ratez le plus beau.

Il sait qu'il devrait se moquer des consignes de prudence, s'élancer, poitrine offerte à la mitraille, il s'en veut d'avoir les jambes coupées et le ventre mou. Alors il sort ses crayons, c'est comme dans un rêve, toutes ces jambes, ces bras, ces corps sur ce pont, dans le soleil tendre de la matinée avec l'église sur la colline et les peupliers et les trembles soufflés par la canonnade, tout ce mouvement et cette mort que l'on ne voit plus qui coule inéluctablement comme le flux argenté du fleuve. Soudain, au beau milieu de cette vague, surgit sabre au clair, conduisant la charge, petit bonhomme dansant dans le soleil, le général. Jean-Antoine tremble, son crayon galope, les feuilles s'éparpillent autour de lui. Un des grenadiers nonchalamment les ramasse. Ne plus penser, seulement capter, saisir, immortaliser oui, voilà le mot : immortaliser. Des gerbes d'eau se propulsent au ciel, la cavalerie attaque en amont, traverse le fleuve à gué, se rue sur les canons autrichiens. Les cavaliers étincellent, à travers l'écume qui couvre le poitrail des chevaux, on croit deviner leur rage. Avec eux il faut sortir les ramages, les couleurs, rien à voir avec la piétaille, eux sont d'or, de pourpre, de ciel. Ils flanquent le soleil d'ombres écarlates, dédaigneux jusque dans la mort. Ils tombent de cheval, corps en étoile, comme des oiseaux, chapeau et plumes au fil du fleuve, tête en avant. « La mort est belle ! La mort est belle… et je ne suis qu'un gribouilleur. » Il voudrait, oh, il ne sait plus, être le cavalier, le cheval, celui qui dessine, le cavalier, le cheval et la mort, floconneuse dans le bouillonnement du fleuve. Un hourra retentit, les hommes ont les yeux brûlés par la fumée, ils sont de l'autre côté de la rive et les gueules noires des canons sont clouées. Vainqueurs ! Ils sont vainqueurs, tous ceux qui y sont arrivés. Les cavaliers entament la poursuite. À eux de jouer. Les cavaliers aiment bien cette chasse, ils prennent l'Autrichien qui court comme un dératé en ligne de mire, ils se rapprochent, l'autre tourne la tête, hurle quelque chose qui doit ressembler à : « Pitié » ou tout simplement à : « Non ! » Le cavalier resserre ses doigts sur la poignée du sabre, le dresse et d'un mouvement rapide, sec, l'abat, la tête de l'Autrichien s'envole et retombe, ridicule, avec ses yeux exorbités par la terreur.

C'est le fin du fin du jeu, celui réservé à l'élite.

Le général est au milieu de la piétaille : ce pont il le lui fallait. Les hommes crient : « Bonaparte ! Bonaparte ! » Ces hommes-là l'aiment, de toute leur existence ils n'ont jamais vu un général mener l'attaque au milieu d'eux. Ils sont fiers. Ils existent. C'est bien la première fois. Les quatre grenadiers eux-mêmes n'en sont pas revenus :

— Il aurait pu y rester, dit l'un d'eux.

Les autres l'approuvent en crachant.

Jean-Antoine reprend souffle, épuisé, les mains moites. D'une certaine façon n'a-t-il pas été au cœur de la charge avec les combattants, courant avec eux, bravant la mort avec eux ?

— Le général mérite d'être nommé caporal,

précise l'un des grenadiers qui n'a jamais ouvert la bouche.

Le « petit caporal ». Les quatre grenadiers éclatent de rire. Jean-Antoine, qui n'a rien compris à cette histoire de grades, se joint à eux. Il est heureux.

Durant une semaine l'armée s'immobilisa, le général était occupé à faire payer le prix de la paix : deux millions de livres, mille deux cents chevaux, deux mille bœufs, cent mille quintaux de blé. Les hommes se prélassaient dans la cour des fermes, gavés de parmesan et de vin pétillant, de jambon rose et de pain noir. Accueillis en libérateurs, ils prenaient leurs aises, caressaient les fermières. La plupart se donnaient d'un cœur vaillant, les autres on les violait. Le général fermait les yeux, puis soudain, à l'instant où les braves se croyaient tout permis, on en fusillait cinq ou six. Ce qui faisait réfléchir. La bonne humeur était contagieuse, il faisait beau et doux, une lumière transparente inconnue en France, ocre, de la même couleur que celle de la terre et des maisons.

Maria, inoccupée, sellait Baron et s'élançait dans cette campagne ondulée de vergers et de collines. Elle laissait aller le cheval, glissait le long de monticules mousseux. Parfois un village se hissait au-dessus des peupliers, c'était d'abord le clocher qui apparaissait, puis venaient les bâtiments, les tours, les loggias. Maria découvrait ces paysages nouveaux, un monde poli, lustré par la civilisation, le travail de l'homme, la création de l'artiste.

La sauvagerie avait abdiqué ici depuis des siècles, les églises elles-mêmes semblaient dépourvues d'orgueil, tout allait de soi dans un paysage blanc et vert. Plus elle allait dans cette tendresse, plus elle sentait le feu ancien se réveiller en elle. Les rumeurs, les grondements refaisaient surface, la croûte tranquille se fendait et craquait. Maria se retrouvait jeune ardente amoureuse. Depuis la disparition de Benjamin, elle ne pensait plus à l'amour, non seulement elle n'y pensait plus mais elle s'en sentait comme vidée. Ce qui lui restait c'était l'ombre, l'ombre d'un homme mort. Dans l'élan qui la poussait vers le général blême au regard de feu, elle ne percevait pas la trahison. L'ombre et le général arrivaient parfois à se confondre. Cette confusion la trouvait pleine de la peur de perdre le passé sans pour autant gagner l'avenir. Elle avait eu envie d'arracher le général à l'invisible Joséphine. Mais elle plaçait son sentiment bien au-delà, ce qu'elle désirait appartenait à l'indéfinissable, à tout un remue-ménage de sensations qu'elle n'arrivait pas à maîtriser. Il y avait en elle un incendie qu'elle ne savait comment éteindre et surtout, elle n'était pas persuadée de le vouloir. La vie flambait mais dans quel but, si loin de chez elle, en proie de nouveau aux tourments du cœur à la veille, peut-être, de retrouver son fils ?

Elle croisait si souvent Jean-Antoine que ce ne pouvait être le simple fait du hasard, certes il n'allait pas jusqu'à l'épier, son éducation le lui interdisait. Il était là. Beau incontestablement. Il avait fréquenté la mort et tenait à le faire savoir par son port de tête. Il avait perdu de son élégance raffinée ce qui le rendait plus attendrissant. Il la saluait, elle lui répondait, il s'inclinait. Était-il idiot avec sa tête d'ange ! Un enfant. Un enfant qui longeait la guerre comme on se promène sur la rive d'un fleuve. Il l'agaçait. Mais cette présence trompait sa solitude. Aussi quand il vint ce soir-là, à l'heure du dîner, avec ses cartons de dessins sous le bras lui demander comme on demande la lune de lui laisser faire son portrait, elle ne refusa pas.

— D'abord quelques esquisses… Mettons-nous sous l'arbre, la lumière est si belle, on dirait celle des tableaux de Poussin.

Là, le jeune homme se transforma, déshabillé de son apprêt, les traits durcis, l'œil rivé à la feuille, la lèvre du dessus mangeant celle du dessous. Ce qui faisait la différence c'était la main, une main agile, enveloppante, preste et pourtant précise, attentive, délicate, oui délicate. Il jonglait avec une douceur qui rappelait à Maria les doigts d'un amoureux sur le corps de la femme aimée, la même dextérité sensuelle et âpre. Un homme nouveau était devant elle, sans plus aucune trace de mièvrerie. Il ne lui demandait ni de sourire, ni de regarder d'un côté plutôt que de l'autre. Plus la séance se prolongeait et plus il se mettait à ressembler à un rapace débitant sa proie avec une vélocité rageuse. Elle se doutait que ce n'était pas elle Maria, l'objet de cette lutte mais la découverte de quelque chose de fort, d'indicible au plus profond d'elle et qui se devait d'affleurer. Enfin, il releva la tête, la nuit était tombée, deux heures étaient passées. Épuisé il s'écroula au pied de l'arbre, elle l'enjamba et vint s'asseoir face à lui.

— Montrez-moi…

— Non ce soir ce ne sont que des ébauches, à la fin je vous montrerai mais accordez-moi quelques séances, si ce n'est pas trop exiger.

— Non, ce n'est pas trop…

Elle sourit tendrement, il se saisit de sa main et la porta à ses lèvres.

Le rendez-vous fut pris pour le lendemain matin avec une autre lumière.

Ils se retrouvaient chaque jour dans une clairière bordée de saules, tantôt le matin tantôt à la fin du jour. Ce fut à chaque fois le même combat. Jean-Antoine s'approchait à la toucher ou au contraire prenait du champ, variait les angles, les distances, il se servait de son crayon comme d'un compas. Il donnait peu d'indications sinon pour la déplacer vers le soleil. Elle obéissait, il dessinait avec une telle énergie qu'il en crevait le papier. Elle prenait plaisir à obéir pour un résultat dont elle ignorait tout. Elle aimait le silence qui les séparait, cette captation d'elle muette, violente. Il ne voulait pas qu'elle regarde et c'était aussi bien, une partie d'elle se trouvait là, hachée de coups de crayon, couchée à travers la feuille. Non décidement elle ne désirait rien voir. Un soir il lui demanda de découvrir une épaule, elle écarta le col de sa chemise et fit descendre le tissu à la naissance du bras. Puis il lui demanda d'en faire autant avec l'autre épaule. Elle déboutonna deux boutons, laissant apparaître la naissance des seins. Dénudée, elle se sentit plus libre, elle secoua ses longs cheveux noirs qui vinrent s'éparpiller dans la lumière du crépuscule.

Ce qui avait commencé comme un jeu de séduction devenait l'affaire de sa vie. Après avoir croqué des hommes au combat, des corps en mouvement ou pétrifiés dans la mort, il lui fallait saisir l'âme d'une femme. Une femme qu'il aimait. Plus il la dessinait, plus elle envahissait ses feuilles à croquis, plus il pénétrait dans les moindres détails de son visage, de ses expressions, de ses lassitudes, de ses absences, de la fluidité de sa beauté, plus le sentiment versait dans la passion. Cette femme du peuple, si raffinée, si noble dans ses attitudes et son comportement, figurait au-delà des discours la vérité de la République. Elle était la beauté du peuple, la beauté innocente et pure. Face à Maria, Jean-Antoine sentait exploser en lui l'exactitude des grands symboles qui avaient bercé son enfance. Cependant il en avait conscience, Maria échappait aux symboles, elle était d'Égypte, elle était de la Grèce, elle était déesse romaine. Les moyens de la conquête ne pouvaient se trouver que dans la réalisation parfaite du portrait, il fallait qu'elle soit digne et belle, Vénus et vertueuse enfin, il fallait qu'émerge l'étrangeté qui gisait en elle. Il reprenait dix, vingt, trente, cent fois le dessin, passant du désespoir à l'exaltation, sombrant au bout de deux à trois heures dans une ivresse faite de fatigue et de vision.

Maria était impatiente de ces heures-là où, dans la poudre vaporeuse du soleil, elle se livrait. Elle aimait cet abandon d'elle-même, ces minutes lisses où elle ne pensait ni à Benjamin ni au général ni à son fils, où elle n'était qu'un visage, une épaule caressée par la lumière. De ces instants, elle tirait un bonheur inconnu, un bonheur qu'elle goûtait sans gêne ni remords. Il lui plaisait de voir le crayon courir, d'écouter le bruit sec de la mine se briser au travers du papier. Il lui plaisait de surprendre les yeux de Jean-Antoine, leur flamme noire à force de retenue, les lèvres tremblantes, le sourire hésitant entre le triomphe et la contrition. Il lui plaisait d'être l'objet muet et immobile du duel entre la réalité et sa représentation. Il lui revenait le sentiment d'éphémère et de perfection qu'elle avait connu devant les toiles de M. Fragonard, la présence magique d'un univers différent se moquant des lois et des convenances. Elle laissait les parfums des vergers la pénétrer et l'enrober d'une sorte de seconde peau. Parfois dans le lointain passait un détachement de cavalerie, la poussière soulevée par les sabots des chevaux emplissait l'air chassant l'arôme léger des fruits. Très vite le paysage retrouvait ses lignes, ses odeurs, la nacre de sa lumière miroitante dans les branches des saules. Dans ce printemps lombard le jour se refusait à mourir, le soleil disparu, le ciel demeurait lumineux encore longtemps, jouant de toute une gamme de roses et de verts avant, dans un dernier éclat, de disparaître à regret.

Leurs rendez-vous s'éternisaient, Jean-Antoine

ne dessinait plus, Maria ne posait plus, ils attendaient la fin du jour. Un mouvement, un geste, une parole. Ils se regardaient à peine. Maria poursuivait son voyage, cette longue balade peuplée de sensations, d'enivrements, de fleurs que la nuit naissante exaltait de fragrances nouvelles, de couleurs paisibles, de ce bien-être qu'elle tenait à retenir le plus longtemps possible.

Le dernier soir, avant la reprise des opérations militaires, Jean-Antoine frémit à l'idée que le rêve, l'immense rêve éveillé de ces journées de beauté et d'amour, allait se fracasser sur la route de Milan. Il n'avait rien dit, rien prouvé, rien montré, allait-il mourir d'amour, ses dessins sous lui comme une litière ? Pourtant elle était là. Elle était là... Une semaine entière elle avait été à lui le matin, le soir comme une amante, l'amante d'une épopée d'amour dont le moindre épisode se trouvait dans ses calepins. Demain, un jour, elle verrait le résultat, la transmutation par le pinceau et les couleurs. Alors seulement elle comprendrait comme ce jeune peintre l'avait devinée.

Il s'approcha, se coula le plus près possible d'elle, appuyée contre un arbre. La nuit était là, peu profonde, encore laiteuse. Il lui saisit la main et murmura :

— Je vous aime.

Alors folie, divine folie, elle s'empara de cette main, la leva lentement et la frôla de ses lèvres. C'était la main avec laquelle durant cinq jours il l'avait possédée.

— Rentrons, fit-elle, j'ai froid.

Jean-Antoine marchait, la tête au ciel, un ciel

peuplé d'étoiles innombrables. Pouvait-il exister quelque part dans le monde une plus belle nuit ?

Les cloches sonnaient avec ardeur, était-ce pour la Pentecôte ou pour lui le Libérateur ? Pour Lui. Tout était pour Lui, les cris de « *Viva la libertà* », les femmes avec la cocarde tricolore dans leurs cheveux, les arcs de triomphe en fleurs, la garde dans son uniforme vert vif, la foule, l'immense foule exaltée, l'amour aux lèvres. Ce n'était pas un vainqueur qui entrait dans la ville, ce n'était pas un général valeureux, ce n'était pas un prince, ce n'était pas un roi, non, c'était César lui-même couronné de ses triomphes. Maria suivait derrière les cinq cents cavaliers et les milliers de fantassins, elle suivait dans la poussière et la chaleur. En passant sous l'arche de la Porta Romana, elle crut s'évanouir. Elle avait atteint le but de son voyage, elle était dans Milan. Jean-Jacques vivait quelque part dans cette ville, bientôt elle prendrait son fils dans ses bras. Elle saurait s'en faire aimer. Elle était dans Milan, la ville en fête, la ville pavoisée, et son cœur battait la chamade. Elle était dans Milan au milieu des chariots, des convois, mais son cœur, son cœur qui battait si fort, s'envolait par-dessus les milliers de têtes pour le rejoindre Lui, sur son cheval blanc. Les notables de la ville l'attendaient, l'archevêque Visconti en tête, entouré des dignitaires du clergé. Le vieillard qui avait appelé les foudres de Dieu sur la tête des Français remerciait la providence de leur victoire. Lui, pied à terre écoutait, impassible. Maria n'avait pas besoin d'imaginer, de supposer, elle savait qu'au-delà des cris de joie, des bouquets de fleurs, des manifestations d'amitié, il pensait à Joséphine. Ce secret était un pacte entre elle et Lui. Il y avait les autres qui ignoraient ou qui se moquaient, qui riaient dans son dos. Mais elle, elle connaissait ses yeux fiévreux, le délire qui le hantait. Cette hantise qui annihilait les victoires, la fulgurante campagne qu'il avait menée, la gloire qui désormais était la sienne. « Je ne suis pas raisonnable, se disait-elle, pas raisonnable d'aimer un héros amoureux fou d'une autre. » L'aimait-elle ? Non ce n'était pas de l'amour. Quoi au juste ? Elle ajournait la réponse, elle se laissait porter par les danses, les farandoles qui parcouraient les rues de la ville, cette liesse évoquait les carnavals de son enfance, la même folie, le même sentiment de délivrance, de liberté, de frénésie. Habitée par un fol espoir, elle abandonna le chariot à la garde de Marcellina qui ajustait son corsage.

Près du Duomo la foule s'amassait autour d'un vieil homme qui dansait la carmagnole. « C'est un curé ! » La nouvelle courait d'un groupe à l'autre, la foule l'encourageait : *« Forza padre !... »* Il dansait, le souffle court, les yeux exorbités. Il souffrait, il était heureux dans sa gesticulation, il balayait des années de prières, de dos courbé d'obéissance, de prudence, de peur, peur des Autrichiens, de ses supérieurs, de respect des convenances à la vertu, à la morale. Le général n'avait pas seulement délivré la ville, il l'avait délivré lui. Maria marchait et peu à peu la tristesse l'envahissait, vite retrouver son fils et partir, retourner aux certitudes de sa petite ville alanguie le long de la baie, tout était si paisible et doux là-bas. Assez de folies, assez de guerre, assez de Jean-Antoine... Comme il l'aimait pourtant, de toute sa fougue, du besoin immense de conquérir amour et gloire, de la conquérir, elle. La semaine qu'il avait passée à la dessiner jusqu'à l'ivresse avait été quelque chose d'inattendu, quelque chose qui l'étonnait et la ravissait. Dans ces instants-là, aurait-il pu la prendre autrement que par l'entremise de ses couleurs et de ses crayons ? « Il pourrait être mon fils », se répétait-elle, sachant très bien qu'ils avaient le même âge. Elle traversa la ville et revint au chariot, Marcellina avait disparu. Pas question de l'attendre, elle encouragea Baron et demanda plusieurs fois son chemin, gagna l'archevêché où devait dormir le général. Tous les bâtiments lui semblèrent imposants, la cité était une succession d'églises et de palais uniformément gris. Le général assistait à un banquet au *Palazzo reale.* Un banquet ! Elle était bien certaine cependant que, cette nuit, il l'appellerait, banquet ou pas.

On vint la chercher après minuit, des bandes de jeunes gens parcouraient encore les rues en chantant. Maria pénétra dans une salle où un crucifix de bois noir occupait tout un mur. Le général se tenait près de la fenêtre, une lampe verte posée sur un meuble était la seule source de lumière.

— Je n'ai pas faim, fit-il.

Elle resta silencieuse dans l'attitude qui lui était habituelle, présente et attentive. Il pouvait s'adresser à elle ou l'ignorer, il la regarda, des frissons le parcouraient, il toussait, s'essuyait le front.

— Vous êtes souffrant ? murmura-t-elle.

Énervé, il s'exclama :

— Oui et alors ! Vous voulez sans doute que je rentre prendre des vacances à Nice pour me faire assassiner dans mon lit par quelque « barbet » qui ne saurait même pas qui je suis ?

Cette violence la laissa sans voix. C'était la première fois qu'elle l'indisposait aussi ouvertement.

— Excusez-moi, reprit-il d'une voix plus calme. Cette pièce est horrible, pas étonnant que les curés cultivent la souffrance et la mort. Moi, je suis pour la vie, vous avez vu, vous avez entendu l'enthousiasme des Milanais ? Que croyez-vous que l'on dise à Paris ?

— On va vous vénérer et vous admirer.

— Ils n'ont encore rien vu. La fortune est femme et plus elle fera pour moi et plus j'exigerai d'elle.

Il souffla un instant, s'empara d'une chaise inconfortable et, d'un ton las :

— Pas de nouvelles, elle devait partir le 5 de Paris puis le 11, le 12 elle n'avait toujours pas pris la route. Les courriers arrivent sans m'apporter de lettres. Avant elle, je me suis toujours défendu de l'amour, ce sentiment est indigne de moi, l'ivresse de l'amour dégrade le cœur.

S'interrompant, il fixa son regard sur Maria restée dans l'ombre.

— Maria, vous qui êtes une femme, une femme sensible, pourriez-vous vous conduire de la sorte, laisser un être qui ne vit que par vous dans l'indifférence, que dis-je, dans l'oubli ?

Maria n'hésita pas.

— J'ai agi de la sorte dans le passé.

— Et pourquoi? Vous n'aimiez pas? C'est cela?

— Non, au contraire, j'aimais de tout mon être. Mais il y avait l'absence, le doute, il y avait… croyez-vous tout pouvoir expliquer?

Il se redressa.

— Oui, tout s'explique. Il criait de nouveau gagné par la rage. Tout doit s'expliquer. Ah, décidément je déteste les femmes et l'amour qu'elles inspirent.

— Vous êtes malheureux, murmura Maria.

— Oui, je le suis, je le suis comme une bête, comme un chien.

Elle s'approcha et dit sans réfléchir :

— Je vous le défends bien, vous n'avez pas le droit. Ce jour devrait être le plus beau de votre vie. Il est le plus beau. Pénétrez-vous-en, humez la gloire général, elle sent bon la gloire. C'est la gloire que j'aime en vous.

Elle eut envie de fuir, elle resta figée. La faible lumière dansait sur son visage, sur ses cheveux, sur ses lèvres, sur son cou qui battait sous l'émotion.

Le général fit quelques pas, puis s'immobilisa, semblant renoncer.

— Si c'est la gloire que vous aimez en moi, Maria, vous n'avez pas fini de m'aimer, lança-t-il d'une voix tristement enjouée.

— Tant mieux, répondit Maria qui s'éclipsa dans la nuit de cathédrale qui emplissait la pièce.

Les plus jolies femmes de Milan se donnaient rendez-vous chaque après-midi sur le Corso. Les voitures occupaient toute l'ampleur de l'avenue. Les officiers d'état-major jouaient de plusieurs avantages, leur uniforme pouvait donner le change aux toilettes des dames de la noblesse italienne et, surtout, leur position de cavalier leur permettait de dominer les *bastardelle*, ces voitures basses dans lesquelles les belles patriotes en robe à « guillotine », le décolleté échancré, la cocarde tricolore dans les cheveux, les accueillaient d'un sourire lumineux. Depuis l'arrivée des Français, Milan roucoulait, les officiers étaient invités à la Scala, dans tous les bals. Les hommes du rang n'étaient pas oubliés, on les vêtait, on les nourrissait, on leur donnait du plaisir. Sous les porches, dans les boudoirs cachés, dans la nuit secrète des jardins, dès la fin du jour, couvert par les musiques des orchestres, ce n'était qu'un profond soupir de plaisir.

Les officiers oubliaient de rejoindre leurs cantonnements, les ordres du jour passaient à la trappe. Le général en chef laissait faire, les hommes, qui avaient accompli de tels exploits dans de telles conditions de misère, méritaient les récompenses du cœur. Dans ce tourbillon de séduction Jean-Antoine caracolait. Au Corcia dei Servi, le café à la mode, on lui offrait des glaces en lui promettant beaucoup plus. Avantage supplémentaire à sa beauté, il dessinait. Les jeunes femmes se seraient damnées pour qu'il les croque. Dédaigneux, il consentait parfois à en brosser une. Jean-Antoine aurait-il été si fier, si insolent sans la preuve que lui avait donnée Maria ? Ce baiser, que pouvait-il annoncer sinon la promesse de son amour ? Depuis cette soirée divine où elle s'était saisie de sa main et l'avait effleurée des lèvres, Jean-Antoine vivait un songe sans impatience. Maria, un jour pas très lointain, l'aimerait. Même en pensée, il n'osait formuler l'expression : « serait à lui ». Bien sûr, elle serait à lui. Ne l'avait-elle pas déjà été toute une semaine ? Miraculeuse semaine à laquelle ne manquaient que le frôlement des peaux et l'assouvissement du désir. Dans ses longues promenades à cheval dans la campagne milanaise, tandis que son regard se portait sur les montagnes dont les sommets étaient couverts d'une neige, si éclatante sous le soleil qu'on l'aurait pu croire constituée de fines lamelles d'or, il tentait de déterminer le motif de sa passion. Était-elle plus belle, plus intelligente, plus vive, plus délicate ? Où se nichait le mystère ? Jean-Antoine riait tellement il sentait son cœur prêt à déborder pour quelqu'un qui, en vérité, lui était inconnu. Il pensait et ne vivait que pour elle, par la seule force d'un envoûtement indéchiffrable. Chaque jour il reculait l'instant et ce manque de courage le navrait, l'instant de renouer et de continuer à marquer des points. Pourtant, il possédait une arme, le portrait qu'il avait peint d'après ses dessins dans une pièce abandonnée du palais Serboni.

Mis en confiance par la solitude et la quiétude de la campagne, il se décida, ce soir, il lui présenterait le fruit de son travail, le don de la passion, de l'amour. Il cravacha son cheval, tout à coup, la route du retour lui sembla interminable.

Tandis que dans les salons les officiers républicains partaient à la conquête de marquises émoustillées, les réquisitions de chevaux, de voitures, de nourriture s'abattaient sur Milan. Dans les églises, les pillages de statues et de tableaux s'organisaient, on enlevait les vases sacrés, on emballait les trésors des paroisses et des couvents. Le petit peuple, qui n'avait pas d'idée précise sur la République, constatait avec révolte qu'on le privait de ce qu'il avait pris coutume de considérer comme lui appartenant : ces centaines de madones, ces milliers de saints devant lesquels nuit et jour brûlaient des cierges dans l'odeur de l'encens. Les Français volaient Dieu, s'indignaient les prêtres.

Pour ses recherches, Berthier avait délégué auprès de Maria l'un de ces jacobins italiens pour qui la République était un moyen de faire carrière. Il était long, maigre, sentencieux et possédait une haleine aillée dès le matin. En sa compagnie, Maria parcourait la ville, loin du Duomo et du Corso, loin des marquises et des bals, elle longeait des ruelles noires, des murs lépreux, pénétrait dans des couvents ténébreux, des chapelles obscures où des vieilles édentées la scrutaient d'un œil haineux. Rencognées à l'abri des colonnes, elles passaient la journée un chapelet entre les doigts, les lèvres laissant filer un perpétuel marmonnement. Il montait à la gorge de Maria un profond écœurement de ces remugles de suif qui lui rappelaient la boutique de son père, proche de l'église Sainte-Réparate où elle avait passé son enfance au milieu des bougies. Elle retrouvait là la même misère confite en dévotion, les mêmes relents de vêtements jamais lavés.

Elle interrogeait les prêtres des églises, les moines des couvents, toujours la même question que traduisait le jacobin : « Connaissez-vous un jeune garçon nommé Jean-Jacques, âgé d'environ huit ans, venant de Nice, élevé par des religieux ? » À chaque fois la même protestation comme si brusquement il s'agissait d'une question sur la nature de la lune, ou l'immortalité de l'âme. Non, ils ne savaient rien. Ils répondaient entre leurs dents, pour peu ils auraient craché sur cette Française, autrement dit, cette athée. Elle avait beau ajouter pour la circonstance qu'elle était niçoise, les bouches restaient cousues comme des sacs, le regard fuyait, un regard pointu comme un coup de poignard dans le dos.

Tout avait commencé avec des cardinaux qui la recevaient dans des pièces drapées de tentures, de rideaux épais et sombres. Des cardinaux blets qui paraissaient n'avoir pas vu le jour depuis des siècles, juraient ne jamais en avoir entendu parler, sinon ils se feraient un immense plaisir de rendre service à la protégée de l'illustrissime général en chef. Des tentures, elle passa aux sacristies puis à la poussière opaque des cloîtres, aux sourires figés des pères supérieurs, long échelonnage de statues désespérément muettes et glaciales. Ces gens-là ne diraient rien ! Ses démarches jusqu'à l'épuisement ne servaient à rien, toute aventure ne servait à rien. Jamais elle ne retrouverait son enfant en s'y prenant de cette façon.

Le jacobin italien, entre deux bouffée d'ail, fit rouler entre ses doigts une pièce fictive. L'argent bien sûr ! Il restait peu de chose à Maria de son pécule de départ, il y avait eu des frais. Chaque œuf préparé pour le général, elle l'avait payé de sa bourse, et personne n'avait entrevu la nécessité de la rembourser. Les militaires réquisitionnaient. Elle, achetait. La seule à agir de la sorte de toute l'armée d'Italie. L'homme insista, il connaissait quelqu'un, inutile d'arroser tous les prêtres de Milan. Ce prélat haut placé livrerait la réponse. Bien sûr, il était cher.

— Combien ? demanda Maria.

— Deux cent mille livres.

Deux cent mille livres ! Jamais elle n'avait été en possession d'une telle somme. Elle pouvait demander à Vincent. Mais comment oser accabler ce pauvre homme une fois de plus, pourquoi paierait-il pour un enfant qui n'était pas le sien ? Évidemment, il s'y emploierait immédiatement, protestant que cela lui faisait plaisir, l'argent après tout n'était rien en soi, lui, qui l'avait amassé le long d'une vie sans fastes. Elle pensa à son père Giacomo Grandi, l'homme qui l'avait spoliée pendant la Révolution de la maison léguée par Benjamin. Elle pourrait récupérer la villa et la vendre. Elle en tirerait bien les deux cent mille livres nécessaires. Benjamin le lui pardonnerait. Mais pour mener l'opération à bien, elle devait renouer avec son père. Parler avec lui. À cette seule idée, elle se mit à frémir. « Il le faut cependant ! » Elle rentrerait à Nice.

Une fois la décision prise, elle eut hâte de prendre la route.

— C'est de la folie, protesta Jean-Antoine.

Il était venu cœur battant, enfin décidé à l'affronter. Il était beau dans la lumière du couchant, ses longs cheveux encadrant son visage, le front dégagé, la gorge couverte d'une large cravate blanche qui mettait en évidence sa peau cuivrée par le soleil. Il la regardait partagé entre la mélancolie et l'exaltation.

— Je vous accompagne.

— Il n'en est pas question, mon ami.

— Mais c'est insensé, il vous faudra refaire tout ce chemin encombré de soldats, vous devrez affronter mille périls. Jamais vous n'y parviendrez.

— Rassurez-vous, il ne m'arrivera rien de fâcheux..

— Maria, sans… vous…

Il balbutiait. Son regard se brouilla, ses pupilles se dilatèrent. « Il a des yeux d'enfant », pensa Maria. Cette pensée l'émut.

— Amenez-moi dans un endroit où l'on peut se distraire. C'est ma dernière soirée à Milan.

— A la Scala ?

À cette seule perspective les larmes refluèrent, le

regard s'alluma, ses traits reprirent leur constance de douceur et de charme.

Pour la première fois de sa vie Maria se rendait à l'opéra. Elle fut étonnée par la pénombre et le brouhaha, on n'y voyait goutte mais on devinait le mouvement des toilettes bruissantes. De leurs fauteuils, ils dominaient le parterre où scintillaient les éclats phosphorescents des pendentifs et des tissus. Les officiers français étaient invités, à trois ou quatre par loge, les galons et les ors de leurs baudriers poudroyaient comme un ciel d'étoiles dans la profondeur ténébreuse. Le rideau se leva, révélant une rampe lumineuse. De la fosse d'orchestre montèrent les premiers accords de l'ouverture. Les conversations ne cessèrent pas pour autant, des rires perlaient, telles des fusées de feu d'artifice. Les spectateurs traînaient entre les travées, les portes battaient. Puis vinrent les chanteurs sur le devant de la scène. Les bruits s'atténuèrent, ne laissant subsister qu'une rumeur, sorte de vent continu s'infiltrant entre les colonnes de marbre. Maria fut surprise de ne rien comprendre, les voix l'enveloppaient, instruments de chair, elles glissaient et jouaient avec les cordes et les cuivres. Le mariage était d'une douceur vaporeuse, inconnue. Maria fut emportée, flottant audessus d'elle-même comme cela ne se peut que dans les songes. Cette pénétration de la musique dans son âme et par tout son être la ravissait, jamais elle n'avait connu un tel état de béatitude, pareille sensation de plénitude, plus forte dans sa douce violence que le plaisir de l'amour. Immobile, les yeux tantôt fermés tantôt happés par le délié des chanteurs, leur manière prodigieuse de s'effacer derrière leur voix ou plus exactement de ne faire qu'un avec elle, Maria en oublia Jean-Antoine perdu dans la nuit. Le ravissement dura une heure, le temps du premier acte. La même lumière secrète réinvestit la salle, les éventails se déployèrent, les conversations reprirent. Un intermède dansé occupa la scène sans que personne ne pense à en suivre les arabesques. Dans les salons, les dames sirotaient des limonades et des sorbets avec délectation. Tout cela était réglé comme un ballet beaucoup plus passionnant que celui se déroulant sur scène. Les femmes, surtout, tenaient leur rôle avec précision. Du parterre aux loges elles étincelaient, certaines étaient entourées par cinq ou six chevaliers servants, à chacun elles ouvraient et fermaient les portes de l'espoir d'un battement de cils, d'un rire complice, d'une moue audacieuse. Comment tout cela se terminait-il, se demandait Maria, y avait-il une conclusion ou le jeu sans cesse reprenait-il pour le seul plaisir de l'instant ? Ces Milanaises jouaient de l'amour comme les Françaises reçoivent dans leur salon, les hommes prenant la place des biscuits secs et des gâteaux au miel. Ces femmes-là, leur arrivait-il de souffrir, de s'égarer ou ne faisaient-elles qu'effleurer la passion sans jamais brûler leurs plumes ? À certains visages fatigués sous le fard, Maria entrevit la possibilité d'une seconde vie où la douleur et peut-être même l'humiliation surgissaient derrière l'apparence de l'éternelle légèreté.

Le ballet disparut et, après quelques instants de nuit complète, les chanteurs s'avancèrent, le deuxième acte commençait. Des angelots suspendus aux cintres traversaient la scène tandis qu'appuyée contre une balustrade moussue, une jeune femme attendait son chevalier. Elle attendait et il ne venait jamais. Ce qui provoqua un très long et très beau *lamento,* un soupir d'amour modulé comme si la voix elle-même connaissait le corps de l'absent. La beauté peu à peu effaçant la tristesse, ne subsistait qu'une ineffable pureté. Et dans ce chant qui coulait mélancolique, Maria fut emportée. Elle se retrouva dans la chambre du bord de mer à Nice, Benjamin entrait le sourire aux lèvres, il lui disait quelque chose, mais elle ne saisissait pas ses paroles. Elle faillit se jeter au-devant de lui, se lever du fauteuil et courir embrasser son amant. « Benjamin… » Il entrait, il souriait. À la fin du *lamento* son visage était couvert de larmes, Jean-Antoine se pencha et voulut lui saisir la main, elle le repoussa avec violence. Une violence qui le laissa pantois.

— Voulez-vous que nous partions ? chuchota le peintre.

Non, elle tenait à rester, elle espérait de nouveaux instants où le passé ne serait plus le passé, où le monde des morts basculerait dans la vie porté par la musique. Avant ce soir elle aurait été incapable d'en donner une définition, désormais elle savait que la musique était le chemin qu'empruntaient les disparus pour traverser le temps. Le chevalier était mort à la guerre croyait-on, la jeune damoiselle faillit se consoler avec son meilleur ami, heureusement le preux revint des croisades, il retrouva son amoureuse aussi pure qu'à son départ, et son ami toujours fidèle.

La lumière sombre, le brouhaha, le rideau baissé, Maria resta quelques instants immobile savourant le goût du bonheur envolé. Elle s'appuya au bras que lui proposait Jean-Antoine, elle se sentait le cœur débordant mais, quand elle dut se tenir debout, les jambes lui manquèrent. Dehors il pleuvait, les belles fuyaient, protégées par de vaste parapluies noirs que tenaient des valets empressés, elles pouffaient tandis que les satins et les soies se plaquaient sur leur poitrine, la pluie délayait le noir des yeux, le rose des joues, le rouge des lèvres, transformant le visage en *gelati* fondus.

— Marchons, décida Maria.

Elle se lança sous l'averse, la pluie ne lui avait jamais fait peur, ni le vent, ni le soleil. Quelle bénédiction ! Son corps entier vibrait sous la morsure de l'eau, elle marchait si vite que Jean-Antoine avait du mal à la suivre dans ses bottes de parade. Savait-elle où elle allait ? Ses cheveux se plaquaient sur son front, ses joues, l'eau dégoulinait dans son dos, entre ses seins. Elle n'avait pas froid, un frémissement électrique la parcourait, déferlant de son ventre à ses cuisses, un roulis tiède agréable. Ils étaient arrivés devant le palais Serboni. Ils y entrèrent.

— Où allons-nous ? demanda Jean-Antoine.

— Chez vous, c'est ici que vous logez non ?

questionna Maria en faisant jaillir des gerbes d'eau de sa tignasse qu'elle secouait comme un chien sortant de la mer.

La chambre dénudée sentait l'huile et l'essence de térébenthine, sur le sol des feuilles à dessin froissées, en équilibre sur le dossier de deux chaises un établi jonché de pots de peinture et de bougies dont le ventre de cire se répandait en torsades torturées. Jean-Antoine donna de la lumière, ranima le feu dans la cheminée où finissaient de se consumer quelques bûches. Dans la demi-pénombre, contre le mur, Maria aperçut le portrait. Les flammes des bougies rendaient la toile mouvante, le visage parcouru d'ondulations souriait, tantôt alangui, tantôt tourmenté. Ce qui frappait, c'étaient les lignes de fuite des traits, l'impossibilité de les saisir, de les immobiliser, l'élan l'emportait, un élan brutal, intense, une force sauvage que les plis de la bouche, le bombé des lèvres transformaient en volupté autoritaire. Les cheveux, forêt d'un noir luisant, montaient à l'assaut tel un bataillon de cuirassiers dressés sur mille chevaux bondissants. Elle se reconnaissait et elle ne se reconnaissait pas. Il y avait le mystère de cette guerrière voluptueuse, conquérante, impétueuse.

— Vous avez peint une héroïne, murmura-t-elle.

La pluie cognait contre l'unique fenêtre de la chambre, une pluie en rafales grondant dans un souffle de torrent fou.

Jamais les choses n'auraient dû se passer ainsi, regrettait Jean-Antoine assis sur le rebord du lit de camp. Ce fut au moment où l'averse s'accordait un répit que Maria se déplaça, telle une ombre démesurée, et vint s'allonger près de lui. Elle posa une main fraîche sur sa bouche.

— Ne dites rien, Jean-Antoine, soufflez les bougies.

La route était infiniment longue, le trajet avalé à l'aller dans l'enthousiasme de la marche triomphale se déroulait dans sa vérité au pas du vieux Baron. Il y eut les blés et les vignes, les bouleaux et les peupliers, la plaine lombarde, le vallonnement du Piémont, puis les escarpements de la montagne. Pour soulager le cheval, une bonne partie du trajet s'effectuait à pied, Marcellina d'un côté du chemin, Maria de l'autre. Les jours étaient longs et magnifiques, les nuits lumineuses et courtes. Jusqu'à l'approche de la montagne les deux femmes longèrent des convois bâchés en direction de Paris. Sous les toiles, des trésors destinés à renflouer les finances du Directoire. Des cavaliers et des hommes à pied veillaient sur les voitures. Ils regardaient, amusés, ces deux femmes marchant dans la même direction qu'eux. « Où allez-vous ? criaient-ils. — À Nice, répondait Maria. — Vous allez traverser les Alpes sans compagnie ? — Oui ! — En voilà une idée, restez avec nous. — Non merci, nous sommes pressées. »

Et la carriole dépassait le convoi, celui-ci, puis un autre. Enfin il n'y eut plus rien devant elles que la poussière et la caillasse. La montagne se dressa. De l'autre côté, à des jours de marche, il y avait la mer. L'horizon se rétrécit, l'opulence des forêts fit place à une végétation grise accrochée à la pierre. La tranquillité du trajet avait jusqu'ici permis à Maria d'avancer plongée dans ses pensées, elle revivait cette nuit étrange dans la chambre de Jean-Antoine. Au petit matin elle l'avait laissé profondément endormi, un liseré de sueur perlant sur ses lèvres, beau dans son abandon d'enfant épuisé. Tout avait commencé à la Scala avec l'apparition de Benjamin, son sourire, la légèreté de ses mouvements. Elle en jurait à cet instant, il l'avait frôlée, laissant dans l'air l'empreinte de son odeur. Une présence si forte que la réalité s'était brouillée, effacée. Benjamin marchait à ses côtés, elle sous l'averse, lui dans le soleil, mais cette confusion ne la gênait pas, au contraire elle apportait la preuve de la présence de l'Anglais, le Benjamin illuminé du souvenir venu la soutenir par le bras dans les rues mouillées de Milan. Par la suite, il y avait eu le portrait avec sa fougue, sa fièvre, la volupté qui en sourdait, il y avait eu le silence, la pluie, l'humidité tiède qui l'envahissait. Une fois allongée sur le lit de camp, elle avait eu besoin d'un corps, le corps de Benjamin, celui du peintre ne venait qu'ensuite, bien plus éloigné et incertain dans la hiérarchie du désir. Mais ce fut le peintre qui la pénétra en tremblant, gauche, ardent, vorace, trompant la maîtrise par son impétuosité, se faisant pardonner l'imperfection par le souci affirmé de mieux faire à chaque recommencement. Cette course maladroite au plaisir, Maria l'encourageait, elle en appréciait jusqu'à la hâte, les ratages, elle menait et se laissait mener, elle hâtait et ralentissait. À chaque étreinte un peu de l'innocence et de la pudeur de Jean-Antoine venait se fracasser en elle, éveillant l'écho de sa propre innocence, des toutes premières fois, quand, se livrant avec la foi absolue de l'amour, elle oubliait dans le don, la germination des émois du corps. Ce fut une nuit tendue vers la résurrection du passé, une plongée dans la nuit éblouissante du souvenir. Elle s'échappait et glissait d'elle-même, Jean-Antoine hurlait : « Maria... Maria... » Elle revenait, elle le caressait, elle l'essuyait, elle s'écartelait, il se noyait, elle l'enfonçait en elle jusqu'à la dissolution, jusqu'à l'oubli. Il s'écroulait entre ses seins, harassé, elle le ranimait, il devait aller plus loin, plus fort, le petit peintre, jusqu'au vertige des soleils anciens. À l'aube il sombra dans une sorte de léthargie, Maria se leva et sur un papier écrivit : « Je pars Jean-Antoine, ne soyez pas chagriné vous êtes doux et fort, votre avenir est plein de promesses j'en suis certaine. Ne cherchez pas à me revoir. J'appartiens à un autre contre lequel vous ne pouvez rien, l'absolu de la mort garantit du déclin. Jean-Antoine, donnez-vous à votre talent et à rien d'autre. Adieu. Maria. »

Les deux femmes franchirent les premiers escarpements du Comté par une soirée de juin, le ciel s'effilochait de rose aux cimes des mélèzes, des parfums violents de rocaille et de fleurs sauvages flambaient dans l'air. Une lune rousse et pleine annonçait la proximité de la tombée de la nuit. Les pas de Baron résonnaient dans le silence avec une régularité monotone.

— Nous n'allons pas tarder à nous installer, fit Maria.

Marcellina, qui tremblait de tous ses membres, secoua la tête.

— J'ai peur, madame. Il faut aller plus loin.

— Plus loin c'est la même chose, nous sommes encore à deux jours de marche de chez nous.

Ellc crut inutile d'ajouter les deux jours les plus dangereux.

— Nous allons mourir madame, geignit Marcellina. Il paraît que les « barbets » violent les femmes avant de les tuer, Sainte Mère de Dieu. Il paraît, madame, qu'ils mettent nus les gens.

— Tais-toi ! l'interrompit Maria.

Marcellina aurait pu dire encore qu'ils empoisonnaient les sources, détroussaient et tuaient les courriers, pillaient les fermes. Maria connaissait tout ça, à l'hôtel d'York elle tendait l'oreille chaque fois qu'on racontait à voix basse les méfaits des « fils de Dieu et du Roi », comme ils se faisaient appeler. Brigands, miliciens, invisibles à coup sûr, ils parcouraient la roche avec la légèreté et la précision du chamois. Du chamois, ils possédaient non seulement le pied mais aussi la connaissance parfaite des entrailles de la montagne, ses surplombs, ses à-pics, ses éperons, ses précipices. Partout et nulle part. Aucune armée n'en était venue à bout. Jamais un combat de front toujours des escarmouches, ils déboulaient, tuaient, disparaissaient, ne laissant derrière eux que la poussière et le sang. Maria savait qu'à partir de cette soirée de rose tendre, le danger rôdait. Elle comptait sur la chance et sa détermination absolue de mener à bien cette expédition. Elle passerait. Il y avait de la conviction du général en elle, cette foi irréductible en son destin. Elle aimait croire que de Milan il veillait sur elle.

Elle repéra une clairière dissimulée par les branches emmêlées d'un bosquet d'yeuses. Les deux femmes dételèrent Baron et s'abritèrent dans la carriole, bâche tirée. Marcellina voulut faire chauffer de l'eau pour le thé.

— N'allume pas, ordonna Maria. Pas de fumée pas de bougie, nous dînerons de pain et de jambon.

Dehors le jour refusait de mourir. Le rose fondit dans le vert avant qu'enfin la nuit prenne possession du ciel. Alors commencèrent les rumeurs, les frôlements, le chant des espèces sauvages, tout le charivari des existences invisibles, la détresse de la proie, le clappement de contentement du prédateur, cette messe infinie de la vie et de la mort dominée par le concert de pleurs des chauves-souris hallucinées dans leur danse lunaire.

— J'ai peur...

Marcellina, au bord des larmes, vint se blottir contre sa patronne.

— Prie, fit Maria.

— Oh, madame, je ne fais que ça. Si je prie les « barbets » ne nous ferons pas de mal, n'est-ce pas ?

— Ce n'est pas si sûr.

— Mais pourquoi ? Eux aussi croient en Dieu.

À l'aube le silence s'installa enfin. Il était temps de reprendre la route. Les deux femmes dénouèrent les liens de la bâche, Maria fut la première à apercevoir les ombres. Ils étaient cinq, vêtus d'un long manteau, la tête surmontée d'un chapeau au large bord relevé sur le devant, parfaitement immobiles, les pieds chaussés de gros bas de laine s'incrustant dans l'herbe humide. Marcellina poussa un cri et tomba à genoux, la tête ramassée contre la poitrine.

L'un des hommes avança de deux pas, sortit un pistolet de sa ceinture en tissu, approcha le canon de la tête de Baron et tira deux coups. L'animal s'écroula, foudroyé.

Pas un mot ne fut prononcé. Il faisait déjà chaud, les pieds s'enfonçaient dans la poussière et la caillasse, une odeur d'herbe calcinée séchait la gorge. Les « barbets » avançaient d'un pas régulier, avalant la pente sans un soupir. Maria ne distinguait que le dos de ceux qui la précédaient, raides et droits comme des arbres en mouvement. Il ne fallait rien attendre d'eux, la bonne nouvelle pour l'instant était qu'ils ne les avaient pas tuées sur place. Désormais il s'agissait de ne pas faiblir, ni de se plaindre, ni de gémir. Le soleil devint blanc, le silence lui-même semblait brûler, le bourdonnement des insectes remplissait l'espace. Dans l'air cotonneux, la marche devenait un véritable supplice, des éclairs noirs tournoyaient sous les paupières de Maria. « Il ne faut pas que je tombe ! » Ce fut Marcellina qui s'écroula. Maria se précipita et s'adressant pour la première fois aux hommes demanda :

— S'il vous plaît, un peu d'eau...

Après une hésitation l'homme qui avait abattu

Baron s'approcha, se pencha et sortit de la poche de son manteau une gourde...

— Seulement pour elle, fit-il en désignant la servante.

Marcellina s'empara de la gourde puis la tendit à Maria. L'homme la gifla violemment et la lui arracha des mains.

— Maintenant si tu tombes encore une fois, je te tue.

Maria l'aida à se redresser.

— Appuie-toi sur moi si tu te sens mal.

Un peu plus loin, les hommes firent halte et pissèrent tous d'un même ensemble droit dans le ravin, puis sans même s'asseoir dévorèrent une boule de pain et un oignon chacun. La gourde passa de l'un à l'autre. Maria ferma les yeux. Il fallait chasser l'idée de la soif, cesser d'imaginer ce filet d'eau bienfaisant qui aurait apaisé le foyer incandescent de sa gorge, humecté les lèvres et la bouche, se serait répandu dans tout le corps à travers les veines, oh, quelques gouttes pour diluer la carapace de l'air cartonné, juste un peu de vie, de vie fraîche. La marche reprit, les « barbets » entonnèrent un chant à la gloire de Dieu et de la Vierge Marie. Ils n'en connaissaient qu'un couplet qui se transforma en une sorte de murmure indistinct. Le chemin passa sous un aplomb de roches, l'air devint respirable. Maria arracha à un arbuste une poignée de fruits sauvages qu'elle partagea avec Marcellina. Le fruit donnait un jus amer et tiède mais c'était du liquide, ça coulait. Elle fit une provision qu'elle cacha à même la peau sous son chemisier. Les pieds des deux femmes blessés, des déchirures se creusaient, laissant couler des filets de sang. Continuer, continuer encore en se promettant que la torture cesserait avec le soir, avec la nuit, avec la disparition de cette boule incandescente dans le ciel qui les aveuglait. Marcellina s'aidait en priant, Maria en serrant les dents avec la volonté de ne pas tomber, de ne pas supplier, elle évoquait Benjamin et sa jambe en charpie, sa lutte contre la mort, contre le mal. Le mal qui avait gagné partout dans les rangs de la Révolution comme dans ceux de ces hommes nourris d'oignons et de religion qui tuaient au nom d'un Dieu dont ils clamait la gloire sans seulement concevoir ce que pouvait être cette gloire. Était-il vrai qu'à la fin le mal l'emportait toujours ? Elle refusait d'y croire, cette certitude lui donna la force de poursuivre.

Les hommes empruntèrent un sentier escarpé qui descendait à flanc de montagne. À la brume de chaleur succéda un ciel parcouru de longues écharpes laineuses s'effilochant en boucles de feu. Le chemin tournait raide. Maria et Marcellina tombèrent plusieurs fois, s'écorchèrent les coudes et les bras aux aspérités pointues de la paroi, se retenant tant bien que mal aux rares touffes de broussailles. À mi-pente un homme montait la garde appuyé à un arbre, il fit un signe de croix, les cinq hommes se signèrent à leur tour et continuèrent, ils empruntèrent une galerie percée à même la roche. Pour progresser il fallait baisser la tête et par endroits se plier en deux. Brusquement, le passage s'interrompit, fermé par une porte ensevelie sous les ronces devant laquelle se tenait une sentinelle. L'homme qui avait abattu Baron, d'un mouvement de tête lui ordonna d'ouvrir la porte. Les hommes poussèrent les deux femmes qui se retrouvèrent dans le noir, des verrous claquèrent derrière elles. L'humidité froide d'une cave, une odeur d'eau et de salpêtre les envahirent. Le noir peu à peu s'atténua, laissant apparaître non pas une cave, mais une grotte aux parois suintantes. Les yeux accoutumés à la pénombre, elles distinguèrent appuyés contre la paroi trois hommes, serrés les uns contre les autres, complètement nus. Leurs yeux brillaient, mélange de terreur, de curiosité et d'espoir.

Marcellina poussa un cri, porta les mains devant ses yeux : « Seigneur », gémit-elle. Les trois hommes se présentèrent, ils venaient de l'armée d'Italie et devaient rejoindre leur cantonnement près de Lantosque, lorsqu'on les avait enlevés, menés dans cette grotte et déshabillés. Ils s'excusaient de l'état où ils se trouvaient. Celui qui parlait, un dénommé Lange, était le plus âgé, un petit homme grassouillet, à la peau d'une blancheur maladive. Il termina en précisant qu'il était chirurgien. Le deuxième à prendre la parole avait tout juste vingt ans et tremblait de peur ou de froid, peut-être des deux.

— Lieutenant Canastrier, fit-il en claquant ses talons qui émirent un bruit de baiser humide.

Le troisième, grand et sec, se contenta de l'énoncé de son grade et de son nom :

— Martial Hureau, capitaine aux dragons.

Le chirurgien reprit la parole :

— Mesdames, nous avons perdu le sens du temps, fait-il jour ou nuit ? Nous avons été faits prisonniers à l'aube, nous avons marché toute une journée sans rien manger ni boire. Ils nous ont laissé une boule de pain, nous l'économisons. Sait-on jamais ?

— Sait-on jamais quoi ? grogna Hureau.

— Mangeons-la avant de mourir et qu'on n'en parle plus, s'emporta Canastrier. J'en ai assez de lécher les murs.

— Oui, reprit le chirurgien comme pour s'excuser, nous léchons les murs, il suinte de l'eau, beaucoup d'eau, c'est toujours ça, avec de l'eau on peut survivre.

— Ne vous en faites pas, ils ne nous octroieront pas le temps de nous préoccuper de notre survie, ironisa Hureau.

— Il faut toujours espérer en Dieu.

— Le diable vous emporte vous et votre Dieu, excusez-nous mesdames, s'emporta le capitaine.

Maria remarqua qu'Hureau portait la moustache comme beaucoup d'officiers du général, signe de vaillance et d'arrogance. Chez lui elle était plutôt la marque de la distance et de la hauteur.

Maria crut l'instant propice pour prendre la parole.

— Que vont-ils nous faire ? Pourquoi cette mascarade ?

D'un mouvement de la tête elle désigna la nudité des trois militaires.

Le chirurgien volubile ne laissa à personne le soin de répondre.

— La nudité c'est sans doute pour nous humilier mais aussi pour récupérer nos affaires, ils font feu de tout bois, ils vont transformer nos culottes et nos redingotes en vêtements pour l'hiver, récupérer nos ceinturons et même nos caleçons, quant à ce qu'ils vont nous faire c'est malheureusement très simple. N'avez-vous jamais entendu parler du « Saut des Français » ? C'est un gouffre madame dans lequel ils font sauter leurs prisonniers, les victimes vont s'écraser au fond du précipice où coule la Vésubie.

Le lieutenant intervint :

— Il paraît que les chiens de berger viennent dévorer les cadavres.

— Taisez-vous, fit le chirurgien. Inutile de terroriser ces dames.

— Les dames, les dames ils les feront sauter aussi.

Marcellina s'écroula, cette fois c'était trop…

— Je ne veux pas mourir, je ne veux pas mourir, implora-t-elle.

Maria la secoua.

— Arrête ! Il sera toujours temps quand ce sera le moment.

— Bien dit, madame, fit Hureau. Moi, ce qui m'inquiète c'est ce à quoi on peut bien penser pendant le saut. On dit le ravin profond, très profond, plusieurs centaines de pieds.

— Selon le système métrique qui possède bien des avantages, précisa le chirurgien, le gouffre ferait dans les trois cents mètres !

— Tu parles d'un saut, commenta le lieutenant lugubre.

— Oui, fit songeur Hureau, on doit certainement avoir le temps de se poser une question mais laquelle ?

— Taisez-vous ! s'exclama le chirurgien. Vous êtes énervant à la fin.

— Vous avez raison docteur, approuva Hureau. Partageons plutôt notre quignon de pain avec ces dames. Ce doit être l'heure du dîner.

Le chirurgien dénicha derrière une roche une grosse boule de pain sombre comme du charbon, puis s'adressant à Maria :

— Vous n'auriez pas un couteau ? Sait-on jamais !

— Sait-on jamais sait-on jamais, c'est la foi qui vous colle au corps docteur ou est-ce une inaltérable bêtise ?

— Merci Hureau, je n'en attendais pas moins de votre part.

— Assez, fit le lieutenant. Mordons dans le pain et qu'on n'en parle plus.

Maria, en enfonçant ses dents dans le pain dur comme de la pierre, se demandait quel étrange sort déterminait son séjour en compagnie de ces trois bonshommes complètement nus au fond d'une grotte.

— Avez-vous exploré les lieux ? demanda-t-elle.

— Malheureusement oui, répondit le chirurgien. Toutes les ouvertures ont été murées. Nous sommes dans une cellule, madame.

Pendant un long moment plus un mot ne fut échangé. Marcellina mangeait de bon appétit, le lieutenant grignotait, le chirurgien en était à son deuxième morceau, Hureau se tenait à l'écart.

Maria le regarda plus attentivement. Cet homme-là cherchait un moyen d'éviter la mort, s'il fallait faire confiance à l'un d'eux c'était à lui. Elle posa la tranche de pain, appuya sa tête contre une pierre et ferma les yeux. Dans le silence on percevait le murmure de l'eau parcourant des chemins invisibles sous leurs pieds. De l'eau qui ne voyait jamais le jour, glaciale et noire. Il sembla à Maria que ses lèvres venaient de s'y engouffrer, lui laissant un goût fade dans la bouche, un goût de mort. Elle se redressa, fit quelques pas, les ténèbres l'oppressèrent, elle rejoignit le petit groupe, grosse tache blanche immobile, sorte de bête accroupie dont on percevait à peine le souffle. Maria comprit qu'il fallait briser ce silence humide de sépulture.

— Ma servante et moi-même revenons de Milan où nous avons assisté à l'entrée des troupes commandées par le général Bonaparte. Ce fut un splendide spectacle, tous ces hommes qui avaient tant souffert défilant sous des arcs de triomphe fleuris…

— Mais nous y étions, madame, fit Hureau, et de belle manière encore. J'ai chargé au pont de Lodi avec ma compagnie. Bon Dieu pourquoi n'y suis-je pas resté ce jour-là ? Il faisait du soleil, il y avait du vent, des bourgeons aux arbres. Mourir pour mourir, on devrait pouvoir choisir sa mort, c'est bien le moindre.

— Moi, je préfère ne pas choisir, grogna le lieutenant, ne pas choisir et ne pas mourir par la même occasion.

— Fatuité, commenta Hureau d'une voix lasse.

— Moi, intervint le chirurgien, je veux mourir par un beau soir d'été, j'aurais bu une bouteille de vin blanc bien frais, mon épouse m'appellerait : « Édouard nous passons à table... », je m'installerais devant une bonne soupe épaisse de légumes du jardin, ensuite j'hésite entre des petits pigeons farcis ou une pintade rôtie...

— Va pour le pigeon, fit Hureau.

— Oui n'est-ce pas, le pigeon c'est plus fin ? J'en dévorerais deux ou trois, selon mon habitude je ferais glisser les bestioles avec du vin de mon domaine, oui j'ai un domaine dans le Luberon, le vin n'y est pas grand mais c'est le mien. Je serais repu mais je n'hésiterais pas devant le clafoutis à la poire et un verre de muscat.

— Bah, le muscat, intervint Hureau, disons plutôt un verre de gnôle, de la raide bien blanche.

— Pardon, pardon Hureau laissez-moi le muscat. J'ai bien le droit de mourir en buvant le vin qui me plaît.

— Si vous voulez docteur, mais même la mort n'amnistie pas du mauvais goût.

— Vous m'embêtez... Voilà je sirote mon muscat, un morceau de poire fond sous ma dent, soudain, est-ce le muscat ? est-ce le bonheur ? Ma tête explose et je tombe mort dans mon assiette. La perfection.

— Pas mal, grogna Hureau.

— Et vous capitaine ? Peut-être pourriez-vous aller plus loin dans les détails de votre trépas dans le soleil et le vent.

— Ma foi, si vous y tenez. Je suis en tête, c'est mon habitude et c'est mon devoir, mon cheval répond à la moindre de mes sollicitations, c'est un sacré cheval noir de jais aux jambes fines et longues, aux attaches souples et fermes. Nous nous entendons bien, disons selon la formule que nous ne faisons qu'un. Nous pouvons atteindre des sommets de liberté lui et moi. Nous avons pris le galop, invincibles, la mitraille nous épargne, nous sommes trop rapides, trop aériens et puis… que peut-on faire devant un boulet anonyme et bête : exploser. C'est ce que nous faisons mon cheval et moi.

Le lieutenant se taisait, ramassé sur lui-même comme un chien mouillé. Marcellina s'était endormie.

Le chirurgien évoquait les soirées calmes et lumineuses du Luberon, il souriait. Brusquement il fit plus froid. Maria s'adressa à Hureau :

— Je peux vous passer ma chemise, c'est peu je sais… je me roulerai dans le châle de ma servante.

— Comment faut-il vous appeler ?

— Maria.

— Merci, Maria. Conservez votre chemise.

— N'avez-vous donc pas froid ?

— En effet, mais le chirurgien et le lieutenant aussi. Il nous en faudrait trois.

Quelques instants Maria eut honte d'avoir oublié les deux autres.

Il y eut d'abord des lueurs contre les parois puis un bruit de pas, l'immense porte s'ouvrit, une bouffée d'air tiède les enveloppa. Ils étaient trois, deux escogriffes armés de mousquetons entourant une sorte de marquis poudré, chaussé de bas et de bottes vernies. L'homme s'avança. Il portait une torche à la main qui éclairait son visage, un visage rond de boutiquier que venaient contredire la poudre, les bas, les chaussures vernies. Le visage d'un boutiquier qui se donnerait des airs. La voix en revanche était assez belle, grave et modulée. Prudent, il avait laissé un espace entre lui et les prisonniers.

— Je tiens d'abord à me présenter, Jules François Guillaume de Vintimille, chevalier de l'ordre de Malte, je dois m'excuser pour les conditions assez rudes qui vous ont été imposées, mais vous n'êtes pas sans le savoir, nous menons une guerre d'autant plus impitoyable que celle qui nous est faite l'est tout autant, considérés comme des terroristes et des rebelles, nous ne pouvons nous permettre la civilité envers nos ennemis. Ceci mérite un mot d'explication, ce sera rapide rassurez-vous. La République se dit émanation du peuple français, c'est possible, nous n'intervenons pas dans les affaires françaises, ce sont les Français qui sont venus chez nous pour nous imposer, par nous, j'entends le peuple de ces montagnes, un ordre, une langue et une absence de religion qui nous déplaisent. Nous tenons à nos traditions et par-dessus tout à notre Dieu. Dieu dont vous videz l'Église et chassez les représentants. Pour nous, ni Dieu ni son Église ne se discutent. Nous ne faisons pas la guerre pour vous convaincre mais pour que vous rentriez chez vous. Laissez-nous prier nous vous laisserons libres dans la malédiction.

— Assez de bla-bla-bla, tuez-nous, intervint Hureau. Dieu vous ordonne-t-il de nous humilier, de nous laisser mourir de faim ? Si c'est cela Dieu, je me réjouis de le conchier. Pardon mesdames.

— Taisez-vous, mécréant ! Rassurez-vous, vous allez mourir. Je disais donc qu'en attendant que vous nous laissiez célébrer Dieu, nous nous devons à une guerre exemplaire. Aussi messieurs et vous aussi mesdames, nous ne pourrons faire autrement que de vous soumettre à la loi divine, il existe près d'ici un gouffre, ma foi assez profond, nous allons vous y précipiter, si Dieu le veut, vous vous relèverez intacts, car seul Dieu peut accomplir un tel miracle.

— *Amen*, grogna Hureau.

— Ils vont nous tuer ? demanda Marcellina qui n'avait pas bien compris le discours du chevalier.

— Oui ma bonne, précisa le chirurgien, et de la plus ignoble façon. Je n'ose imaginer le spectacle de nos carcasses une fois arrivés en bas. Quelle bouillie !

— Les chiens s'en régaleront, bredouilla le lieutenant qui ne pouvait retenir ses larmes.

Le chevalier tourna le dos, les escogriffes firent signe aux prisonniers de les suivre. Maria leva la tête, les étoiles grésillaient, innombrables. La troupe se mit en marche dans la nuit d'été lumineuse.

— Nous allons en direction de Roccasparviera, fit Hureau.

— Comment le savez-vous, demanda Maria ?

— Ces oiseaux-là, je les ai combattus, il n'y a

pas si longtemps. Il ne faut attendre d'eux aucune pitié.

— Peuvent-ils attendre quelque chose de nous ?

Hureau balaya la réflexion d'un haussement d'épaule.

Le chemin se fit plus étroit entre la paroi et le précipice, tous avançaient en silence. Du fond d'un vallon montait le chant du rossignol. Maria se sentait extrêmement légère, comme si cette marche à la mort lui apparaissait dans un songe. Elle regardait Hureau et le trouvait droit sorti d'un tableau religieux de son enfance. Il ressemblait à l'ange Gabriel ou peut-être à l'archange saint Michel, le corps musclé, déterminé, les yeux de flamme et d'orage. À un détour, le raidillon se rétrécit, une chape de froid tomba sur la troupe, en bas grondait la rivière, une rumeur ample comme un souffle de colère. Sur une sorte de petite avancée au-dessus du ravin attendaient deux autres hommes, des fourches à la main. Le chevalier et les deux escogriffes s'arrêtèrent. Le précipice éclairé par la lune ressemblait à une énorme bouche noire aux lèvres lisses, la végétation proliférait dans les tréfonds. Le marquis s'approcha de Hureau.

— Vous, vous passerez le dernier, vous aurez ainsi le temps de réfléchir au pardon des offenses faites à Dieu.

Son visage jubilait à la lueur blême de la lune. Les deux hommes qui attendaient sur l'aplomb au-dessus du gouffre s'emparèrent du chirurgien.

— Maintenant, fit le marquis, nous allons voir

si vous croyez tellement en vos idées. Sautez et criez : « Vive la République ! »

Le chirurgien se détourna du vide immense qui l'attendait et bredouilla :

— Allez vous faire foutre et que crève à jamais votre race.

Les deux hommes plantèrent les dents de la fourche dans le dos du chirurgien et le poussèrent.

Un cri de bête, un couinement douloureux tournoya entre les parois, puis ce fut le silence. Le gouffre était trop profond pour que parvienne à la surface l'écho du corps explosant sur l'arête des rochers.

— Au prochain, murmura Hureau à Maria, ne réfléchissez pas, suivez-moi.

Le lieutenant ne voulait pas gagner le promontoire, il tomba à genoux, de l'urine dégoulinait entre ses jambes.

— Laissez-moi vivre, laissez-moi, je suis croyant, baptisé, je vous en supplie, faites-moi grâce au nom de Dieu.

Les hommes le transportèrent par les pieds et les bras et sans même tenter de le faire tenir debout le jetèrent dans la gueule noire.

— Maintenant !

Les hommes scrutaient la chute. Une seconde, une petite seconde, Hureau sauta dans la pente juste à côté du promontoire à travers les broussailles et les yeuses accrochées telles des croix dans la paroi. Maria volait, elle tenait par la main Marcellina qui hurlait. Elle volait… Elle avait la certitude qu'elle volait et qu'importaient les branchages qui la meurtrissaient, les ronces qui la pénétraient, les roches qui la coupaient. Elle lâcha Marcellina qui dévala la pente sur le ventre... Maria volait, devant elle se détachait le corps nu et livide de Hureau, elle suivait ses fesses comme deux soleils lui ouvrant la route de la liberté.

— Plus vite, grondait le capitaine.

Oui plus vite, elle volait, elle virevoltait, puissante et légère comme un oiseau de montagne. Elle bondissait, elle tombait, du sang ruisselait sur son menton, entre ses seins, sur ses cuisses. La poursuite avait commencé, les hommes galopaient en poussant des cris inarticulés de bêtes. C'étaient des loups, il fallait être plus véloce qu'eux, manger la terre, la boue, les ronces, la rocaille...

— Ici ! hurla Hureau.

Il poussa Maria dans un éboulis, à l'abri d'un bosquet de lentisques.

— Marcellina ! murmura dans un souffle Maria.

— Chut ! fit Hureau.

Les hommes passèrent. Il y eut pendant un moment des cris, des appels à travers la montagne, puis plus rien.

— Ne bougeons pas, dit Hureau. Ils sont là, ils nous attendent, ils savent que nous sommes quelque part. Il faut ramper maintenant. Ils sont partis chercher les chiens. Allez vers le bas Maria, toujours en direction de l'eau.

La jeune femme se faufila dans la trace de Hureau, chaque avancée était suivie d'un arrêt, il fallait louvoyer dans les épines et les écorces tranchantes comme des lames de sabre, lorsque la pente devenait trop abrupte le ventre et la poitrine venaient s'empaler sur des branchages brisés qui ralentissaient la chute. Une progression d'insectes à l'affût du moindre bruit parmi les branchages et les feuilles desséchés par la chaleur, un fouillis où l'air pénétrait avec peine. La descente parut durer des heures. Maria, étrangement, en arrivait à oublier les déchirures, les meurtrissures, tendue entièrement dans la volonté d'arriver à cette eau qui bouillonnait plus bas. Chaque avancée, chaque espoir de l'apercevoir venait se fracasser sur un nouvel entrelacs à franchir où il fallait s'enfoncer en écartant à pleines mains des réseaux d'arborescences figés depuis le commencement du monde.

Soudain la rivière fut là, d'un noir mousseux où se reflétait la lumière grise de la lune. Ils s'immobilisèrent, le souffle court, le visage au niveau du courant. Maria arracha ses vêtements, bientôt elle fut nue elle aussi. Ils s'introduisirent lentement dans le ruissellement glacé, quelques instants ils flottèrent immobiles tels deux rameaux de bois mort. Ils allaient dans le sens du courant à une rapidité qui leur semblait folle après l'interminable reptation. Maria retrouva cette sensation heureuse de voler sans entraves, le froid raffermissait sa chair, anesthésiait les blessures. Elle se serait volontiers laissé porter par le courant, mais il y avait ces îlots de roches qu'il fallait contourner. L'eau galopante qui les emportait loin du danger aurait pu être celle de l'anéantissement.

Une fois encore, pensa Maria, la vie avait décidé en sa faveur, une fois encore le miracle, une fois encore un ange gardien, un ange ténébreux qui laissait derrière lui à la surface de l'eau un sillage de poudre d'or. Un ange qui traçait la route et que dans cette résurrection de l'eau, cette victoire sur la mort, elle suivait avec une sorte de ravissement animal.

La nuit se dissipa, le ciel s'ouvrit et apparurent des cavaliers roses, des nuages ronds et pommelés, le soleil joua avec eux, un soleil calme et doux qui ne laissait rien deviner de sa force. Un ordre fut lancé et les oiseaux s'appelèrent heureux de se retrouver, de chanter ensemble comme des fous. Un jour nouveau brillait sur la Vésubie. Le ciel se teintait de bleu, très haut par-dessus les forêts, par-delà les pointes et les sommets des montagnes. Ce bleu étincelant évoqua pour Maria la présence de la mer, la mer qui était au bout de la course, cette eau sur laquelle elle dansait et volait, en compagnie des oiseaux.

Hureau se dressa hors du flot et d'un signe lui ordonna d'en faire autant. Maria ne demanda rien, elle n'avait pas envie de savoir où il l'emmenait. Cet homme connaissait tout, savait tout. Ils franchirent les escarpements et se trouvèrent dans une campagne de vignes et d'oliviers.

Devant eux apparut une bergerie aux murs aveugles comme ceux d'un château fort, elle semblait crier de toute sa puissance rébarbative : passez votre chemin. Hureau frappa longuement à la porte. Surgit enfin un gros homme tiré de son sommeil, les yeux clignant sous la violence de la lumière. En apercevant ces deux-là entièrement nus, il fit un bond en arrière. Hureau dit trois mots que Maria n'entendit pas. L'homme les laissa entrer. Le capitaine se précipita, tira les volets. Un jour parcimonieux pénétra dans la pièce éclairant tout au fond une alcôve où un lit reposait sur des billots de bois. Une femme se dressa, plus jeune que l'homme, ses seins qu'elle avait dû avoir fermes s'échappaient d'une chemise en gros drap.

— Cache ça, grogna le fermier, et vide les pots.

La femme s'empara des deux pots de chambre dont elle versa le contenu sur l'aire devant la bâtisse. Elle souriait tristement, à Maria elle tendit un jupon et un tablier à larges poches, l'un de ceux dont se servent les paysannes les jours de marché. Pour Hureau, impossible de lui trouver quelque chose de convenable, le fermier était bien trop petit et gros. Le capitaine dut se contenter d'une large chemise qui lui arrivait au nombril et d'un drap noué à la taille. La femme se démena à remettre un peu d'ordre. L'homme assis sur une chaise se contentait de les regarder avec un regard sournois où se devinait la peur.

La femme servit une assiette de polenta et du pain noir. Le fermier sortit une bouteille de vin.

— Les « barbets » ? insinua-t-il.

Hureau approuva d'un signe de tête. L'autre instinctivement regarda autour de lui dans la terreur de la présence soudaine des bandits.

— Nous les avons semés, précisa Hureau.

L'homme soupira, soulagé.

— Nous allons dormir un peu et nous reprendrons la route, fit le capitaine.

L'homme acquiesça d'un hochement de tête.

La polenta avait alourdi Maria, ses yeux tenaient difficilement ouverts. Dormir ! Enfin dormir ! Elle s'allongea sur le lit au fond de l'alcôve, déjà demi-inconsciente, elle se dit que le capitaine trouverait bien un coin pour se reposer.

Ce furent les mouches qui la réveillèrent, des mouches bruyantes qui tournoyaient inlassablement. Elle était trempée de sueur, le soleil tapait de toute sa rage contre les murs de la bergerie. Elle avait dû dormir longtemps et profondément. Elle se souvint cependant qu'à un moment son sommeil avait été troublé par un remue-ménage de meubles, du moins ce qu'elle avait interprété de la sorte. Elle se précipita pour laver son visage dans l'eau stagnante d'un récipient posé sur la toilette, l'eau était tiède et couverte de moucherons. Elle y trempa les doigts et se contenta de les porter à son visage. Dehors une poudre de chaleur blanche répandait une lumière sans ombre. Le silence était épais comme de la soupe. La pièce gisait dans l'obscurité sans air. Maria se dirigea vers la porte. Personne sur les restanques qui s'étendaient face à la bergerie. Elle fit le tour de la maison, découvrit une construction qui avait dû servir d'étable, elle poussa la porte, un chat lui sauta entre les jambes, sur le sol un reste de paille pourrissait. Maria referma la porte, cet endroit sentait la mort. Malgré l'extrême touffeur, un frisson la parcourut, elle retourna à la bergerie toujours aussi silencieuse. Elle s'assit à la table où se trouvaient encore les deux écuelles. Le couple devait être parti sur les terres, mais où pouvait se trouver Hureau ? Elle ne croyait pas possible qu'il pût l'avoir abandonnée juste après lui avoir sauvé la vie. Son cœur se serra, elle songea à Marcellina la tête fracassée sur la roche. La façon dont Hureau l'avait sacrifiée. Qui était-il ce Hureau ? Un capitaine de dragons cynique ? Un héros silencieux issu des ténèbres et disparaissant au grand soleil ?

Elle ne l'entendit pas venir, ce fut l'ombre se découpant dans la clarté blafarde qui la prévint de sa présence. Hureau était vêtu en commerçant enrichi avec gilet et chemise à col haut.

— Essayez ces vêtements, fit-il en lui tendant un paquet mal ficelé, j'espère qu'ils vous iront. Nous rejoindrons Nice par la patache de six heures, on nous prendra pour un couple de boutiquiers qui se rend à la ville pour régler une affaire chez le notaire. L'insignifiance est le plus sûr des déguisements.

La robe était d'un coton noir trop épais pour la saison.

— Je vais mourir de chaleur là-dedans, dit Maria.

— Les boutiquiers n'achètent pas de vêtements pour les saisons, ils achètent pour l'usage.

Ils prirent le chemin de Levens, le soleil ressemblait à une marmite en fusion.

— Et nos hôtes ? demanda Maria. Nous ne les avons pas remerciés.

— Inutile, dit Hureau.

— Comment ça, inutile ?

Hureau fixa la jeune femme avec un large sourire.

— J'ai dû m'en débarrasser.

Maria sursauta.

— Que voulez-vous dire ?

— Allons, vous m'avez très bien compris.

— Capitaine vous êtes un monstre, jeta Maria, souffle coupé.

Hureau s'immobilisa.

— Vous n'avez donc pas compris que ces deux-là nous auraient vendus aux « barbets » dès que nous aurions eu le dos tourné ? J'ai dû faire vite avant d'aller quérir de quoi nous vêtir. La robe vous va à merveille.

— Mais, s'insurgea Maria, pourquoi les tuer ? Il devait bien exister d'autres moyens de les faire taire ?

— Certainement, fit Hureau d'un ton dubitatif, mais c'est encore le plus sûr.

— Et vous les avez volés de surcroît ! s'exclama-t-elle.

Hureau haussa les épaules :

— Vous me fatiguez, Maria. Marchons, nous avons une longue route à faire.

Dans la caille, Victor Tiranty, le notaire, mangeait tout même la tête. Le matin dans son cabinet de travail, il aimait vers les dix heures s'accorder un en-cas. Il prenait les petits oiseaux entre les doigts par le bout des pattes, inutile de sortir les couverts. Terreur, Thermidor, Directoire, son ventre imperturbable prenait de l'ampleur. De là à l'accuser de dévorer la nourriture comme il avait avalé les biens des émigrés, les langues bien pendues ne s'en privaient pas. Sur les murs de Nice était apparue une affiche les accusant Grandi et lui d'être : « Les deux plus riches des biens d'autrui. »

Tiranty était passé entre les mailles de Thermidor et de la chasse aux jacobins qui s'ensuivit. Grandi, lui, avait fait quinze jours de prison, l'ex-marchand de suif en était sorti effrayé pour la fin de ses jours. « J'ai bien cru ma dernière heure arriver », chuchotait-il. Il se cloîtrait dans sa belle demeure, l'ancienne villa de Pénélope Pitt, sans doute le plus beau lot des réquisitions, vendue une pincée de picaillons. Grandi et lui avaient racheté les domaines des émigrés et ceux des étrangers, des villas, des châteaux, des terrains qui dévalaient vers la mer, des collines entières plantées d'arbres fruitiers, de vignes, d'oliviers. Le notaire et l'ex-marchand de bougies étaient assis sur un énorme tas d'or. Mais Grandi avait perdu le sommeil, seul dans son immense maison, il crevait de peur. Le notaire prenait ses précautions, il achetait les consciences et les bras armés que ces consciences pouvaient mobiliser. Il fallait être sans cesse sur le qui-vive, la situation politique variant d'une semaine à l'autre entre le retour des jacobins, la prise en main des modérés et même, pourquoi pas, la menace royaliste. Depuis la mort de Robespierre et la fin de la Terreur, la politique était devenue un jeu incertain. Tiranty appartenait à ce petit monde bourgeois qui avait raflé le pouvoir et l'argent avec les mots et les idées de Paris.

Le notaire surveillait avec attention la campagne d'Italie, Bonaparte lui plaisait, un petit bonhomme, certes, mais quelle résolution dans le regard. À l'annonce des victoires, il avait fait crier au Conseil : « Vive la République, vive Bonaparte, vive l'armée d'Italie ! » Et pour prouver aux esprits pernicieux que lui aussi était capable de faire parler les murs, il avait fait placarder une caricature représentant le pape juché sur un âne et le roi de Sardaigne se désolant entouré de marmottes. Faire rire de l'Ancien Régime, se mettre bien avec ce général qui, sait-on jamais, incarnera peut-être l'avenir, voilà qui n'était pas sot.

Victor avala sa dernière caille, la fit craquer sous la dent et recracha les petits os, il était prêt à recevoir Maria, la fille de Grandi qui lui avait demandé une entrevue secrète. Secrète, autrement dit en cachette de son vieux père. Avec cette fille, il ne savait jamais comment se tenir. Elle avait été la maîtresse du jeune Anglais, puis celle de Masséna, elle s'était fait faire un enfant par le gentleman, avait épousé ce brave Vincent Tordo et maintenant on lui disait qu'elle courait les chemins derrière ce Bonaparte. Masséna, Bonaparte, en voilà une qui aimait les héros. Raison de plus de s'en méfier.

Maria était pressée, à peine assise en face de Tiranty, qui la dégoûtait depuis l'époque où elle venait lui apporter sa provision de bougies et qu'il lui glissait quelques pièces au creux de la main en laissant traîner ses doigts grassouillets, elle aborda le vif du sujet :

— Notaire, je m'adresse à vous qui, en compagnie de mon père, avez subtilisé la maison que m'avait octroyée Benjamin Davis. J'ai bien réfléchi : voleur pour voleur je préfère m'adresser à vous plutôt qu'à mon cher père.

— Comme vous y allez !

— Notaire, je n'ai pas de temps à perdre, je suis venue vous réclamer l'argent de la vente.

— Mais la maison n'a pas été vendue.

— C'est vrai, vous n'avez pas eu le temps. Eh bien, disons que je veux une avance de deux cent mille livres sur sa vente future que j'autorise.

Tout cela allait trop vite, Tiranty se dit qu'il fallait temporiser.

— Mais quelle nécessité avez-vous d'une somme pareille ?... votre époux...

Maria ébouriffa ses cheveux d'un geste nerveux de la main.

— Vous voulez savoir ? Eh bien, c'est le prix à payer pour retrouver mon fils.

Tiranty alluma une pipe lentement, posément, décidément cette femme lui faisait monter le sang à la tête. Deux cent mille livres...

— C'est impossible, fit-il. La vente des biens émigrés est bloquée, nous vivons des temps tellement incertains.

— Notaire, l'interrompit Maria, ce n'est pas l'État qui décide, c'est moi. Par conséquent je vous donne l'ordre, de par la volonté de Benjamin Davis et de son fils Jean-Jacques, de vendre cette maison.

— En voilà des histoires pour une demeure dont les actes de propriété ne sont inscrits nulle part. L'Anglais vous l'a léguée et alors ! Tous les actes datant d'avant l'instauration de la République n'ont aucune valeur. La maison appartient à l'État et l'État est dans l'impossibilité de la vendre, n'en parlons plus.

Maria sourit. Tiranty se demanda quel mauvais coup elle lui préparait. Il ralluma sa pipe éteinte.

— Notaire, reprit Maria d'une voix douce et posée, je dois très bientôt reprendre la route de Milan, ce serait bien, si en arrivant je pouvais faire part au général en chef Bonaparte de votre compréhension, de votre bonne volonté. Je sais qu'il y sera sensible. Pourvu d'une mémoire prodigieuse, il saura, le moment venu, s'en souvenir. J'y veillerai.

« Voilà elle me roule dans la farine, cette femme est un poison. » Tiranty posa sa pipe et poussa un énorme soupir.

— Cent mille…

— Deux cent mille.

— Il faut que je réalise la somme, que j'en fasse part à votre père.

— Pas question, vous n'avez qu'à puiser dans les belles pièces d'or qui se trouvent dans ce coffre caché derrière le portrait de votre épouse, fort charmante d'ailleurs.

« Non mais, elle me tue celle-là… »

Tiranty se leva, ses jambes pesaient lourd. Deux cent mille livres, la maison ne les vaut pas ! Comment faire autrement si, selon la rumeur, elle couche avec le Corse ? Le notaire se plaça de telle manière qu'une fois le portrait poussé, le coffre ouvert, son contenu échappât au regard de la jeune femme. Maria perçut le tintement de l'or, un tintement joyeux et clair comme celui d'une cloche matinale. Tiranty le rangea dans un sac de grosse toile qu'il posa devant Maria.

— Je viens de le compter, mais si le cœur vous en dit.

— Non, répondit Maria, ce serait idiot de tout gâcher pour quelques pièces soustraites à la dérobée.

— Que dois-je dire à votre père ? demanda le notaire.

— Absolument rien, répondit Maria, ce sera un secret entre nous.

— C'est un plaisir...

Accablé, Tiranty regarda Maria se diriger de son pas léger vers la sortie. Le sac rond comme une outre lui battait les hanches.

C'était la première fois qu'elle le voyait en uniforme. Hureau était immense sous son bonnet à poils, impressionnant avec son visage osseux, son regard de chat toujours sur ses gardes. Il déploya ses jambes bottées de cuir fin, du cuir de première qualité, à l'image du tissu anglais de son uniforme. Du tissu anglais! Élégance suprême ou geste de provocation? Dans les deux cas, ce n'était pas avec une solde de capitaine des dragons que l'on pouvait s'offrir une telle étoffe. Il déploya ses jambes et alluma un petit cigare qui dégageait une odeur de bois des îles. Depuis la fenêtre de la salle commune de l'hôtel d'York, il contemplait la place, l'ancien couvent, la caserne, les allées et venues du relais de poste, on aurait dit qu'il n'avait jamais vu de spectacle plus étonnant. Hureau la désarçonnait. Benjamin était taillé d'une seule pièce, Masséna prévisible, Fragonard mystérieux mais d'un mystère qui rassurait, Gros, un charmeur doutant encore de son pouvoir, Hureau qui pourtant lui avait sauvé la vie l'inquiétait. Puisqu'il ne disait rien, elle se décida :

— Je vais reprendre la route, mais il me faut trouver une escorte, pouvez-vous quelque chose dans ce sens?

Hureau se tourna vers elle.

— Je vous accompagnerai moi-même. Rassurez-vous je ne le fais pas spécialement pour vous. Je dois retourner à Milan, je suis en mission, laissa tomber le capitaine de sa voix la plus froide, la plus détachée et Dieu sait s'il pouvait avoir la voix froide et détachée. Nous passerons par la côte, poursuivit-il. Le parcours en sera rallongé mais je n'ai pas envie de recommencer le petit jeu avec messieurs les « barbets ».

— Serons-nous nombreux ? demanda Maria.

— Vous et moi, répondit Hureau.

Le départ fut prévu pour la fin de la semaine.

Ils partirent avec des chevaux de poste robustes et rompus aux longues étapes, sur le dos de deux mulets on plaça les bagages. Maria avait noué une large ceinture autour de la taille avec l'or caché dans les plis. Hureau portait des vêtements civils avec sous la boucle de son ceinturon un pistolet, un autre dans le revers de sa redingote et enfin le long de sa botte un poignard long et effilé.

Après Villefranche, ce fut un chemin épouvantable, épousant les escarpements, s'enfonçant dans la roche rendue incandescente par le soleil. La végétation rabougrie ne dispensait aucune ombre. Ils avançaient dans un désert en lisière de mer, le long du rivage les pêcheurs qui relevaient leurs filets les regardaient avec étonnement. Ces deux-là avec tout leur fourniment devaient se tromper, le sentier de la côte n'était pas fait pour les voyageurs. Ce devait être des amoureux ou alors deux qui se cachaient et peut-être bien à la fois l'un et l'autre.

— Nous n'irons pas dans l'intérieur, avait

décidé d'un ton sans réplique Hureau, nous avons assez de provisions jusqu'à Port-Maurice[1].

Le premier soir ils partagèrent un poulet et une bouteille de vin mise à rafraîchir dans un interstice de la roche où s'engouffraient les vagues. La lune brillait avec une telle intensité qu'on se serait cru dans la lumière pâle d'un jour d'automne. Le lendemain la marche reprit, silencieuse, monotone, avec le soir un second poulet et une deuxième bouteille de vin. Chacun après s'être souhaité une bonne nuit s'enroulait dans une couverture à même le sol. Maria n'arrivait pas à dormir, elle se mettait à douter des résultats de l'expédition, du sens de sa vie chaotique, du poids prépondérant des passions qui la faisaient s'émouvoir pour un général, se donner à un peintre plein de fougue et de jeunesse qu'elle n'aimait pas. Enfin il y avait ce Hureau. Qui était-il sous sa défroque d'indifférence ?

Le soleil les réveillait, Hureau courait jusqu'à la mer, se mettait nu et se frottait dans le roulis argenté des vagues. Maria se détournait, ils n'étaient plus dans la montagne à fuir les « barbets ». Elle se détournait, mais elle voyait. Le capitaine était mince, presque maigre, ce n'était pas un corps à émotions, bien trop tendu, aux aguets, pour se permettre des abandons. Une fois qu'il était sorti de l'eau, Maria à son tour s'enfonçait dans la langue chaude de la mer, elle conservait sa chemise son jupon et la ceinture par-dessous.

---

1. Menton.

Arrivée dans les flots, elle faisait coulisser sa chemise, offrant ses seins à la tiède morsure du flux. Elle pouvait se livrer sans crainte, le capitaine ne jetait pas un regard, prêt déjà pour le départ, mâchonnant une bouchée de pain avec d'autant plus d'application qu'elle lui servait à dissimuler l'impatience qui le gagnait.

À Port-Maurice ils renouvelèrent leurs provisions et changèrent de chevaux. Maria proposa de dormir une nuit dans une auberge, Hureau refusa. Cet homme possédait au plus haut point l'obsession de se cacher. Ils dormirent dans un pré d'oliviers dominant le rivage. Le lendemain ils quittèrent la côte pour les collines et piquèrent vers la montagne. Maria retrouva ce mélange de vert et de jaune doré de la campagne italienne, les campaniles au-dessus des trembles, les grosses bâtisses ocre entourées de vignes. Il leur arrivait de ne pas échanger plus de trois ou quatre phrases dans la journée. À force d'ennui, Maria se mit à tester le capitaine. Parfois elle lançait des sujets de conversation, habitée par un fol espoir.

— Capitaine, croyez-vous en Dieu ? demandait-elle brusquement.

Hureau ne réfléchissait même pas.

— Absolument pas, affirmait-il.

Maria insistait :

— N'êtes-vous pas pris d'un sentiment religieux par exemple devant un tableau ou à la vue de certains paysages ?

— Cela m'arrive, répondait posément le capitaine.

— Comment expliquez-vous cette contradiction ?

— Je ne l'explique pas.

La conversation s'arrêtait là.

Désormais Maria comptait les heures qui la séparaient de Milan. À l'approche de la grande ville, ils essuyèrent les premiers orages du mois d'août. Ils se réfugiaient dans des remises, de ces cabanes en plein champ où les paysans rangent leurs outils. Trempés, ils attendaient que l'enveloppe noire du ciel s'éclaircisse. Les chevaux sous l'averse baissaient l'échine, l'œil malheureux. On repartait le corps raidi par l'humidité, les vêtements collés à la peau. Ils croisèrent les premiers groupes de militaires, surtout des convois d'éclopés dépenaillés à la recherche de nourriture. Ils pénétrèrent dans Milan un début d'après-midi par une touffeur grise et moite qui oppressait la poitrine. La ville était déserte.

— Nos routes se séparent ici, dit Hureau.

— Merci pour tout capitaine.

Maria chercha quelque chose de plus intime, de plus vrai à lui dire mais rien ne s'extrayait de l'énorme lassitude qui pesait sur elle.

— Qu'allez-vous faire maintenant ? questionna Hureau.

— Renouer avec cet Italien qui doit m'aider à retrouver mon fils.

— Vous devez lui donner une somme d'argent ?

— Oui.

— Méfiez-vous Maria, donnant donnant, ne lâchez jamais l'argent contre une vague promesse.

Si vous avez des doutes abstenez-vous. Ne vous fiez à personne.

Sur ces dernières paroles, il fit pivoter sa monture et s'éloigna dans la vapeur de cendres qui recouvrait la ville. Maria resta plantée avec le cheval, le mulet et les bagages, des larmes affleurèrent à ses yeux. La fatigue, pensa-t-elle.

Il lui fut impossible de dormir, elle songeait au regard doux et naïf, envahi par la crainte, de Marcellina. Il lui semblait que des fantômes rôdaient autour du lit. Dans une chambre du palais Serboni semblable à celle qu'elle occupait cette nuit, elle avait abandonné Jean-Antoine au petit matin après une nuit d'amour. Elle plongea son visage dans l'oreiller et en mordit la taie, une odeur de moisi roula sous sa langue.

Le jacobin italien semblait n'avoir pas bougé de place depuis deux mois. Avait-elle l'argent ?

— Je ne vous le remettrai qu'une fois le renseignement certifié, précisa Maria.

— Madame, se récria l'homme, vous allez m'accompagner, ainsi tout sera fait à votre convenance.

Le lendemain il pleuvait, Maria suivit l'homme le long de ruelles désertes. Arrivé derrière ce qui pouvait être l'entrée dérobée d'un palais ou d'une église il poussa une porte et s'engouffra dans un long couloir s'achevant par une volée de marches. Ils grimpèrent l'escalier, arrivèrent à un entresol éclairé par un minuscule œil-de-bœuf, une femme âgée velue comme un hussard surgie de nulle part les précéda dans un salon dont une bibliothèque de bois sombre occupait les murs. Une unique fenêtre contre laquelle battait la pluie laissait poindre une lumière livide. L'homme s'assit, invitant Maria à en faire autant. La jeune femme préféra rester debout.

— Monseigneur Visconti ne va pas tarder à nous recevoir.

— L'archevêque ? fit Maria étonnée.

Elle se souvenait l'avoir aperçu lors de l'entrée des troupes françaises dans Milan. L'archevêque en personne décidément, le jacobin possédait des relations. La gouvernante vint les chercher, de son minuscule pas de fourmi elle les conduisit dans un bureau strié par les lueurs en provenance d'une cheminée où brûlait malgré la saison un feu de bois. Derrière une table en marqueterie, dans un fauteuil bien trop grand pour lui un vieillard somnolait la tête penchée, la bouche ouverte.

— Monseigneur, chuchota la gouvernante à l'oreille du prélat.

L'archevêque balbutia quelques mots, remit de l'ordre dans sa toilette, leva enfin la tête en direction de ses visiteurs. Maria constata que depuis deux mois, il paraissait plus âgé, ce qui l'étonna, ce fut sa mâchoire édentée. Il est vrai qu'elle ne l'avait aperçu que de loin. Le jacobin se mit à genoux, il rappela l'objet de sa visite en italien. L'archevêque se souvenait très bien. Il était prêt à rendre service selon la volonté du Seigneur. La bouche fendue par un rictus, le cicérone de Maria posa délicatement sur l'immense table où se reflétait le feu le sac pansu de maître Tiranty. L'archevêque plissa les yeux, la main se propulsa dans l'air avec une rapidité étonnante et vint s'abattre sur le sac.

— *Deo gracias*, murmura-t-il en faisant un signe de croix.

Le sac se volatilisa dans un tiroir situé sous la table.

Maria, impatiente, attendait. L'archevêque s'empara d'une plume, la trempa dans l'encrier et griffonna sur une feuille de papier qu'il tendit au jacobin.

— L'adresse, chuchota celui-ci en direction de Maria.

Comme les choses étaient simples ! La jeune femme s'apprêtait à remercier vivement l'archevêque quand le cicérone lui fit signe qu'il fallait prendre congé. Ils sortirent à reculons tandis que, du fond de son fauteuil, l'archevêque esquissait vaguement un geste de la main. Maria avait hâte d'être à l'air libre, de prendre connaissance de l'adresse tant espérée, tant désirée.

Sous le porche d'entrée l'homme glissa le papier entre les mains de Maria. Elle déchiffra l'adresse d'un couvent aux environs de Milan. Elle serra le papier. Demain, demain son fils, enfin.

— Mais vous-même, dit-elle en s'adressant au jacobin, où trouvez-vous votre récompense dans cette affaire ?

— Oh moi, se récria l'homme en libérant une grosse bouffée d'ail, il vous suffira, madame, que vous signaliez au général Berthier que vous n'avez eu qu'à vous louer de moi. Je suis au service de l'armée française, notre libératrice, et du général Bonaparte son grand chef.

Maria ne tenait pas à prolonger l'entretien, elle salua l'homme et se dirigea sous la pluie en direction du palais Serboni.

Elle avait gagné !

Le lendemain le soleil brillait. Maria avait loué un *sediolo*, une de ces voitures hautes à deux roues dont raffolaient pour leur vélocité les officiers français. Le cocher connaissait Milan et sa région comme sa poche, affirma-t-il en faisant claquer son fouet. Passé les portes de la ville, ce fut immédiatement une campagne d'un vert profond, la moisson était faite, les meules se dressaient au ciel, environnées de gros oiseaux au ventre si lourd qu'ils peinaient pour prendre leur envol. Vers les midi, les murs noirs d'un couvent apparurent derrière une rangée de cyprès, le *sediolo* emprunta une allée cahotante, les lieux semblaient abandonnés, malgré la lumière crue de midi un frisson parcourut Maria. Le portail du couvent béait, ouvrant sur un cloître aux murs noircis par l'incendie. À l'intérieur le réfectoire, la chapelle, les cellules, tout avait brûlé, les bois de la charpente carbonisés pendaient au milieu de la sacristie. Du crucifix ne subsistait qu'un amas de rameaux calcinés. Des corbeaux nichaient au plus haut des ruines. Du sol s'élevait un brouillard de cendres noires conservant encore en elles l'odeur âcre de la fumée.

— Non ! hurla Maria.

Il y avait erreur, malentendu, le *sediolo* gagna au grand galop le village voisin. Dans la seule auberge du pays, le cocher se renseigna : le monastère avait été abandonné par les moines devant l'avance des troupes françaises qui, après l'avoir pillé, y avaient mis le feu. Maria possédait encore un mince espoir, les moines s'étaient bien réfugiés quelque part ? Sans doute, mais l'aubergiste ignorait où. Savait-il au moins si parmi eux se trouvait un jeune garçon d'une dizaine d'années ? Un jeune garçon certainement pas. Il l'aurait aperçu, il se rendait une fois par semaine au couvent pour leur acheter ces fameux petits fromages de brebis dont les voyageurs raffolaient.

L'attelage prit le chemin du retour, les meules, les oiseaux, le vert profond, rien n'avait bougé sinon dans le cœur de Maria la blessure et la rage, la honte d'avoir été dupée, roulée, manœuvrée par les deux escrocs. Elle revivait la scène, des détails avec le recul mettaient en évidence la supercherie, le fait que l'archevêque ne s'exprimait qu'en italien l'avait surprise alors qu'elle l'avait entendu s'adresser au général dans un français parfait, et comme il lui avait paru vieilli, vulgaire, il y avait eu cette main s'abattant sur l'or comme un vautour sur sa proie. Et le jacobin ! Ne rien réclamer pour lui sinon la bienveillance des Français ! Naïve, cent fois naïve. Se haïr n'empêche pas la tristesse, jamais, jamais dans ce pays de couvents, de moines, de curés, d'églises, elle ne retrouverait son fils. Pour la première fois de son existence, Maria douta de sa volonté de vivre. Elle avait vécu pour Benjamin et dans l'espoir d'être fidèle à son vœu : prendre soin de Jean-Jacques. Maintenant pour qui allait-elle vivre ? de quelle espérance ? Là, sur cette route en direction de Milan, elle eut le désir de revoir le général, une nécessité profonde comme si lui seul pouvait la sauver. Elle ne se demandait pas comment. Le désir, le besoin étaient plus forts. Elle s'accrocha à cette idée tout le long du parcours.

Ce soir il y a bal au palais Serboni, le général inquiet, jaloux est rentré de Brescia. Maria porte une robe de taffetas grenat, à la mode milanaise beaucoup moins évanescente qu'à Paris, presque sévère, qu'importe elle ne veut pas faire de l'effet, juste être élégante.

Dans la grande salle, sous les lustres et les torchères se presse une foule de petits princes, d'envoyés de Venise, de représentants du pape, de diplomates, une cour rutilante parsemée de vieilles princesses sorties par extraordinaire de leur palais, de comtesses, de duchesses scintillantes sous la parure de leurs bijoux. Il y a là les figures rassises de l'aristocratie habitées d'on ne sait quel espoir côtoyant une armée de jeunes représentants de la bourgeoisie républicaine impatiente de se mettre dans les bonnes grâces de ce souverain sans royaume, habilité par ses seules victoires à exercer le pouvoir. Maria reconnaît quelques-uns des artisans du triomphe : Murat tout en plumes et galons, Augereau avec sa tête de brute taillée à la hache, Berthier sinistre, puis lui, Masséna, qui roucoule à l'oreille d'une oie blanche dans l'encoignure d'une fenêtre. Elle contemple de loin cette face de jouisseur malin où percent la dureté et l'insensibilité. Comment a-t-elle pu céder à cet homme ? Comment a-t-elle pu lui sacrifier Benjamin ? Il lui était apparu beau, fort, fier, avec la même stupéfiante évidence ce soir, elle le trouve fat et vaniteux.

L'assemblée se met en place pour le « Quadrille de l'Allemande », un ordre fuse, la musique éclate, les couples se font face, la dame se présente, l'homme s'incline, on se tourne, on se contourne, on sautille, on s'avance, on recule. Parmi les danseurs se détache un grand jeune homme au visage taciturne, au maintien avantageux, un sourire désinvolte flotte sur ses lèvres entrouvertes. Maria étouffe un cri de surprise. Jean-Antoine, « son » Jean-Antoine se console de son amour perdu dans le tourbillon de la danse. De temps à autre il secoue sa longue et épaisse chevelure, sa partenaire en perd le souffle, elle ne danse plus, elle se pâme. Jean-Antoine est l'un des princes de cette nouvelle aristocratie s'inventant au jour le jour, herbe profuse jaillissant sous le pas du général. Maria regarde avec tendresse ce nouveau conquérant dont elle a fait fondre la chrysalide sous sa chaleur et ses baisers. Masséna et Gros dans la même prestigieuse assemblée milanaise, c'est beaucoup pour une lingère niçoise. Il est vrai que ses deux amants semblent l'avoir oubliée. Aurait-elle aimé retrouver Jean-Antoine dans l'affliction ? Peut-être avec un voile de mélancolie dans le regard. Deux amants, pourtant elle est seule, moulée dans sa longue robe rouge moirée, les hommes se retournent sur son passage, elle lit le désir dans leur regard, un désir cru, à peine dissimulé par les convenances. « Ce milieu me déplaît », pense-t-elle en s'asseyant près de l'entrée du salon pour ne pas manquer l'arrivée du général. Lui saura trouver les mots peut-être inventer une stratégie pour retrouver Jean-Jacques. Elle espère. Le quadrille s'estompe, l'orchestre entonne *Le Chant du départ*, la foule se hisse, un bourdonnement parcourt l'assemblée. Joséphine pénètre la première, elle porte une tunique transparente, ses cheveux sont ourlés de fils de perles, sa peau mate retient la lumière des flambeaux. Belle, le corps délié, la démarche dansante, le regard luxurieux qu'accentuent les fards des joues et des lèvres. Un oiseau, un délicieux oiseau futile. Derrière se profile le général, il est sombre dans son uniforme sans décoration ni parement, une silhouette noire dans le sillage de l'oiseau multicolore. Sombre et fasciné. Il passe à quelques centimètres de Maria, elle pourrait le toucher, elle lève la main pour lui faire signe, la laisse retomber, il est passé. Il ne l'a pas vue. Ce n'est pas qu'il ait voulu l'ignorer, c'est simplement que tout son être est captivé par l'oiseau, la démarche de l'oiseau, le balancement de ses cuisses à travers la gaze.

Joséphine danse, Milan danse et même le général danse. Maria s'éloigne, elle descend le grand escalier, elle ne sait où elle va, elle a besoin d'air. Dans le jardin, elle se laisse choir sur un banc de pierre. Par les portes et les fenêtres entrouvertes lui parviennent les rires, la cadence du quadrille, le charivari d'un bal de fête. Ce soir elle a perdu l'espoir avec ses illusions. La nuit est parfumée de vanille, des lucioles voltigent entre les lauriers. Elle n'essaie pas de retenir ses larmes, elle les laisse couler le long de ses joues.

«J'ai tout trahi contre rien, trahi la mémoire de Benjamin, trahi Vincent, suis-je vraiment mauvaise ? Dieu me punit-il pour mes erreurs ? Pourtant j'aime, Seigneur j'aime toujours Benjamin, je respecte le simple, le bon Vincent, j'aime ce général, sa fragilité. Qui connaît sa fragilité sinon moi ? J'aime Jean-Antoine, la force et le désespoir de son geste quand il dessine... Ne faut-il pas être économe de ses sentiments ? Aimer n'est rien. Un début, une marche, une porte que l'on pousse. C'est après que tout commence. »

Elle perçoit une ombre dans la lueur diffuse de la lune juste derrière elle. Elle lève la tête. Hureau est là, en grande tenue de capitaine. Il fume un mince cigare. Il lui tend un mouchoir parfumé de l'odeur poivrée du tabac.

— Comment vous sentez-vous ?

— Désespérée.

Hureau frotte ses bottes l'une contre l'autre.

— N'écoutez pas le désespoir, Maria. Si vous le voulez dans une semaine nous reprendrons la route de Nice.

— Pourquoi vous préoccupez-vous de moi capitaine ?

— Disons que je n'aime pas voyager seul, fait Hureau en jetant son cigare.

DEUXIÈME PARTIE

Automne 1807
Printemps 1808

Sur cette femme au front vénérable et charmant,
Un long rayon d'amour lui venait des abîmes,
De l'ombre, de l'azur, des profondeurs des cimes.

VICTOR HUGO

Confidentiel

Rapport du capitaine de gendarmerie Martial Hureau à Son Excellence
Monsieur le Ministre de l'Intérieur, monsieur Crétet.

20 octobre 1807

Monsieur le Ministre,

Quelle étrange mission m'avez-vous confiée là ! Accompagner Son Altesse Impériale la princesse Pauline, de Gréoulx jusqu'à Nice, ne fut pas une mince affaire. Je ne parle pas des chemins inondés, ni de la difficulté à trouver dans ces montagnes sauvages des équipes de porteurs capables de maintenir sur leurs épaules dans de bonnes conditions la litière sur laquelle repose Son Altesse, mais du caractère imprévisible de la princesse. Tantôt elle chante et ma foi assez joliment des mélodies italiennes, tantôt accablée elle fait arrêter le convoi saisie d'une tristesse soudaine, Mlle de Crécy et Mme de Chambeaudoin, ses dames de compagnie, se précipitent suivies par les femmes de chambre, on déploie un drap et ainsi dérobée on baigne Son Altesse. J'oubliais : nous portons une baignoire, mes hommes de toute urgence doivent trouver de l'eau, la faire chauffer et la verser dans le récipient. Les dames baignent la princesse, j'ordonne à mes deux escadrons de regarder ailleurs.

Remise de son incommodité passagère, Son Altesse reprend la route, alanguie elle somnole, nous marchons en silence de la même façon que si nous allions surprendre l'ennemi. J'ai évoqué la baignoire mais j'aurais pu aussi vous entretenir des valises, des malles, de la toilette et de quelques meubles indispensables. Par beau temps l'entreprise est délicate, avec l'averse et le vent elle devient périlleuse. Sur les collines de Draguignan, l'orage nous surprit le long d'un cours d'eau qui se montra vite menaçant. Je me préoccupai de la princesse avant toute chose. Nous nous sommes réfugiés dans un moulin, à travers la toiture en mauvais état il pleuvait, l'eau du torrent grondait sous nos pieds, il faisait froid. Ce fut une nuit terrible, le flot montait sans cesse. Partir à cette heure, il ne fallait pas y songer. Nous décidâmes d'attendre et d'espérer. Je dois reconnaître que la princesse se comporta fort bien, alors que ses suivantes et ses dames de compagnie piaillaient, Son Altesse au contraire pleine d'entrain nous aida à chercher du bois sec pour allumer un feu. Bientôt une grande flamme lécha les murs de la masure. Quelle ne fut pas ma surprise de voir Son Altesse se dévêtir et mettre ses vêtements à sécher devant l'âtre. Un instant elle se déplaça nue dans la pénombre sans gêne aucune. Mes hommes la regardaient et j'en suis certain plus bouleversés par sa liberté que par sa beauté. Ce qui nous étonna ce fut son rire de gamine espiègle ! Personne ne pouvait penser à mal. Les dames de compagnie se précipitèrent et la couvrirent de deux châles trop courts. La nuit s'avançant, nous eûmes faim, j'ordonnai à deux de mes hommes de se rendre au chariot du ravitaillement et d'en soustraire de quoi nous nourrir. Ils ne choisirent pas, ils prirent ce qui leur tombait sous la main, notamment quatre gros poulets qu'il fallut plumer. Son Altesse s'empara du plus gros, coinça l'animal entre ses cuisses et d'une main experte se mit à lui ôter ses plumes en sifflotant. Durant ces heures, tandis que l'orage secouait la montagne, que l'écume du torrent sourdait à travers le plancher, la princesse oublia son rang, heureuse elle était redevenue l'adolescente bondissant dans les garrigues des collines marseillaises, celle que son frère notre empereur appelait tendrement « Polina ». Je dois avouer que ce simple geste de la princesse arrachant les plumes d'un volatile m'émut. Nous mangeâmes de bon appétit, la pluie se calmait, le tonnerre s'éloignait, le sommeil clouait les yeux de la suite. Certains dormaient debout. La princesse s'approcha de moi et me demanda, mutine :

— Qu'auriez-vous fait si je m'étais noyée ?

Troublé, j'hésitais puis répondis :

— Je me serais tiré une balle dans la cervelle.

Son Altesse éclata de rire.

— Très bien mais je n'en serais pas moins morte...

Elle s'éloigna, le pan des châles couvrant à peine ses fesses. Je dois reconnaître que la réflexion de la princesse était fort judicieuse.

Le soleil se leva, notre convoi se remit en route. Je poussai un soupir de soulagement. Après une heure ou deux de marche, la mer apparut, la mer Méditerranée, que j'ai quittée voici bientôt dix ans. Je la retrouvai telle que dans mon souvenir, scintillante et fière. Loin encore, je croyais déjà pouvoir en respirer le parfum.

Je vous suis reconnaissant, monsieur, de m'avoir confié la sécurité de Son Altesse ainsi que la mission de vous tenir en alerte sur les destinées de ce département. Croyez que je me montrerai à la hauteur de la tâche. Sans plus tarder quelques mots sur le préfet M. Dubouchage : c'est un homme de prudence et de raison. Trop prudent peut-être. J'aurai l'occasion d'en juger. Au premier coup d'œil et passée la joie de retrouver une ville que j'aime, Nice m'a paru en proie à de nombreux démons. Le premier étant que le sentiment français s'y trouve toujours aussi faiblement ressenti qu'à l'époque de la Révolution, les curés règnent, leur jeu, que je compte bien pénétrer, est loin d'être en notre faveur. Si mes renseignements sont justes, le pape y entretient des réseaux qui propagent des idées contraires aux nôtres. Dans la cité elle-même, j'ai pu juger de certains faciès qui dégagent une odeur d'espion et de complot. Les Anglais ne sont pas absents de la place, sinon eux-mêmes du moins leurs stipendiés. On joue beaucoup, les lupanars sont nombreux, Nice demeure une ville de garnison dans laquelle trois mille hommes désœuvrés passent le temps. Enfin l'affaire des « barbets » est loin d'être classée comme le prétend le préfet qui toutefois ne s'aventure dans la montagne qu'escorté de gendarmes armés jusqu'aux dents. N'est-ce pas là le signe d'une étrange paix ?

L'arrivée à Nice de Son Altesse a été à l'image de la ville : tourmentée. La traversée du Var s'est faite dans de très mauvaises conditions. Il a fallu hisser à dos d'homme la princesse, un instant j'ai bien cru que le courant furieux allait l'emporter. Un pont doit être construit ici, depuis des années, mais rien ne se fait. J'ai dit deux mots à ce sujet au préfet qui s'est confondu en excuses. Premier mauvais point, cet homme formule trop d'excuses aux autres pour ne pas s'excuser lui-même. Une fois encore il a fallu sécher la princesse mais ce jour-là, comme elle était de mauvaise humeur, nous n'eûmes droit ni au chant ni au sourire mais à des menaces d'entretenir l'Empereur des mauvaises conditions de voyage et de la façon dont elle a failli perdre la vie dans la traversée du fleuve. Notre préfet dans son habit d'apparat était blême. Les catastrophes ne s'arrêtèrent pas là. Dubouchage, toujours lui, avait prévu une villa sans âme, meublée à la va-vite et peuplée de moustiques. Dès le lendemain Son Altesse, très en colère, décida de se rendre à Grasse chez des amis le temps que l'on trouve une demeure digne de la sœur de l'Empereur. J'ai décidé de la choisir moi-même et après avoir confié l'escorte à un officier de confiance je me suis mis en quête. Je suis logé à l'hôtel d'York où j'ai retrouvé une amie chère que j'avais connue durant la campagne d'Italie. Ce fut pour moi un immense plaisir et une chance ; Maria Tordo, tel est son nom, possède sans doute la plus belle demeure du bord de mer : la villa Grandi. Cette superbe villa construite pour une Anglaise, miss Pénélope Pitt, possède tout le charme qui devrait convenir à Son Altesse. Je dois la visiter en compagnie de sa propriétaire dans les jours qui viennent.

Je vous tiendrai informé.

Votre dévoué serviteur,
Hureau.

Maria regardait les vagues se fracasser contre les rochers le long du chemin qui longeait les ruines du Château reliant par le bord de mer la cité au port. Sous la force des rafales les oreilles du cheval se pliaient et se redressaient dans une danse ininterrompue. Maria aimait les jours de tempête, de grand soleil blanc, la morsure du vent sur son visage, la gerçure de ses lèvres. Le miroitement de la mer l'aveuglait, elle clignait des yeux, le paysage prenait des allures incertaines et mouvantes comme sous l'effet d'un verre déformant. Du genou, elle encouragea sa monture, elle sentait battre entre ses cuisses les flancs de l'animal, il se mit au galop. Ses cheveux s'envolèrent, ses oreilles sifflaient… le bonheur. Le bonheur retrouvé. Elle sortait d'un si long endormissement, elle en sortait intacte et frémissante. La vie dans ses muscles, dans sa chair, anéantissait les effets de l'âge. Trente-six ans ! À trente-six ans une femme du peuple entrait dans la vieillesse, à trente-six ans une bourgeoise approchait de l'âge du renoncement, à trente-six ans Maria voyait la vie frémir et s'offrir à elle. Rien n'était joué. Elle contourna le port pour prendre la route de Villefranche, la route qui menait au cap Ferrat, à la tombe de Benjamin tout au bout de la pointe Sainte-Hospice, face à la mer. Une tombe sans croix ni marbre dont elle seule connaissait l'emplacement exact. S'y rendre par un temps pareil c'était braver les embruns et risquer la gifle d'un rouleau plus haut, plus fort que les autres. Cette lame glacée Maria la souhaitait telle une embrocation calmante un soir de fièvre.

Le long sommeil s'était déchiré par cette fin d'après-midi au ciel rouge quand il s'était découpé dans la porte de la salle commune de l'hôtel avec son uniforme de gendarmerie de la garde impériale. Elle ne l'avait pas reconnu dans la pénombre. L'homme s'était avancé. Hureau ! Martial Hureau Son cœur avait bondi. Le capitaine l'avait saluée de son sourire énigmatique. Il était toujours aussi grand, il possédait toujours ce regard qui pouvait être doux et parfois si impitoyable. Il avait pris place, tendu ses jambes bottées de cuir fin, allumé un cigare.

Elle pénétra dans le ventre du vent en empruntant le chemin du cap. Dix ans ! Sa vie défilait : les victoires du général, son ascension au sommet du pouvoir, il était à l'autre bout de la France et ses exploits lui arrivaient saupoudrés par l'or de la légende. Elle s'était abonnée au *Moniteur* pour le suivre à chaque pas, à Nice, avec le préfet, elle devait être la seule à lire ce journal triste et ennuyeux. Triste mais ne parlant que de Lui, ses conquêtes, ses déclarations, son avènement, son couronnement. Empereur ! Le petit général amateur d'œufs au miroir, le mari éperdu d'amour, le petit bonhomme fiévreux qui la questionnait sur la tragédie de l'amour incompris. Son sentiment pour l'Empereur avait fait d'elle la dame de la cité, dans son hôtel le préfet organisait des fêtes privées célébrant les victoires de l'Empereur, Austerlitz, Iéna, l'entrée de la Grande Armée dans Vienne, Soldau, Friedland, le traité de Tilsit. Une litanie de victoires de princes appartenant à des lignées vieilles comme le monde pliant le genou devant cet homme venu de nulle part. À chaque annonce de victoire, Maria s'identifiait, elle caracolait dans les plaines de l'Est, elle foulait le pavé de Berlin, de Vienne, de Varsovie, elle était sœur, amie, amante de celui qui par sa volonté prouvait à la terre entière que la naissance, l'héritage, la tradition pouvaient être balayés par l'énergie du rêve. Maria, la dame de l'hôtel d'York, vivait à travers ce rêve.

Elle élevait sa fille, en faisait une demoiselle, piano, cours de comédie, cheval, latin et français. Elle accomplissait son devoir, tenait l'hôtel le mieux fréquenté de la ville, veillait sur un Vincent égaré, dans la vieillesse, devenu spectateur immobile d'un monde qui lui échappait. Oui, elle était tout cela. Un cœur vide, une âme suspendue.

Hureau avait pénétré dans la pièce et tout avait changé. Il avait suffi qu'il déploie ses longues jambes bottées de cuir, de reconnaître l'odeur de son cigare et du plus profond de son sommeil avait surgi l'indicible goût du désir. Elle qui n'espérait plus, sut que c'était lui qu'elle attendait. Dès cet instant elle fut soulagée et terrorisée. La vie flambait à nouveau.

Maria descendit de cheval, une lueur jaune gagnait le ciel annonçant le coucher du soleil, un oiseau jeta un cri. Elle s'agenouilla, les herbes se frottaient à son visage, se mêlaient à ses cheveux. Elle s'agenouilla pour se sentir plus proche de la terre, la terre où Benjamin dormait. Elle attendit quelques instants que le silence se fasse en elle. Peut-être un peu de l'âme de Benjamin subsistait dans cette tombe battue par la mer, écrasée par le soleil, bravant les pluies d'automne et celles de printemps, le gel de février, le froid, le chaud toutes les nuits et tous les jours et cette solitude qui n'appartient qu'à la mort, cette solitude sans recours.

— Benjamin, murmura-t-elle, donne-moi l'autorisation d'aimer, d'aimer encore, regarde, bientôt j'entrerai dans la nuit moi aussi. Benjamin aide-moi à ne pas avoir peur, peur de moi, peur de la vie, peur de la souffrance, peur de donner, peur de recevoir trop ou pas assez. Permets-moi d'être faible. Permets-moi cette abjection si belle de me donner, me donner avec mon cœur et mon ventre, l'âme non, l'âme t'appartient pour l'éternité. Benjamin le froid monte en moi chaque jour un peu plus, j'ai besoin de chaleur, de brûlure. Ce

Hureau m'attire et m'inquiète, pourtant je pense que c'est de lui dont j'ai besoin. Tu le sais, pas un seul instant je n'ai cru que tu m'avais abandonnée, ce soir plus que jamais je te sais en moi. Dis-moi, que dois-je faire ?

Maria se tut, la nuit approchait, elle se releva, le cheval se cabra.

Elle caressa l'encolure de l'animal, approcha les mains des naseaux d'où s'échappait un mince filet de vapeur chaude. Elle se tourna une dernière fois, elle laissait Benjamin à l'immense nuit glaciale. Le cheval fit demi-tour à pas mesurés dans les ténèbres. Il connaissait la route du retour. Maria le laissait faire. Des larmes silencieuses brouillaient ses yeux.

Hureau passa le premier, poussa la grande porte rouillée et s'effaça devant Maria. La propriété disparaissait sous une forêt vierge d'herbes sauvages, d'arbres dévorés par le lichen, le sol jonché d'un tapis de feuilles étouffait les pas. La grande demeure de miss Pénélope, sa pelouse descendant jusqu'au rivage, les arbres exotiques, les figuiers, les orangers, les citronniers, les oliviers, les pins, le savant mélange d'Afrique et de Provence sombrait dans la sauvagerie. Là avait battu le cœur de la colonie anglaise d'avant la Révolution et l'arrivée des Français. Combien de fois Maria avait-elle longé, depuis le chemin du bord de mer, la demeure de son ancienne rivale ? Jamais elle n'y avait pénétré, pas même du temps où son père, le jacobin Grandi, s'en était emparé.

Aujourd'hui pour la première fois, en compagnie du capitaine, elle foulait l'aristocratie des allées, arpentait les pièces lambrissées où son père durant des années avait vécu seul au milieu des meubles précieux, des tableaux, des miroirs, adorateur de sa fortune, dévoré par la crainte de la perdre, rongé par le remords lui murmurant la nuit dans les couloirs déserts : « Voleur ! Grandi voleur. » Il en était mort, mort de peur... On l'avait trouvé après plusieurs jours, à moitié dévoré par les rats, sur le perron, face aux cyprès.

Le capitaine mesurait, jaugeait, des travaux étaient indispensables mais l'ensemble tenait bon, un grand nettoyage et la villa de miss Pénélope retrouverait toute son allure, son faste d'antan. Maria suivait le capitaine, découvrait pièce après pièce le domaine, tout avait commencé ici, vingt ans plus tard tout recommençait. Dans la bibliothèque sous la poussière, les toiles d'araignées, les reliures abîmées, certaines arrachées, elle reconnut les auteurs qui l'avaient marquée : Rousseau, Diderot, Voltaire, La Mettrie.

— C'est une grande chance Maria de posséder un endroit semblable et vous me dites n'y être jamais venue ?

— Non, murmura Maria dans un souffle comme si elle parlait dans une église, je n'entretenais plus de relations avec mon père.

Le soleil jetait des reflets pâles sur les boiseries, une douce odeur de papier se répandait dans la pièce.

— Je crois, poursuivit-elle, qu'après Brumaire mon père a vécu dans la hantise d'être contraint de rendre les biens confisqués. Il en est mort. Mort comme il avait vécu, seul. Après sa disparition je n'ai pas eu le courage d'en prendre possession. La demeure appartenait à une autre époque.

— Cela va changer, fit le capitaine.

— Peut-être, répondit Maria dans un grand sourire qui plissa ses yeux.

Hureau entreprit l'inventaire, beaucoup de meubles étaient abîmés, le vieux Grandi avait laissé se dégrader des merveilles. Les tables en acajou devaient être repolies, les fauteuils, les bergères, les canapés devaient être portés chez le tapissier. Cela ne suffisait pas, il faudrait des commodes, des secrétaires, des tables à jouer, des glaces, des toilettes, des draperies, des tentures bleues pour la chambre à coucher, gris argenté pour l'antichambre, sans omettre la literie, les percales, les mousselines brodées, les toiles fines. Son Altesse avait laissé des instructions pour les matières et les couleurs, pour le reste à lui de faire pour le mieux.

Le capitaine s'efforçait de penser comme une femme et pas n'importe quelle femme… Il allait et venait, il croisait le regard de Maria qui semblait s'ennuyer. Sa beauté s'était affermie, le visage, dévoré par les yeux, flamboyait autour de ce centre lumineux et grave. Singulièrement elle paraissait plus fragile que dix ans auparavant, dans ce regard se lisaient de soudaines peurs, des accès de mélancolie qui effleuraient la chair d'un frisson à peine perceptible. Toute la séduction des gestes venait de la souplesse du corps que l'on sentait prêt à bondir pour une course sans fin. Dix années avaient coulé sur elle effaçant l'innocence, gravant la beauté. Une beauté profonde, noire comme seul le soleil sait les dessiner.

Maria ne s'ennuyait pas, elle trouvait qu'il aurait mieux fait de la regarder au lieu de mesurer comme un arpenteur, de compter comme un huissier. « Dix ans qu'il ne m'a pas vue et il ne me dit pas que je n'ai pas changé, dix ans et il fait comme si nous nous étions vus la veille. Il me parle de cette princesse dont je n'ai que faire, dix ans et il ne regrette pas le temps perdu. S'il me questionnait sur sa personne, je pourrais lui répondre qu'il n'a pas changé, qu'il est bien plus beau, sombre et solide comme un vieil arbre avec son regard si dur, si limpide, si troublant. J'aimerais qu'il me rassure en me racontant un peu de sa vie, qu'il me confie si son cœur est libre. Il m'ennuie avec son silence. »

— Capitaine, excusez ma curiosité mais qu'avez-vous fait depuis que nous nous sommes quittés, je m'en souviens, à l'entrée de Nice, voilà bien des années ?

Hureau essuya ses mains noires de poussière d'avoir soulevé les fauteuils et déplacé les tables.

— Oh, pas grand-chose, en mission par-ci, par-là…

Maria donna un coup violent à une petite table basse qui se brisa en deux. Le capitaine se contenta de sourire.

— La plupart des meubles sont rongés de l'intérieur, la moindre pichenette et ils tombent en miettes. Il va falloir que j'en fasse venir de Marseille.

— Je comprends votre souci, fit Maria en déplaçant de toute l'ampleur de sa jupe un nuage de poussière dans le flamboiement du soleil.

Catherine ne croyait pas en Dieu. Enfin la question ne l'intéressait pas. Les vêpres de cinq heures de l'après-midi à Sainte-Réparate étaient une corvée, une corvée à laquelle une jeune fille de la bourgeoisie niçoise ne pouvait échapper. À cinq heures chaque jour elles se retrouvaient dans leurs atours pour assister à l'office du chanoine Rossi. Décidément avoir rétabli l'Église n'était pas ce que l'Empereur avait fait de mieux. Surtout que lui-même était loin d'être un fervent catholique à ce que l'on en disait. Il avait remis la religion au goût du jour pour complaire à la noblesse, cette noblesse de retour de l'étranger qu'il tentait de séduire. Maria pensait comme l'Empereur : « La messe, avait-elle affirmé, te permettra de fréquenter la bonne société. » Maria voulait qu'elle fût une fille exemplaire, Catherine montait à cheval, prenait des cours de comédie, lisait et parlait couramment le français et l'italien. Pas question de se laisser aller, Maria exigeait en plus des bonnes manières que Catherine sache coudre et bien coudre, il lui fallait ourler d'immenses nappes, repriser des draps de grosse toile, coudre et repasser. Repasser Maria y tenait particulièrement, elle n'avait pas été lingère pour rien, les plis, les surplis, la finesse des soies, la température des fers, un immense tracas dont elle devait s'acquitter en faisant semblant de s'y intéresser. Sa mère avait même exigé qu'elle entreprenne la cuisine, le temps de cuisson des pâtes, la marinade des daubes, le mélange exact des viandes dans les farcis. Les mains dans la farine, elle si délicate ! Parfois elle en aurait versé des larmes. Catherine avait appris à connaître sa mère à travers ce qu'en disait Aglaée, la matrone qui régentait l'hôtel. Elle ne lui en disait pas du bien, évoquant ses cavalcades avec un air entendu. Catherine ne saisissait pas tout mais elle conserva le souvenir de l'air entendu. Elle considérait sa mère comme quelqu'un qui était arrivé trop tard dans sa vie pour qu'elle l'aimât. Il n'y eut pas de tendresse entre elles, ni de confiance. Maria ordonnait, elle obéissait, cela lui paraissait plus facile que de résister. En vérité, elle attendait. Elle attendait le mariage et avec le mariage l'amour, enfin l'amour n'était pas indispensable. Elle ne rêvait pas d'un genre d'homme en particulier, elle imaginait plutôt que l'un des militaires qui fréquentaient l'hôtel demanderait sa main, un militaire qui serait au moins capitaine, au mieux général, il y en avait tant des généraux. Un général pouvait très bien se retrouver, par la grâce de l'Empereur, baron d'Empire invité aux bals de la Cour, dansant la valse. Brun, blond qu'importe pourvu qu'il fût ambitieux et l'emmenât loin de cette ville où la jeunesse de la bonne société étouffait. Sa main, son père ne la refuserait pas. Vincent ne lui refusait rien, il l'aimait comme il aimait sa femme, comme il aimait Benjamin, ce mort dont elle avait entendu chuchoter le nom par Aglaée, son père ressemblait à ces pâtes que l'on devait travailler pour leur faire prendre forme. Année après année elle avait assisté au repliement de cet homme doux, à son désintéressement du monde, à cette absence qui définissait désormais son caractère. Vincent dirait donc oui. Et sa mère ? Bien plus qu'à elle-même il faudrait que le général en question plaise à Maria. Et ça c'était une tout autre histoire, si délicate qu'en son for intérieur Catherine ne voyait comme solution que l'enlèvement ! Voilà qui aurait de l'allure et laisserait sa mère pantoise. Ce militaire téméraire et amoureux peut-être le rencontrerait-elle dès son premier bal, celui que donnerait dans une semaine Son Altesse Impériale la princesse Pauline ? Cette soirée s'annonçait comme la plus fastueuse que la ville ait connue depuis des lustres. Catherine ne pouvait s'empêcher d'y penser même pendant la bénédiction. Elle danserait le quadrille et la valse, cette danse merveilleuse qui faisait frémir sous les lambris des Tuileries, un professeur venu spécialement de Paris donnait des cours aux demoiselles. Catherine s'y révélait excellente, sa légèreté et sa taille menue la prédisposaient aux tourbillons. Évidemment il manquait la puissance des bras d'un homme pour que ses talents soient mis à l'épreuve. Comme elle était impatiente ! Il lui semblait qu'une vie nouvelle, mieux, un monde nouveau allait se déployer pour elle ce soir-là.

Le chanoine Rossi termina enfin son office. Les demoiselles le plus rapidement que le permettait la décence se dirigèrent vers la grande porte qui ouvrait sur la place piquetée de lanternes suspendues aux fenêtres et aux frontons des entrées d'immeubles selon l'arrêté du préfet. Malgré la lumière ces demoiselles ne se seraient pas aventurées seules dans la nuit, des domestiques les attendaient et, pour celles qui habitaient hors les murs des voitures attelées. Catherine n'avait besoin de personne, l'hôtel d'York était proche avec ses feux rassurants, le va-et-vient du relais de poste, le hennissement des chevaux, toute la rumeur tranquille qui berçait ses jours et ses nuits depuis son enfance. Elle se dépêcha, dépassa la boutique où son grand-père Grandi vendait naguère des bougies et des chandelles. De la boutique, ne subsistait qu'un rideau de fer rouillé maculé d'avis délavés. Catherine n'aimait pas cet endroit, il lui évoquait un passé dont elle ne voulait rien savoir. Elle pressa le pas, sa fine chaussure trébucha contre un pavé mal joint, elle allait s'allonger dans le caniveau qui partageait la ruelle en deux et servait d'égout quand une main s'empara de son poignet et la maintint en équilibre. Catherine poussa un cri. L'homme, qui ne l'avait toujours pas lâchée, était entièrement vêtu de noir, ce qui convenait à son visage sévère. Ce ne fut que lorsqu'un sourire effleura ses lèvres qu'elle s'aperçut de sa jeunesse. Vingt ans guère plus.

— Merci monsieur.

L'émotion faisait trembler sa voix.

Le jeune homme s'inclina.

— Vous êtes-vous fait mal ?

Quel bel accent ! Sans doute un Italien, pas un Italien des montagnes plutôt un accent de Turin, mieux encore, de Milan ou de Florence, de toute façon une ville où l'on savait s'exprimer.

— Habitez-vous loin ? demanda le jeune homme.

Dieu qu'il roulait délicieusement les mots, chaque syllabe semblait un bonbon.

— Non, tout près à l'hôtel d'York.

— Permettez-moi de vous raccompagner.

— Ne vous donnez pas cette peine.

Elle protestait mollement, elle avait envie de mieux voir son visage à la lumière. Il était grand, elle s'en rendit compte en se saisissant du bras qu'il lui offrait. Elle s'arrêta sous le quinquet du relais de poste. Jamais elle n'avait observé de visage d'une beauté aussi grave, les traits réguliers, la peau fine presque délicate s'opposaient à la lueur noire du regard, les cheveux coupés très court laissaient courir une trace d'enfance qui se retrouvait dans le dessin de la bouche et la timidité du sourire. Catherine n'eut que quelques secondes pour retenir l'ensemble, à peine, dans la clarté le jeune homme se déplaça de telle façon que la flamme n'éclaira plus que sa silhouette se confondant avec la nuit.

— Merci monsieur, me voici rendue, fit Catherine dont un sourire illuminait les lèvres.

L'homme s'inclina et disparut. Catherine regretta ne pas goûter une fois encore son accent acidulé.

La servante du chanoine Rossi avait mis l'eau des pâtes à bouillir, l'invité n'allait pas tarder. La vieille femme adorait ces soirées pas comme les autres où le chanoine recevait les envoyés du pape, comme elle aimait à les appeler malgré les gros yeux du prêtre. Deux coups furent frappés à la porte, la servante jeta les pâtes dans l'eau.

— Dieu vous garde, mon père, fit le visiteur de son accent charmant.

— Dieu vous protège, répondit le chanoine en s'effaçant pour laisser pénétrer un long jeune homme drapé de noir.

Le chanoine savait qu'il jouait un jeu dangereux en recevant ces messagers de l'« Amitié chrétienne ». Le jour le diligent chanoine rendait hommage dans sa cathédrale un peu à Dieu, beaucoup à l'Empereur. La nuit il retrouvait sa foi naturelle en servant de relais à l'une de ces « chaînes » chargées de transmettre les ordres du Vatican. Les « chaînes » se déployaient du Piémont à Nice à travers les cinq départements découpés et rattachés à la France par Bonaparte. Les hommes, toujours jeunes, arrivés à la tombée du jour, repartis dès l'aube, avaient entre-temps livré leurs instructions. Ils traversaient le pays de relais en relais, de couvent en presbytère, d'oratoire en chapelle, se déplaçant vite, parlant peu, toujours vêtus de couleurs sombres. Ils surgissaient de la muraille pour s'y fondre aussitôt sans laisser d'autre trace que des plis ornés d'une croix. Le chanoine Rossi fit asseoir son visiteur.

— Vous devez avoir froid et faim mon fils, servez-vous. Sans me vanter les pâtes de Rita sont les meilleures du Comté.

Le jeune homme plongea sa fourchette dans l'assiette d'où s'échappait une douce odeur de truffe et de parmesan.

— Mon père, fit-il après avoir avalé sa première bouchée, j'ai plusieurs services à vous demander.

Le chanoine n'aimait pas cela, servir de boîte aux lettres d'accord, répandre la bonne parole, oui, à condition de ne pas prendre trop de risques, ce jeune homme sérieux comme un pape, comme disent les mécréants, lui coupait l'appétit.

— Dites mon fils, fit-il dans un grand sourire, la fourchette suspendue à la lisière de la bouche.

— Il me faudrait une invitation pour le bal de la princesse.

Quelle idée ! Ce messager cacherait-il sous son allure de séminariste des penchants pervers ?

Le jeune homme précisa :

— Assister à ce bal participe de la mission que je dois accomplir.

— Oh, je n'en doute pas ! Au fait, comment vous appelez-vous mon fils ?

— Giovanni, répondit le jeune homme. Rencontrerez-vous des difficultés pour m'y faire inviter ?

— La bonne société de notre ville fréquente

assidûment, Dieu merci, la cathédrale, je n'aurai aucune peine à me procurer une invitation. Mais ne dit-on pas de cette princesse que c'est une possédée habitée par la luxure ?

Le jeune homme repoussa son assiette.

— Tous les Buonaparte sont des démons, les femmes comme les hommes, cette famille est une calamité que Dieu nous envoie pour nous mettre à l'épreuve. Aussi devons-nous faire preuve de courage et de volonté.

— Certainement, répondit le chanoine un peu abasourdi. Mais cette volonté, cher Giovanni, que nous ordonne-t-elle en la circonstance ?

— Un grand dessein dont je ne peux vous entretenir.

— Sans doute, sans doute, mais en attendant que puis-je faire d'autre ?

— M'héberger.

Décidément le chanoine ne terminerait pas ses pâtes. Loger le jeune homme en noir était une autre affaire qu'une invitation au bal de la princesse.

— Nous avons une chambre modeste…

— Je n'aime guère le confort, mon père. Je désirerais que vous m'y conduisiez. J'ai marché plus de dix lieues aujourd'hui.

Sur ces mots, il sortit d'une poche intérieure une grosse enveloppe que le chanoine posa sur la table.

— Je la lirai après ma prière du soir.

— Ce sera parfait mon père, que Dieu vous garde.

Pendant que la servante menait Giovanni dans

les étages, le chanoine se servit une rasade de *branda*[1].

Giovanni ouvrit la fenêtre de sa chambre, une demi-lune parfaitement dessinée semblait posée sur la baie. Le jeune homme respira profondément. Rien n'avait changé ici depuis des millénaires, ni la constance de la mer, ni la rudesse taciturne de la montagne. Giovanni soupira, depuis l'aube il se déplaçait dans ce tapis de merveilles. Son pays. Il était né ici, quelque part dans la vieille cité. La cité ocre et jaune avec ses boyaux noirs d'où s'échappaient des odeurs lourdes comme le péché, des odeurs de fumaisons, de tripes, de poisson, l'odeur des excréments, l'odeur de ces hommes et de ces femmes entassés là depuis toujours. Ces hommes et leur trogne couleur de maïs. Il avait vu, senti tout cela, avant de rencontrer cette jeune fille pure comme de l'eau, à la peau blanche comme celle d'un ange. Né là un jour… emporté dans les collines, trimbalé de couvent en couvent, caché, dérobé tel le stigmatisé d'une tare abominable, l'enfant perdu, l'enfant du péché. On avait changé son nom et en changeant son nom on lui avait dit le mal : Jean-Jacques le mal, la France le mal, les Français le mal, la Révolution, le Consulat, l'Empire le mal, enfin sa mère. Sa mère, double pécheresse enfantant hors du mariage, catin d'un général révolutionnaire. Le sang qui battait en lui, ce sang qui le faisait vivre pour la plus grande gloire du Créa-

1. Eau-de-vie blanche et parfumée.

teur, ce sang était impur. Avant de quitter une semaine auparavant le monastère, le frère Francesco lui avait fait promettre qu'à Nice il ne chercherait pas à savoir qui elle était, ni même si elle était toujours de ce monde. Il avait juré. Il était parti heureux, frôlant à peine le sol, responsable de l'une de ces missions qui le faisaient rêver quand ses frères plus âgés quittaient le couvent au petit matin. Enfin il était l'un d'entre eux. Il avait juré et que lui importait cette mère qu'il n'avait pas connue ? Sa mère c'était l'Église et sa famille ses serviteurs. Il était un homme de Dieu sur la terre. « Homme de Dieu ! » « Homme de Dieu… » Il criait, il jubilait le long du sentier pentu, arrachant les distances avec ses minces semelles de carton bouilli. « Homme de Dieu. » Un matin il vit la mer, les étendues d'arbres fruitiers escaladant les collines, il vit un pin parasol caressé par les flots, il vit des langues de terre se confondre dans l'onde, il vit tout ce bonheur, il vit la Création dans toute sa puissance, il entendit des mouettes, il entendit le silence, il tomba à genoux, leva les yeux au ciel. « Oh, Seigneur, s'exclama-t-il, je rentre dans mon pays et pour me récompenser moi, misérable parmi les misérables, tu me donnes la preuve palpable de ton incarnation dans les éléments, la nature, l'eau, le vent, la terre, partout tu ne fais qu'un. » Il se releva. Il était fier. Fier que cet endroit, ces fleurs en hiver, cette douceur sur ses lèvres, cette brise sur son visage, ce soit chez lui.

Catherine pousse des cris de joie, Mme Noémie vient d'étaler les soies, les satins, les velours, toutes ces étoffes que l'Empereur préconise pour favoriser l'industrie lyonnaise. Ce sera sa première robe de bal. La forme en sera droite, la taille sous la poitrine, le corset très court et sans baleines soutenant à peine les seins, le genre de tenue qui demande une taille parfaite, ni fesses ni hanches, que l'ensemble soit fluide, aérien. C'est une mode qui favorise la jeunesse et la beauté. La plupart de ses amies renverront leur mère au purgatoire de l'âge, le soir du bal. Pas elle ! Maria comme d'habitude sera éblouissante. C'est elle qui fera gauche, voire niaise à ses côtés. Sa mère possède tout ce qu'elle n'a pas, plus grande, plus élancée, plus mince — en comparaison elle paraîtra boulotte. Quelle injustice ! De surcroît Maria a choisi le rouge, une couleur qui convient à son teint de pain d'épice, lui laissant à elle le bleu qui se marie à ses yeux, paraît-il, mais qui bien entendu sera étouffé par le velours sanglant. Quel bonheur de se rouler dans les étoffes de Mme Noémie, elles ont toutes leur parfum intime, des odeurs étranges qui piquent le nez, chatouillent la gorge, on passe de la tendresse du velours à l'infinie légèreté du tulle pailleté, la soie file sous les doigts comme l'eau qui coule. Oh, comme toutes ces choses font penser à l'amour ! Mais est-ce bien de l'amour ce trouble apparu depuis la rencontre du jeune homme noir si beau avec son allure rêveuse et sa figure de poète ? Il paraît pauvre mais de bonne famille. L'idiot rôde autour de l'hôtel, elle l'a vu, il se cache, elle l'a surpris l'attendant, il la suit à la messe du matin, la grande, celle de neuf heures. Hier il lui a offert l'eau bénite dans le creux de la main, elle y a trempé ses doigts fins en faisant bien attention d'effleurer les parois de la paume tendue, sans s'attarder mais en laissant glisser les doigts de toute leur longueur. C'est la première fois. La première fois ! Que de premières fois, premier bal, premier émoi, première robe de fête.

Mme Noémie pique la soie bleue sous le regard de Maria venue surveiller l'essayage.

— Noémie, veillez à ce que la tunique soit suffisamment loin du corps.

— Maman, s'écrie Catherine, il faut épouser les formes, Leroy, le couturier de l'Impératrice, le dit lui-même, je l'ai lu.

— Nous ne sommes pas à la Cour, ici nous devons rester décents.

— Ne vous en faites pas, madame, intervint Noémie la bouche remplie d'aiguilles, mademoiselle a un corps parfait. Elle sera comme dans un gant.

Maria sourit, elle regarde sa fille faire tours et demi-tours sous la conduite de la couturière. Catherine a aujourd'hui le même âge qu'elle à l'époque où elle était entrée au service de Benjamin. Sa fille n'aura pas besoin d'être lingère, sa fille a tout ce qu'il lui faut, sa fille deviendra une dame de la société, sa fille ne lui ressemble en rien à son âge. Catherine a hérité de l'absence de folie de son père, ses rêves sont de confort et d'installation, de réussite. La vie qui commence pour Catherine semble déjà finie, la vie finissante de Maria ne semble pas encore avoir pris son envol. « Demain », se dit-elle chaque jour, sans savoir ce que ce demain peut receler de nouveauté, de mystère, d'aventure. Demain n'est seulement qu'un espoir. Mais quel immense espoir ! Espoir d'aimer, de vibrer, de souffrir. Maria en appelle à la souffrance sa sœur, sa bien-aimée compagne. Souffrira-t-elle Catherine ? tremblera-t-elle d'aimer ? sera-t-elle brûlée par la passion ? Au bal Maria sera éclatante. Elle a voulu ce rouge vif pour qu'on la remarque, la jalouse s'il le faut. Rouge, couleur du sang. Il faudra bien que Hureau quitte ses habits de respectabilité ; en la regardant, il sera ébloui, il faudra bien qu'il la possède et alors elle le tiendra. La vie est dévoration, elle n'en doute pas. L'Empereur dévore les fleuves, les terres, les pays, il plante des couronnes, il coupe, il tranche, il désosse, il dépiaute, il invente jusqu'au bout de son rêve. Elle, elle l'accompagne à sa façon, elle aussi ira au bout. Peut-être que l'Empereur, tout comme elle, n'imagine pas comment tout cela peut finir. Peut-être que lui aussi tremble parfois le matin en évoquant les gouffres qui s'ouvrent sous ses pieds.

Maria laisse sa fille entre les mains de Noémie, c'est l'heure de rejoindre Vincent. Elle pénètre dans la pièce. Vincent s'est réfugié dans le silence, refusant de comprendre un monde qui change beaucoup trop vite pour lui, des empires qui s'écroulent, des royaumes vieux comme le monde rayés de la carte par un homme, un homme tout seul. Napoléon ! Un homme qu'il a croisé, lui l'aubergiste. N'y a-t-il pas de quoi devenir fou ? Un homme que sa femme a côtoyé avec entre eux il ne sait trop quelle complicité. Non, décidément, l'existence lui a joué un vilain tour. Il était né pour une vie simple comme bonjour : « *Ciao* Vincent — *Ciao* Fine » ou Jeanne, ou n'importe qui le matin en prenant le soleil devant le perron de l'hôtel. Mais lui, le malheureux : « *Ciao* Maria... » Et la vie s'était retournée et le monde était devenu fou. Désormais il attendait que tout redevienne comme cela n'aurait dû jamais cesser d'être, qu'enfin en se réveillant il puisse se croire victime d'un vilain cauchemar. Ce qu'il appréciait c'était lorsque Catherine venait lui rendre visite, elle lui disait les bêtises de la ville et lui riait de bon cœur mais lorsque c'était Maria qui poussait la porte, il tremblait toujours. La crainte d'une nouvelle folie, la peur de souffrir. La plupart du temps elle ne faisait que passer, arrangeait un bouquet, veillait à ce qu'il ne manquât de rien.

— Votre fille sera très élégante pour le bal de Son Altesse.

En parlant à Vincent elle disait toujours votre fille jamais la nôtre ou ma fille. Vincent s'y était habitué.

— Je me méfie de ce bal.

— Pourquoi donc ? fit Maria, étonnée.

Vincent redressa sa grosse tête ronde.

— Je ne sais pas, un pressentiment.

Maria avec tendresse lui effleura la joue.

— Vous avez tort, il ne peut rien arriver.

— Sans doute... vous devez avoir raison, j'ai encore dit une bêtise.

Maria lui prit les mains.

— Que désirez-vous pour déjeuner ?

— Décidez vous-même.

On lui portait midi et soir ses repas sur un plateau. Maria ne partageait pas la nourriture mais lui tenait compagnie.

— Disons une soupe de courge rouge et un beau poisson accompagné de cardons…

Vincent hocha la tête.

— C'est bien… très bien. Oh, Maria…

— Que voulez-vous ?

— Non rien, ne faites pas attention.

— À tout à l'heure Vincent, je prépare votre dîner.

Quelle folie ! Comment avait-il pu oser lui présenter l'eau bénite au creux de ses mains au chaud de sa chair ? L'impudente avait effleuré sa chair lentement, bien trop lentement pour que ce fût l'effet d'une maladresse. Elle avait conservé les yeux baissés comme une madone. La délicieuse ! Peut-être après tout que ce n'était qu'inadvertance, geste maladroit d'une jeune fille innocente. Il avait pu remarquer les reflets roux de ses cheveux, leur incandescence qu'accentuait la flamme des cierges. Faisait-il le mal en cherchant à rencontrer cette jeune fille belle comme le jour ? Si c'était le cas pourquoi le Seigneur l'aurait-il placée sur son chemin dès les premiers instants ? Il se confesserait le moment venu de l'avoir suivie. Peut-être était-il dans le péché mais l'objet de son amour croyait en Dieu. L'adorable était bénie. En conséquence il se reconnaissait le droit de l'aimer. Aimer ! Aime-t-on si facilement, ne cachait-il pas ainsi l'appel du désir ? Dans la cathédrale il se serait volontiers prosterné à ses genoux comme on le fait à l'autel de la Très Sainte Vierge. Il adorait bien plus qu'il n'aimait. Cette adoration d'un être de sang et de chair le troublait. Pour calmer son tourment, il marchait le long de la mer et dans les collines en attendant la tombée de la nuit.

Un vent sinistre s'engouffrait dans les boyaux de la vieille ville, la pluie arrivait par rafales, une pluie d'hiver froide et pénétrante. Giovanni avait beau relever le col de son habit, il tremblait de froid. Le tissu de sa veste était si râpé, si mince, un tissu pour les étés italiens. Un simple quinquet annonçait l'entrée du Tivoli, la plus fréquentée des maisons de jeux de la cité qui en comptait d'innombrables. À travers les vitres embuées il distingua la ronde des joueurs abandonnant leur chapeau avant de descendre les quelques marches qui conduisaient à la salle des jeux. Le jeune homme maîtrisa la nausée qui lui soulevait le cœur et pénétra dans l'antre. Au bas des marches la fumée des pipes et des cigares lui coupa le souffle. Dans le brouillard les silhouettes des joueurs debout ressemblaient à une armée de démons s'activant autour des tapis verts où s'étalaient les cartes. Giovanni se faufila dans cette foule où se mêlaient les négociants, les affairistes, les commerçants, les militaires en civil, les escrocs à la petite semaine et des êtres qu'on ne voyait qu'ici comme si une quelconque magie les faisait se dissoudre le jour pour les reconstituer le soir venu avec leur mine creusée par la fatigue et la misère. Ceux-là n'étaient rien d'autre que joueurs, pouvait-on les imaginer dans la société ? Comment auraient-ils fait avec leurs vêtements usés, cette odeur rance qui suintait d'eux pour commercer ou simplement se promener ? Ceux-là étaient les damnés d'un enfer dont ils ne pouvaient ni ne voulaient se sauver. Ceux-là n'entendaient que le : « Faites vos jeux » du « banquier », puis quelques instants plus tard le fatidique : « Le jeu est fait » suivi du : « Rien ne va plus. » Le « tailleur » soulevait la carte, « Rouge », « Noir », d'une couleur à l'autre la joie, le désespoir, le soupir de détresse, l'intensité des regards sur la carte fatale comme si le « tailleur » s'était trompé d'annonce, que le miracle pouvait encore se produire, que rien n'était advenu, achevé, et que l'argent ramassé par le croupier avec ce petit bruit effrayant de l'ivoire entrechoquant l'or allait se rétracter et qu'au contraire ce serait la cataracte de l'argent ruisselant, le bruissement des billets, la chance, le bonheur.

Au Tivoli on joue gros, les « brûleurs » misent cinquante louis, cent louis, à chaque donne. L'or et l'argent se jettent sur le tapis, le « banquier » encaisse et paye les enjeux gagnants or et argent... Or et argent... Dans le fond de la salle, sur d'étroits canapés, les dames attendent, elles s'appellent Parasol, Malatesta, Pauquiene ou plus simplement Mariane Arnaud, Thérèse Rossa, Gabrielle Mora. Elles sont de Draguignan, de Toulon, des villages perchés de la montagne, elles commencent ici, elles finiront dans les lupanars ou tuées par un militaire soûl, elles ont la syphilis, elles vont mourir et elles le savent. Les joueurs, les gagnants ne croient pas à la maladie ni même à la mort. Grises, fanées, les yeux maculés de détresse, elles sont jeunes, elles rient. Demain, elles seront à l'hôpital, l'un de ces hôpitaux-mouroirs de la ville.

Giovanni s'efforce de ne rien voir, les femmes l'interpellent : « Venez monseigneur… », « Viens mon mignon… », elles n'en disent pas plus. Au Tivoli il faut savoir se tenir. Le drôle ne doit pas être riche mais il est si beau, si jeune… et puceau cela crève les yeux. Il avance dans le brouhaha, dans le remugle, il a repéré son homme vautré à l'une des tables. Il ne sait rien de cet homme que l'on appelle M. Lepetit, ni d'où il vient ni quelle a été sa vie. Lepetit est là et c'est lui qui dirige l'opération. Il n'a rien d'un héros avec sa tête déplumée, son corps ployé comme un roseau fatigué. Lepetit parle toutes les langues, avec un accent indéfinissable, il boit de la bière, du punch, de l'eau-de-vie, et malgré sa maigreur il dévore un chapon à huit heures du matin.

— Si mes calculs sont justes, clame Lepetit, le noir est dans l'air, une série de noirs, au contraire de ce que l'on croit, appelle le noir, c'est ce qu'on appelle la loi du retour.

— Alors que faites-vous monsieur ? s'impatiente le « banquier ».

— Mon cher ami, je perds une petite fortune, j'ai le droit de réfléchir à haute voix. Puisque c'est ainsi je tente le diable, je joue rouge.

L'homme jette une grosse poignée de louis d'or sur le tapis qu'un croupier appelé le « bout de table » place sur le rouge. Le « tailleur » se saisit des cartes, les fait virevolter, glisser les unes sur les autres, on aperçoit leur arête rugueuse se déplacer dans l'espace à une vitesse que l'on croirait folle et qui n'est qu'illusion, dextérité des mains. Enfin la donne s'étale, la dernière carte se soulève, suspendue un instant comme dans une ultime pirouette, elle s'aplatit doucement langoureuse. « Noir », proclame le banquier de sa voix impersonnelle.

— J'en étais certain, s'indigne Lepetit, on ne peut rien contre la loi du retour. Pas même le diable.

Lepetit aurait bien continué à perdre mais ce fut l'instant où il aperçut le jeune homme en noir, figure vivante et silencieuse du devoir. Il déploya sa carcasse, une fois debout, tenta encore une dernière donne. Rouge ! Il avait joué noir. Courbé, il traversa la salle en direction d'un salon retiré surnommé la « chambre des blessés » où venaient reprendre souffle les gros perdants. Des fauteuils et des divans alignés contre le mur constituaient tout l'ameublement de la pièce éclairée par une lampe qui jetait une lueur jaunâtre. Lepetit s'assura que Giovanni le suivait avant de pousser une porte dérobée, de l'autre côté on se trouvait dans une cave voûtée au milieu des tonneaux. Là quatre hommes attendaient.

Giovanni connaissait trois d'entre eux, il y avait Maximilien Guidal, un Grassois général de la Révolution, époque dont il conservait la façon de s'habiller : culottes aux genoux surmontant des bas de laine, veste bleue sur un gilet sans manches, chapeau au rebord relevé. Giovanni s'interrogeait sur ce personnage habité par la haine de l'Empereur, capable au seul principe de cette haine de se fourvoyer avec des ultraroyalistes. L'abbé Lafont ne portait ni la soutane ni aucun signe distinctif de son état. On disait « l'abbé » et voilà tout. L'était-il ? Personne ne s'en préoccupait, ce qu'on savait c'est qu'il représentait dans l'assemblée cette catégorie d'émigrés autorisés par l'Empereur à revenir en France et qui ne rêvait qu'à une seule chose : renverser l'Usurpateur. L'homme était blême, parcouru de tics dont l'un lui faisait soulever la lèvre supérieure, ce qui donnait un aspect de morgue à l'ensemble de son visage. Le troisième venait de la banque, il ouvrait rarement la bouche sinon pour lâcher des « combien ? » des « prévoyons large » ou encore « cela roule mes enfants ». Le quatrième, présent pour la première fois ce soir, portait la tenue des cochers et en possédait le teint rubicond. Lepetit le présenta brièvement :

— Chiabeau, il nous est acquis, il a été engagé comme palefrenier au service de Pauline.

Les conjurés s'installèrent sur le cul de tonneaux sauf Giovanni qui préféra rester debout appuyé à la muraille. Lepetit alluma une pipe et prit immédiatement la parole :

— Il reste à déterminer où se produira l'enlèvement, le bateau sera dans nos eaux dans une quinzaine, j'en serai prévenu plusieurs jours à l'avance.

Et, se tournant vers Giovanni :

— Votre témoignage sur l'état des lieux nous sera précieux, êtes-vous invité au bal ?

— Je le suis.

Lafont intervint :

— Fort bien, passons à l'ordre du jour.

— L'ordre du jour, ricana Lepetit, vous parlez comme un militaire, l'abbé. Voilà où nous en sommes, j'ai réuni une petite troupe d'une quinzaine de malabars, des chenapans…

— Vous n'auriez pas pu trouver des gens de bien ? protesta Lafont.

— Les gens de bien, même royalistes, même ployés en deux dans les églises, n'enlèvent pas la sœur de l'Empereur. Ces choses on ne les obtient qu'avec de l'argent.

— Combien ? lança le banquier.

— Avançons, avançons, intervint pour la première fois Guidal de sa voix étonnamment chuintante.

— Bon, poursuivit Lepetit, je disais donc une quinzaine de chenapans que Guidal peut prendre en main quand il le voudra.

— Le plus tôt possible ! s'exclama le général.

Lepetit s'essuya le front qui malgré sa maigreur ruisselait.

— Je résume : nous avons les hommes, les barques pour nous mener au navire anglais, il nous reste à choisir l'endroit, cela dépendra de votre rapport, Giovanni, soit dans la villa, soit à l'extérieur.

L'abbé poussa un soupir.

— Ce que vous dites là me paraît émaner d'une

grande réflexion ! Je me demande comment on a pu vous confier une telle mission.

À cet instant la morgue de son rictus n'avait plus rien de mécanique.

— Les voies du Seigneur sont impénétrables, rétorqua Lepetit.

— Je vous en prie, laissez le Seigneur hors de vos disputes, intervint Giovanni.

Tous les yeux se tournèrent en sa direction et le détaillèrent comme si pour la première fois on s'apercevait de son existence.

Le jeune homme rougit mais soutint les regards.

— Bravo, jeta Lepetit. Le séminariste nous ramène à la raison. Je propose que la prochaine réunion se tienne après le bal. Nous étudierons les observations de notre jeune ami sur les lieux où s'ébat notre Messaline impériale.

— Je peux déjà vous donner une information, intervint Guidal. Une équipe de gendarmes de l'effectif spécial de la garde de l'Empereur est chargée de la sécurité de la princesse, ce sont des gens que l'on ne déplace pas pour jouer à l'écarté. Je connais leur chef, Hureau, c'est un homme redoutable dont on peut retrouver la main dans l'arrestation de Cadoudal et l'enlèvement du duc d'Enghien, l'Empereur lui accorde sa confiance, c'est également l'ami personnel de Crétet, le ministre de l'Intérieur, tout cela fait beaucoup d'atouts de son côté, de surcroît il connaît la région comme sa poche pour y avoir mené la guerre contre les « barbets ». Je peux témoigner que ce n'était pas un tendre.

La compagnie garda le silence un bon moment.

— Secouons-nous, lança Lepetit. Ce Hureau c'est votre affaire, Guidal. Notre projet doit changer le jeu européen, messieurs. En êtes-vous conscients ? La Paulette entre les mains de nos amis les Anglais, nous pourrons dicter nos conditions à Buonaparte, nos alliés autrichiens, russes, prussiens, assommés pour l'instant, reprendront espoir, ce sera la guerre à outrance envers un homme affaibli pour qui la famille compte plus que tout. Nous avons à faire à un Latin sentimental, capable d'écouter son cœur plutôt que sa raison. Il faut attaquer l'ennemi là où il est le plus faible. Et des points de faiblesse, Buonaparte n'en a pas énormément. Mais Pauline ! Ah Pauline, la belle Pauline, nous tenons là la carte secrète qui va ébranler l'Empire.

Les conjurés se levèrent, la séance était terminée. Le curé, Guidal, Chiabeau, s'éclipsèrent par une porte qui donnait directement sur une ruelle. Le banquier, Lepetit et Giovanni traversèrent la « chambre des blessés » puis s'engouffrèrent dans le salon des jeux. Dans le coin où gisaient les dames, l'une d'entre elles se précipita sur Giovanni.

— Viens toi, lui dit-elle, je vais t'apprendre l'amour, il n'y a pas de honte à être puceau, t'es si jeune.

Giovanni la repoussa violemment.

— Taisez-vous, taisez-vous…

La jeune femme recula, effrayée. Elle était rousse et dépoitraillée. Giovanni monta l'escalier, franchit l'antichambre, poussa la porte… Il sortait de l'enfer. « Comment peut-on concevoir le bien de Dieu dans un bouge pareil avec de tels misérables au milieu de la corruption et de la débauche ? »

Le vent et la pluie lui cinglèrent le visage. Demain, pas plus tard, il irait à la rencontre de la pure enfant, à la douceur de colombe. En sa compagnie il voguerait au-dessus du Mal.

Confidentiel

Rapport du capitaine de gendarmerie Martial Hureau à Son Excellence
Monsieur le Ministre de l'Intérieur Crétet

Nice, 18 décembre 1807

J'ai été fort occupé ces derniers temps par l'installation de Son Altesse Impériale. Enfin soulagé, je peux vous annoncer qu'aujourd'hui même par un magnifique soleil, la princesse et sa suite ont pris leurs quartiers d'hiver à la villa Grandi qui s'étend jusqu'à la mer à travers des orangers, des citronniers et des cyprès.

Nous n'avons pas lésiné sur les travaux malgré les gros yeux de Dubouchage, affolé par les factures. La demeure comprend une chambre de satin bleu, un boudoir violet et cinq salons, un vert Nil, un ponceau, un jaune pâle, un mordoré et un vieux rose. La baignoire, si importante pour Son Altesse, a été placée dans la chambre, dissimulée derrière un rideau de mousseline. Je peux vous assurer que la princesse jouit d'un confort comparable à celui de sa résidence parisienne.

La municipalité n'est pas en reste, elle a fait réaménager la loge d'honneur au théâtre ainsi que le corridor pour s'y rendre, les coussins, les draperies, les tapis sont neufs. La rue longeant la salle de spectacle a été repavée ainsi que la promenade des Terrasses, au-dessus des arcades. La population a accueilli avec chaleur Son Altesse, il est vrai que ce fut l'occasion de nombreux concerts et d'aubades, d'illuminations multiples. Mais cette même population est étonnée par les habitudes et les caprices de la princesse. J'ai beau corseter la domesticité, je ne peux empêcher les racontars et les confessions sur l'oreiller des uns et des autres. Nice est une petite ville à l'affût des rumeurs. Elle s'en amuse plus qu'elle ne s'en offusque, du moins en apparence. Comment faire pour soustraire à la vue des habitants le fourgon de poste qui arrive chaque jour de Paris chargé des modes nouvelles ? Nous avons aussi l'histoire du lait, je suis en effet chargé de son acheminement depuis la vallée de la Vésubie, le meilleur. Je peux faire croire au charretier qu'il s'agit de la commande de ces dames, le bruit s'est vite répandu qu'en vérité Son Altesse en remplissait la baignoire pour y prendre des bains. J'aurais garde d'oublier les légumes, notamment les concombres qu'une femme de chambre spécialement chargée de l'opération transforme en pommade dans laquelle elle introduit une lotion de rose. Pommade et lotion qu'un valet venu des

Antilles applique en massant les jambes et les pieds de Son Altesse et ceci sans nullement se cacher. J'ai eu l'honneur d'assister plusieurs fois à cette scène délicieuse. La princesse allongée sur une pile de coussins tendant ses jambes, qu'elle a fort belles, aux soins délicats et attentifs de l'Antillais. Antillais que tout Nice a baptisé le « négrillon de Son Altesse ». Il faut avouer qu'il est bancal et très noir. Mais la princesse tient à ce souvenir de l'époque où elle a séjourné en compagnie de son mari défunt, le général Leclerc, à l'île Saint-Domingue. Pour les Niçois qui n'ont jamais voyagé c'est l'occasion de voir pour la première fois un nègre des îles.

Moi-même je dois me préserver de certains bavardages frisant l'indiscrétion, il m'a fallu mettre un peu brutalement fin aux confidences du médecin personnel de Son Altesse, le docteur Peyre, m'avouant sous une apparente désolation que la princesse était atteinte d'un mal redoutable, une affection hystérique, cause de son anémie et de ses sautes d'humeur. J'ai stoppé là les aveux de Peyre. Je ne suis pas homme à me faire le complice des complaisances et des perfidies. Vous me comprenez, je n'ai pas besoin d'insister. Ce dont je peux témoigner c'est de la splendeur de Son Altesse quand elle nous apparaît, vaporeuse, dans ses féeries de mousseline et de soie, ses robes de velours vert, de satin brodé ou encore l'une d'entre elles, toute au point d'Alençon, parfait écrin qui sied à sa joie de vivre, de chanter, son goût de bouger, de danser. Mais je m'emporte. Rassurez-vous, Monsieur le Ministre, je conserve le calme et la tête froide qui conviennent à ma mission. Puisque j'évoque ma mission, laissez-moi un instant vous entretenir de sa partie secrète. Elle se présente fort bien. J'ai repéré l'essentiel de mes lascars, du petit gibier mais menaçant, je ne serais pas surpris de retrouver notre vieille connaissance, le général Guidal, toujours prêt à s'élancer dans un mauvais coup, cette fois il s'est acoquiné avec un curieux abbé dénommé Lafont, un coquin qui vit des subsides anglais, à ces deux-là se trouve associé un banquier émigré à Nice avant que cette dernière ne devienne française et qui a su s'y maintenir par je ne sais quel stratagème. Ce banquier, nommé Arson, paye et voilà tout. Le quatrième homme de l'affaire est un charlatan qui se fait appeler Lepetit mais qui se nomme en vérité Eugène Ray Mure, ce qui certifie ses origines anglaises. Mon tourment dans l'histoire est l'apparition d'un jeune Italien sorti tout droit du couvent, la tête pleine de fanatisme et malheureusement d'une naïveté dangereuse. J'ai reconnu en lui le fils de Maria Tordo, la propriétaire de la villa où loge Son Altesse. Tout ce beau monde, enfin une partie, va se retrouver au bal que donne la princesse la semaine prochaine. Ce sera l'événement, toute la ville en bruisse d'avance.

Votre dévoué serviteur,
Hureau.

Ce matin-là un châle de fourrure cachait la moitié du visage de Catherine, la partie visible recevait la lumière oblique d'un rayon de soleil hivernal qui venait se fondre dans l'angle de la nef. Giovanni lui sourit et murmura :

— Je m'appelle Giovanni.

— Moi, c'est Catherine.

Elle avait répondu d'une voix claire et tranquille.

— Savez-vous monter à cheval, monsieur ?

Il ne savait pas, il répondit oui.

— Voyons-nous alors, fit-elle. Les après-midi où il ne pleut pas j'effectue une longue promenade. Que diriez-vous de la nouvelle route en direction de Gênes ? Par beau temps, c'est magnifique. Retrouvons-nous aux Quatre Chemins, à trois heures, je vous attendrai.

Elle se fondit dans la clarté du parvis, il resta cloué au pied de la colonne soutenant le bénitier. Fallait-il être ignare, avoir dix-huit ans et ne pas savoir monter à cheval ! Ce n'était pas dans les habitudes des moines d'enseigner à leurs élèves les délices de l'équitation. « Mon Dieu, se dit-il, comme mon ignorance est profonde en toute chose. » Il jeta un œil sur son sinistre habit noir, ses chaussures de corde, toute la pauvreté qui émanait de lui, jusqu'à cette odeur d'encens qu'il croyait deviner dans les replis de sa veste. Il se rendit à la banque de M. Arson et au caissier tout gris il demanda :

— Monsieur Arson…

— De la part de qui ? demanda l'homme.

— Dites que je viens de la part de l'évêque.

Tous les toupets. Ce qu'il n'aurait osé au nom du Seigneur, il l'accomplissait pour une jeune fille dont il savait tout juste le nom. Oui mais ce visage dans la lumière, oui mais son regard vert, oui mais son sourire : « Vous savez monter à cheval ? » Le charme retentissait toujours en lui avec la musique des mots. Il avait vécu un instant de bonheur fou, l'image de Catherine se fondant au soleil le hantait, elle se dissolvait pour mieux se reconstituer.

— Êtes-vous fou ? fit le banquier qui l'avait fait entrer dans son bureau où la pénombre était maintenue par des volets clos. Venir ici en plein jour !

— Je vous prie de m'excuser, monsieur, j'ai besoin d'une certaine somme d'argent, je suis dans l'obligation de me vêtir correctement pour le bal la semaine prochaine.

— Mais demandez cela à Lepetit. Est-ce si urgent ?

— Très urgent.

Le banquier le regarda de son regard pincé par le plissement des paupières.

— Combien vous faut-il ?

— Je ne sais pas, monsieur. Disons le prix d'un costume et d'une paire de bottes.

— Des bottes pour aller au bal ?

— Les bottes, c'est pour accompagner la princesse s'il le fallait dans l'une de ses promenades à la campagne. J'oubliais les vernis…

Il repartit avec des louis d'or tressaillant dans sa poche. Comme tout était facile, parler à une jeune femme, lui sourire, demander de l'argent, l'obtenir, mentir. Peut-être était-ce cette facilité derrière laquelle se cachait le mal ?

Il lui fallait apprendre à monter à cheval en quelques heures. Il se dirigea vers le quai du Midi, de l'autre côté du Paillon, un coin reculé où se trouvaient les loueurs de chevaux, les écuries des relais de poste et les maréchaux-ferrants. À peine passé le pont, une odeur de cuir accrochait la gorge, l'endroit était désert, bordé de terrains où à la saison on chassait la bécasse. Trônant sur ces espaces vides qui s'étendaient jusqu'à la mer, la maison du notaire Tiranty étalait le luxe de ses trois étages. À côté du quartier des chevaux, le chantier du lycée voulu par l'Empereur attendait de l'argent frais pour reprendre vie. Au premier établissement, Giovanni s'arrêta. Il confia à un gros homme ses soucis : il lui fallait un cheval assez compréhensif pour supporter quelqu'un qui n'avait jamais monté. Le loueur l'écouta en crachant régulièrement une chique noire qui venait judicieusement s'écraser aux pieds du jeune homme.

— Suivez-moi, fit-il.

L'écurie était bordée d'un jardin sauvage. L'homme pénétra dans une remise et en ressortit tenant par la bride un cheval bai. Comme en confidence il murmura :

— Balthazar, un demi-sang anglais, né chez nous, je ne suis pas de ceux qui vont contre le blocus pour un malheureux cheval, belle bête, le poil est luisant, l'œil vif.

L'affaire fut conclue. Balthazar dévora une grosse poignée d'avoine. Giovanni tenta de grimper sur son dos le pied à l'étrier, les bras et les mains noués au licol. L'animal fit une embardée, traversa le jardin, jaillit le long du Paillon, Giovanni toujours accroché, une partie du corps dans le vide. Balthazar se dirigea au galop vers la mer, le vent frais secouait sa crinière, heureux de ce bonheur inattendu il hennissait de joie. Giovanni perdit l'équilibre à peu de distance de l'embouchure du fleuve, là où les eaux se mêlaient dans un fracas bouillonnant. Il se releva trempé et glacé. Il siffla l'animal qui s'en moquait. Il courut derrière lui. Le cheval l'attendait puis repartait juste quand Giovanni était près de l'atteindre. Cela pouvait durer jusqu'à la nuit. Le jeune homme préféra rentrer à l'écurie à pied. Le loueur lui promit que Balthazar ne tarderait pas à revenir.

— Il devait avoir des fourmis dans les jambes, cela faisait un moment qu'il n'était pas sorti de l'écurie.

Balthazar rappliqua, de la buée sortait de ses naseaux. Prudemment, Giovanni recommença l'opération, le gros homme expliqua au novice le maniement des rênes et du mors. Ce fut enfin le départ. Le cheval marchait au pas, suivant le chemin qui lui plaisait. Une heure plus tard ils avaient traversé la ville, ce fut l'instant où Giovanni découvrit qu'il était perdu.

La Corniche s'enfonçait tel un pieu dans la montagne, la saignée, creusée à même la roche, grimpait sans cesse. On détournait les yeux et la baie se déployait, s'arrondissait entre le cap Ferrat et les contreforts de l'Esterel, à chaque virage on s'éloignait d'elle, au virage suivant on la redécouvrait dans toute son ampleur. Par mauvais temps, de si haut elle semblait tranquille, étale à l'abri des remous. Seul le ciel la peuplait de batailles, les nuages violets par grand vent, ceux jaunis par l'orage, toutes les couleurs les plus crues, les plus sauvages, le rouge sang, le vert profond de quelques forêts mystérieuses, les plus douces aussi, les roses tendres des crépuscules, les verts pâles annonçant le lever du soleil avant même l'irisation de l'aube. Arrivé au lieu-dit des Quatre Chemins, la route respirait un bon coup à l'aplomb des sentiers muletiers descendant vers Villefranche. Puis elle recommençait l'ascension, en passant au-dessus des fourches d'Èze elle devenait plein ciel, de la mer ne parvenait plus que le miroitement. Plus loin, plus haut encore, les hommes creusaient, déblayaient la roche projetée par les explosions, ils étaient plus d'un millier. On disait la Corniche mais ceux qui la creusaient à coups de pioche, l'éventraient à coups de mine, l'appelaient la Route de l'Empereur.

Le vent balayait les Quatre Chemins de rafales tranchantes comme des lames de glace. Catherine n'y faisait pas attention, elle attendait son bel inconnu, nourrie par les romans de Mme Cottin, Mme de Genlis, de la comtesse de Souza dont les héroïnes Adèle de Senonges, Claire d'Albe et Amélie Mansfield ne voyaient rien d'extraordinaire à donner rendez-vous en un lieu désertique à un étranger. Il était beau, le regard lumineux et certainement fou d'amour, cela suffisait. Le mystérieux étranger allait certainement se révéler baron ou prince. Il est vrai que dans les romans ces rencontres tournaient souvent au drame et qu'on y mourait facilement. L'amour était rarement gai et la tragédie présente dès l'esquisse du premier baiser. La curiosité l'emportait, il serait toujours temps de faire marche arrière. Les larmes ne lui faisaient pas peur. Pleurer d'amour, n'était-ce pas la plus belle des choses au monde ? Le bel inconnu était en retard, elle pensa soudain que peut-être il ne viendrait pas. Quel goujat s'il se permettait de ne pas venir ! Pour qui se prenait-il ? Elle avait revêtu son habit de cavalière couleur feuilles d'automne, ses cheveux noués flottaient sur sa nuque. Sa mère l'avait suivie du regard lors de son départ. Serait-elle jalouse ? Elle jubilait, Maria jalouse ! Croyait-elle être la seule à déboussoler les cœurs ? Désormais il faudrait compter avec elle, avec sa jeunesse, son enthousiasme, sa volonté de séduction : « Oh, mon Dieu, s'il ne venait pas ! »

Le ciel s'était coloré de ces reflets violets qui à la veille de la Noël annoncent le soir, quand enfin il se profila, fine silhouette se détachant à peine de la pierraille. Le cheval à bout de souffle s'arrêtait tous les cinquante pas, son cavalier donnait maladroitement du genou pour le faire repartir. Tous deux peinaient, le trajet avait dû être, cela se voyait, une torture. Catherine n'en revenait pas. À part son père elle ne connaissait personne qui ne sache monter à cheval. Son père passe, un aubergiste… mais un jeune homme d'une telle allure ! Se serait-elle trompée ? Il arriva fourbu, la bouche sèche, crevant de froid dans son ridicule costume élimé, ses chaussures de ficelle nageant dans les étriers. Soudain, à la clarté morne de la fin de l'après-midi, Catherine découvrit que l'inconnu était pauvre. Or les pauvres n'ont pas accès aux romans, du moins on ne les voit pas, ils sont cochers ou femmes de chambre. Pauvre ! Catherine en restait ébahie. Sa mère lui racontait souvent que dans son enfance elle avait été pauvre, pis, misérable, Catherine n'y faisait pas attention, l'effort d'imaginer une telle situation lui semblait tout à fait inutile.

Giovanni confusément voyait s'inscrire la déception dans les yeux de la jeune fille écarquillés par la surprise. Il lui fallait réagir. Il confessa qu'il était fils de bonne famille, élevé dans un couvent, l'Empire avait ruiné ses parents mais tout allait changer. Il parlait, il mentait. Peut-on vivre sans mentir ? Il en doutait fort depuis le matin.

Ils s'installèrent à l'abri du remblai sur l'une des grosses roches détachées de la paroi. Brossés par le vent, les cheveux de la jeune fille voletaient sur le visage et les lèvres de Giovanni qui se gardait bien de les chasser. Il l'écoutait, c'était à son tour de se raconter. Catherine ne fit aucun effort, le récit se créait au fur et à mesure. Elle était fille d'une grande famille de la cité, les Lascaris, son palais se trouvait rue Droite, il s'agissait d'une des plus belles demeures de la ville, son père et sa mère avaient émigré, elle-même avait été élevée à Turin. Giovanni poussa une exclamation.

— J'étais également à Turin une partie de mon enfance !

Catherine poursuivit, son père lieutenant général des armées sardes avait été tué à Iéna au service des Impériaux, sa mère avait dû se réfugier chez un cousin à Nice, propriétaire de l'hôtel d'York, ce n'était que provisoire, bientôt elle rentrerait en possession de ses biens, l'Empereur l'avait promis au maréchal Masséna, duc de Rivoli, qui était personnellement intervenu en leur faveur. Elle n'avait ni sœur ni frère et elle s'appelait Catherine en hommage à Catherine de Sienne.

Leurs histoires se ressemblaient. Giovanni promit qu'à leur prochain rendez-vous elle le verrait vêtu de neuf et botté convenablement. Mais se verraient-ils demain ? Avec l'arrivée du soir, le vent s'apaisait. Sur la mer et la montagne, le violet s'était liquéfié.

Les deux jeunes gens sur leur monture se confondaient avec les lueurs d'un rouge profond qui se déversaient dans la tranchée de la Corniche, la changeant en ruisseau de sang. Giovanni, en dévorant du regard les cheveux de Catherine, songeait au feu céleste de la Bible.

Le lendemain, il apparut dans sa nouvelle tenue, redingote à boutons de métal, pantalon à la mamelouk s'enfonçant dans des bottes à revers. Il ressemblait à un militaire en civil mais le tailleur lui avait assuré qu'ainsi il serait à la dernière mode parisienne.

Ce jour-là et les jours suivants ils s'enfoncèrent chacun dans leur mensonge. Catherine faisait remonter ses ancêtres aux croisades, avec les chevaliers prisonniers de la barbaresque, tous braves, généreux, preux et leurs épouses aimantes. Pour ne pas être en reste, Giovanni s'inventa une lignée de *camerieri* du pape, noble famille de patriciens catholiques. Tantôt ils veillaient sur Rome, tantôt ils luttaient dans des guerres intestines opposant les principautés italiennes entre elles. Dans le feu du récit leurs regards se croisaient, leurs mains se frôlaient.

Lorsqu'ils en eurent assez de la Corniche, ils longèrent le cours du Paillon avec ses moulins à huile. Les moulins finissaient de broyer la récolte de l'année. Les deux jeunes gens s'arrêtaient et regardaient en silence la grande roue à godets ruisselante d'eau, le lent mouvement, ample serviteur de l'étrange cérémonie qui se déroulait de l'autre côté des murs. Un après-midi Giovanni voulut voir de plus près, ils pénétrèrent dans l'antre noir d'un moulin où les puissants effluves végétaux les enveloppèrent. Giovanni demanda s'ils pouvaient sans déranger assister au travail. Le *déficié*[1], ordonnateur de la cérémonie, acquiesça d'un bref signe de tête. Giovanni eut l'étrange sensation que Catherine et lui assistaient à une sorte de messe. À la place de l'autel la meule de granit, entre ses dents coulait la lave ténébreuse conservant dans ses flancs la couleur de l'arbre, son parfum, sa puissance immémoriale. L'un des hommes, torse nu, brandissait à bout de bras une palette avec laquelle il repoussait la masse sous le ventre du monstre. Combat sans cri, sans mouve-

1. Moulinier.

ment inutile, toujours le même geste, toujours la même masse qui s'échappait, débordait, se répandait. Catherine ne quittait pas des yeux cette lutte tranquille entre un homme et la matière, le dos qui se courbait, les mains qui s'enchaînaient au manche de la palette, le poing qui se refermait, le bras qui se gonflait de tous ses muscles. Elle pensa que c'était beau. Cette beauté incroyable lui venait au-delà de l'écœurement. Les effluves de fruits et de gras la pénétraient plus violemment que toutes les fleurs qu'elle avait pu respirer jusqu'à cette minute. Ses narines palpitaient, étonnées, ravies. Un instant il n'y eut plus rien, plus de mouvement, plus de meule, que la lave se déversant dans des bas de grosse laine qui se mirent à ressembler à des bonshommes difformes et suintants. Les créatures furent portées sous la patte noire du pressoir qui les attendait, menaçante, impatiente. Les aides mirent en branle la machine. La vis descendait telle une bête se décidant enfin à tuer. Elle descendait et venait écraser les créatures l'une après l'autre, elle s'acharnait, les triturait. Les hommes sentant la victoire s'arc-boutèrent, les créatures s'affaissèrent, de dessous leur ventre mou le premier filet d'or s'écoula doucement : l'huile blonde, l'huile pure… Les hommes regardèrent en silence le liquide se répandre dans la cuve, le *déficié* approcha un doigt, recueillit une goutte, la porta à ses lèvres, la mâcha entre sa langue et son palais. Pas un mot, un simple mouvement des lèvres. Ça ira. La pression pouvait continuer. Giovanni aurait voulu se mêler à ce travail, en pénétrer l'alchimie mystérieuse, lui qui avait servi des milliers d'offices, tendu le ciboire et versé le vin, avalé l'hostie, sentait son corps et son âme vibrer comme ils ne l'avaient jamais fait au pied de l'autel. L'huile sainte, l'huile du commencement des temps était là, le fruit avait donné sa semence. Le *déficié*, soulagé, posa sur un feu de sarments de longues tranches de pain frottées d'ail. Les hommes se saisirent des lamelles grillées et les trempèrent dans une coupelle remplie d'huile nouvelle. Le *déficié* invita d'un mouvement de tête Catherine et Giovanni à en faire autant. Le jeune homme se saisit du pain brûlant et le tendit à Catherine. L'huile et l'ail mêlaient la force et la tendresse, imprégnant leur bouche d'une saveur ardente et douce. Le travail reprit. Les créatures n'avaient pas fini d'être pressées, pressurées jusqu'à l'ultime goutte d'or contenue dans leurs flancs.

Le vent glacial du soir s'engouffrait dans la vallée, le fleuve couleur de nuit rugissait lugubrement. Catherine se blottit contre Giovanni, il faisait si froid. Il l'enlaça, c'était la première fois. Il se saisit de ses lèvres. Une douceur extrême l'envahit, c'était la fin d'un monde, le début de la vie. Ils s'embrassaient et dans la même seconde découvraient le bonheur du baiser, son plaisir, sa tendresse, son ardeur.

La nuit descendait dans le bureau du préfet Dubouchage, la flambée dans la cheminée jetait des lueurs rougeâtres au plafond. Joseph Dubouchage avait refusé que l'on allume les lampes. Dans la pénombre il réfléchissait mieux. Dans moins de deux heures il ouvrirait le bal au bras de Son Altesse. Ce moment redoutable il ne cessait d'y penser depuis des jours, lui qui n'avait jamais voulu tenir le devant de la scène, lui qui fuyait les mondanités, lui l'homme sobre, digne, se retrouvait de plain-pied dans ce remue-ménage qui balayait la ville d'une transe qui le laissait médusé. Le plus inattendu était la part prise par le petit peuple, cette foule de va-nu-pieds se préparait à la fête comme si elle y était invitée. Depuis l'annonce de sa venue, Dubouchage se doutait que la présence de la princesse dans la cité ne lui apporterait que des désagréments. Les factures s'accumulaient sur son bureau, une multitude de fournisseurs qu'il faudrait bien acquitter. Il ne les ouvrait même plus. Il verrait plus tard. Sa longue habitude de l'administration lui avait appris une chose essentielle : savoir attendre. Mais plus inquiétantes étaient ces rumeurs de complot, voire d'enlèvement. Dans sa sagesse, il n'y croyait guère et, de toute façon, la police n'avait jamais été son fort. Il détestait ces gens-là, ingouvernables, imprévisibles, toujours prêts à se compromettre au nom d'une autorité et d'intérêts supérieurs. Lesquels ? Mystère. À se demander si ces pouvoirs et cette autorité occulte, ils ne finissaient pas par les inventer à leur convenance. Il est vrai que la ville bruissait d'agitateurs, les émigrés rentrés d'exil, les jacobins en mal de république, les espions de toutes sortes profitant de l'abondance des criques du littoral où l'on pouvait accoster. Quant à la montagne n'en parlons pas, ses frontières n'existaient que sur le papier, quant à la population l'armée avait beau proclamer que la pacification était totale, ses expéditions dans les vallées lui prouvaient le contraire. Les réfractaires à la conscription y pullulaient et les mentalités n'avaient guère changé depuis la Révolution. Si Nice se soumettait à l'administration française, la montagne continuait de la haïr et de la saboter quand l'occasion se présentait. Certes, tout cela créait un climat peu propice à la tranquillité indispensable pour sortir le département de l'obscurantisme dans lequel il était plongé depuis des siècles. Il fallait créer des lycées, percer des routes. En guise de crédits on lui expédiait une princesse et des personnages comme ce Hureau. Officiellement celui-ci ne devait s'occuper que de la sécurité de Son Altesse. À voir. Le capitaine était précédé d'une étrange réputation, ami disait-on des plus hauts personnages de l'État, chargé des opérations secrètes. Il n'aimait pas cet homme, son éternel cigare aux lèvres, ce sourire insolent qui ne le quittait jamais, sa désinvolture qui l'avait obligé lui, le préfet, à solliciter une rencontre. Hureau avait pénétré dans son bureau en territoire conquis, lui crachant sa fumée au visage, ne desserrant pas les lèvres. Il dut lui-même solliciter les informations concernant la sécurité de Son Altesse. Le bougre s'était contenté de grommeler : « Je m'en charge. — Oui mais les services de police, je vous le rappelle, sont sous mes ordres. — Ils sont incapables d'assurer une mission de ce genre, qu'ils se contentent de chasser la prostitution, les putains viennent exercer leur commerce jusque sous les fenêtres de Son Altesse qui, je vous préviens, s'en est plainte. » Sur ce, Hureau avait quitté la pièce en le saluant à peine. Quel mépris ! Dans ces moments-là Dubouchage se souvenait que ses ancêtres et lui-même avaient porté la particule, les du Bouchage, que son père avait été conseiller au parlement de Grenoble, son frère cadet dernier ministre de la Marine de Louis XVI. Il avait républicanisé son nom, M. Dubouchage, la particule attachée, cela ressemblait assez à un notaire échappé d'une comédie de Molière. Parfait, ne devait-on pas solliciter la reconnaissance d'un Hureau, de tous les Hureau de France ? À l'abri de la pénombre il pouvait se l'avouer, il avait des raisons bien plus personnelles pour le détester. Une particulièrement : Maria. Existait-il un sentiment entre le capitaine et l'hôtelière ? Il le soupçonnait, sans plus. L'hôtelière, comme si Maria pouvait être définie par cette appellation populaire, elle si hautaine, si fière, si élégante, si orgueilleuse, oui on pouvait l'affirmer, orgueilleuse. Orgueilleuse le jour où elle avait repoussé ses avances, des avances de gentilhomme, à soixante-deux ans, on n'a plus le temps de s'amuser à séduire. Lui qui jamais du vivant de son épouse, Dieu ait son âme, pas un seul jour ne l'avait trompée ni en actes, ni en pensées, s'était autorisé à lui demander qu'elle l'aide à supporter sa solitude : « À devenir votre maîtresse en somme ? — Appelez ça comme vous voudrez, le sentiment n'en est pas moins le même. — Je n'ai jamais été la maîtresse de personne, monsieur le préfet, il y a dans ce terme de maîtresse une soumission et une appartenance qui n'ont jamais été les miennes. » Ce fut tout. Pourtant ce Hureau, il rôde ! Insaisissable. Lui aussi possédait ses espions, notamment la vieille Aglaée, une jacobine pas du tout repentie qui avait élevé Catherine, la fille de la maison. Aglaée ne désarmait pas : « Si vous saviez les regards enamourés qu'elle lui lance, monsieur le préfet, de quoi rougir je le jure, lui ne semble pas troublé mais à mon avis il cache son jeu. » Les confidences d'Aglaée lui avaient fait mal, le danger existait bel et bien. Le refus formulé si précisément par Maria ne l'empêchait pas d'espérer. Demain sait-on jamais ? Aglaée pensait que Vincent n'en avait plus pour très longtemps. Alors à lui de jouer. Maria, toute Maria qu'elle était, une fois veuve, refuserait-elle de devenir Mme la préfète ? Il se sentait capable de la rendre heureuse.

Hureau, lui, ne faisait que passer, son destin n'était certainement pas de s'installer dans la ville avec ses bottes de cuir fin et ses infâmes cigares.

Dubouchage se leva, engourdi. Il lui fallait revêtir son habit de cérémonie. Après avoir ouvert le bal avec la princesse, il demandera une danse à Maria. Cette perspective fit battre son cœur. « Mon Dieu à mon âge… », se dit-il en se dirigeant d'un pas ragaillardi vers ses appartements.

Hureau noue sa cravate blanche, par la fenêtre ouverte pénètre l'odeur molle et salée de la pluie mélangée à la mer. Il se tient droit au milieu de la pièce, aspire lentement la fumée de son cigare. Comment faire pour oublier cette femme qui irrésistiblement l'attire ? Ce soir, il ne devrait avoir à l'esprit que la mise en échec du complot. Un de ces coups comme il en avait mis au point plusieurs depuis son passage du corps des dragons à celui d'élite de la gendarmerie de la Garde. Jeune, ardent durant la campagne d'Italie, il était loin de s'imaginer alors homme de l'ombre. Les relations de sa famille avec celle du ministre de l'Intérieur Crétet, sa dévotion à l'Empereur, la maîtrise de soi qu'on lui accordait avaient concouru à transformer le dragon en gendarme, l'impétueux en stratège. Il s'interrogeait souvent sur le curieux parcours qui l'avait conduit du républicanisme ardent à la servitude acceptée fièrement d'un régime despotique. Suffisait-il de croire, comme beaucoup d'hommes de son âge qui avaient connu la Révolution, que ce despote éclairé contribuait à l'éclatement des libertés dans l'Europe entière ? Il ne pouvait se contenter d'une explication aussi théorique, il savait que dans son engagement la raison comptait peu, la passion énormément. Une passion née sur les bords de l'Adda, du côté de Lodi, un élan irraisonné pour un général fiévreux. Il avait servi ce général et ce général était devenu empereur. Pour Hureau qui croyait à la force de la volonté sur les événements, cette trajectoire fulgurante justifiait sa décision et son désir de se vouer quelles qu'en soient les péripéties, les incohérences et peut-être les erreurs à l'accomplissement de ce destin.

Il se rapprocha de la fenêtre, en se penchant légèrement il pouvait voir les feux du bal de la princesse. Son cœur se serra. L'image de Maria palpita. Il se sentait brûlé par son regard de jais. Il avait beau en chasser l'emprise, ses défenses s'écroulaient les unes après les autres. Il devait s'avouer que le charme avait commencé avec l'aventure de la grotte et que depuis il ne faisait que feindre l'indifférence. Maria s'avançant sur le devant de la scène, jaillissant telle une braise ardente, sombre et flamboyante, menaçait sa décision de se protéger de la passion amoureuse. « Je ne suis pas fait pour les élans du cœur », se disait-il avec délectation. Combien de temps résisterait-il ?

Le capitaine referma la fenêtre en souhaitant que durant le bal les sentiments ne viennent pas semer la confusion. Il rajusta ses vêtements civils. Il n'aimait pas être déguisé en bourgeois.

Le satin rouge d'un éclat parfait illumine son visage, la naissance de sa poitrine. Belle oui ! Mais à quoi bon ? Hureau résiste, l'homme n'a pas de sentiment, pas de désir, il observe mais ne la voit pas. Cet homme-là ne veut rien, rien d'humain, de charnel. Ils échangent des regards, il vient, il part, il sourit, énigmatique, il ne dit rien ou si peu. Dans les moments de désespoir, elle se dit qu'elle est trop vieille, plus assez belle, usée oui usée, alors elle se précipite devant un miroir ! Pas une marque, pas la moindre ride, souple et longue comme à vingt ans, désirable comme à trente. Il lui faut ce Hureau. Ce n'est pas de l'amour, c'est un choix, une revanche, la volonté de gagner, la curiosité aussi d'investir cet homme, de déjouer sa retenue. Ce soir elle dansera avec lui, elle sera dans ses bras. Ce soir elle doit gagner. La voiture l'attend sous le porche, une pluie fine mouille le pavé. Il fait doux. Le bal peut commencer.

La population massée le long du chemin en bordure de la mer ne savait où donner des yeux, les invités, certains venus depuis le Var et même de plus loin, d'Aix, de Marseille, d'Avignon, la noblesse d'Empire chamarrée d'or et de rubans, l'aristocratie de l'Ancien Régime ralliée au nouveau, les militaires arborant la croix sur leur habit de cérémonie, le flot de la bourgeoisie en redingote noire pour les hommes, tunique parfois rehaussée de fourrure pour les femmes. La deuxième attraction se situait à l'intérieur de la propriété posée à même la pelouse, une herse de gaz répandait sous les arbres une flamme bleutée. Les invités s'arrêtaient devant cette étrange rampe d'un feu qui semblait naître de nulle part et ne devoir jamais s'éteindre. Il n'y avait aucune nécessité à ce gaz, sinon la volonté de Son Altesse de participer à l'essor des techniques nouvelles prônées par son frère.

Giovanni arriva à pied, son invitation à la main, le tailleur, sur le pécule du banquier, lui avait confectionné un habit à revers drapé sur la poitrine, surmonté d'un col amidonné sur lequel s'enroulait une cravate de soie ivoire, à double tour. Le jeune homme s'aperçut dès son entrée qu'ils étaient des dizaines engoncés comme lui, sorte de hérons dépourvus d'ailes. Mais qu'importait les ridicules, Giovanni était amoureux, il aimait et peut-être l'aimait-on. L'amour était descendu dans son cœur comme la grâce. Le ciel avait parlé. Depuis ce baiser dans la nuit froide au pied du mòulin, sa vie était transformée, Catherine sera sa femme. Désormais il possédait deux certitudes : la présence de Dieu dans l'amour, sa présence dans la beauté et la fécondité de la Nature. Un grand bouleversement, il découvrait qu'il était possible d'avoir la foi et d'être heureux. Ce qu'il prenait pour un sacrilège avant son arrivée à Nice s'était transformé en révélation. Aussi se demandait-il pourquoi il venait se mêler à cette foule. Que lui importait l'enlèvement de la princesse ? L'amour l'avait rendu indulgent. Catherine avait été étonnée de sa présence au bal. Il avait dû mentir une fois de plus, lui avouant qu'il espérait y rencontrer des membres de sa famille.

— Savez-vous danser ?

— Pas du tout.

— Alors, vous me regarderez.

— Oui, mais pas trop, j'en serais malheureux.

Il eut de la peine à gagner le grand salon où la princesse devait ouvrir le bal. Des militaires avaient pris place dans l'antichambre, formation avancée, prête à bondir à l'arrivée de l'altesse. Dans les salons attenants se trouvaient les notables, les membres de l'administration, les présidents de cour, les magistrats, la municipalité en rangs d'oignons. La bourgeoisie s'était réfugiée dans l'entrée, la tête au chaud et le dos dans les courants d'air. Giovanni, étranger à tout cela, se faufila jusqu'aux pieds, des musiciens qui avaient reçu l'ordre d'interpréter surtout des valses que Son Altesse préférait aux sempiternels quadrilles. Le jeune homme n'avait jamais vu autant d'étoffes, de pierreries, de diamants que la lumière des lustres multipliait comme dans un jeu de miroirs. Des cous des femmes, de la naissance de leur poitrine, de leur nuque lui parvenaient des effluves de poudre, de cannelle, de musc, de soie, tout un remugle d'humus charnel qui soûlait avant même l'envol des violons.

La princesse arriva à dix heures au bras du préfet. Elle s'avança au milieu des notables, souriante. Une rumeur d'admiration se répandit jusqu'au dernier rang qui ne pouvait la voir. Était-elle belle ? demandaient les épouses. Oui, répondaient les maris, mieux que cela : splendide. Comment était-elle habillée ? Ah, elle était de cachemire amarante, une jupe longue d'amazone brodée d'or. Ils n'ajoutaient pas que sous la jupe, sous le cachemire, sous les broderies d'or, il y avait un corps qui palpitait, presque visible malgré la superposition des soies. Ce corps que l'on imaginait toucher, qui passait et se déployait, se pliait et se repliait, qui dansait avant même la danse, faisait l'amour en disant : « Comment allez-vous ? » À ses côtés Dubouchage ressemblait à un cierge que l'on a oublié d'allumer. Bientôt la princesse le quitta, voleta de groupe en groupe : les militaires, les dignitaires, elle regardait les hommes, leur souriait, les femmes elle les jaugeait du coin de l'œil, les étincelantes elle les ignorait, se contentant d'honorer les tristes et les disgraciées. Mais personne ne s'en apercevait tant l'altesse virevoltait, insaisissable, son allure était celle d'une jeune fille espiègle aux traits fins, la bouche dessinée, la lèvre supérieure se fendant en cœur, les cheveux relevés par un diadème qui donnait au visage son aspect de déesse, échappée d'un temple voué à Vénus. Après avoir fait le tour des invités, elle tapa dans ses mains et l'orchestre dans l'attente de ce simple geste depuis de longues minutes fit retentir les violons. Un cercle se forma et, à l'intérieur, saisissant la traîne de sa jupe de la main gauche, Pauline s'engagea tenant par le bras Dubouchage. Le préfet avait pris des cours sommaires de valse, cela lui suffit pour effectuer les deux tours de piste obligatoires. Deux tours et les autres couples vinrent se joindre à celui de la princesse. On dansait dans le grand salon mais aussi dans l'antichambre, dans les petits salons et jusque dans les jardins malgré la bruine. Apparurent les premiers valets tenant d'immenses plateaux de boissons, orange, punch, champagne, muscat, vin de Moselle, tokay de Hongrie. Selon le vœu de la princesse, les valets étaient en tenue de pages du Moyen Âge : hauts-de-chausses, collants, chaque jambe d'une couleur différente, jaune et mauve, rouge et bleu, des coloris flamboyants comme ceux des plumes qui ornaient leur chapeau en forme de cornet.

En Maria, ce n'était pas la propriétaire de l'hôtel d'York que l'on saluait mais l'ancienne amie de Masséna, celle qui avait tenu compagnie à l'Empereur durant la campagne d'Italie, la confidente du préfet, la dignitaire locale du régime. Elle en eut vite assez de ces têtes trop connues, du notaire Tiranty qui voyait en elle la maîtresse des lieux. Après tout Son Altesse était son hôte ! Elle décida de s'aventurer dans le grand salon où se tenaient l'orchestre et la princesse. Princesse qui ne quittait plus la compagnie de son chevalier servant, un certain Félix Blangini, un compositeur italien de romances, auteur d'un opéra joué avec succès. Il était blond et doux, Pauline s'en était entichée, le parant du titre de chef de musique de Son Altesse Impériale. Pour tout orchestre Félix se contentait d'un piano et de sa voix, une voix mélodieuse qui enchantait et envoûtait. Emporté par la valse, le compositeur jetait des regards apeurés, de lourds cernes noirs se détachaient sur la pâleur de son visage. Le tourbillon de la valse ne faisait que mettre en évidence la fatigue mêlée de détresse qui manquait le faire chavirer. La princesse ne semblait rien voir de la lassitude de son cavalier, elle tourbillonnait, un large sourire illuminant le rouge-gorge de ses lèvres. Personne ne s'y trompait, l'épuisement du musicien venait des excès de l'amour, les plus ironiques ouvraient des paris sur le temps que mettrait Félix avant de sombrer.

Maria se retrouva dans les bras du préfet sans y prendre garde, son regard continuait de percer la foule des danseurs à la recherche de Hureau, étonnée de ne pas encore l'avoir aperçu.

— Maria... Maria..., murmura Dubouchage, empêtré dans son uniforme.

Il aurait voulu lui faire comprendre qu'il était l'un des personnages importants de cette fête, que mon Dieu, elle pouvait bien ne pas l'aimer mais être séduite par son pouvoir. Il aurait voulu mais ne dit rien, sûr du ridicule d'une telle déclaration. Il pouvait deviner le rire cruel sans indulgence de Maria. La danse terminée, il n'insista pas. La soirée allait être longue et ennuyeuse.

Maria passa devant le groupe entourant Pauline où le compositeur, affalé sur un canapé, tenait un verre de muscat à la main, les yeux dans le vide. De l'autre côté se trouvait l'ancien jardin d'hiver peuplé du temps de Pénélope d'orangers, de citronniers en pots, maintenant transformé en rotonde surmontée d'une verrière, on y découvrait la mer qui semblait battre aux portes. Une allée blanche sous la lune menait à la grève et, malgré les trilles des violons, le brouhaha des conversations, on distinguait très nettement le roulis des vagues, ce bruit de baiser qu'elles font en mourant sur les galets. Un homme remontait l'allée d'un pas extrêmement lent, regardant tout autour de lui comme si la disposition des lieux l'enchantait. Du même pas il monta l'escalier en marbre qui menait à la véranda, franchit le seuil de la rotonde, une fois là il s'immobilisa, son regard croisa celui de Maria puis il se dirigea vers l'intérieur de la même étrange démarche de promeneur. Maria lui emboîta le pas, il émanait de ce jeune homme quelque chose d'indicible qui pourtant lui était connu comme le sentiment que l'on ressent parfois d'avoir vécu une situation semblable, le sentiment est très fort puis disparaît, mais là, sur les pas du jeune homme, la sensation ne s'effaçait pas, bien au contraire elle se faisait plus intense. Un poids s'installa dans sa poitrine, dans sa gorge, elle mit ce malaise sur le compte de la chaleur étouffante qui régnait dans le grand salon, chaleur qu'accentuaient la flamme des lustres et des torchères, une fumée diffuse et âcre qui alourdissait l'atmosphère. L'homme parcourut les différents salons, l'antichambre, l'entrée puis descendit les marches du grand escalier menant au jardin, Maria le suivit, l'air froid et la pluie ne lui procurèrent aucun bien. Le poids était toujours là, tapi dans sa poitrine, tapant et battant en elle, la faisant frémir de tout son être. Elle avait froid puis chaud, le jeune homme revint, la croisa à nouveau, la fixa un instant, sourit et reprit cette sorte de tour de veille qui paraissait plus qu'une distraction, un emploi. Maria pensa un instant à un policier. Policier ! Elle eut honte d'y avoir songé, il y avait trop d'élégance et de fierté chez cet homme. Il traversait les groupes comme il longeait les pièces du même pas lent et consciencieux. Un instant il se réfugia dans l'antichambre, observant les danseurs avec un regard que Maria devinait ennuyé et las. Elle s'approcha, il lui aurait suffit de tendre la main pour caresser cette partie du cou que laissait à découvert le haut col, une peau blanche dont il lui sembla reconnaître l'odeur. Elle fit un bond en arrière, un vertige l'obligea à s'appuyer à une colonne. Oui, cette odeur elle la reconnaissait, aucun doute. Qui au monde pouvait la déceler, sinon elle ? Elle venait de la chair, elle était douce comme de la laine en hiver... Cette odeur était celle de Benjamin, de sa poitrine quand elle y posait les lèvres. Elle avait cru l'avoir oubliée mais elle lui revenait intacte dans les plis de la nuque du jeune étranger. Elle aurait pu tenter de le voir de face. Elle se laissa glisser sur une chaise. Pas encore ! Non. Elle avait bien trop peur. Trop peur. À quoi bon ? Elle savait. Tout son être savait. La musique s'interrompit, les valets déambulèrent tenant à bout de bras des plateaux chargés de victuailles, suivis par des serveurs avec les assiettes et les couverts. Les groupes se mêlèrent, quelques instants la hiérarchie fut bousculée, on se retrouvait aile de poulet entre les doigts sur le même divan : bourgeois, militaires, dignitaires. Une pagaille avivée par le champagne et le punch. Les militaires, les yeux rougis, reconstituaient les batailles, le verbe haut et le geste ample. Les jeunes officiers, qui se disaient que l'heure des conquêtes avait sonné, parcouraient les salons un sourire engageant aux lèvres.

Depuis le vestibule où il s'était retiré, sanglé dans une stricte redingote noire, Hureau avait assisté de loin à la rencontre de Maria et de Giovanni. Maria avait reconnu le jeune homme, Hureau avait assisté à la décomposition de son visage, à la façon dont elle s'était laissée choir sur une chaise. Il fallait intervenir. Giovanni devait conserver sa liberté d'esprit, cette liberté était vitale pour la suite de l'opération. Mais comment convaincre une mère, et une mère qui se double d'une femme comme Maria, de surseoir à ce moment tant attendu, ce fils déboulant soudain au détour d'un air de valse, cadeau à la limite suprême du bonheur ? Le policier en tenue de valet qu'il avait chargé de surveiller Maria s'inscrivit dans la porte du vestibule, il fallait faire vite, la dame s'était relevée et semblait chercher quelqu'un. Hureau réfléchit quelques instants.

— Bon, vous allez me soustraire le garçon, pas de brutalité, agissez en douceur. Arrêtez-le et posez-lui des questions.

— Lesquelles ?

— N'importe, imbécile. D'où vient-il ? Pourquoi se trouve-t-il dans une partie interdite aux invités ? Il faudra tenir la nuit. Je vous préviendrai quand le libérer. Avertissez les autres.

Il avait disparu… Elle courut en direction du jardin d'hiver, elle ne savait pas au juste pourquoi, la nécessité de refaire le chemin en sens inverse. De grosses gouttes s'écrasaient sur le toit de la verrière, les courants d'air chargés d'humidité se faufilaient par les interstices des fenêtres. Le vacarme de la pluie couvrait la musique, les odeurs de terre détrempée donnaient l'impression que le bal s'enlisait dans cette nature faite de mer et d'arbres ployant sous les rafales. Le froid glaça les épaules de Maria. Et si elle s'était trompée ? Jean-Jacques invité de la princesse ? Soudain cela lui parut invraisemblable. Elle était victime de son imagination. Oui mais pourtant, l'odeur, l'allure, ce ressenti qui lui nouait le cœur et la gorge. L'instinct maternel, cet instinct dont elle avait douté, qui ce soir s'imposait avec la puissance d'une révélation.

Un pas retentit derrière elle.

— Je vous cherchais Maria, vous êtes ravissante, le rouge est une couleur que l'on croirait inventée pour vous. Mais pourquoi vous êtes retirée, seriez-vous souffrante ?

Pourquoi Hureau surgissait-il si tard ? Elle avait tant espéré se retrouver au creux de ses bras, emportée par les tourbillons ! Devait-elle se confier à cet être insaisissable ? Elle n'était même plus certaine de son émoi. Cet émoi n'était pas grand-chose finalement, un caprice, un besoin de mettre à l'épreuve son pouvoir de séduction.

— Venez Maria, j'ai très envie que vous m'accordiez une danse, je danse plutôt raide mais le pied est sûr. Me ferez-vous ce plaisir ?

Maria s'emporta.

— J'ai rêvé de cette danse. Plus maintenant. Excusez-moi capitaine, je suis fatiguée.

Hureau posa la main sur son bras.

— Non Maria, vous n'êtes pas fatiguée, vous êtes en colère, ne restons pas ici, c'est lugubre et il fait froid. Venez !

Il l'entraîna, elle se laissa mener dans le grand salon où quelques couples valsaient encore. La princesse, Félix et leur suite s'étaient réfugiés dans un cabinet pour jouer au jeu des charades.

Hureau ne dansait pas mal du tout, ses grands pieds se mouvaient avec adresse, son bras tenait ferme la taille de sa cavalière. Le couple étonnait, l'homme à l'aspect austère et l'amazone rutilante. On les applaudit tellement ils se livraient à la danse avec une furia intense, comme si chacun cherchait dans l'ivresse de la valse l'oubli et le vertige. Hureau avait bien du mal à ne pas se perdre dans la chevelure de sa partenaire, à ne pas frôler la peau tiède de son cou. Un arôme surprenant de jasmin sauvage l'envahissait.

Le bal et ses invités se trouvaient bien loin du cercle où Maria se mouvait, tout à la fois offerte et entièrement elle-même. Durant le temps de la danse, les événements qui venaient de se produire se trouvèrent non pas abolis mais comme soufflés par le tournis. La musique s'arrêta. Ils firent encore quelques pirouettes sous les regards admiratifs de l'assistance. Maria demeura appuyée au bras de Hureau.

— J'ai à vous parler, murmura-t-elle, essoufflée.

Ils gagnèrent les salons où sur des tables on avait dressé le buffet. Un lieu inaccessible en milieu de soirée mais qui maintenant se vidait de la multitude des affamés. Les plateaux vides étaient remplacés par des nouveaux avec une telle rapidité et une telle profusion qu'il semblait que la terre entière pouvait défiler et se repaître sans que jamais le flot d'abondance ne puisse être tari. Les médaillons de foie gras tenaient compagnie aux dindes rôties, des bécassines fragiles et embrochées s'embrassaient au travers de grandes assiettes vert sombre venues des Tuileries, toutes marquées du « N » doré de l'Empereur.

Ce qui avait étonné la bonne société niçoise ce fut de retrouver là le lapin traditionnel du dimanche déguisé en pâté et recouvert d'une somptueuse gélatine mordorée, ainsi que des saint-pierre se prélassant dans des sauces mousseuses et blanches comme des voiles de communiantes. Plus loin, regroupée savamment sur des plats en argent, se pressait l'armée des desserts, les nougats, les énormes soupières de sauce au chocolat, la piétaille des gâteaux, les babas, les choux et enfin, pièce capitale, la traversée du pont de Lodi reconstituée en nougatine avec les chevaux et leurs cavaliers. Au centre, en biscuit de Savoie, l'Empereur lui-même brandissait son chapeau de sucre filé.

Maria et le capitaine dénichèrent un endroit déserté. Maria prit place dans l'un de ces fauteuils étroits et inconfortables qui peuplaient inutilement la demeure. Hureau préféra rester debout. Il ne pouvait plus rien inventer pour retarder l'instant qu'il redoutait.

— Capitaine, fit Maria, ce soir j'ai rencontré un jeune homme, je l'ai suivi. C'est peut-être insensé mais il m'a semblé reconnaître Jean-Jacques, sans qu'il ne prononce un mot, ne fasse un signe qui aurait pu me mettre sur la voie. Rien. Mais mon cœur, mes entrailles ne se trompent pas, ils me crient que c'est lui. Croyez-vous cela possible ?

— Vous ne vous trompez pas, c'est bien votre fils.

Maria demeura étourdie puis fut prise d'une nausée qui la projeta à l'une des fenêtres qu'elle ouvrit en grand. La pluie et le vent venus de la mer fouettèrent son visage.

— Maria...

Hureau s'était approché avec l'intention de la saisir par les épaules, il modifia son geste et demeura les mains suspendues au-dessus de la chair frissonnante.

— Taisez-vous...

Maria se retourna, sur son visage se mêlaient la pluie et les larmes.

— Vous saviez et vous ne m'avez rien dit, vous saviez et vous êtes venu m'inviter à danser...

— Assez !

Hureau maîtrisa avec effort le ton de sa voix.

— Pourquoi assez ? Pourquoi m'avoir caché la présence de mon fils ? Que manigancez-vous ? Oh, je m'en veux... jamais je ne vous pardonnerai.

Hureau aurait volontiers allumé un cigare, il

préféra rester immobile, ébouriffé par le vent qui s'engouffrait par la fenêtre ouverte. Comme elle avait été douce et abandonnée dans ses bras, tout aurait pu si bien se passer. L'incroyable s'était produit. Il ne se pardonnait pas la détresse qu'il lisait dans ses yeux.

— Êtes-vous pour quelque chose dans sa présence à Nice ?

— Bien sûr que non ! Mais je crois savoir ce qu'il est venu y faire. Jean-Jacques se trouve mêlé à une ténébreuse affaire dont il ne saisit pas l'extrême gravité.

Maria s'accrocha aux revers de drap fin de la redingote.

— Un jeune homme de dix-huit ans ne peut être qu'innocent Hureau, quelle que soit sa participation à un quelconque imbroglio !

Le capitaine la saisit par les épaules.

— Calmez-vous Maria, je vous promets sur ce que j'ai de plus sacré au monde de le tirer de là et de vous le confier.

Une succession de valets, portant à bout de bras des plateaux chargés du reliquat des mets, passaient derrière eux, dans un cliquetis de vaisselle entrechoquée.

Maria, à voix basse comme en confidence, demanda :

— Vous parlez de sacré, mais qu'avez-vous de sacré dans la vie ?

Hureau, précautionneusement, remit de l'ordre dans sa tenue avant de répondre, le regard plongé dans celui de Maria :

— L'Empereur !

— L'Empereur… Vous l'aimez donc tant.

Ils s'écartèrent de la croisée, mais à peine Maria eut-elle effectué quelques pas que ses jambes se dérobèrent.

— Appuyez-vous sur moi, on nous regarde.

— Est-ce donc si important pour vous ?

Hureau ne répondit pas, il l'entraîna vers une pièce odorant la poudre de riz, réservée au dames.

— Maria allez remettre de l'ordre dans votre toilette. Je vous attends.

Catherine avait dansé toute la soirée avec des capitaines, des colonels, gagnée par l'effervescence, elle ne prêtait plus attention aux grades. Un beau succès. Ils se présentaient, s'inclinaient, elle souriait, promettait et s'envolait. Elle n'avait guère eu la possibilité de penser à Giovanni, un instant elle l'aperçut errant comme une âme en peine mais elle était trop prise, trop enjouée pour s'en inquiéter. L'un des cavaliers fut particulièrement assidu, bien qu'il ne fût ni militaire ni même particulièrement beau, il portait sur son visage cet air penaud de certains fils de famille égarés dès qu'ils mettent le pied dans le monde. Le jeune homme déclina son nom : Pierre-Joseph Arson, banquier. Banquier comme son père et selon une tradition qui remontait paraît-il au Moyen Âge. Il dansait bien, Catherine fut ravie des regards béats qu'il posait sur elle. Elle avait fait sa conquête. Certes, ce Pierre-Joseph ne possédait ni le charme ni le raffinement de Giovanni, encore moins son mystère. Les instants qu'ils avaient vécus tous deux l'autre soir au moulin l'avaient émue, la situation était tellement inattendue, la puissance de ces hommes au travail, le suc odorant qui se répandait, tout cela se trouvait confondu à la présence de Giovanni comme s'il en était le maître d'œuvre. Mais ce soir, cette nuit, elle voulait danser, elle voulait plaire, être l'une des reines de la fête. Elle aurait bien le temps demain d'écouter son cœur. Ce soir elle n'avait pas une minute à consacrer au sérieux.

Le préfet, assis à l'écart, regardait d'un œil mélancolique les couples s'abandonner à la valse. Combien cette soirée allait-elle lui coûter ? Il devait avancer l'argent et avant que Paris le dédommage, le trou dans les finances du département s'agrandirait. Ce serait cela en moins pour la route de Gênes, la fameuse Corniche. Cette Corniche, la sienne, il en avait commandité les premiers coups de pioche, surveillé les plans, l'avancement des travaux. Sans elle, de quoi pouvait-il bien se prévaloir ? Évidemment il y avait le lycée, mais là aussi l'argent manquait cruellement. Il s'était plaint, on lui avait répondu d'attendre. Nice était si loin de la capitale, bien souvent, il se disait que s'il était consul dans une ville étrangère, Paris prendrait plus de soin de ses affaires. Peut-être que l'Empereur ne l'aimait pas, il l'avait désigné non par goût mais sur ses mérites, faisant semblant d'oublier son passé d'émigré. Nice constituait une sorte d'exil, les préfets bien en cour, on les nommait à Lyon, à Marseille, mieux encore dans les territoires conquis comme les villes du Rhin. Nice aussi était un territoire conquis, mais on ne savait trop du côté du ministère de l'Intérieur où la situer : française ou italienne ? Ni l'un ni l'autre, ce qui la prédisposait à l'oubli. Pourtant cette terre recelait des trésors naturels, qu'on l'écoute, qu'on lui en donne les moyens et il ferait de cette province un jardin fertile dont le régime pourrait s'enorgueillir. Mais non, on abandonnait la place aux aventuriers, à la futilité, à cette bourgeoisie de négociants sans imagination qui tenait la ville avec les quatre sous gagnés en vendant de l'huile, du savon et en trichant sur l'embargo avec l'Angleterre. Ces gens-là lui faisaient des sourires, le croyant dupe. Mais il savait. Il savait tout. Serait-il le préfet autrement ? On lui confiait des secrets, parfois on les lui vendait. Il les achetait. Le pouvoir a besoin de bassesse et de cupidité. Voilà qu'il devenait amer : « Je suis trop âgé pour cette comédie, trop âgé aussi pour être aimé, elle a dansé avec ce Hureau les yeux fermés, la tête versée sur l'épaule de l'autre. Elle m'a traité comme une jeune femme obligée d'accorder une danse à un barbon. Et c'est bien le cas, je suis un barbon, un barbon officiel. »

L'assemblée s'éclaircissait, seuls deux couples dansaient encore, l'un, le plus fringant, était celui formé par le fils Arson et Catherine. Les Arson étaient arrivés d'Avignon à Nice au début de la Révolution, avec les bagages pleins d'or, depuis ils l'avaient fait fructifier. Une union entre la fille de l'hôtelière la plus en vue de la ville et le fils du banquier le plus prospère, pourquoi pas ? Ce mariage constituerait un excellent moyen d'endormir le banquier dont la rumeur assurait son peu de considération envers l'Empereur. Une affaire à suivre.

L'heure était venue qu'il prenne congé de la princesse. D'un pas lent le préfet se dirigea vers le salon attenant où s'étaient réfugiées l'altesse et sa cour.

Dans le salon où brûlait un feu de cheminée qui dégageait une chaleur bien trop vive, un spectacle extraordinaire attendait le préfet. La princesse, qui avait changé sa tenue de bal pour un simple drapé de crêpe blanc, se tenait à moitié allongée, la tête reposant sur un amoncellement de coussins et d'oreillers tandis que ses pieds nus foulaient la poitrine de Mme de Chambeaudoin. Les pieds de la princesse s'introduisaient sous la chemise transparente de la dame de compagnie et se promenaient d'un sein à l'autre, baguenaudant de la sphère pleine au délié acéré de la pointe, s'attardant sur le contour des mamelons. Mme de Chambeaudoin roucoulait d'aise, s'arc-boutant, comme le chat dans un intermède d'amour fou favorise la plénitude de la caresse. Dubouchage suffoqua, un tel spectacle relevait du Bas-Empire romain. Le plus curieux résidait dans le convenu de la chose, tous ici semblaient trouver cela parfaitement naturel. Décidément cette soirée le confortait sur la réalité de son grand âge. Il s'approcha un peu raide, un peu rouge, un peu crispé, et s'inclina.

— Altesse, je suis venu prendre congé.

Il ne put s'empêcher de dire à Mme de Chambeaudoin :

— Votre position doit être bien inconfortable.

— J'y suis habituée, monsieur le préfet, répondit la dame de compagnie.

La princesse, sans cesser un seul instant le va-et-vient alerte de ses doigts de pied, s'adressa avec un grand sourire au préfet :

— Monsieur Dubouchage, nous sommes très contents de cette soirée, la fête était extrêmement réussie, vous administrez un bien beau pays et les habitants en sont charmants, d'une beauté rustique, j'ai regardé un pêcheur hier au quartier de Carras. Vous l'auriez vu, on aurait dit Soliman le Magnifique, un visage sombre, des yeux d'or, un port de tête de pirate.

— Moi, j'en ai vu des noirauds, chétifs, fit Mme de Chambeaudoin d'une voix légèrement voilée.

— Tais-toi ! Quelle idée aussi de regarder les rabougris, n'est-ce pas monsieur le préfet qu'ils sont beaux ?

— Altesse, disons qu'ils possèdent des caractéristiques où l'on retrouve les différents apports de la Méditerranée.

La chemise de la dame de compagnie était désormais largement entrouverte, laissant apparaître le sein en toute liberté. Les yeux de Mme de Chambeaudoin se fermaient sous l'effet persistant du plaisir, un miaulement s'échappait de ses lèvres entrouvertes. Dubouchage pensa qu'il ne pouvait supporter plus longtemps une impudeur pareillement affichée.

— Qu'aura-t-on demain soir au théâtre? demanda la princesse.

— Une comédie Votre Altesse : *Le Portrait ou l'Enterrement impossible* avec Mlle Henault, une bluette en un acte et en prose qui sera suivie d'*Adélaïde de Duguesclin,* un drame héroïque qui remporte un franc succès depuis des années.

— Ah, je préfère la tragédie à la comédie, soupira la princesse.

— Et moi aussi, roucoula Mme de Chambeaudoin, j'aime la tragédie, elle élève l'âme.

Dubouchage s'inclina. La princesse fit signe d'un hochement de tête qu'elle le libérait. La dernière image qu'il emporta fut celle de l'aréole palpitante du sein de Mme de Chambeaudoin sous la pression conjointe des doigts et du gros orteil de Son Altesse.

À trois heures du matin les policiers libérèrent Giovanni. Il l'invitèrent à s'en aller de façon aussi soudaine que quelques heures auparavant ils l'avaient coincé et entraîné dans une salle basse située derrière les cuisines. Là, les hommes l'avaient fait asseoir sans ménagement. Ils ne prononcèrent pas un mot. Plus tard, après un temps qui lui avait paru interminable, ils le questionnèrent sommairement : Quel était son nom? Que faisait-il là. Il répondit s'appeler Giovanni Toesca, le nom que le frère Francesco lui avait recommandé d'user, et s'être rendu au bal grâce à une invitation donnée par une relation dont il ignorait tout. Étrangement les policiers n'insistèrent pas, à tel point que Giovanni se demanda s'il s'agissait de vrais policiers, ils le regardaient à peine et semblaient attendre un ordre ou un signe qui tardait à venir. Combien de temps était-il resté enfermé ? Deux heures peut-être trois ? il ne se souvenait plus. À un moment il s'adressa à l'un des hommes : Pourquoi le retenait-on ? Le garde haussa les épaules et lui fit signe de se taire. Peut-être, pensa Giovanni, allait-on l'exécuter, les hommes le poignarderaient en silence et le jetteraient à la mer. On racontait tant de choses en Italie, jusque dans les cloîtres des couvents, sur les méthodes de la police secrète de l'Empereur. D'une façon qu'il ne s'expliquait pas, il n'eut pas envie de prier. Il évoqua la mort mais il lui parut tout simplement impossible de l'envisager pour lui-même. Il commençait une prière mais aussitôt son esprit s'évadait. Il revoyait Catherine valsant et valsant encore, elle ne l'apercevait pas mais lui l'observait. Chaque arabesque, chaque torsion le meurtrissait. Il revoyait la lumière illuminant son visage, le scintillement de son regard. Une jeune fille ne devrait pas se comporter de la sorte. Faute de pouvoir mettre en avant la confiance trahie, il se dit qu'il souffrait au nom de la vertu.

On ne l'avait ni poignardé ni jeté à la mer, il se retrouva dans les salons au milieu des derniers danseurs. Le maquillage des femmes s'était envolé laissant apparaître le teint blême des nuits sans sommeil. Les barbes avaient poussé tapissant d'une herbe grise les mentons et les joues des hommes. Les cravates défaites, les robes froissées, les yeux pesants de sommeil annonçaient l'heure blafarde des départs. L'orchestre jouait encore mais de telle façon que l'on aurait pu croire que les archets à bout de course s'acharnaient sur des cordes éreintées. Giovanni, étourdi par son aventure, s'immobilisa dans l'antichambre où s'engouffraient les rafales d'un vent chargé de pluie. Les bougies mourantes répandaient une épaisse fumée noirâtre, une odeur de cire fondue qui prenait à la gorge. La plupart des pièces se trouvaient plongées dans l'obscurité.

L'orchestre se tut. Pour la première fois de la soirée on entendit véritablement la tempête, la mer semblait avoir atteint le perron, elle cognait aux grandes baies vitrées. Un piano retentit de l'autre côté du grand salon. Giovanni aurait dû partir, il ne faisait nul doute que la princesse était bien gardée, son court emprisonnement le prouvait. Il ferait son rapport à Lepetit et s'en tiendrait là. Cette mission lui apparaissait de plus en plus comme du mauvais théâtre. Depuis son arrivée, ses promenades dans la nature, une nature habitée par la grâce, il se sentait confusément mais intensément appelé par autre chose que la vie du couvent, cette vie vouée à la haine au-delà même des idées révolutionnaires, de tout ce qui n'était pas contrition mortification, glorification de l'encens, des dalles humides, de la pénombre, haine de la jubilation, de la terre, du soleil. Cet enlèvement suintait les basses œuvres, ce grouillement gris et sournois qu'il avait côtoyé depuis son enfance. L'enlèvement d'une princesse, même d'une princesse de sang roturier, ne pouvait être que contraire à la volonté du Seigneur. Habité par toutes ces pensées il se laissa guider par une mélodie jouée au piano, il traversa la grande salle où quelques laquais endormis débarrassaient les reliefs du buffet. La musique parvenait d'un salon rutilant de lumière. Toutes les têtes, celle de la princesse Pauline la première, se tournèrent vers ce grand jeune homme sombre et timide.

— Approchez, lança la princesse. N'ayez pas peur nous ne vous mangerons pas. Nous sommes entre amis.

Giovanni bredouilla, entama une esquisse de fuite puis s'immobilisa : il lui fallait obéir. On lui indiqua un pouf. Il s'y enfonça, un voile de brume brouillait son regard. Pendant un temps qui lui parut une éternité, il ne comprit absolument rien à ce qui se passait autour de lui. Les phrases fusaient, on riait, le seul à conserver le silence était Félix Blangini, accroché au piano comme s'il se cachait derrière l'instrument. La princesse l'apostropha :

— Vous n'écoutez pas Félix, pourtant cela vous concerne aussi ! Voilà, je disais à l'assemblée que ce soir je me sens le cœur généreux. J'offre des cadeaux à qui le désire.

Pauline quitta les coussins, ôta ses pieds de la gorge de Mme de Chambeaudoin et fit le tour du salon. Giovanni dans sa demi-conscience fut étonné par sa taille menue, debout pieds nus, le drapé de sa tunique soulignant le moindre de ses mouvements, elle ressemblait à une petite fille inventant un jeu.

— Toi, fit Pauline en direction de Mme de Chambeaudoin, dis-moi ton envie secrète.

— Votre Grâce, répondit la dame de compagnie, votre plus beau cadeau c'est votre amitié.

— Trêve de balivernes, avoue mon cœur, avoue-moi ton vœu le plus secret, le plus cher.

La dame de compagnie se mit à genoux et mains jointes murmura :

— Votre portrait, princesse.

— Seulement mon portrait ?

— Votre portrait serti de diamants.

Un oh ! de stupéfaction parcouru l'assistance.

— À la bonne heure ma tourterelle, tu l'auras dès demain.

Pauline s'adressa au reste du groupe.

— Allons courage. Toi, madame de Barnel ?

L'interpellée, une femme d'une trentaine d'années au visage évanescent, s'enhardit :

— Moi, Votre Altesse, une boucle de vos cheveux…

Elle s'interrompit quelques secondes puis en faisant passer une langue pointue sur ses lèvres arrondies :

— Une mèche dans un médaillon serti de rubis.

La salle applaudit, Giovanni souriait, ce n'était certainement qu'un jeu, une façon de finir la nuit. Ce fut le moment où Pauline, ondulante, se dirigea vers le piano et pointa son doigt en direction de Félix.

— Toi, dis-moi.

— Pour moi un seul cheveu, répondit le musicien, narquois.

Pauline frappa du pied.

— Considère que ce cheveu est déjà en ta possession. Sois sincère, fais comme ces dames, délivre-nous le fond de ta pensée.

Félix plaqua ses doigts sur le clavier.

— Princesse bien-aimée, vous combleriez mes désirs avec un service complet en argent.

Pauline s'exclama :

— Bravo Félix, tu es le plus franc de tous. Un service en argent ! Sans doute pour ton futur mariage. Tu l'auras ton service, *carissimo*.

On ne jouait donc pas… Giovanni aurait aimé disparaître, fuir n'importe où. La séance des cadeaux était terminée, la princesse exigea que Félix joue des mélodies.

— Joue le duo d'*Armide*. « Armide, vous m'allez quitter. »

Pauline s'appuya au piano, l'assemblée se rassembla à ses pieds, seul Giovanni resta cloué sur son pouf.

Les membres de la petite cour, habitués les uns aux autres, interprétant les moindres allusions, les plus subtils sous-entendus, comprirent que ce duo charmant sonnait pour Félix le glas de la romance. « Armide, vous m'allez quitter… » devenait de façon évidente : « Félix, c'est terminé. »

La princesse vocalisait d'une voix fluette. Félix modulait joliment d'autant plus qu'il se sentait libéré. Oh, comme il espérait que cette libération fût immédiate. Quel serait son successeur ? Il pariait pour ce jouvenceau que personne ne connaissait posé comme une cruche sur son pouf. Le jeune homme possédait deux avantages, la jeunesse et l'inexpérience. Pauline adorait jouer à l'initiatrice à condition bien sûr que l'élève apprenne vite et fasse preuve d'une énorme bonne volonté. En terminant ce duo si bien venu, Félix ne put empêcher de regarder le futur élu. Cette fois la princesse aura semble-t-il fort à faire, ce qui un instant le fit douter de sa délivrance.

— *« Sempre sarò, sempre t'adorerò. »* Quand la passion de Pauline avait-elle pris fin ? Elle avait dû trouver ses caresses monotones, le feu était retombé aussi soudainement qu'elle l'avait allumé. Avec la princesse les ruptures ne traînaient jamais, ni trace ni cicatrice. Bientôt elle aurait beau fouiller sa mémoire, elle ne se souviendrait même plus de son visage.

Le musicien termina sa mélodie par une jolie envolée de notes teintées de tristesse.

D'un geste de la main Pauline décréta que la soirée était arrivée à son terme. Les dames s'inclinèrent, Félix baisa la main de la princesse, Giovanni poliment s'effaça devant les invités. Pauline le retint par le bras.

— Pas vous, murmura-t-elle. Suivez-moi.

Les laquais mouchaient les bougies, éteignaient les lampes. Le bal de Son Altesse prenait fin.

Giovanni suivit la princesse dans les étages jusqu'à ses appartements. Le jeune homme connaissait par la Bible et l'histoire de l'Antiquité l'existence des grandes débauchées les Salomé, les Cléopâtre, les Messaline… Mais qui était-il, lui, pour intéresser une princesse ? Se serait-elle doutée de son rôle ? Il s'en voulait de son manque de prudence, de la paralysie qui l'avait immobilisé dans ce salon où il n'avait rien à faire. Quand il pénétra dans le boudoir qui précédait la chambre de la princesse, il tremblait.

— Vous avez froid ? demanda Pauline. Approchez-vous, mettez-vous à l'aise, enlevez ces bottes ridicules, vous n'êtes pas à cheval. Installez-vous sur les coussins. Avez-vous soif ?

— Non, je remercie Votre Altesse.

— Du chocolat ! C'est délicieux le chocolat chaud, rien de mieux pour se réchauffer.

Elle ne fit pas attention au refus du jeune homme, sonna et donna des ordres au valet. À cet instant deux femmes de chambre tirèrent un rideau, un grand fracas précéda l'arrivée d'une baignoire à laquelle quatre valets étaient arrimés. D'autres hommes amenèrent des seaux d'eau parfumée, une odeur de fleur d'oranger envahit l'espace. La princesse apparut enveloppée d'une robe de chambre qu'elle laissa glisser le long de ses cuisses et de ses jambes. Le voilage dissimulait sa nudité mais laissait entrevoir ses formes. Giovanni sentait monter en lui une houle de honte à laquelle se mêlaient la rage et le désir. Honte d'assister au spectacle de la dépravation, rage de se laisser prendre au piège du désir devant ces formes insensées pour lui qui n'avait jamais aperçu une femme nue. Les valets s'effacèrent, les femmes de chambre, manches de chemise relevées, mesurèrent la température de l'eau ajoutant tantôt du chaud tantôt du froid. Une fois l'eau parfaite, la princesse, soutenue par ses servantes, s'y enfonça avec délectation. Les femmes s'agitaient, il y avait celles des flacons, celles des brosses, celles des onguents, celles qui continuaient d'ajouter de l'eau, celles qui posaient les serviettes sur une chaufferette. Toutes parlaient, toutes riaient et la princesse parlait et riait aussi.

Il était indécent de demeurer assis comme au théâtre à observer ces ombres s'activant autour d'un corps de femme dans son bain. Il lui fallait se sauver. La princesse s'adressa à lui à travers les voilages :

— Restez monsieur, comment vous appelez-vous ?

— Giovanni, madame.

— Que faites-vous Giovanni ?

— Je suis étudiant, madame, je voyage.

— Pour votre apprentissage, je suppose ?

— Oui, c'est cela.

— Et que faites-vous *caro mio* en ce moment même sinon apprendre ?

Les servantes entreprirent de rincer la princesse qui se mit debout tandis que l'eau tiède ruisselait sur son corps. Il y eut un moment de recueillement, la princesse se livrait tout entière aux mains qui la séchaient. Les serviettes chaudes à peine appliquées étaient remplacées par d'autres jusqu'à l'instant où Pauline décida que sa peau était suffisamment tiède et parfumée, elle leva les bras et les servantes la revêtirent d'un peignoir de soie bleue. Dans le salon, se faufila le « négrillon » dont toute la ville parlait, chargé d'un plateau d'argent sur lequel fumait un pot de chocolat. L'homme installa les tasses et le pot sur une table basse qu'il plaça devant les coussins. La couleur sombre du breuvage évoquait une de ces mixtures que les damnés doivent lamper une fois passé les portes de l'enfer. Pauline souleva le rideau, le peignoir laissait le sillon de la poitrine largement découvert tandis que la chair des seins, à chaque respiration, surgissait, lumineuse. Elle vint s'asseoir en face de Giovanni et versa elle-même le chocolat bouillant. Les servantes se retirèrent dans la chambre, par la porte entrouverte Giovanni aperçut un grand lit dont les femmes soulevaient les draps pour y passer lentement, minutieusement, dans un murmure de baiser soyeux, une bassinoire remplie de braises ardentes.

— Vous ne buvez pas ? fit Pauline accompagnant ses paroles d'une moue de reproche. Le chocolat est un merveilleux reconstituant, les Indiens d'Amérique lui accordent des vertus aphrodisiaques.

Giovanni tenait serrée entre ses doigts la tasse de chocolat comme si son intention eût été de lui tordre le cou. De la chambre lui parvenait une chanson, les femmes allaient et venaient, calmes et joyeuses, leur chant à mi-voix le rassurait. La pluie qui giflait la rambarde du balcon lui donnait du courage.

— Vous avez peur de moi ? demanda Pauline en s'allongeant sur les coussins.

Giovanni, incapable de parler, se contenta de sourire.

— Que vous a-t-on dit de moi ? poursuivit Pauline. Que j'étais un monstre ? une dévoreuse d'hommes ? La vérité est que je suis seule, atrocement seule, j'ai besoin d'affection. Vous avez vu tout à l'heure tous ces gens, ils n'espéraient que l'amélioration de leur situation et profiter de ma générosité. Ils pensent que je ne m'en aperçois pas. Ils sont si évidents dans leurs intentions qu'il faudrait être bien stupide pour être dupe. Ils oublient que j'ai été pauvre, très pauvre. La pauvreté est une excellente école de lucidité. Et toi *caro mio*, d'où viens-tu ?

Brusquement le chant des femmes cessa : ils étaient seuls. Il y avait le craquement du bois dans la cheminée, la pluie contre les fenêtres, la voix de Pauline, une voix pénétrante, enlaçante, une voix pour bercer un enfant, une voix qui vous donnait envie de fondre. Seigneur, pensa Giovanni, donnez-moi la force de résister.

— Tu ne veux pas répondre, tu as bien raison. Tu seras mon *cavaliero misterioso*, mais moi je sais tout de toi, je sais que tu n'as jamais connu le corps d'une femme, que tu n'en as jamais tenu un entre tes bras, que tu n'en as peut-être jamais embrassé. Rien, tu ne sais rien de la chaleur, de l'odeur d'une femme… un homme n'est pas un homme avant qu'il ne goûte une femme.

Giovanni trouva la force de murmurer :

— Les moines, madame, sont bien des hommes, pourtant ils demeurent chastes.

Pauline éclata de rire.

— *Poverino*, les moines ! tu as été élevé par eux je suppose, *caro mio*, je te plains, abandonne-les, fuis leurs sermons, ne les écoute pas.

Giovanni s'insurgea :

— Je crois au Christ sauveur et à ses commandements !

La princesse resta muette, puis lentement elle dénoua la ceinture du peignoir de soie, la tête appuyée sur son avant-bras, le reste du corps immobile. Un sourire tendre et lointain sur ses lèvres, elle murmura :

— Viens, je vais te guérir de l'Église, je vais t'apprendre l'amour…

Il ne bougea pas, ferma les yeux.

— Regarde-moi Giovanni, je suis belle, regarde mes seins, mon ventre, mes cuisses, regarde-moi, ne me touche pas mon bel amour, regarde seulement, regarde-moi. Regarde-moi autant que tu veux…

Il tomba à genoux, la tête au creux des mains.

— Laissez-moi… je vous en supplie laissez-moi…

Pauline, du doigt, suivit le trajet qui menait de sa poitrine à son sexe, elle appuyait uniquement la pointe de l'ongle, dessinant une zébrure blanche sur la peau dorée par les flammes de la cheminée. Les genoux de Giovanni fléchirent, son visage vint s'enliser dans le ventre de la princesse comme dans du sable en plein midi. Il demeura souffle coupé, des odeurs de fleurs, des odeurs de peau, des odeurs de chaleur, des odeurs plus lointaines, plus mystérieuses encore l'enveloppèrent. Ses lèvres embrassèrent cette chair onctueuse. Ce fut comme une violence en lui, un geste qui lui arrivait d'une contrée inconnue, une contrée interdite dont il n'aurait pu supposer l'existence quelques heures auparavant, ses mains, des mains avides, se mirent à caresser, à pétrir, ses doigts s'enfoncèrent, le feu courut le long de ses bras.

— Tu me fais mal *amore mio,* murmura Pauline.

Il n'écoutait pas, il creusait en elle, se fondait en elle. Quand elle cria de douleur, il poussa un gémissement et se laissa choir les bras le long du corps. Pauline, avec des gestes précis, lui ôta son costume, le gilet aux boutons métalliques qui la meurtrissait, la chemise à col haut, les bottes et les bas. Lorsqu'il fut nu elle le caressa doucement comme on le fait à un animal malade. Elle souriait, ses doigts voltigeaient, elle ne cherchait pas les endroits sensibles, elle voletait telle une abeille sur un fruit gorgé de sucre. Elle le laissait s'épanouir, s'offrir à elle. Il était pâle et beau. Il était doux et triste.

— Regarde-moi, fit-elle.

Il la regarda, elle pencha la tête, leurs deux visages se touchèrent.

— Tu as peur, *mio bello,* ton cœur bat tellement fort, tu n'as pas peur de moi, non tu as peur de l'amour, tu n'as rien à craindre, je vais te prendre comme une fleur prend un papillon *mio bel amore,* moi aussi j'ai le cœur qui bat, écoute tu l'entends ? Tu seras *il mio amore,* le premier amant du monde, le premier…

Elle se tut et doucement se déploya au-dessus de lui, s'ouvrit et descendit avec une extrême lenteur puis d'un mouvement de tout le corps elle l'absorba. Elle s'immobilisa, sentit le flux chaud et humide l'investir. Doucement, extrêmement doucement, elle se retira puis de nouveau le fit glisser en elle, il s'arc-bouta, ses yeux se fermèrent, ses poings se serrèrent. Elle ne bougea plus. Il sentit son cœur battre dans sa gorge, à ses tempes, il attendait... il attendait. Elle tournoya une fois, deux fois, puis bras tendus comme pour s'envoler elle se redressa. Il jaillit de lui-même dans un cri terrible. Il murmura : « Seigneur... Seigneur... » Il se cacha le visage. Il allait mourir, mourir, il avait chaud, jamais il n'avait eu aussi chaud. Puis vint le calme, la tiédeur, tous ses muscles se relâchèrent, une lassitude molle se répandit de ses cuisses à sa poitrine. Il rouvrit les yeux, le feu de la cheminée crépitait, la pluie giclait sur le balcon et la princesse se tenait toujours en corolle au-dessus de lui, deux larmes silencieuses coulaient le long de ses joues.

À huit heures du matin on frappa à la porte de Hureau à l'hôtel d'York. La pluie avait redoublé de violence depuis l'heure tardive où en compagnie de Maria il était rentré du bal. Une Maria faisant succéder les bouffées de joie aux larmes de désespoir. Catherine, assise au fond du landau, regardait curieusement sa mère. Elle lui posa quelques questions qui demeurèrent sans réponse, le reste du trajet se fit en silence.

Hureau s'effaça devant un homme trempé et referma la porte sur lui.

— Alors ? demanda-t-il.

L'homme hésita puis se lança en bredouillant :

— On l'a perdu, capitaine.

Hureau sursauta.

— Comment ça, perdu ?

L'eau dégoulinait aux pieds de l'homme provoquant une flaque sur le parquet ciré.

— Eh bien, le jeune homme a passé la fin de la nuit dans la chambre de la princesse. On croyait en avoir pour un bon moment mais, vers les six heures, on l'a vu traverser le salon comme un fou, le temps…

— Vous dormiez, imbéciles.

— Non capitaine, mais il pleuvait si fort qu'on n'y voyait rien, on a exploré le jardin en vain…

— Et ceux qui étaient en poste à l'entrée ?

L'homme hésita à nouveau.

— Il tombait des hallebardes, il faut les comprendre, ils se sont mis à l'abri dans la cabane du jardinier.

Hureau soupira :

— Idiots, sombres idiots, je vais vous transférer en Pologne, là-bas vous verrez ce que c'est que la pluie, la boue et le froid.

L'homme, tête baissée, continuait de dégouliner lamentablement.

— Va faire seller mon cheval, je veux quatre hommes avec moi, quatre hommes qui n'aient pas peur de quelques gouttes d'eau et des provisions pour une journée.

Hureau réfléchissait vite, qui sait ce que peut entreprendre un novice comme Giovanni après une nuit avec la princesse ? Pourquoi cette course, cette fuite ? Ce ne pouvait être que le fruit d'un grand bouleversement, voire d'une grande douleur, les conséquences d'une sensibilité exacerbée. Il fallait tenir la promesse qu'il avait faite à Maria : lui rendre son fils.

À peine sortie de l'écurie la petite troupe eut l'impression que la mer avançait vers eux, les vagues envahissaient le Cours, se projetaient, se gonflaient avant de s'éparpiller en une cataracte mousseuse qui, en se retirant, laissait un épais brouillard d'embruns. Ce qui glaça les hommes de terreur, ce fut la rumeur, un grondement lourd, épais, puis brusquement le tonnerre se fracassant sur la roche, suivi aussitôt d'une stridence âpre qui vrillait les poitrines, une stridence venue du fond des abîmes. Ils n'avaient jamais entendu rien de pareil. Ce qui surgissait là, quelques secondes après chaque fracas, appartenait à un autre monde, un monde englouti peut-être depuis des millions d'années, un monde qui clamait son immense, son éternelle douleur.

Se couler là-dedans ! Les hommes frissonnaient, les chevaux se dérobaient.

Hureau hurla :

— On y va !

Ils se lancèrent, le vent et la nuit en les happant leur coupèrent le souffle.

Il avançait sans se soucier de la direction, il avançait sous la pluie, il marchait depuis des heures, sa redingote de bal, sa culotte de bal, ses bottes retroussées ressemblaient à ces sacs qui ont longtemps séjourné dans l'eau, chargés d'un poids énorme. Il avançait, les épaules pliées, le torse courbé vers l'avant comme un ours gravissant une pente. Sans s'en apercevoir ses pas l'avaient mené vers le chantier de la Corniche, là où perdurait le souvenir de Catherine, de Catherine l'attendant à côté de son cheval, l'innocente Catherine qu'il venait de trahir. Il n'y aurait jamais assez d'eau de pluie pour le laver de sa faute, il emportait dans la montagne le parfum sucré de Pauline, dans la bouche le goût de sa peau, cette saveur liquoreuse de fruit trop mûr. Il avançait. Jamais il ne pourrait s'arrêter, jamais retourner dans la société, jamais sans honte croiser le regard de la jeune fille. En une nuit il avait trahi sa foi, son amour, en une nuit il s'était damné pour l'éternité. À la première épreuve que Dieu lui envoyait il cédait, lui qui se voulait parfait se découvrait faible, incapable de résister au plus commun des péchés. Il avançait mais ses jambes ne le portaient plus, il tombait, il se relevait avec infiniment de peine. Il chancelait, lourd de terre et d'eau. Plus il avançait et plus une odeur d'herbe fangeuse envahissait le boyau du chantier, l'odeur venait de la boue qui suintait le long des parois, une boue noire épaisse qui se répandait, énorme serpent au ventre couvert de bulles opaques qui crevaient pour se reformer aussitôt. C'était de la boue vivante grouillante, elle dévorait non seulement les parois mais la route, elle rendait mouvantes les ténèbres cette façon qu'elle avait de se soulever et de tout avaler dans un hoquet inexorable. La terre laissait fuir ses entrailles, cette mer de boue ne pouvait venir que du tréfonds telle la résurgence à la surface d'une nappe de lave.

Le jour se leva sans qu'il y eût vraiment de différence, tout d'un coup ce fut gris, le ciel, la montagne, du gris qui hésitait entre le jour et la nuit. Pendant un moment il y eut un silence total, un silence immobile. Une mort grise. Puis ce fut un roulement, on aurait dit qu'il venait des nuages, une explosion soudaine d'orage, mais ce roulement-là était beaucoup plus sourd, plus mou que le tonnerre, il grondait sourdement. La terre se mit à frissonner, la paroi de la montagne à gémir, enfin ce fut la pluie, une pluie de pierres, elles se détachaient de la masse énorme qui arrachait à la montagne ses arbres, ses rochers, son limon, un monstre hurlant qui dévalait en direction de la mer. Il sentit le sol se dérober sous lui, il glissa dans une faille, de la boue jusqu'à la taille. Il leva les yeux, plus de ciel, plus de gris, mais une nuit de pierres qui descendait sur lui. Il se jeta dans la forêt broussailleuse qui surgissait des aspérités rocheuses de la falaise. Il sut par ce plongeon dans le gouffre que la mort serait son châtiment. Au-dessus de lui le rugissement de la pluie de pierres, au-dessous la fureur de la mer. Il n'était qu'un minuscule fétu, un caillou rebondissant de roche en roche. Il respirait, il pensait qu'il respirait, il était un être humain pour quelques instants encore. Un surplomb ralentit sa course, il voulut se souvenir d'une prière mais sa bouche s'emplit d'une pâte grumeleuse, ses bras devinrent lourds, ses mains se raidirent, ses jambes ployèrent, s'immobilisèrent, prises dans la gangue. Le sarcophage refermé sur lui continua sa chute en direction de l'enfer liquide. Il était dans la nuit, dans la paralysie de ses membres, dans le silence absolu du tombeau de boue. La mort était en lui, sur lui, clouant ses membres, envahissant son être. Tout le poids de la montagne l'entraînait. Il tournoyait dans le vertige des innombrables roches qui gagnaient la mer dans un sifflement féroce… Brusquement la chute cessa, le linceul se craquela, il vit le ciel, un ciel lavé, nouveau, la nuit de boue avait basculé dans la mer creusant un cratère de gerbes monumentales qui retombaient en pluie blanche. Il voulut ouvrir la main, rien ne bougea, il tenta de dégager ses bras, ils demeurèrent immobiles, comme pris dans du marbre. Il pensa à ses jambes, essaya de les déployer, elles restèrent figées comme si déjà elles ne lui appartenaient plus. Il cracha la tourbe qui emplissait sa bouche. Il murmura : « Mon Dieu. » Ses lèvres avaient bougé mais il n'entendit pas le son de sa voix. Par-delà le magma qui l'enlisait, des nuages, larges et gros comme des outres chargées d'une eau noire, se déplaçaient chassés par le vent. Il vivait. Il ferma les yeux.

Depuis l'aube, les hommes de Hureau avançaient dans un jour qui refusait de se lever, tantôt jaune sale, tantôt si sombre qu'on aurait pu croire que la nuit revenait. Eux qui connaissaient la peur des batailles frissonnaient, réalisant que cette fois il ne s'agissait plus du crime des hommes mais d'un bien plus grand mal avec lequel on ne pouvait pas s'arranger. Hureau avait fait longer le rivage à son équipe tant que les éléments l'avaient permis, quand ils durent faire face à une muraille d'eau, le capitaine obliqua vers l'intérieur et la vallée du Paillon. Giovanni, à condition qu'il eût emprunté ce chemin, n'aurait pu poursuivre plus avant, butant sur les chevaux de la mer, sinon pour mourir. Hureau refusa l'éventualité. De toute évidence le jeune homme avait piqué comme eux en direction des vallées. Il était trop croyant pour songer au suicide, et puis se suicide-t-on pour avoir couché avec l'une des plus belles femmes d'Europe ? Ils arrivèrent dans la lèpre boueuse d'un village où les habitants hagards se tenaient tête levée vers le sommet des montagnes. Le monstre avait dévalé en direction de la côte. Se trouvait-il quelqu'un là-dessous ? Des maisons, des fermes, des bêtes ? Des jardins, des prés, des vignes, des oliviers, ça oui, la boue et la roche avaient tout chamboulé, effacé d'un coup le travail millénaire des hommes. D'ici on ne voyait rien, on devinait, il y avait cette odeur semblable à celle de la paille moisie, elle envahissait tout, elle vous entrait dans la bouche comme du fruit pourri, inutile de cracher elle revenait. Hureau fit faire des provisions à ses hommes : « De la gnôle surtout. » Ils sortirent de l'épicerie où gisait un feu de sarments moribond, les bouteilles sous le bras. La gnôle ! On repartit au pas dans la purée de brume qui recouvrait le Paillon. On l'entendait dans toute sa révolte, sa colère des grands jours, mais on ne le voyait pas. Plus on approchait de l'« endroit », plus le silence devenait menaçant, d'une épaisseur terrifiante. Et soudain, la pluie, qui avait cessé, se remit à tomber. Ils étaient dans la fin du monde. Un homme se mit à siffler pour conjurer le sort, les autres en firent autant. De temps à autre, ils s'appelaient par leur nom pour être sûrs d'être toujours tous là. Hureau, qui marchait en tête, ne possédait aucun repère. Il se fiait à sa mémoire et à sa connaissance de la région. Selon les rapports qu'on lui avait fournis Giovanni et Catherine se rendaient souvent sur le chantier de la Corniche, cette immense faille arrachée à la montagne creusée dans ses entrailles, dont on avait tailladé les flancs comme ceux d'une pastèque. Désemparé, malheureux, Giovanni avait pu y retourner malgré la pluie, le brouillard, l'aspect lugubre du lieu. S'il devait le trouver, ce serait là.

Très vite, ils durent progresser à pied, tirant les chevaux par les rênes, parfois un gouffre de boue happait l'un des hommes. Il criait, les autres se précipitaient pour le hisser, on lui ouvrait la gueule et on enfournait la gnôle. « Bientôt ils seront tous soûls », pensa Hureau. Mais comment faire autrement ? Sans le secours de l'alcool, ils refuseraient d'avancer et peut-être même lui feraient-ils un mauvais sort malgré le respect et la frousse qu'il leur inspirait. Ils continuèrent de grimper, le ciel se dégagea et ils aperçurent des groupes de paysans en marche, à la recherche d'une bête, d'une terre. Ils ne reconnaissaient rien, ils se tenaient debout, refusant d'y croire, pensant que peut-être ils dormaient et que d'un seul coup ils se réveilleraient et que tout serait comme avant. Au moment où c'était arrivé, ils enfilaient leurs vieux pantalons, la journée commençait, mauvais temps ou pas les bêtes devaient manger, il fallait leur chercher du fourrage. Ils étaient sortis et ils n'avaient ni entendu ni vu la même chose, les uns disaient que c'était le grondement du canon, les autres une avalanche, certains que la montagne avait fait un pas tout simplement. Ils étaient entrés précipitamment dans leurs masures, avaient ramassé femme et enfants, s'étaient réfugiés dans la remise entre deux tonneaux de vin et d'huile et là, tremblants, tandis que les poutres et le toit de la maison lâchaient du plâtre et des copeaux de charpente, ils avaient attendu. Certains avaient prié et promis s'ils demeuraient vivants de se rendre à pied à Notre-Dame-de-Laghet pour la remercier du miracle. Maintenant dans la boue et le silence revenu, ils s'apercevaient que par chance ils étaient vivants, vivants mais sans figuier, sans micocoulier, sans olivier, sans ce coin de jardin où les légumes poussaient tranquilles, si tranquilles qu'on n'y pensait même plus. Ils n'avaient emporté ni pelle ni charrette ni quoi que ce fût, ils enfonçaient leurs mains dans la boue sans bien comprendre ce qu'ils faisaient. Et quand Hureau leur demandait s'ils avaient aperçu un jeune homme de la ville sur la route ce matin avant la « chose », ils levaient des yeux ahuris et infiniment tristes. Ils ne répondaient pas. Ils n'avaient rien vu, pas même la saloperie qui avait ôté leur bien, celui de leurs parents et de leurs grands-parents, en moins de temps qu'il ne fallait pour le dire. Alors hein ! un jeune homme… surtout de la ville…

Mais la question que personne n'osait poser était de savoir s'il y avait des morts là-dessous dans la lave, sous les amas de roches ? des morts ! Un voisin, un parent, un de la Turbie, d'Èze, de plus bas peut-être, un pêcheur et sa barque, non certainement pas, aucun pêcheur ne serait sorti par un temps pareil. Les nuages se levaient, découvrant l'étendue de la « chose » du sommet de la montagne à la mer, une coulée dont le ventre frémissait encore, lâchant de gros rots de vapeur noirâtre. Pénétrer là-dedans et y chercher un homme, il faudrait des semaines, une noria de convois, des milliers de chevaux, une armada d'ouvriers se frayant un passage. Hureau immobilisa son cheval, l'espoir s'envolait, une énorme fatigue pesa sur sa nuque, l'envie de dormir, d'échapper à la cruauté, il ne s'imaginait pas annonçant à Maria la mort du fils à peine retrouvé. Il aurait préféré mourir lui-même. Lui qui n'avait jamais cédé au désespoir songea à renoncer, à fuir, fuir le plus loin possible. Il but au goulot sans respirer la moitié d'une bouteille d'un alcool âpre qui brûlait la gorge, enflammait l'estomac.

Un homme, de près Hureau reconnu l'uniforme d'un courrier de l'état-major, s'avança : lui avait vu quelqu'un. Ce matin à l'aube on l'avait chargé d'une dépêche pour le cantonnement de La Turbie, pour aller plus vite il avait emprunté la nouvelle route malgré le mauvais temps, à un moment donné il s'était aperçu que quelqu'un marchait devant lui, un jeune homme bien fatigué qui se relevait difficilement après chaque chute, il s'apprêtait à lui porter secours quand la « chose » avait commencé. Il avait vu l'amoncellement dégringoler, la pierre, la terre et la boue dans le même élan. Le garçon devant, il avait juste eu le temps de le voir courir en direction de la falaise et de s'y engouffrer d'une telle façon qu'on aurait pu croire qu'il s'y jetait carrément. Voilà, c'était un peu plus loin. Il pouvait montrer au capitaine l'endroit, exactement. Hureau fit signe à ses hommes, le courrier d'un pas assuré les mena à l'extrême bord du précipice : « Ici », dit-il en tendant le bras. La paroi tombait à pic dans la mer avec, accrochés dans les interstices de la roche, des forêts de broussailles venues de la montagne, des éboulis de pierrailles, des paquets de terre boueuse chevauchée d'herbes, tout ça suspendu au-dessus de l'immense vide, avec au milieu une forme qui pouvait être celle d'un homme mais dont on ne distinguait entre deux aspérités qu'un amas de matière. Hureau ordonna qu'on amenât des cordes, des échelles et des couvertures. Il fallait tenter le diable, se couler là-dessous, se tenir à la hauteur du magma, l'attacher et le haler. Hureau regarda ses compagnons. Et ce regard-là ne laissait pas d'alternative, il fallait y aller. La chance était qu'il ne pleuve plus. Une lumière pâle d'une douceur infinie flottait sur la mer, des écharpes de nuages effrangeaient les pics au lointain. Il ne subsistait plus aucune trace de colère ni dans le ciel ni dans la montagne. Une torpeur calme d'après-midi d'hiver.

Les hommes hissèrent ce qui une fois en mouvement revêtit l'aspect d'un cercueil, ils le manœuvraient précautionneusement en évitant qu'il ne heurte la paroi. Une petite troupe de paysans assistait à l'opération, désemparés, sans aucun endroit pour se réfugier, ils attendaient un miracle qui ne les concernait pas mais leur rendait l'espoir. À la nuit venue on poursuivit à la lueur des torches, un feu de bois sec retrouvé sous un appentis encore debout fut allumé dont la lumière jaune éclairait la scène. Hureau se saisit d'un pic, un de ses hommes d'une pelle, la carapace était devant eux, sombre, parsemée de racines jaillissant de la croûte comme autant d'épées menaçantes. « Doucement », fit Hureau, lui et son aide se plièrent, les torches s'approchèrent, le capitaine perça dans la cuirasse une minuscule cheminée, de la main il élargit l'excavation tandis que l'aide ôtait la terre morcelée de fibres végétales et de feuilles pourries. Il se saisit d'une torche, en plongea la flamme à l'intérieur de l'orifice. La lueur, que le vent couchait et avivait, pénétra dans le conduit et vint heurter la forme d'un bras, un bras de terre et de ramures : « Il est là ! » cria Hureau. Toutes les mains se déployèrent, on ôta la terre avec rage, une jambe puis l'autre, le torse, le second bras, l'homme apparut, couvert d'une pellicule verdâtre mais intact. Hureau soupira, il s'agissait bien de Giovanni, il hésita avant de coller l'oreille à sa poitrine. Il perçut un souffle lointain… il était vivant ! L'assistance poussa un cri de joie.

— Apportez l'eau-de-vie, tout ce qui reste, allez vite, ordonna Hureau.

Il arracha les vêtements incrustés dans la peau, le tissu refusait de se détacher il le taillada avec son couteau en prenant bien soin d'éviter la chair. Une chair jaune et verte : « moisie », lança une femme de l'assistance. Une fois les bouteilles près de lui le capitaine en versa le contenu sur les cuisses, le ventre, la poitrine du jeune homme : « Allons-y ! » fit-il à l'homme qui l'avait aidé à percer le magma, et tous deux frottèrent cette peau si froide, si flasque que sans la lumière bleuâtre des torches, on aurait pu la prendre pour celle d'un cadavre sur une table de dissection. « Frotte ! » hurla Hureau. Il se le disait à lui-même. Il transpirait sous l'effort, ses bras, ses mains devenaient douloureux. Il introduisit entre les lèvres bleues le goulot d'une bouteille intacte et en versa le liquide. Les premières gorgées furent rejetées, les lèvres se dessoudèrent, le goulot s'enfonça, le liquide coula. Hureau recommença l'opération plusieurs fois. Giovanni avalait. Quelques instants, le capitaine demeura immobile, tandis que ses hommes continuaient de frictionner le corps qui peu à peu reprenait des couleurs. « Ça suffit, fit-il retrouvant son pouvoir de commandement, enveloppons-le de couvertures. » Avec des branches mortes, on confectionna un brancard de fortune. Le cortège s'enfonça dans la nuit, laissant les paysans autour du feu, unique foyer de chaleur et de vie sur des dizaines de lieues entre la montagne et la mer.

Giovanni vivant, Hureau devait se préoccuper du reste. Le reste, c'était l'enlèvement. Il allait être obligé de mettre à jour le complot et de livrer ses auteurs. À moins que le préfet n'en soit déjà informé avec la liste des participants. Il lui fallait soustraire Giovanni aux recherches, lui éviter l'hôpital où il risquait de mourir bien plus que partout ailleurs. Il fallait trouver un refuge, un médecin, prévenir Maria. Il se voyait pénétrant dans l'hôtel d'York et annonçant fièrement : « J'ai retrouvé votre fils, je l'ai retrouvé vivant. » Elle pleurerait, la prendrait-il dans ses bras ? À hauteur de La Turbie, il accorda quelques heures de repos à ses hommes qui depuis l'aube pas une seule fois ne s'étaient plaints de la fatigue. On alluma un feu, Hureau veilla le blessé toujours figé dans son immobilité de gisant. Il s'endormait quelques instants par surprise, se réveillait en sursaut, allumait alors l'un de ses petits cigares à la cape trop humide qu'il fallait aviver sans cesse à la flamme du briquet. La chaleur du cigare le tenait réveillé, l'aube le saisit transi mais heureux d'avoir pensé à une cache pour le séminariste. Il le ramenait chez les curés. Que pouvait-on faire sans eux dans le Comté ? Il réveilla ses compagnons, on lampa les dernières gouttes de gnôle et on se remit en marche, direction Laghet. Une sacrée marche avec le brancard porté à dos d'hommes.

Le Sanctuaire se profila au milieu de l'après-midi, un soleil à peine voilé répandait une lumière de perle au-dessus du torrent bourbeux. Dans la forêt de marronniers, de tilleuls et de frênes, un oiseau solitaire chantait. Il était là, survivant des tempêtes, tranquille, heureux, tenant à le faire savoir. À l'entrée, Hureau souleva le lourd marteau de fer et frappa deux coups à la porte, les hommes déposèrent le brancard de fortune qui avait meurtri leurs épaules tout le long du chemin. Giovanni reposait, pâle, les lèvres minces, comme vidées de leur sang.

Don Conso régentait seul, depuis le départ des Carmes pendant la Révolution, l'établissement. Il n'avait pas émigré, préférant le serment à la Constitution. À ceux qui le lui reprochaient, il répondait qu'il prêchait en niçois depuis que le latin était interdit. Dès qu'il ouvrit la grande porte en bois et qu'il aperçut le groupe d'hommes réunis autour d'une civière, il s'exclama :

— Oh ! capitaine, ça alors c'est le tremblement de terre qui vous amène ?

Hureau sourit.

— Vous ne croyez pas si bien dire, j'ai là un jeune homme qu'il faut cacher et rendre à la vie, il a été pris sous l'éboulement, j'ai fait ce que j'ai pu, mais il n'a toujours pas retrouvé ses esprits.

Don Conso faisait partie de ceux, pauvres et riches, notables et va-nu-pieds, qui à travers le Comté et la Provence ne pouvaient rien refuser à Hureau. Le capitaine s'arrangeait pour nouer des liens que rien jamais ne pouvait trancher.

— Entrez, fit simplement le chanoine.

Il les précéda jusqu'aux cellules ouvertes sur le cloître.

— Ici il sera bien. Don Conso désignait une cellule ensoleillée meublée d'un lit étroit, d'une chaise et d'un prie-Dieu. Allongez-le. Voyons ça.

Le prêtre promena ses mains sur le corps du jeune homme, des mains pataudes qui, dès qu'elles eurent touché les membres rigides, semblèrent aériennes. Elles virevoltèrent sur les chairs livides, les effleurant à peine. Quand cet exercice, sorte de gamme d'une extrême légèreté, prit fin, le chanoine s'essuya les mains à sa soutane et lâcha en direction de Hureau :

— La tâche sera rude, le choc a dû être terrible, rien de cassé apparemment, ni hémorragie interne, mais une forte paralysie de tout le corps, en vérité le jeune homme qui est là est comme mort. Seul le cœur bat. Si le cerveau n'est pas atteint et si j'arrive à débloquer la machine, il sera sauvé sinon…

Hureau fixa son ami.

— Don Conso sauvez-le, faites ça pour moi. Ce serait trop long à vous expliquer. Je vous en prie, il me le faut vivant.

— Ce n'est pas moi capitaine qu'il faut prier mais la Madone. Un miracle est toujours possible. Ce ne sera pas le premier, je vais soigner ce garçon, mais auparavant accompagnez-moi dans l'église nous prierons de concert.

Hureau faillit protester mais il emboîta le pas au curé.

Don Conso n'était pas un curé comme les autres, aux bienfaits du ciel, il ajoutait ceux de la nature. Depuis des années il s'adonnait aux plantes, à leurs vertus, cherchant en elles le secret de la vie. À l'intérieur de l'église laissée nue par la Révolution, on ne voyait qu'Elle, Elle, la Madone avec ses ors, ce regard chargé de compassion, perdu dans le lointain, loin même de l'Enfant divin qui reposait sur son bras. Don Conso la regarda avec amour, s'agenouilla, joignit les mains, baissa le front et pria. Hureau resté debout suivit la prière sur les lèvres du curé, la douceur des lieux, le silence qui l'entourait l'amenèrent à baisser la tête, pas pour prier, il avait chassé la prière depuis bien longtemps, mais pour se fondre dans la limpidité lumineuse de l'atmosphère. Don Conso se releva, le visage apaisé et souriant.

— Le miracle, toujours lui, fit-il à voix basse. Savez-vous capitaine comment Elle fut sauvée pendant les événements ?

D'un léger signe de tête, il désigna la Madone.

— Un homme de La Turbie, un paysan, la retira de sa niche, la recouvrit d'une toile, la hissa sur son dos et dans le soir entreprit de la cacher au village. Miracle toujours, l'homme croisa des Français, des militaires à l'embranchement de l'ancienne via Julia, les soldats lui demandèrent ce qu'il transportait là. « Un tronc de figuier », répondit l'homme, les soldats le laissèrent passer. Vous voyez, c'est bon parfois de croire. Maintenant nous allons nous occuper de votre malheureux ami.

Dans la cellule, Giovanni reposait, étendu sur le lit de fer. Le curé plaça quatre bougies à la tête et aux pieds du jeune homme puis s'adressant à Hureau :

— J'ai besoin d'un aide.

— Mes hommes sont tous à votre disposition, mon père.

Le chanoine s'absenta en compagnie d'un gendarme et revint avec un bac d'eau bouillante et deux bouteilles d'un mélange à l'arôme puissant.

— Du camphre, expliqua-t-il. Du camphre mêlé à de l'eau-de-vie.

Il souleva la couverture, Giovanni apparut dans sa nudité rendue encore plus vulnérable par les ombres que dessinait la flamme des bougies. Les doigts de Don Conso entamèrent un étrange ballet, enduits de camphre ils s'appesantissaient, caressaient, s'éloignaient, revenaient. Le curé avait relevé les manches de sa soutane, bientôt il l'ôta complètement et apparut dans une misérable culotte usée et un vieux gilet sans boutons. Ses yeux ne quittaient pas le malade une seconde, cherchant sur ce visage impassible le plus imperceptible signe de vie. Hureau, épuisé, s'était assis sur l'unique chaise, un gendarme s'occupait des bougies, les changeant dès qu'elles commençaient à trop fumer. De temps à autre il renouvelait l'eau chaude que Don Conso répandait goutte à goutte sur certains points du corps. Dehors c'était la nuit et le désert, pas une âme sur des lieues, seul parfois le cri terrible d'un oiseau. Des montagnes environnantes on devait apercevoir cette lueur vacillante s'échappant d'une des cellules du Sanctuaire. À condition que quelqu'un se soit trouvé là par cette nuit profonde où, sous les frondaisons, l'eau se changeait en glace.

Hureau se réveilla en sursaut, Don Conso poursuivait la lubrification lente, épuisante, du corps inanimé. Il ne prononçait pas un mot, ne jetait pas un regard à rien qui ne fût cet assemblage de chair et de muscles parcouru d'un frémissement infime. Il ne prenait pas la peine d'essuyer la sueur qui venait se mêler au camphre et à l'eau. Le temps était aboli, le capitaine regarda sa montre, deux heures du matin… Don Conso s'activait depuis la tombée de la nuit. Il se leva, sortit de la cellule et se dirigea vers le réfectoire où les gendarmes dormaient allongés sur des couvertures à même le dallage. Il chercha de quoi manger, se contenta d'une tranche de pain noir et de quelques olives. Les réserves du Sanctuaire n'offraient pas mieux. Heureusement il y avait du vin, un vin noir et épais comme de la poix. Il retrouva le chemin de la cellule, respira un grand coup avant de pousser la porte. Don Conso, de nouveau en soutane, se lavait les mains dans le bac d'eau chaude.

— Maintenant, dit-il en désignant Giovanni, il faut de la chaleur, que tout se dégèle à l'intérieur et surtout beaucoup de patience.

— Il a une chance ? questionna Hureau d'une voix mal assurée.

— Son destin est entre les mains de la Madone, je vais la prier le restant de la nuit.

— Vous ne mangez rien, mon père ? Vous avez besoin de forces.

— Je mangerai demain capitaine, répondit Don Conso avec un large sourire qui illumina son visage, effaçant la grisaille laissée par la fatigue.

Avant de se rendre à l'hôtel d'York, Hureau passa à la préfecture. Dubouchage l'invita à s'asseoir avec un sourire radieux.

— Je suis bien aise de vous voir, capitaine, attaqua le préfet. Savez-vous qu'on a failli enlever notre princesse ? Les comploteurs étaient sur le point d'agir mais, ne vous inquiétez pas, ils sont sous les verrous. Vous étiez au courant ?

— Je l'étais effectivement.

— Et qu'attendiez-vous pour agir ?

— Je voulais les prendre sur le fait, le complot prenait alors une tout autre dimension. Nous aurions pu utiliser l'échec de l'opération contre l'Angleterre qui finançait le projet.

Dubouchage mit sa main blanche et fine devant sa bouche et toussa.

— Je vois, fit-il.

Quel dédain chez cet aristocrate de province, quel mépris ! Décidément, ils ont ça dans le sang, pensa Hureau maîtrisant une bouffée de haine.

— Enfin, poursuivit le préfet, les choses n'ont pas évolué dans votre sens, j'en suis contrarié pour vous mais très heureux pour le repos de la princesse. À l'avenir évitez de mettre en jeu la sécurité de Son Altesse, du moins tant qu'elle se trouve dans ma juridiction, je vous en serai gré.

Dubouchage savourait sa victoire. Il la tenait sa revanche, en discréditant le militaire il gommait le prestige de l'amant. Hureau le laissa s'en régaler. Depuis le début de sa carrière, il savait que dans le jeu complexe qui était le sien toute défaillance se transformait en déroute. Or cette fois-ci, il avait perdu. Il lui restait à sauver ce qui pouvait encore l'être.

Le préfet y venait d'ailleurs.

— Capitaine, seul l'un des comploteurs nous a echappé, un jeune Italien sorti tout droit de l'un de ces séminaires où l'on passe plus de temps à maudire l'Empereur qu'à prier. Bref, le hasard faisant parfois bien les choses, peut-être sauriez-vous où nous pourrions le trouver ?

— Aucune idée, répondit Hureau d'une voix ferme.

Dubouchage se leva et s'approcha de la fenêtre qui donnait sur la rue Saint-François-de-Paule, mains derrière le dos, il se mit à observer l'animation matinale.

— Quel temps superbe, croirait-on que nous ayons connu un tel désastre il y a deux jours ? Quel étrange pays, quel drôle de climat ! Au fait capitaine, on m'a dit vous avoir aperçu, affrontant la tempête, lors du terrible éboulement d'Èze.

— J'étais en mission, monsieur le préfet.

— Quel genre de mission ?

— Elle ne relève pas de votre administration, mon devoir est d'en référer au ministre et à lui seul, je regrette.

— Certes capitaine, mais, un conseil, ne franchissez pas certaines limites. On dit le ministre bien malade.

— Pour l'instant, il est toujours vivant et vous comme moi lui devons obéissance.

Une ombre passa sur le front serein de Dubouchage, évidemment l'homme était toujours dangereux. En raccompagnant son visiteur toute trace de vanité avait déserté le visage du préfet.

— À bientôt, capitaine.

— Adieu, monsieur le préfet.

Maria n'avait pas pleuré, ne s'était pas jetée dans les bras de Hureau, elle avait simplement dit : « Conduisez-moi à lui. »

Ils suivirent le Paillon et une fois à la Trinité,

obliquèrent en direction du Sanctuaire. Maria depuis cette nuit terrible de pluie, de vent, de mort, n'avait cessé un instant de s'interroger sur le rôle que le capitaine avait voulu faire jouer à son fils. Elle avait prévu le pire. Et ce pire était arrivé. Jean-Jacques pris sous l'éboulement, inconscient. Portait-elle malheur aux hommes qu'elle aimait ? Même ceux à qui elle n'avait pas encore eu le temps de le faire savoir ? Bonaparte avait échappé à cette malédiction ainsi que Gros. Mais avait-elle aimé Jean-Antoine ?

En approchant de Laghet son cœur se mit à battre plus fort. Hureau frappa un signal convenu. Maria vit apparaître un petit homme en soutane, un de ces visages sans aspérité, que l'on oublie à peine les a-t-on vus. La vie de son fils dépendait de cet homme. Elle faillit hurler de colère et de douleur. Elle suivit le chanoine jusqu'à la cellule où Jean-Jacques semblait dormir paisiblement, si ce n'était cette pâleur, si ce n'était le bleu des paupières.

— Laissez-moi seule, dit-elle.

Hureau et Don Conso s'exécutèrent. Maria s'installa sur la chaise, la rapprocha du lit, le soleil de fin d'après-midi nimbait la pièce d'une lumière rousse. Seigneur comme il était beau avec cette marque sur toute sa personne de noblesse et de délicatesse. Un instant elle fut jalouse qu'il possédât si peu d'elle. Il ressemblait au Benjamin de la première fois qu'elle l'avait aperçu pieds nus dans le jardin de la villa du bord de mer. Seuls les cheveux étaient différents, plus sombres que ceux de l'Anglais, cette noirceur était sans conteste la part qui lui revenait. Elle avait tant redouté ce moment, les circonstances faisaient qu'elle pouvait l'étudier sans avoir à l'affronter. Elle regardait, elle dévorait, elle se leva pour le voir de plus haut, de plus loin, puis elle revint tout près, à le toucher. Elle hésita un instant puis, avec une infinie légèreté, passa un doigt sur son visage, dans le début de barbe qui creusait ses joues, elle sentit son souffle régulier, tiède, un souffle de vie mais un souffle quand même. Quand le prêtre et le capitaine revinrent elle crut qu'il ne s'était passé que quelques minutes. Elle détourna les yeux et s'aperçut que la pièce était plongée dans la pénombre.

— Madame, fit le prêtre, si vous le désirez vous pouvez rester ici le temps qu'il faudra.

— Merci mon père, j'aimerais ne quitter les lieux qu'avec mon fils guéri.

— Que Dieu vous entende, ma fille.

Ma fille ! Il y avait si longtemps qu'on ne l'avait appelée de cette façon qu'elle sursauta. Hureau s'approcha.

— Je vous quitte, fit-il à voix basse. Don Conso a fait des miracles dans sa vie, je crois qu'il va en faire un de plus avec votre fils. Je laisse ici deux de mes gendarmes à votre disposition, eux sauront où me joindre en cas de nécessité.

Le capitaine fit deux pas en arrière. Maria le suivit dans les ténèbres du couloir.

— Je dois vous remercier.

— Ce n'est pas nécessaire, j'ai fait mon devoir.

— Vous reverrai-je capitaine ?

— Je viendrai aux nouvelles. Aux bonnes nouvelles.

Maria lui serra furtivement la main.

— Venez, murmura-t-elle. Venez souvent.

Le jour et la nuit qui suivirent le départ de Hureau, Maria écouta le crépitement du bois, les bouffées de vigueur, l'affaissement soudain d'une bûche. Son regard allait des flammes au corps inerte de Jean-Jacques. L'inertie lui rendait étrange ce jeune corps allongé. Quelle sinistre farce de retrouver son enfant après tant d'années et de ne rien pouvoir échanger, d'être dans l'impossibilité de lui dire : « Regarde-moi bien, je suis ta mère. » Au plus profond de la nuit, elle eut envie de s'échapper, de fuir loin de cette cellule, de ce corps indifférent, absent, mort dans sa chair sinon dans les battements de son cœur. Le lendemain matin elle envoya chercher des vêtements et un nécessaire de toilette. « Vous expliquerez que je suis en voyage, voilà tout. » Personne ne devait savoir. Vincent ne serait pas étonné. Plus rien n'étonnait Vincent. Avait-il encore conscience des jours et du temps qui passent ? Quant à Catherine elle croira ce qu'elle voudra sans doute pensera-t-elle que sa mère une fois de plus caracole dans la montagne en compagnie d'un nouvel homme. Et d'une certaine façon c'était vrai elle se trouvait bien dans la montagne avec un nouveau compagnon sorti de son ventre dix-huit ans plus tôt.

Le jour, la nuit… Don Conso s'acharnait, déployait les remèdes, les poudres, les tisanes, l'huile de peuplier. Il citait avec délectation ses compositions : de mauve, d'armoise pour nettoyer l'intestin, l'emplâtre de « l'Abbé de Grasse », un mélange de cire fondue et de litharge d'argent, souverain pour activer la circulation du sang devait cuire une dizaine d'heures. Don Conso relevait la tête de Giovanni et introduisait entre ses dents une minuscule fiole contenant des mixtures dégageant parfois une odeur atroce, d'autres fois des effluves de miel et de lavande. Maria se refusait de demander au prêtre si vraiment il y croyait encore après quatre jours de coma, si l'espoir qu'il entretenait par sa présence, son souci d'essayer des remèdes différents, la persévérance qui était la sienne, si tout cela ne constituait pas une mise en scène à son égard pour lui éviter le drame de l'évidence. Don Conso devina-t-il ses interrogations secrètes ?

— Le cœur bat à un rythme lent mais régulier, expliqua-t-il. Le fond de l'œil réagit, les besoins naturels s'effectuent normalement, notre jeune ami vivra. Peut-être sera-t-il plongé dans l'absence des jours encore, voire des semaines, les cas sont fréquents, mais soudainement ce sera le réveil et plus rien n'y paraîtra.

Dans ces instants d'espoir, de clarté, de grand soleil, Maria secouait les mauvaises idées, le poids de la fatalité, elle aurait bien embrassé Don Conso sur les deux joues. Il était si rond, si bonhomme, difficile d'imaginer le pire en sa compagnie, il se dégageait de tout son être un tel plaisir de courir la montagne à la recherche de plantes, d'en revenir à la tombée de la nuit, de boire un verre de vin devant la cheminée, de tremper la soupe, de couper le pain, de se laisser bercer par la chaleur des flammes, et de s'endormir comme un enfant « dans la paix du Seigneur », ajoutait-il, de se réveiller à l'aube et de rendre grâces à Dieu pour ce jour nouveau, promesse d'une infinité de bonheurs grands et petits.

Vint la nuit de Noël. Le prêtre célébra la messe de minuit devant Maria et les deux gendarmes.

— Nous sommes bien trop loin, le chemin est si rude, comment voulez-vous que les fidèles montent jusqu'ici ? Cette année je suis heureux vous êtes là, les années précédentes j'étais absolument seul, on a beau avoir la foi, il n'empêche, seul une nuit de Noël cela vous refroidit le cœur.

Don Conso avait préparé une collation pour après la messe, un gros chapon doré à l'extérieur, moelleux à l'intérieur, des cardons cuits dans le jus du chapon, des figues séchées cueillies à la fin de l'été et même des oranges en provenance du bord de mer.

— Excusez-moi, c'est un peu maigre pour un repas de fête je le reconnais. Mais nous avons du vin à volonté et de l'eau-de-vie.

Le repas était servi à la grande table du réfectoire où avant la Révolution une douzaine de moines récitaient chaque jour le bénédicité. Le père y avait placé une couronne de bougies. Maria retrouvait les senteurs et les goûts de ses Noëls d'enfance dans la boutique ténébreuse, l'unique fois de l'année où son père sacrifiait aux libéralités, l'odeur du froid, l'haleine qui s'échappait en écharpes de fumée, le plaisir du chaud à l'intérieur tandis que dehors le passant transi grelottait, le parfum de l'orange, ce parfum qui la faisait rêver. Elle revoyait son père dévorant pour l'année entière. Oui, elle revoyait… Elle but un verre puis deux, elle qui buvait si rarement ! Le chapon était délicieux, les cardons fondants, les figues et les oranges, le vin et l'eau-de-vie. Les gendarmes partirent se coucher, légèrement ivres.

Don Conso rapprocha sa chaise de celle de Maria.

— Une dernière goutte ?

Elle refusa, il insista, elle céda.

L'eau-de-vie coula, épaisse, parfumée. Don Conso s'adressa à Maria d'une voix qu'elle ne lui connaissait pas, une voix grave et douce :

— Maria. C'était la première fois qu'il l'appelait par son prénom. Il faut aider votre fils. Il refuse de se réveiller, il est bien là où il se trouve, où que ce soit, il n'a pas envie de retrouver le monde. Vous seule pouvez le forcer. Appelez-le. Ouvrez-vous, oubliez votre peur. Il ne se réveille pas parce que, au fond de vous-même, vous n'en avez pas envie, vous avez peur, vous mourez de peur. Et la peur empêche la vie Maria.

Maria vida son verre d'un trait.

— Pourquoi me dites-vous de telles abominations, je ne souhaite, je ne veux qu'une seule chose : que mon fils revienne à la vie.

— Non, fit Don Conso en secouant la tête. Vous le voulez peut-être mais vous refusez de donner votre amour. C'est l'amour qui sauvera votre fils ainsi que toute chose sur cette terre. Comme le proclame Paul dans l'Épître aux Corinthiens : « L'amour est patient, il est plein de bonté, l'amour n'est point envieux ; l'amour ne se vante point, il ne s'enfle point d'orgueil, il ne fait rien de malhonnête, il ne cherche point son intérêt, il ne s'irrite point, il ne soupçonne point le mal, il ne se réjouit point de l'injustice, mais il se réjouit de la vérité, il excuse tout, il croit tout, il espère tout, il supporte tout. »

Maria laissait couler des larmes lourdes, silencieuses, qu'elle ne prenait pas la peine d'essuyer.

— Ne pleurez pas Maria, vous devez vous dresser et vous dire : « Oui, je le veux ! Oui, je veux affronter mon fils. Oui, je le veux vivant dans mes bras. » Ferez-vous cela Maria ?

Maria d'une voix étouffée murmura :

— Oui, je vous le promets.

Don Conso se leva, secoua sa soutane des miettes de pain du festin et d'une voix redevenue joyeuse et entreprenante annonça :

— Demain, je lui administrerai un bain de vapeur, vous m'aiderez à le transporter, à le soutenir, à l'asseoir, vous le manipulerez à pleines mains. Maintenant allons dormir, c'est Noël, alléluia !

Don Conso planta dans la terre du potager quatre manches à balai, les réunit d'une corde et suspendit un drap de façon à former une tente à la taille d'un homme. À l'intérieur, il plaça une énorme bassine d'eau bouillante et en ôta le couvercle. Il retourna dans la chambre où l'attendaient Maria et un gendarme : « Allons-y ! » Le gendarme saisit Giovanni par les épaules, Maria et

Don Conso par les pieds et les jambes. Du malade on n'apercevait que le visage, le reste du corps était enveloppé d'une couverture de laine. Ainsi on le porta jusqu'à la tente où la vapeur s'élevait en grosses volutes. « Doucement... » recommanda Don Conso en faisant glisser le jeune homme dans l'antre embué. À côté de la tente brûlait un grand feu, maintenant de l'eau en ébullition, prête à remplacer celle de la bassine, des branches de pin et des fleurs des prés séchées y infusaient.

— Il ne va pas étouffer ? s'inquiéta Maria.

Don Conso secoua la tête.

— Non, plus il suera mieux ce sera, il faut qu'il exsude les humeurs, le sang mauvais. Vite changeons l'eau.

L'opération fut renouvelée quatre ou cinq fois en l'espace de trente minutes. Puis le gendarme amena des bacs d'eau froide. Don Conso souleva la tente, enleva la couverture et s'empara du corps de Giovanni, le redressa et ordonna à Maria :

— Versez l'eau glacée, là sur son dos, oui comme cela, maintenant frottez de toutes vos forces que l'eau pénètre à l'intérieur, frottez plus fort, vos bras doivent se nouer de lassitude.

Maria sentit sous ses doigts la peau encore brûlante de vapeur, le contact avec l'eau froide provoqua une rétraction de la colonne vertébrale.

— Il a bougé, lança-t-elle, essoufflée.

— C'est bien, continuez ma fille ! hurla le prêtre.

Elle pétrissait à pleines mains, à pleine force, au début les mains allaient et venaient avec aisance sur la peau chaude mais l'effet du froid raffermit la chair, la rendant moins souple, plus délicate à manier. Maria peinait, la transpiration brouillait ses yeux, elle haletait. Peut-être était-ce cela que Don Conso exigeait, l'épuisement de toute sa vigueur, qu'elle s'écroule sur ce corps, que ses bras n'en pouvant plus se nouent à ce dos, qu'elle s'y accroche comme à une bouée ? À un moment elle suffoqua, le cœur lui manqua, elle vacilla, des zébrures noires voilèrent son regard, elle s'écroula. Don Conso prit la relève auprès de Jean-Jacques sans s'occuper d'elle. Ce fut le gendarme qui la releva et la soutint.

On ramena Giovanni dans sa chambre, on l'étendit, on le couvrit. C'était fini. Pendant un long moment, ni Maria ni le prêtre n'échangèrent un mot. Maria assise au pied du lit, Don Conso sur la chaise.

— Maintenant il faut attendre, fit-il. Allons manger.

Maria hésita à le suivre.

— Venez, insista Don Conso. Il ne se passera rien pour l'instant, il faut que l'intérieur s'attendrisse en libérant les influx nerveux.

Après le repas, les restes du chapon, une salade de roquette et des figues, Maria s'endormit sur sa chaise, le buste droit, les cheveux dans les yeux. Les cris de Don Conso la réveillèrent, il surgit dans le réfectoire en levant les bras au ciel.

— Venez ! ordonna-t-il.

Maria le suivit dans le couloir en remettant de l'ordre dans sa coiffure. Dans la chambre apparemment rien n'avait changé. Elle s'approcha du lit, Jean-Jacques était toujours aussi immobile.

— Attendez, fit Don Conso.

Soudain elle vit le bras de son fils se soulever lentement, extrêmement lentement, se détacher du corps, rester un moment suspendu dans l'air avant de se rabattre sur la couverture. Puis l'autre bras suivit le même chemin et retomba tout aussi brusquement.

Maria regarda le prêtre, n'osant rien dire.

— Il est sauvé ! s'écria Don Conso.

L'eau avait ressucité Jean-Jacques, l'eau apaisante, onctueuse qui l'avait porté au monde dix-huit ans plus tôt. Un bref instant, elle se revit dans la chambre de l'hôtel d'York immergée dans la baignoire, ultime tentative pour la délivrer. Elle était sans pesanteur, sans douleurs, avec son ventre qui flottait, puis il y avait eu ce mouvement en elle, cette force qui s'extrayait d'elle. Maria faillit hurler comme ce jour-là. L'accoucheur avait coupé le cordon, c'était un garçon. Ce même garçon dont, aujourd'hui, la vie regagnait le territoire occupé par la mort, partait à la reconquête de chaque membre, faisait tressaillir la chair et, dans la chair, une forêt de minuscules nerfs.

Jean-Jacques ouvrit les yeux, des yeux immenses, vides. Maria posa la main sur son front, il n'y a pas si longtemps encore lisse et froid. Il brûlait. Elle fit descendre sa main jusqu'à la poitrine, le cœur, le ventre, partout le corps vibrait. Elle se retourna, Don Conso avait disparu. Elle courut à l'église, le père, couché à plat ventre devant la statue de la Madone, priait. Elle l'observa un long moment puis s'allongea à ses côtés sur le dallage glacial.

Plus tard, au chevet du malade secoué de décharges et de frissons, elle murmura :

— Vous l'avez sauvé, mon père.

Don Conso la regarda en souriant.

— Non, je n'ai rien fait, nous n'avons accompli que les gestes, Dieu a pris à son compte le reste.

La disparition mystérieuse de sa mère et de Giovanni laissait Catherine désemparée. Dès que le temps le lui avait permis, elle avait parcouru la route de la Corniche, du moins jusqu'à l'éboulement. Naïve, elle espérait voir se profiler son chevalier servant. Elle attendait de lui un message, un signe. Peut-être lui en voulait-il de ne pas lui avoir porté suffisamment intérêt le soir du bal. Ce serait injuste, ne lui avait-il pas confié qu'il ne savait pas danser ? Alors que faire dans un bal en compagnie d'un cavalier qui ne danse pas ? Elle s'apercevait qu'elle ne savait rien de lui. Et lui pas grand-chose d'elle, elle n'avait fait que mentir effrontément. Elle n'en continuait pas moins à le chercher le matin dans l'ombre de la cathédrale. Mais personne ne surgissait de derrière le pilier pour lui offrir l'eau bénite. Si la disparition du jeune homme la décevait et la rendait mélancolique, l'absence de sa mère la mettait en rage. Pour tout message, elle avait fait savoir qu'elle allait pour le mieux et qu'elle serait bientôt de retour. Catherine lui en voulait d'avoir disparu quand peut-être elle aurait eu besoin de ses conseils ou pour le moins de sa consolation. Mais non, sa mère pensait d'abord à elle, comme toujours. Catherine se mettait à rêver de fuite, loin de cette ville qui sentait l'huile d'olive et la farine de pois chiche. Fuir bien évidemment c'était se marier. À l'idée de mariage se profilait le fils Arson. Le garçon, cela ne faisait nul doute, était épris. Il guettait ses sorties, il lui offrait le bras pour une promenade le long du Cours. Pour l'occasion, il se rengorgeait comme un pigeon. On chuchotait que son père avait été arrêté pour une affaire ténébreuse mais qu'aussitôt Dubouchage l'avait fait remettre en liberté. Elle ne demanda aucune explication à Pierre-Joseph, d'ailleurs ils parlaient peu. Durant ces promenades déambulant comme deux idiots face à la mer tranquille et scintillante, elle songeait à Giovanni qui lui racontait de si belles histoires. Il était doux de l'entendre avec son léger accent, elle pensait à un oiseau bavard le matin au printemps. À cette évocation elle eut envie de pleurer et décida que, si Pierre-Joseph en faisait la demande, elle accepterait de lui donner sa main. Cette pensée heureuse la ragaillardit quelque peu.

Peu après Noël, qu'elle avait passé tristement en compagnie des rares clients de l'hôtel, le préfet l'invita un soir à sa table à l'heure du café. Il se souciait de ne plus voir Maria, était-elle souffrante ? Gênée, Catherine répondit que sa mère était en voyage. « En voyage ! » sursauta Dubouchage comme si on venait de lui apprendre une nouvelle extraordinaire. Mais il ne s'en tint pas là, il lui révéla l'avoir aperçue au bras du fils du banquier Arson, y avait-il de l'idylle dans l'air ? Catherine, mal à l'aise répondit que non. Le préfet insista :

— Mais enfin le garçon ne vous déplaît pas ?

— Je ne sais pas, bredouilla Catherine.

— Puis-je en faire mention à l'occasion à madame votre mère ?

— Oui peut-être.

Elle avait répondu n'importe quoi. « Oui peut-être. » Tant pis, c'était dit ! Les événements agissaient à sa place.

Giovanni avait retrouvé l'usage de ses membres, il pouvait s'asseoir sans aide, porter une cuillerée de soupe à sa bouche sans en renverser une goutte. Le jeune homme était vivant, bien vivant, mais muet. Il ne répondait à aucune question, semblait se désintéresser du lieu où il se trouvait et comment il y était parvenu. Il dormait, ouvrait les yeux sans jamais marquer d'étonnement, absent, présent dans la même indifférence. Un automate sensible au chaud, au froid, à la faim, au sommeil. Don Conso rassurait Maria. « Cet état ne durera pas. » Il lui administrait des breuvages pour améliorer la mémoire : sauge, mélisse, menthe, gentiane. Le matin il faisait prendre au jeune homme des bains de pieds de romarin, de feuilles de noyer. Au bout du troisième jour, Maria vint se placer à la tête du lit et tenta de fixer le regard de Jean-Jacques, puis d'une voix lente en détachant les mots lui dit :

— Je suis votre mère je m'appelle Maria. Je suis votre mère.

Le regard du jeune homme passa à travers elle, à cet instant la fixité et le vide de la prunelle ressemblaient à l'œil atone d'un aveugle. Maria repensa aux paroles de Don Conso, à leur refus de prendre conscience l'un de l'autre. Son désir de le voir retrouver la mémoire n'était peut-être qu'une tromperie ?

Le dernier jour de l'année, elle effectua une longue promenade, le soleil couché sur l'horizon poudrait les chênes d'une lumière voilée qui allongeait leur ombre démesurément. Malgré la saison des fleurs sauvages surgissaient sur les talus du chemin, fragiles elles buvaient les rayons du soleil avant que le gel de la nuit ne leur soit fatal. Le déferlement des vallons et des collines se déployait jusqu'à la mer, le calme était absolu, le déplacement d'un oiseau la faisait sursauter. Une pureté de commencement du monde lui étreignait le cœur, le faisant battre d'une allégresse poignante. La mort et la douleur n'étaient pas effacées, elles étaient dans ce silence qui grésillait à mi-voix comme un insecte. Ni les chênes verts ni les pins noirs ne connaissaient la peur, ils se donnaient à la douceur comme ils s'étaient dressés dans la tourmente. De la pluie, du vent, ils ne gardaient aucun souvenir dans cette fin d'après-midi, dernier jour de l'année, seule leur cime extrême frémissait à un léger vent venu de l'est. Maria revint sur ses pas, à ses pieds le couvent reposait, tranquille. Le passé, la culpabilité, le remords, dans la rude descente qui la ramenait au Sanctuaire, Maria s'en sentit lavée. Sensation fugace, duperie des sens, légèreté de l'âme peut-être... À mi-pente un homme venait à sa rencontre. Éblouie, elle n'aperçut qu'une silhouette noire. Lorsque la lumière tourna et vint l'éclairer, elle entrevit son sourire, un sourire qui effaçait les sillons douloureux de son visage. Emportée par l'élan, elle se jeta dans les bras de Hureau. Tous deux quelques minutes tournoyèrent, la pente les emporta, ils riaient de devoir ainsi se soutenir, brusquement une dénivellation les sépara. Maria conserva l'empreinte du corps du capitaine.

Ils dînèrent dans l'immense réfectoire, Don Conso, discret, s'était retiré. Hureau avait apporté de la charcuterie, des fromages et quelques oranges. Maria raconta brièvement la façon dont le prêtre avait soigné Jean-Jacques, prudemment elle ne dit mot du rôle de la prière, se contentant d'évoquer les herbes, les cataplasmes, le bain de vapeur. À la fin du repas Hureau, selon son habitude, alluma un mince cigare et étendit ses pieds bottés sur une chaise.

— Maria, dit-il, je vais quitter la région dès demain, je n'ai plus rien à faire ici, mon successeur auprès de la princesse est désigné, je peux partir.

— Partir où ? demanda Maria.

— Sans doute en Espagne. J'en ai assez des missions souterraines, l'air vif des champs de bataille me fera le plus grand bien.

Maria se tut un long moment, tout le bonheur du jour s'effaçait en quelques mots.

— Je ne vous reverrai plus ? chuchota-t-elle.

Hureau la regarda.

— Connaissez-vous une bonne raison pour que je revienne ?

— Oui, une, nous revoir.

Dans la forêt alentour retentit une sorte d'aboiement se transformant en hurlement lugubre.

— Un loup, fit Hureau.

— Si près vous croyez ?

— Oui, l'hiver les loups n'hésitent pas à quitter les montagnes.

Maria se rapprocha de Hureau et lui saisit la main.

— Je me moque des loups, ils ne me font pas peur, plus grand-chose ne me fait peur. C'est peut-être cela mon principal défaut, ne plus rien craindre. À vous aussi je fais peur ! Ne me dites pas le contraire, vous avez passé toutes ces semaines à m'éviter. Répondez-moi capitaine, il est inutile que vous fuyiez, une fois de plus.

— Sortons, fit Hureau.

Une nuit épaisse enveloppait le monastère, ils firent quelques pas dans l'herbe gelée. Le loup, ou était-ce un autre qui répondait au premier ? hurla à nouveau, la nuit s'en trouva plus glaciale, profonde, menaçante.

— Maria, dit Hureau d'une voix étouffée par les ténèbres, je vous ai aimée dès la première fois dans la grotte, vous si défaite et moi si nu. Vous m'avez décidé à tenter quelque chose qui n'avait qu'une chance sur mille de réussir. Quand vous êtes apparue, j'étais décidé à subir mon sort… à mourir. Vous m'avez rendu goût à la vie, tant pis, tant mieux, je ne sais plus.

— Venez vers moi, murmura Maria.

Elle le saisit par la taille.

— Pourquoi vous gardez-vous ainsi des sentiments, on croirait qu'ils vous effraient plus qu'une rafale de mitraille ?

Hureau dénoua les bras qui le ceinturaient mais conserva les mains de Maria dans les siennes.

— Je fais partie de ces hommes qui ont décidé de rester libres, qui ont pris en horreur la perte de soi que suppose la passion, qui désirent en toutes circonstances rester maîtres d'eux-mêmes, ne voulant ni souffrir, ni faire souffrir. Nous sommes quelques-uns à vivre l'aventure en compagnie de l'Empereur comme une solitude exaltée, nous trouvons dans la victoire sur les champs de batailles la satisfaction d'être que les hommes de l'Ancien Régime cultivaient dans la conquête féminine.

— Qui vous parle de conquête ? murmura Maria. Je vous parle d'amour.

— Ne me mettez pas en danger Maria, je vous en prie...

— Rentrons capitaine, nous allons attraper la mort.

Ils traversèrent le réfectoire et se retrouvèrent dans le couloir qui donnait sur les cellules. Dans sa chambre Jean-Jacques dormait.

— Veillez sur lui, conseilla Hureau. Dubouchage le recherche, il a peu de chances de le trouver ici, mais sait-on jamais. Votre fils ne doit pas quitter le Sanctuaire le temps que les événements se calment.

Maria avoua :

— Il m'ignore, peut-être ne veut-il pas me reconnaître ?

— Je ne pense pas, c'est l'effet du choc, soyez présente, il finira par venir à vous.

Ils sortirent sur la pointe des pieds, un peu plus loin Maria s'arrêta devant une porte.

— Entrez capitaine.

Hureau hésita.

— Il me faut partir si je veux être au cantonnement dès l'aube.

— Pourquoi dès l'aube ? protesta Maria à voix basse.

Hureau s'avança, dans l'étroite cellule il paraissait immense avec ses bottes et son sabre.

— Il vaut mieux que je prenne la route…

Il protestait pour la forme, d'une voix vulnérable comme celle d'un enfant qui soudain rend les armes devant l'évidence. Maria alluma une bougie, cheveux défaits, elle apparut au capitaine dans la lumière.

— Je ne vous demande pas votre liberté, ni même votre amour Martial, mais de me tenir chaud une nuit, une nuit avant le désert qui nous attend tous les deux. Il doit faire froid la nuit en Espagne.

Hureau défit son sabre qui chuta lourdement sur le sol.

— Chut, fit Maria.

Un mois passa, succession de pluies rageuses et de soleil douceâtre. On aurait pu déjà se croire au printemps. Giovanni marchait mais ne parlait toujours pas. Les yeux perdus dans l'inconnu, il ne semblait ni heureux ni malheureux, mangeait de bon appétit, dormait beaucoup et c'était tout. Maria décida que sa présence était inutile, peut-être même empêchait-elle sa guérison complète. Des jours entiers elle l'avait observé, se déplaçant dans le jardin à petits pas. Elle n'en croyait pas ses yeux, tout cela lui semblait miraculeux et terrifiant à la fois : son fils si proche, absent, pis, étranger. Beau, d'une élégance naturelle, elle retrouvait en lui des particularités de son propre caractère, notamment la façon de sembler pouvoir se satisfaire de soi-même. Dans son regard elle avait perçu des différences, le sourire qu'il réservait à Don Conso différait singulièrement de celui qu'il affichait lorsqu'elle se trouvait sur son chemin. La couleur en changeait, l'éclat soudain s'éteignait.

Oui, décidément elle devait partir. Partir et

attendre. Don Conso ne tenta pas de l'en dissuader. Il promit qu'il s'occuperait de la convalescence du jeune homme. Dans ces simples mots Maria plaça beaucoup d'espoir. Elle effectua le voyage de retour en compagnie des gendarmes, cette présence rassurante établissait un dernier lien avec Hureau. Dès l'aube il avait enfilé ses bottes, rajusté son sabre, endossé sa redingote. Il s'était penché, avait posé un baiser léger sur son front, soulevant d'une main ses cheveux. Il y avait bien longtemps qu'elle ne dormait plus mais elle fit semblant de se réveiller juste à cet instant. Elle le retint, le temps d'inscrire à jamais chaque trait de son visage dans son cœur, les deux sillons qui marquaient ses joues, son regard gris et las, le sourire moqueur qui flottait sur ses lèvres. Ils se quittaient comme les amants d'un soir. Elle serra sa main tiède, ferma les yeux, lorsqu'elle les rouvrit, il avait disparu. Elle n'était pas malheureuse, elle ne voulait se souvenir que de l'aveu du capitaine : il l'aimait. Il l'avait aimée depuis son apparition dans la grotte. Elle se coulait avec tout le bonheur possible dans cette confession chuchotée. Ce matin-là, elle ne désirait rien d'autre que se délecter de ce sentiment tu si longtemps, il suffisait de se remémorer chaque voyage, chaque rencontre, de ranimer les regards et tout prenait un sens différent. Pas un instant elle n'avait été cette amoureuse éconduite, cette flamme sans partage, ce questionnement sans réponse. Hureau l'aimait. Tout se justifiait. Finalement leur histoire était une longue histoire. La chaleur de Hureau se trouvait encore dans son ventre, elle se répandait comme un alcool brûlant. Ils avaient fait l'amour en silence et ce silence était plus beau que le plaisir lui-même ou, plus exactement, le silence grandissait le plaisir et pas seulement dans la chair mais dans la gravité de l'acte lui-même, lui ôtant sa bestialité il le rendait pur, intensément pur. Un peu comme une prière chuchotée lèvres mi-closes.

Un mystère parcourait les corridors de l'hôtel d'York, on chuchotait, lorsque Maria arrivait, on se taisait. Aglaée coulait des regards triomphants. Maria prit bien garde de laisser croire qu'elle ne s'apercevait de rien. Elle trouva Catherine étrangement exubérante, prête semblait-il à se confier mais se reprenant à temps, prudemment. Lorsqu'elle vit venir dans son habit noir le préfet, Maria soupçonna un début d'explication. La conversation roula sur les événements : l'armée française occupait la citadelle de Pampelune en Espagne, le général Miollis entrait dans Rome. Dubouchage se plaignait :

— Qui se soucie du sort des armées ? J'ai bien peur que l'Empire ne se définisse dans cette ville que par l'obligation faite aux jeunes gens d'apprendre le français. Par instants, je désespère, le petit peuple me reproche la construction de la Corniche, une route dit-on qui met en péril l'équilibre de la montagne. Avec des idées pareilles les Grecs et les Romains n'auraient jamais construit leurs temples.

Après un court instant de silence, le préfet,

comme pour se mettre à l'aise, déboutonna le col de son habit.

— Ma tâche n'est pas aisée, chère Maria. Il me faut franciser cette contrée qui légalement est un département comme les autres. Vous savez vous qu'il n'en est rien, mais allez faire comprendre les subtilités locales dans la capitale ! Pour activer cette francisation, j'ai un plan qui consiste à conclure le plus possible d'unions entre les gens d'ici et ceux venus d'ailleurs. Oui, des mariages ! Le mariage est le meilleur moyen de dissoudre les antagonismes, dans un ordre supérieur : la famille. Où la famille se crée, les dissentiments s'effacent. Ainsi, si j'arrivais à marier dix descendants de ces lignées niçoises, réfractaires à toute évolution, j'aurais effectué un grand pas dans l'accomplissement de ma tâche.

Maria commençait à soupçonner la finalité de ce long préambule. Dubouchage demandait la main de Catherine pour Pierre-Joseph Arson, le mariage de l'une des héritières les plus en vue de la cité avec le fils d'un banquier, français certes, mais dont la volonté de faire souche ne laissait aucun doute. Par ailleurs l'aspect financier n'était pas à négliger, Arson dotait son fils d'une coquette rente.

Le préfet « marieur », Maria aurait volontiers éclaté de rire s'il ne s'agissait de Catherine.

— La ville entière me semble au courant, sauf moi !

— J'en ai glissé deux mots à M. Arson ainsi qu'à votre fille, je le reconnais. Vous étiez absente…

Maria l'interrompit :

— Je ne vois pas où se trouve l'urgence.

Dubouchage protesta de sa bonne foi.

— J'ai cru bien faire, Catherine s'affichait avec ce garçon, on les voyait chaque après-midi en promenade sur le Cours. Mon intervention était un coup de semonce pour connaître le cœur de ces jeunes gens. Ils ne m'ont pas répondu par la négative, loin de là. Quant à M. Arson père, il est ravi.

Maria se contenta de sourire : « L'idiot, il croit m'avoir en faisant de Catherine une épouse de banquier. »

— Excusez-moi, cher ami, mais vous conviendrez que je dois m'entretenir de ce projet avec mon époux.

— Mais certainement, fit Dubouchage en reboutonnant son habit.

Maria pénétra dans la chambre de Catherine en faisant claquer la porte derrière elle.

— Il paraît que tu veux te marier ?

Catherine, surprise, laissa tomber le roman d'amour qu'elle lisait avec avidité. Elle bredouilla :

— Ne suis-je pas en âge de me décider à ce sujet ?

— Es-tu amoureuse de ce Pierre-Joseph ?

Sa mère la désarçonnait comme d'habitude.

— Je ne sais pas... il est gentil... sans doute...

— Gentil ! s'exclama Maria en l'interrompant. On n'épouse pas un homme par gentillesse. Tu n'as pas commis de bêtise ?

— Non !

Le rouge monta aux joues de Catherine.

— Parfait, dans ce cas tu attendras d'être amoureuse pour lier ta vie à quelqu'un.

Catherine n'osa avouer qu'en vérité elle était amoureuse non de Pierre-Joseph, mais d'un jeune aristocrate disparu le lendemain du bal de la princesse.

— Goûte la vie, idiote, avant de la sacrifier, fit Maria d'une voix où perçait la nostalgie.

Désormais Don Conso et Giovanni partaient en promenade tous les jours en début d'après-midi. Le premier mot du jeune homme avait été : « Merci. » Cela s'était passé un matin dans l'église, Don Conso priait, Giovanni s'agenouilla auprès de lui et prononça ce simple mot d'une voix ferme. Don Conso se détourna pour cacher son émotion. Le fils de Maria était guéri. Il remercia le Seigneur et la Madone, ouvrit une bouteille de vin qu'ils partagèrent. Depuis, le jeune homme parlait peu, toujours pour des riens : le nom d'une fleur, une réflexion sur le temps, mais aucune confidence sur son passé ou sur les conditions de son sauvetage, en vérité il se conduisait comme si son existence avait commencé dans ce couvent et qu'il n'eût rien vécu auparavant. À part bien sûr ce « merci » qui laissait entendre qu'il savait et que le silence était volontaire. Don Conso ne se troublait pas, il apprenait au jeune convalescent à reconnaître la flore, les différents arômes qui émaillaient le flanc des collines. Le printemps était précoce, les champs de marguerites surgissaient à chaque aube, les aloès foisonnaient. Don Conso cueillait et nommait : le romarin, le thym, le serpolet, l'églantine, l'aubépine, l'immortelle.

Giovanni, plus que le simple charme de toutes ces floraisons, cherchait à en comprendre et à en découvrir les secrets. Don Conso lui livrait le nom des arbres : l'ormeau, le châtaignier, le tilleul, le frêne, l'acacia. Le goût de connaître se transforma vite en passion. Il se mit à herboriser, choisissant les plantes qui peuvent guérir, laissant les autres. Il se trompait parfois, mais jamais deux fois. Don Conso était stupéfié par les progrès de son ami. Déjà, il avait remarqué qu'à la messe il connaissait les gestes rituels, le texte des prières, même celles consacrées à la seule pratique du clergé. De toute évidence le jeune homme avait reçu une éducation religieuse.

Le repas du soir était pris en commun, frugal mais toujours savoureux, le cresson du torrent, les jeunes asperges sauvages, Don Conso s'accordait un verre de vin, jamais plus. À la fin du repas le prêtre fumait la pipe, Giovanni le regardait en souriant.

— Pourquoi me regardes-tu ainsi ? questionna un soir le prêtre.

— J'aime vous observer, répondit le jeune homme.

— Pourquoi donc ?

— Je ne saurais le dire.

Don Conso n'insista pas, il préféra proposer au jeune homme, s'il le souhaitait, de servir la messe.

— Oui, avec plaisir. Toute mon enfance, toute ma jeunesse, je l'ai passée dans un endroit comme celui-ci, à la différence qu'il y faisait plus froid et qu'il n'y avait aucun Don Conso pour glorifier le Seigneur.

— L'important est de lui rendre grâces.

— Je ne crois pas mon père, sans le cœur de celui qui le prie, Dieu reste sourd.

— Quelle étrange théorie !

Les deux hommes n'en avaient jamais dit autant, ils restèrent deux jours entiers sans échanger une parole, à part les réponses de la liturgie pendant l'office. Ce silence n'empêchait pas le contentement de circuler entre eux d'un regard à l'autre, du soir au matin. Le seul tourment de Don Conso, mais il était de taille, s'appelait Maria. Il aurait déjà dû lui faire parvenir des nouvelles de son fils, les bonnes, les excellentes nouvelles, mais comment lui avouer que ce mieux pouvait être détruit par sa présence ? Avant d'alerter la mère, il devait aller plus loin avec le fils. Il lui demanda le prénom que lui avaient donné les frères qui l'avaient élevé.

— Giovanni, répondit le jeune homme.

— Es-tu sûr que cela soit bien ton prénom de baptême ?

— C'est celui par lequel je me reconnais depuis toujours, que ce ne soit pas celui de mon baptême m'est bien égal.

Don Conso sursauta.

— Tu te trompes, Dieu te reconnais par le prénom sanctifié par le baptême. Le reste n'est qu'usurpation. Ton âme ne s'appelle pas Giovanni.

— L'âme n'a pas de prénom, mon père.

— Oh, que si ! L'âme s'identifie au prénom choisi par tes père et mère et reconnu par Dieu.

— Je n'ai ni père ni mère !

Le jeune homme fixait pour la première fois Don Conso avec humeur. Le prêtre protesta en riant :

— À ce que je sache, tu n'es pas l'œuvre du Saint-Esprit, forcément tu possèdes un géniteur et une mère qui t'ont donné la vie.

Les deux hommes grimpaient, un chemin raide conduisant à une carrière de pierre abandonnée, à leurs pieds poussaient des massifs de genêts qui s'enivraient de soleil toute la journée. Don Conso, légèrement essoufflé, fit signe de se reposer quelques instants à l'abri d'un tilleul esseulé, dernier de son espèce avant les bataillons de pins et d'yeuses accrochés à la rocaille. Giovanni dépouillait de ses fleurs desséchées par l'hiver une branche tombée de l'arbre. Autour d'eux, après un mouvement de repli, les papillons prirent leur vol, de minuscules papillons de début de printemps sans grandes couleurs, étourdis par le jour pâle qui les soûlait. Après avoir calmé sa respiration, Don Conso décida qu'il ne pouvait plus reculer.

— Ton véritable prénom est Jean-Jacques, c'est celui que t'a choisi ta mère. Cette mère que tu me dis, présomption incroyable, ne pas posséder, non seulement elle existe, mais tu la connais, elle a passé à ton chevet des jours et des nuits, te soignant, t'essuyant le front et les membres, t'enduisant de mes herbes, te posant des linges sur tout le corps, entrouvrant tes lèvres pour y glisser après bien des efforts quelques cuillerées de tisane, oui cette femme-là est ta mère, elle a prié, elle qui ne priait plus depuis bien longtemps, pour ta guérison, elle s'est prosternée à mes côtés et le miracle de ton retour à la vie s'est réalisé. Dieu merci. Voilà la vérité.

— Cette femme-là, répondit avec violence Giovanni, m'a abandonné à ma naissance, à moi elle s'est intéressée trop tard, cette femme que vous avez vue prier, mon père, est une impie, une athée, une révolutionnaire, de cela elle répondra le jour venu, ce n'est pas mon affaire, cette femme, Dieu me pardonne, je l'ai haïe, aujourd'hui je veux l'ignorer. Je l'ai reconnue, oh, il ne m'a pas fallu longtemps, c'était quelque chose qui venait dans mon long sommeil, dans mon immobilité, comme un parfum. Et ce parfum, dans mon inconscience, je l'ai identifié. J'ai su que cette ombre qui se penchait sur ma poitrine, effleurait ma chair, cette ombre était celle de ma mère. Alors, j'ai décidé de m'enfermer à l'intérieur de moi-même, de lui refuser cette joie exorbitante de me donner la vie une seconde fois.

Don Conso se redressa.

— Mais qui es-tu toi pour refuser le pardon que le Christ a accordé à ses bourreaux ?

— Mon père, malgré toute l'admiration que j'éprouve et tout le respect que je vous dois, je ne vous suivrai pas sur ce chemin.

— Rentrons, fit Don Conso, il est trop tard pour les genêts, mais auparavant écoute les paroles de Salomon :

Je t'ai réveillé sous le pommier;
Là ta mère t'a enfanté,
C'est là qu'elle t'a enfanté, qu'elle t'a donné le jour.
Mets-moi comme un sceau sur ton cœur
Comme un sceau sur ton bras ;
Car l'amour est fort comme la mort.

Giovanni, sur le même ton qui était le sien le matin en servant la messe, poursuivit la citation :

Les grandes eaux ne peuvent éteindre l'amour.
Et les fleuves ne le submergeraient pas…

— J'admire ton savoir des textes, ironisa Don Conso.

Ils s'engagèrent en silence dans le chemin du retour.

Désormais Giovanni s'aventurait seul dans la campagne. Don Conso lui avait prêté un pantalon de velours, une veste de coutil, de grosses chaussures capables d'affronter les escarpements et les restanques. Le jeune homme ne se promenait pas, il apprenait, il osait demander aux paysans le genre de produits qu'ils cultivaient et comment le travail s'effectuait. Les hommes, passé le premier moment d'étonnement, jamais un monsieur de la ville ne leur avait posé pareilles questions, prenaient des olives et les faisaient rouler entre leurs doigts. De simples olives, chacune avec ses propriétés, sa couleur, son goût : la *nostral* d'une grosseur médiocre faite pour l'huile, la *puncia nera,* toute petite et nerveuse destinée à être confite ou mangée telle quelle, la *columbana* au ventre gonflé qui donne beaucoup d'huile mais on peut aussi la confire, la *sauvage,* la reine des olives, peu d'huile mais d'excellente qualité, la *verdala,* petite, toute ronde. On était dans les mois d'élagage, février et mars, Giovanni trouvait les hommes grimpés dans les branches. Un olivier demandait une journée de travail afin de bien le préparer pour les pluies de printemps. Dans les moulins, on nettoyait le gras laissé par la pulpe. Il retrouva celui du bord du Paillon, là où ses lèvres pour la première et l'unique fois s'étaient jointes à celles de Catherine. Rien n'avait changé ni l'odeur ni le monumental pressoir. Le *déficié* le reconnut, lui offrit un verre de vin et lui demanda des nouvelles de la dame, Giovanni répondit qu'elle allait au mieux. Catherine appartenait à son ancienne vie, au chemin qui avait été le sien jusqu'à cette soirée de fin du monde qui l'avait conduit à la mort. Oui, il était bel et bien mort sur la Corniche. Mort l'amoureux traître à son amour, mort le possédé charnel de la princesse, mort aussi le moinillon fanatique capable de se livrer à des vilenies par ignorance. Dans le silence de la tombe de pierres suspendue au-dessus de la mer, dans l'épaisseur des limbes, Dieu s'était adressé à lui. Un autre Dieu que celui du couvent de Turin, un Dieu qui se moquait bien de la politique et peut-être de l'Église elle-même, un Dieu différent. Il n'était ni un appelé, ni un saint, ce qu'il avait perçu c'était un souffle, une rumeur lointaine qui lui disait que le ciel n'était pas seulement au ciel mais dans les profondeurs de la terre, dans les fruits de la terre, dans l'eau qui bruissait, dans tout ce charivari végétal qu'on appelle la Nature. Maintenant il lui fallait comprendre cela, l'aimer et le célébrer. Il n'avait plus de temps, plus de larmes pour pleurer l'amour à peine entrevu aussitôt perdu. Il préférait les oliviers tordus dans leur douleur éternelle, livrant sans broncher à chaque cueillette leur sang d'or.

Il partait des journées entières, n'emportant qu'un morceau de pain, du fromage et quelques olives. Il suivait le chemin qui descendait au Paillon, de là, soit à gué, soit par le pont de Saint-André ou par celui de Contes, il gagnait les collines qui bordaient l'autre fleuve, le majestueux Var. Il grimpait dans les vignes de Bellet, de Fabron, de Pessicart, de Magnan. En cette saison les vignes dressaient leurs bras décharnés et noirs, il les parcourait jusqu'à l'instant où il rencontrait une propriété. Là, il demandait la sorte de raisin que l'on cultivait et le vin que l'on en tirait. Il ne cherchait pas à goûter mais juste qu'on lui explique. On lui claquait la porte au nez. Plus loin, il recommençait et finissait toujours par trouver quelqu'un voulant bien lui répondre, c'était rarement le propriétaire mais l'un de ces hommes qui travaillaient sur le vignoble en toutes saisons, des êtres frustes, vieillis par le labeur, le froid, la chaleur, dormant dans des remises, mangeant en compagnie des ânes et des chiens. Ces hommes-là aimaient la vigne, ils en parlaient volontiers. De quoi auraient-ils pu parler d'autre ? Ils disaient la *claretta* en blanc, la *fuola* en noir, la *blancona* rousse, le *sauvaget* qui ne vaut rien en blanc, délicieux en noir, le *verlantin* en blanc, le *braquet* en noir, tant d'autres encore plantés sur ces terres arides depuis l'époque des Romains. Les ceps dévalaient le dos de la colline jusqu'au fleuve qui d'ici ressemblait à un mince lacet nonchalant se faufilant dans la plaine jusqu'à la mer couverte d'un voile d'argent. Giovanni n'écrivait qu'une fois rentré au Sanctuaire, il ne voulait pas effaroucher les paysans avec du papier et un crayon. Pourquoi notait-il tous ces noms, ces appellations, les olives, les raisins, l'huile, le vin ? il était bien incapable de l'expliquer, il savait seulement que cette énumération était indispensable à l'homme qui naissait en lui.

Le temps était venu, Don Conso confia un message pour Maria à un colporteur qui parcourait les vallées et se rendait à Nice chaque semaine. Le message était bref, le prêtre avait écrit un seul mot : « Venez ! »

Ses cheveux avaient poussé, son visage semblait calme et reposé. Il était entouré de fiches et d'herbes séchées, le pantalon de paysan lui allait bien ainsi que la veste de toile. Maria s'immobilisa sur le seuil de la chambre.

— Entrez, dit-il.

Elle s'assit au pied du lit, à l'endroit même où elle avait passé tant d'heures à veiller sur lui. Elle aurait aimé l'embrasser, au moins le toucher, lui effleurer la main. La table sur laquelle s'étalait l'amoncellement de plantes et d'écrits faisait barrière et encore plus cette façon de se tenir au garde-à-vous, bien raide bien droit. Elle tendit à Jean-Jacques le livre qu'elle avait décidé de lui offrir, après bien des hésitations. Il ne fit pas un geste. Maria demeura quelques instants interminables le livre à bout de bras, puis lentement elle le posa à côté d'elle.

— J'avais pensé, fit-elle, que cela vous intéresserait, c'est un ouvrage de M. de Chateaubriand : *le Génie du christianisme.* »

Elle aurait pu lui dire qu'elle l'aimait, qu'il y avait des années qu'elle l'attendait. Mais qui pouvait affirmer une chose pareille à un jeune homme si distant ? Même le livre n'avait pas obtenu l'effet escompté.

Maintenant il fallait parler ou partir, cet instant peuplé de deux histoires, de deux existences, de deux justifications contraires, pesait le poids d'une énorme pierre. La cloche sonnant les vêpres rompit la chape de gêne et de malaise. Don Conso tenait dans le désert des lieux à célébrer l'ensemble du rituel. On devait l'entendre de fort loin, des abîmes, des vallées aux cimes neigeuses, cette cloche imperturbable annonçant la présence de Dieu et de son servant. Personne ne venait, personne n'aurait eu l'idée de se rendre au Sanctuaire.

— Excusez-moi, fit Giovanni, le service m'appelle.

À l'église, Maria se plaça dans les derniers rangs. Comme il était sérieux, son fils. Elle le regardait accomplir les gestes de la cérémonie, se tournant tour à tour vers l'autel et vers les chaises vides. Elle admirait la fierté de chacun de ses mouvements, écoutait sa voix précise et chantante. Certainement il était loin d'être humble ou soumis, entre le Seigneur et lui, se déroulait un fil de complicité. « Mon fils croit comme les chrétiens des premiers âges. Saura-t-il me pardonner ? Tant de foi n'étouffera-t-elle pas le pardon ?

Don Conso s'éclipsa dès les vêpres achevées. Giovanni plia les habits sacerdotaux, moucha les chandelles, n'en laissant qu'une seule allumée aux pieds de la Madone. Dehors les oiseaux chantaient la venue du soir avec le même entrain et la même joie qu'ils avaient annoncé le lever du jour. Giovanni se dirigea vers une cabane qu'il avait aménagée sous les trois saules, en bordure du torrent. L'endroit était invisible depuis le chemin. Maria le suivit. À l'intérieur les derniers rayons du soleil filtraient à travers les rondins de bois, découpant l'espace en lames d'ombre et de lumière. Sur des étagères, soigneusement rangés, étiquetés, des olives disposées selon leur grosseur, des raisins, des figues séchées, des graines germées. Une odeur entêtante de sucre et de putrescence prenait à la gorge. Appuyée à l'établi qui occupait toute la longueur de la pièce, Maria parla comme on se libère :

— Votre père herborisait avec méthode, il partait dans les marécages du Var et dans les bois environnants, il ramenait des plantes étranges qu'il rangeait dans des grands herbiers, à chacune il fixait une étiquette, il inscrivait sa provenance, son nom en latin, le jour et l'heure où il l'avait cueillie, j'ai pu sauver l'un de ces herbiers. Je l'ouvre rarement, l'air frais précipite la décomposition des fleurs. Je suis heureuse que vous ayez le même goût.

— Je ne crois pas, se récria Giovanni. Je n'ai aucune caractéristique du botaniste, collectionner les herbes me paraît vain, mes recherches vont dans un tout autre sens.

Il plongea la main dans un ravier et prit une olive noire et ridée.

— Tenez cette olive, au mieux vous l'avalez, au pire vous la laissez se rider. Moi, je veux tout connaître d'elle, comment elle vient au monde, la texture du noyau, la tessiture de sa chair, la déclinaison de ses coloris, son épanouissement, son pourrissement. Ainsi de chaque fruit, pénétrer l'intérieur, tout comprendre, saisir la vie, l'essence de la vie, de la naissance à la mort. Nous ignorons encore les différents cycles de l'ordre naturel. Voyez, je n'ai aucun souci de collectionneur, ma préoccupation est scientifique, mais pas seulement je l'avoue, je veux percer le mystère non pour le détruire mais pour mieux le célébrer et l'aimer. Mon père se préoccupait-il de la présence divine dans une olive ?

— Votre père, répondit en souriant Maria, ce qui l'aurait intéressé dans une olive, c'est sa beauté, sa perfection, sa rondeur, son parfum, son goût, le bonheur qu'on peut ressentir tout simplement en la croquant.

Giovanni porta l'olive à sa bouche, cracha le noyau au creux de sa main, et l'avala.

— Moi aussi, madame.

Soudain le soleil disparut ne laissant subsister qu'une clarté laiteuse.

— Rentrons, fit Giovanni, il faut que je prépare le dîner.

— C'est vous qui vous en occupez ? demanda Maria, étonnée.

— Non jamais, madame, c'est en votre honneur.

Le dîner était composé d'une tourte aux herbes, des herbes étranges dont la plupart avaient résisté à la cuisson, les orties surtout. Don Conso servit le vin et trouva l'expérience intéressante. Le prêtre regardait Giovanni et Maria à tour de rôle, cherchant l'établissement d'un lien, d'un sentiment. Il ne trouva que l'expectative.

— C'est immangeable, commenta l'apprenti cuisinier, désolé.

— Pour un essai, je trouve cela réussi, souligna Maria.

— Pardonnez-moi, madame.

Maria ne put maîtriser son geste, elle se saisit de la main de son fils et la porta à ses lèvres. Don Conso retint son souffle.

— Quand repartez-vous madame ? fit Giovanni d'une voix étranglée.

— Demain matin. Mais pourrais-je quelquefois venir vous voir ?

— Quand vous voudrez. Je tâcherai de faire mieux.

— Laissez cela, intervint Don Conso. Je me réjouis d'avance de régaler Maria avec l'un de mes poulets élevés au blé noir.

Capitaine Martial Hureau
Armée du général Miollis
Rome

Madame Maria Tordo
Hôtel d'York
Nice
Département des Alpes-Maritimes
France

Oui, chère Maria, me voici à Rome, le destin et les ordres de l'Empereur ne m'ont pas choisi pour l'Espagne. Nous avons investi la Ville éternelle le 2 février et le général Miollis a fait braquer dix pièces d'artillerie sur le Quirinal. Nous enveloppons le Vatican et à mon avis il va se passer ici des événements, le pape parle, à voix basse, de l'excommunication de l'Empereur, traité d'antéchrist. Rome est une belle cité mais nous n'y sommes pas aimés, cela ne ressemble guère à Milan, le sentiment religieux ou plus exactement la mainmise de l'Église prédomine. Nous croisons chaque jour une foultitude de prêtres, du curé au cardinal, du noir à la pourpre. Je me sens mal ici. Mais en vérité où me sentirais-je bien ? Je pense à vous, voilà mon malheur, je monte à cheval, vous êtes à cheval, je me promène, je vous observe à mes côtés, vous m'accompagnez de façon incessante. Miollis, que j'ai connu durant la campagne d'Italie et qui est un homme d'honneur, aristocrate rallié à la République, se méfie de notre Empereur mais le sert honnêtement. Je crois qu'en son for intérieur, il cache une grande admiration et même de l'affection pour Sa Majesté mais, s'étant donné à la République, il refuse de se désengager. Bref, Miollis me dit, et cela me semble très idiot, que je suis amoureux. Pour moi l'amour est une notion vague et incertaine que nos écrivains ont placée sur le devant de la scène. Sur ce, Miollis me regarde et part à rire. Vous me manquez constamment, c'est le signe de mon attachement. Cela suffit ! Je ne vous aime pas bonnement comme un niais, j'apprécie votre courage, j'admire votre intelligence, votre beauté me damne, votre liberté de faire et de dire m'enchante et puis, dois-je le dire ? vous m'avez réchauffé le corps, vous avez désengourdi ma déjà vieille carcasse, même de nuit vous lui avez apporté le soleil, cette chaleur intime qui seule peut bouleverser une vie. Je ne sais si je dois vous en remercier ou m'en plaindre, me voilà donc désemparé dans les ruines du Colisée d'où me parviennent, le soir, des chuchotements d'amants qui profitent des ténèbres pour se livrer à ces ébats qui tant d'années m'ont paru vains et qu'en votre compagnie j'ai retrouvés dans toute leur splendide évidence.

Maria, Rome est loin de Notre-Dame-de-Laghet et de Nice, j'en ai le cœur brisé. Dans cette ville je ne sens que l'odeur de l'encens qui se propage hors des églises. Lorsque je pénètre dans un de ces lieux sombres où se flétrissent les fleurs, après avoir admiré les éternelles nativités et les lassantes descentes de croix, je m'assois au pied d'une colonne au plus profond de la bâtisse et je vous évoque, j'entends votre rire, je crois pouvoir caresser votre peau si douce, je m'en veux d'avoir refusé le bonheur, de m'être livré à une guerre perdue d'avance contre vous. Si j'avais la certitude de vous revoir, je saurais être patient, mais je suis lancé dans l'aventure avec notre Empereur, où nous conduira-t-elle ? Aujourd'hui le pape, demain… Il semble que l'écheveau soit sans fin, qu'à un conflit ne puissent succéder que d'autres combats, d'autres héroïsmes, d'autres souffrances, d'autres victimes, indéfiniment. Peut être est-ce l'ambiance de cette ville mais il me semble parfois apercevoir des nuages noirs alors que le ciel scintille d'un bleu limpide.

Avant de vous quitter il faut que je vous confie l'existence d'événements qui vont vous chagriner. Dans les jours qui ont précédé ce maudit bal où vous avez retrouvé Jean-Jacques par le plus grand des hasards ou par un caprice du destin, j'ai appris par des informateurs que votre fils avait fait la connaissance de Catherine. Un tendre lien s'est noué entre eux. Rien de grave, rassurez-vous. Je comptais vous en entretenir mais les événements ont retardé ma confidence. Les deux jeunes gens ignorent tout de leur parenté.

Lors de cette soirée, j'ai tenté mais en vain de soustraire votre fils au complot dans lequel imprudemment il s'était aventuré. Je ne pouvais prévoir la force des élans du cœur. Pauline a séduit Jean-Jacques et, ma foi je crois bien, l'a déniaisé. Repentant, amer et malheureux, l'amour a précipité le jeune homme sur le chemin de la Corniche, la suite vous la connaissez. Je regrette cet enchaînement de fatalités qui a failli lui coûter la vie. Dubouchage, qui m'en veut pour des raisons auxquelles vous n'êtes pas étrangère, a tiré les marrons du feu. Il s'est débarrassé de moi et tient dans sa main le banquier Arson qui appartenait au complot. D'un opposant le préfet va faire un féal, pour mieux cimenter l'affaire, il compte arranger une union entre Catherine et Pierre-Joseph, le fils du banquier. Je vous conseille d'accepter l'idée de ce mariage. En effet, Jean-Jacques un jour ou l'autre cherchera à retrouver Catherine. Et ce sera le drame. Évitez-le.

Adieu, Maria, pensez à moi.
Martial Hureau.

Ce sont d'abord les oiseaux qui, les premiers avertis, se sont tus. Tout à coup, l'air se met à frémir, les premiers étendards apparaissent sur le pont qui enjambe le torrent puis les croix et les bannières dorées surmontées de la figure du saint de la confrérie. Au milieu du long ruban d'enfants, de femmes et d'hommes, un immense Christ sur lequel le vent rabat des draperies rouges. La procession de la Trinité. Don Conso n'en dormait plus depuis plusieurs jours, les fidèles seront-ils là ? Le préfet donnera-t-il son autorisation ? Les gendarmes sont arrivés à six heures du matin, les premiers, discrètement. La procession n'est pas interdite, contrôlée seulement. Derrière les confréries des Pénitents, les blancs, les bleus, les rouges, se déploie la foule venue de Nice, de Saint-Pons, de Drap, de Peillon, de Sainte-Agnès, de Gorbio, de Tourrette, de Castagniers, d'Aspremont, ils ont marché toute la nuit en chantant. Ce sont des paysans, ils ont mis leurs habits du dimanche, l'unique paire de chaussures qui possède une semelle assez solide pour faire la route. Don Conso, aidé de deux prêtres, se tient à l'entrée du cloître revêtu du surplis et de l'étole. L'un des prêtres porte l'eau bénite, tous pourront se signer et prier. Tous n'entreront pas mais tous accompliront le tour du cloître en saluant la Madone et en chantant des hymnes et des psaumes. Don Conso est heureux, ils sont là, bien plus nombreux qu'avant ! Ils sont là, fiers de se montrer, d'étaler leur foi au soleil, d'oser afficher cette piété si longtemps interdite. Ils sont comme des enfants retrouvant leur mère. À la joie succèdent les larmes des femmes, l'émotion de retrouver l'éclatante lumière du tabernacle, la brillance des cierges, la litanie des chants qui accompagnent chaque pas, chaque geste les rendant plus forts, plus beaux. Elles se sont mises à genoux dans la poussière de l'été naissant, les enfants les tirent, les bousculent, elles ne voient rien d'autre que la Madone là-bas, si étincelante dans le chœur ténébreux du Sanctuaire. Chacune s'adresse à Notre-Dame, chacune croise son regard d'or, chacune exprime son vœu : la santé pour les enfants, la santé pour l'homme qui les nourrit, que le grand fils échappe à la conscription, qu'on ne l'envoie pas chez les sauvages de l'Est, sur le Rhin et même plus loin, lui qui ne parle pas un mot de français, lui qui n'a jamais quitté le village, qui n'a jamais rien vu d'autre que la montagne et parfois la mer… La Madone connaît tout ça par cœur. N'empêche elle sourit, ravie, c'est une telle foi qui monte jusqu'à elle, parmi les cris et les chants, dans la misère et les peurs, dans la pauvreté et la piété. Ces femmes et ces hommes ne sont rien, ne possèdent rien, elle connaît tout d'eux, l'heure de leur naissance, l'heure de leur mort. Ce sont des herbes, une forêt d'herbes qui chante l'amour et la puissance de la foi.

Seigneur ! quelle idée se faisait-il de la religion au fin fond du froid couvent de Turin ! Une religion désincarnée, un Dieu menaçant, éternellement courroucé, un Christ dépourvu de joie, souffrant au fil des siècles, une religion de prudents, de tièdes, de faux vertueux. Une Église tenue par des boutiquiers. Alors que oui ! la religion chante, danse, Dieu est dans l'infinie prière de la Nature, Dieu est au milieu de ces pèlerins sans offrande sinon leur chant, ces pèlerins dans leur costume des dimanches. Giovanni veut se fondre dans ce peuple de Dieu, se mêler à la foule. Il sourit et on lui répond, les jeunes filles le regardent, c'est l'heure du déjeuner, des sacs, des poches surgissent les saucissons, les jambons, la *porchetta*[1], les farcis, les œufs peints de couleurs vives comme le jour de Pâques. Le pain est celui de la sainte Croix, le *pan carita,* le pain que l'on trempe dans les haricots, dans les lentilles, dans les pois chiches. On mord dans la grosse tranche épaisse, ça dégouline, on se pourlèche. Les enfants dorment, tête dans le pré, les hommes, qui ont bu un peu de vin, clignent des yeux. On a fermé la porte de l'église. Don Conso est resté aux pieds de la Madone. Il n'y croyait pas. Il n'y croyait plus. Ils sont revenus. Il pleure. Il est si fatigué, si heureux. Giovanni le rejoint, s'agenouille, lui saisit la main. Don Conso troublé, ému, l'agrippe par l'épaule, le presse contre sa poitrine. Les deux hommes, emportés par leur élan, roulent sur le marbre de la sacristie :

— Putain mon fils, laisse échapper Don Conso, la vie…

— Oui, répond Giovanni, c'est beau.

Dans l'après-midi, les rosaires, les litanies, les hymnes ont accompagné les demandes de grâces. Le silence s'est fait à l'instant où Don Conso, les deux prêtres et Giovanni, légèrement en retrait, ont entonné le *Maria, Mater gracia, Maria miseri-*

1. Charcuterie d'origine piémontaise : porc grillé, farci d'abats, d'ail et d'herbes aromatiques : thym, laurier, sauge.

cordiae. Dans l'attente d'un miracle, d'une démonstration de la puissance divine, l'assistance s'est rangée des deux côtés de l'enceinte, les familles des enfants malades et les infirmes sont au pied de l'autel. La foule anxieuse suit la cérémonie, guettant l'évidence de la grâce. La chaleur est intenable, les parents portent les petits dans leurs bras. À la fin de la cérémonie le cortège se dirige vers le parvis noir de monde. On murmure, on chuchote, on s'interroge, le miracle a-t-il eu lieu ? Les chants retentissent à nouveau. Le soleil disparaît et c'est le reflux, le long chemin du retour. Dans la chapelle des fidèles ont apporté des ex-voto célébrant le sauvetage d'un pêcheur en mer, la chance d'un soldat frôlé par un boulet, l'enfant dont la mauvaise fièvre est tombée. Don Conso les recueille avec dévotion, plus tard il les installera.

Les gendarmes s'en vont, il ne s'est rien passé. Tout va bien. Le pas de leurs chevaux retentit dans la nuit, une belle nuit de juin étoilée et parfumée. Giovanni sait que bientôt lui aussi s'en ira, son cœur ne tremble plus. Sa décision est prise. Il se mêlera aux herbes, aux humbles herbes, il s'enfoncera dans leurs forêts pour mieux les comprendre, mieux les aimer. Il sera un épi sous le vent.

C'étaient déjà les grandes chaleurs, Maria avait peine à supporter son caraco et son jupon. Le cheval dormait en marchant, les abeilles le réveillaient, il les chassait par un va-et-vient de ses oreilles dressées. L'air avait un goût de miel, gluant il collait à la peau. La route montait, dépassé le petit bois, le Sanctuaire apparut dans une poussière de lumière aveuglante, nimbé d'une odeur de résine de pin. Maria mit pied à terre, elle accomplirait la fin du chemin en tenant le cheval par la bride. Soulager l'animal mais aussi retarder l'instant où elle se retrouverait face à face avec Jean-Jacques. De nouveau, elle avait la sensation que tout glissait entre ses mains.

La lettre de Hureau l'avait foudroyée. Éperdue elle avait marché, le long de la mer, une nuit entière. Elle longeait les villas depuis longtemps abandonnées par les Anglais, les jardins ensevelis sous la végétation. Elle suivait le chemin où tout avait commencé pour elle. Elle se revit allant offrir ses services à ce monsieur anglais nouvel arrivé. Elle l'avait aimé immédiatement. Tout avait commencé là par une matinée de printemps, le salon de la villa embaumait la cire, dehors les abeilles bourdonnaient. Il faisait chaud.

Cette nuit-là le long du chemin, son existence entière lui apparut, les miettes d'un bonheur à chaque fois arraché, conquis et finalement perdu comme si le rêve cédait le pas au cauchemar, comme si son cœur et son âme étaient faits pour le drame, la peur et la souffrance. Ce qu'on appelle un destin ou plutôt un sinistre engrenage qui allait l'obliger à laisser sa fille à un blanc-bec argenté pour lui éviter une folie d'amour avec son demi-frère. Où était la faute initiale qui menait à de tels tourments ? Aurait-elle dû rester à sa place végéter à l'ombre de Sainte-Réparate et ne jamais mettre le nez au soleil ? Révolution, Empire, esprit des lumières, qu'importe, la faute, le péché existent et ils sont plus forts que la liberté. Plus forts qu'une femme qui entend mener sa vie autrement qu'en esclavage.

Elle marierait Catherine au fils du banquier. Pourquoi pas après tout ? le préfet lui avait assez répété que le progrès allait avec l'argent. Elle marierait sa fille au progrès pour effacer le passé, le rendre définitivement caduc. Mais aujourd'hui, c'était le passé dont elle avait envie, de ce fils interdit, indécent, cet idiot amoureux fou des olives, des raisins et des figues. En lui, battait le sang du passé, le sang de l'Anglais, savait-il que chaque fruit analysé, chaque branche ramassée, chaque fleur séchée, chaque herbe étiquetée marquait la continuité avec son père ? Elle lui en avait fait la confidence mais de façon impromptue, insuffisante, ce matin en prenant la route elle savait que le moment était venu de raconter Benjamin à Jean-Jacques. Comprendrait-il ?

Don Conso coupait les branches mortes d'un noisetier, les manches de sa soutane retroussées, quand il aperçut Maria au débouché du chemin.

— Soyez la bienvenue ! s'exclama-t-il.

Maria se douta que l'ordre des choses était rompu avant même que le prêtre au sourire trop large, trop engageant lui avouât la nouvelle.

— Il est parti, dit-il. Je n'ai rien pu faire pour le retenir, un jour ou deux, le temps de vous prévenir. Venez, ne restons pas dans la fournaise.

La chambre de Jean-Jacques était vide, le matelas plié, la table et les chaises avaient disparu, la pièce avait retrouvé son aspect monacal d'antan.

Plus le moindre brin d'herbe, le moindre pétale de genêt pour témoigner que le jeune homme avait vécu et travaillé entre ces quatre murs gris.

— Il m'a prévenu en début de semaine, reprit Don Conso, qu'il voulait parcourir la Provence, la France entière, se livrer aux travaux des champs, découvrir les gens, partager leur labeur, leur peine, leur amour du travail. Comment aurais-je pu l'en dissuader? Je lui ai conseillé de vous attendre. En vain. Il a écrit ceci pour vous.

Don Conso sortit de sa poche un mot plié en quatre, légèrement froissé.

— Je vous laisse, fit-il.

Maria déplia la lettre, elle était courte.

Madame,

Un fils doit à sa mère le miracle inouï qu'est la vie. À vous, je la dois deux fois, je sais le soin que vous avez témoigné pour me sortir de l'état léthargique dans lequel je me trouvais après l'éboulement. Merci. Merci deux fois.

Madame, le monde m'appelle, je ne vous oublierai pas. Baisez les mains à Don Conso comme je l'ai fait. Il m'a tant donné.

Par ailleurs je crois savoir que vous logez dans votre hôtel une jeune fille dénommée Catherine, je l'ai peu connue, je n'aurai probablement pas l'occasion de la revoir, pouvez-vous lui remettre une missive de ma part? Don Conso vous la confiera.

Madame, je vous quitte sans amertume, je vous embrasse avec toute la piété d'un fils pour sa mère.

Giovanni

Maria resta un long moment assise sur le bord du sommier, aux deux coups légers frappés à la porte, elle se leva. Don Conso tenait un pli à la main. Maria s'en saisit comme si le papier brûlait et, précipitamment, le fit glisser dans son corsage.

— Merci mon père, je dois reprendre la route.

— À cette heure !

— C'est l'été, les nuits sont claires.

Don Conso la raccompagna jusqu'au portail.

— Votre fils a du courage, de la sagesse et de l'intelligence, c'est beaucoup de qualités pour un seul homme.

Maria se saisissait des mains du prêtre qu'elle embrassa longuement.

— Je vous en prie, chuchota Don Conso.

— J'accomplis le vœu de Jean-Jacques.

Le ciel brasillait d'étoiles, une nuit veloutée dans laquelle Maria s'enfonça, au pas lent du cheval.

Les noces de Catherine Tordo et de Pierre-Joseph Arson eurent lieu début juillet. Un grand bal fut organisé, auquel toute la population assista. Un feu d'artifice fut tiré sur la grève.

TROISIÈME PARTIE

1814

Les grands bois et les champs sont de vastes asiles,
Libres comme la mer autour des sombres îles.

ALFRED DE VIGNY

« Vive le Saint-Père ! *Viva il Santo Padre !* » Depuis la traversée du Var, la foule s'amassait, de plus en plus dense, au fur et à mesure que le cortège s'approchait de la ville. Les acclamations se gonflaient, se ruaient à l'assaut de la voiture, la faisaient vibrer toute chancelante sur la route caillouteuse. Les femmes se prosternaient, certaines se jetaient sur les roues et les embrassaient goulûment. La pluie se mit à tomber sans pour autant modérer l'élan de cette masse ondoyante dont les derniers rangs se trouvaient adossés à la mer. Les hommes ôtaient leur chapeau, genoux ployés, ivres de cet enthousiasme qui se nourrissait de cris. De l'intérieur de la voiture s'échappait une main sillonnée de veines bleues, la main bénissait puis disparaissait pour aller en faire autant de l'autre côté, tandis que le reste de la personne de Pie VII demeurait dans la profondeur de l'habitacle. Là, dans la presque nuit, il savourait son triomphe, lui le roseau qui avait tant plié, menti, signé et renié sa signature, lui le fétu blanc, l'Ogre ne l'avait pas avalé. L'Usurpateur, l'Antéchrist le renvoyait à Rome comme un colis encombrant, maintenant que les frontières de l'Est avaient cédé, maintenant que Buonaparte, pour la première fois, allait se battre sur le sol de France. Pie VII avait passé sept ans prisonnier à Fontainebleau, priant jour et nuit pour qu'enfin le monstre cède. Dieu l'avait entendu, lui le vieillard reclus. Ils arrivaient les Autrichiens, les Russes, les Prussiens, les saintes armées des enfants de Dieu. Jamais il ne s'était leurré sur le désastre final. La foi est une longue patience. Dieu finit toujours par reconnaître les siens. La main tremblait, elle était vermoulue, fripée, mais dans cette fin d'après-midi de février, c'était d'allégresse et de joie qu'elle frémissait.

Arrivé à la Croix de Marbre, là où la route se faisait plus étroite, le cortège s'immobilisa. La foule ressemblait à un champ de blé, les chevaux ne pouvaient plus avancer sans risquer d'écraser ces têtes qui se jetaient au-devant des poitrails. La garde nationale, qui normalement devait former la haie, s'était dissoute dans la marée humaine. L'escorte se réduisait à l'escadron de gendarmerie commandé par Hureau. Il avait prévenu Dubouchage par courrier porté par une estafette : « Pas de manifestation, le moins possible de liesse populaire. » Dubouchage avait laissé faire. Il était même venu en compagnie de l'évêque Colonna accueillir Pie VII, en grand apparat. Prudent le préfet, l'heure de la trahison n'avait pas encore sonné mais certainement celle de la désobéissance raisonnée.

Faire charger les hommes ? Impossible. Ils

n'étaient pas assez nombreux. Hureau maudissait cette mission. Oui, il la maudissait malgré la satisfaction qu'elle le ramenât à Nice pour la première fois depuis six ans. Que faire ? sinon se couler dans cette masse énorme, ce fourmillement de prières, ce *lamento* de pleurs et de cris. Soudain une voix s'éleva au-dessus de la rumeur, des prières, une voix partie d'on ne sait où, d'on ne sait qui, mais tous la perçurent parfaitement, tel l'ordre divin proclamé par un prophète : « Coupez les traits ! disait la voix, portons le Saint-Père sur nos épaules… » Il y eut comme une génuflexion d'assentiment, une houle de bonheur, un mugissement sourd s'échappant des poitrines et des gorges. Les gendarmes se replièrent de chaque côté de la voiture. Les chevaux de l'attelage prirent peur et se dressèrent en hennissant. Si on ne les dételait pas, la voiture n'allait pas tarder à verser. « Laissez faire », hurla Hureau à ses hommes. Mille mains se tendirent, happèrent les rênes, dénouèrent les cordons, les chevaux libérés s'écartèrent, renversant ceux qui s'accrochaient à leurs flancs. Une femme fut piétinée. Les chevaux fuirent en direction de la grève, les yeux hagards, la crinière flottante. La femme fut évacuée, les rangs se refermèrent, la voiture décapitée de son attelage ressemblait à une grosse caisse montée sur roues. Il y eut un moment de flottement, d'hésitation, puis les plus costauds bandèrent leurs muscles, des bras épais comme des troncs, des mains de bûcherons hissèrent la voiture. Elle se retrouva dans les airs, toute sa tripaille de ferraille et de bois surgissant à la lumière. Le pape sentit la terre le quitter, lançant ses bras squelettiques en avant à la recherche d'un appui, il s'arc-bouta à la banquette d'en face. Aidé par son aumônier, il retrouva l'équilibre, tandis que la voiture portée par une multitude d'épaules se balançait doucement dans la fumée des cierges et des torches. Des milliers de flammes formaient un immense tapis étincelant dont les derniers éclats se fondaient dans la mer. Hureau se tenait en arrière, laissant se déployer la procession d'où retentissaient le *Benedictus* et le *Laudate*. Cette ferveur était loin d'être improvisée comme on voulait le faire croire. Les élèves du séminaire en surplis brandissaient des bannières, le chapitre de la cathédrale en costume était venu à la rencontre du pape. À Beaucaire, à Aix, à Tourves, à Fréjus, partout des acclamations. Aimait-on tant le pape ? Ce prélat décrépit dont plus personne n'entendait parler depuis des années. Ce qu'on acclamait, ce n'était pas le chef de la chrétienté mais la résurgence d'un monde ancien que l'on sentait prêt à renaître de ses cendres. Jamais comme ici à Nice le sentiment ne s'était montré avec autant de force, de témérité, de mépris pour l'Empereur. La garde nationale participait à la liesse, le chapeau à la pointe des baïonnettes.

La pluie avait cessé, les étoiles apparurent au milieu de lourds nuages que le vent emportait en direction de l'est. La nuit donnait à cette liesse un aspect de fête païenne, une fête dont le vieillard recevait l'offrande avec une mine gourmande. Arrivé au Pont-Vieux, avant d'aborder la ruelle qui menait à Sainte-Réparate, on abandonna la voiture trop encombrante et l'on hissa la sainteté sur les épaules des hommes. La foule qui l'accompagnait se heurta à l'assemblée qui attendait sur le parvis de la cathédrale. Aux psaumes se mêlèrent les cris des femmes bousculées, des enfants piétinés. Le pape demanda qu'on le remette sur pied pour pénétrer dans la cathédrale dont le chœur ruisselant de lumière ressemblait à une fournaise vivante. Il s'avança au milieu des mains tendues tentant de toucher le bas de sa robe. D'un geste large, il fit signe aux adorateurs de lui laisser le passage. La cathédrale était pleine et tous ceux qui l'avaient hissé et porté durent se contenter des marches et des ruelles noires de monde. Les cloches, toutes les cloches de la ville sonnèrent au même instant. Le pape leva le front et, dans cette lumière de poudre et d'encens, quelques instants il eut la conviction d'être auréolé par la sainte gloire des cieux.

Maria, de la fenêtre de l'hôtel, aperçut la voiture du pape dont les sièges avant étaient occupés par de jeunes abbés, tandis que sur les brancards des enfants se suspendaient. Le cortège revenant de Sainte-Réparate mit un temps fou à traverser la place Impériale, l'ancienne place Sainte-Dominique, il fallait se frayer un chemin parmi la cohue. Des séminaristes dansaient, une bande de marins ivres jetaient leur bonnet en l'air. Des feux furent allumés. Une fumée de bois humide flottait sur la place, pénétrait dans l'hôtel. Maria avait ordonné de fermer toutes les portes, toutes les fenêtres, de soigneusement tirer les volets. À part Vincent et le personnel, elle était seule dans l'hôtel. Pas même un négociant en voyage d'affaires. D'ailleurs, on ne faisait plus d'affaires, on ne vendait plus on n'achetait plus. On attendait. L'unique fenêtre entrouverte était celle par où elle tentait d'apercevoir Hureau. Ce soir, tout à l'heure, il sera avec elle. Cela faisait plus de six ans ! À l'époque, il escortait le pape en sens inverse, de Rome à Savone et de Savone à Fontainebleau. Le capitaine l'avait serrée dans ses bras. Elle était restée avec son odeur sur ses lèvres. Longtemps elle se demanda si elle n'avait pas rêvé les deux bras l'enveloppant, la bouche se saisissant de la sienne puis ce brusque arrachement. Les cloches carillonnaient inlassablement. Le long du rivage, au pied du Château, des feux de Bengale jetaient des taches de couleur sur les ruines de la forteresse. Cette fête n'était pas la sienne. Elle se dirigea vers le miroir, alluma les lampes et les chandelles. Voir. Se voir. Elle passa la main sur son visage puis dans ses cheveux, des mèches blanches s'y trouvaient mais elle savait pouvoir encore les dérober. Elle se dressa, lissa son ventre et ses hanches. Rien n'avait changé. Rien sinon sur son visage la tristesse diffuse, une ombre qui marquait son territoire à partir des yeux. Et cela avait suffi pour éteindre la jeunesse. Maria s'en moquait, elle ne désirait pas conserver l'éternelle jeunesse. Elle aimait la fatigue que reflétait son regard, elle s'y reconnaissait, elle était cette femme grave, douloureuse mais toujours affamée dans son cœur. La vie était jouée, disait la raison, disait l'âge, la flamme en elle proclamait le contraire. Ce soir, dans le frémissement des cloches, des prières et des contritions, elle, l'impie, attendait un homme. Un homme dont la pensée la faisait vaciller de désir. N'était-ce pas ridicule, après tant de chasteté, de laisser le désir l'investir ? Il y avait de l'indécence dans sa faim de chair. Elle avait si froid, chaque nuit, toutes les nuits. « Mon Dieu, se dit-elle, j'ai tant payé l'amour par la solitude, combien de fois ne me suis-je pas réveillée en sursaut étonnée et accablée de vivre, de vivre encore pour des fantômes. » Elle ouvrit le tiroir où elle avait rangé les lettres de Hureau, cela ne faisait pas grand-chose six ans de vie une fois couchés sur le papier. Elles venaient de Rome, de Fontainebleau puis d'Espagne, de cette guerre affreuse où même les curés vous tiraient dans le dos. Chacune d'entre elles avait balisé le temps, lui apportant la preuve qu'elle existait toujours pour quelqu'un. Parfois il se passait plusieurs mois entre chaque lettre. Et puis la missive arrivait… il n'était pas mort ! D'une lettre à l'autre, c'était l'éternel questionnement, souvent elle s'arrêtait devant la préfecture, là où l'on affichait les enfants du pays morts pour l'Empire. Bien sûr, elle savait que le nom de Hureau ne pouvait y figurer, il n'était pas d'ici. Elle lisait ces noms, elle en connaissait quelques-uns, des fils de voisins, un colporteur, un charretier. Elle lisait et relisait sans pouvoir identifier l'idée de la mort, sa matérialité. Ce sourire, cette tignasse, ce petit gros, cet autre avec son air d'abruti, morts quelque part dans la neige, dans la glace. Les nouvelles avaient mis des mois pour parvenir, parcouru les distances et les saisons, l'annonce de celui mort de froid surgissait dans la chaleur étouffante du mois d'août, de son cadavre sans doute ne restait-il qu'un fragment d'uniforme mêlé à la boue. Elle imaginait Hureau emporté avec son cheval au courant de la Bérézina, de la Néva, du Rhin, du Danube, de la Bidassoa, tous ces fleuves qui charriaient autant de sang que d'eau. Elle chassait l'image. Elle rentrait en courant et écrivait pour effacer la vision macabre des centaines de lettres dont elle n'envoyait qu'une infime part, ce qui dominait c'était la consolation d'écrire, de tracer des lettres, elle se revoyait ânonnant l'alphabet sous la direction de Benjamin, tirant la langue pour former correctement les « a » et les « o », elle la tirait toujours, c'était devenu plus qu'une habitude, un tic. Elle écrivait des heures, elle oubliait le temps, elle relevait le défi de la mort. Elle écrivait à Hureau, à Jean-Jacques et même à Catherine, puis elle jetait les feuilles dans un vieux carton à chapeau. L'écriture lui avait ouvert les portes de la vie, aujourd'hui elle lui donnait la force de continuer.

« Je suis vieux, se dit Hureau. Ma carcasse en a pris un sacré coup en Espagne, et l'intérieur tout autant. Est-ce que la désillusion se lit à visage découvert ? Dans ce cas j'ai cent ans ce soir. » Il ralentit le pas, une faible lueur à la fenêtre du deuxième étage de l'hôtel. « Elle m'attend... » Il secoue le marteau du portail, un garçon d'écurie vient lui ouvrir. Il traverse la grande salle de restaurant plongée dans la nuit, il s'agrippe à la rampe d'escalier, les jambes lui manquent. Il grimpe lentement, une femme apparaît au second palier, la femme tient une chandelle dont la flamme se voile d'une écharpe dansante de fumée. Elle est face à lui, à une dizaine de marches. Il ne distingue que la silhouette, le visage et le reste du corps sont dans l'obscurité. Maria pousse un cri, la chandelle tournoie et verse sur les marches. Ils ne se voient plus, ils se frôlent, se hument, se reconnaissent, n'osent s'embrasser. Soudain Hureau la saisit, la soulève et, la tenant serrée, la porte dans la chambre. Du pied, il écrase la chandelle mourante. Ils sont au milieu de la pièce, incapables de parler. Maria pleure, Martial sèche ses larmes. Ils se boivent des yeux, s'abreuvent l'un de l'autre. « Beau, pense-t-elle, bien plus beau, la dureté, la sécheresse, le cynisme ont disparu, ils ont fait place à une humanité douloureuse, une tendresse terrible. » Il lui ferme les yeux de ses lèvres, se recule, la contemple. « Belle, belle comme ces femmes des peintures que j'ai vues en Espagne, fières, tragiques. Serait-il possible qu'une telle femme m'aime, m'aime pour de bon ? » Il enfouit son visage contre sa poitrine, ainsi sans la voir, avec l'odeur d'elle qui l'envahit et l'enivre, il peut y croire.

— Où sont les domestiques ?

— Partis assister au passage du pape. Votre Altesse.

Pauline frappe du pied, son visage se crispe, elle porte la main à sa poitrine décharnée.

— Je suis seule, tout le temps seule.

— Je suis là moi, chuchote Mme de Cavour.

Pauline ignore la remarque de sa dame d'honneur, elle se dirige à petits pas vers le lit qu'elle ne quitte plus depuis son arrivée à Nice. Les draps sont défaits, froissés, la pièce est envahie par la fumée de la cheminée qui tire mal.

— Ce bois n'est pas bon, je vous l'ai déjà dit, se plaint d'une voix épuisée la princesse.

— J'en ai commandé à Paris Votre Altesse. C'est une affaire de quelques jours, du bois bien sec.

— Quelques jours ! toujours quelques jours... Dans quelques jours je serai peut-être morte.

— Madame !

Pauline se couche, ramène les couvertures sur elle puis les repousse.

— J'ai chaud... Cavour venez là, approchez-vous. Vous savez que je vous aime, bien plus que cette garce de Chambeaudoin qui m'a volée. Ça, je m'en fiche, mais elle m'a trahie, trahie oui trahie, elle, comme les autres.

Emma de Cavour possède l'allure d'une gouvernante anglaise. Pauline, c'est son enfant, une enfant affreusement amaigrie, torturée de l'intérieur du ventre par on ne sait quelle bête immonde. Un jour de calme, huit de crises affreuses, chaque heure de douleur contribue à effacer le charme, les côtes sont apparentes, la chair se fripe, devient terne grisâtre. Blême le visage qui fut si éclatant, les joues évidées, le regard brillant d'une lumière fiévreuse.

La dame d'honneur s'assoit au pied du lit, tire les draps d'un geste qu'elle effectue mille fois par jour machinalement, Pauline les rejette et les chiffonne immédiatement.

— Emma, murmure la princesse, voulez-vous me promettre une chose, une chose très importante ?

Emma acquiesce, que va-t-elle encore lui faire promettre ? Dix promesses par jour, dix peurs affreuses, dix cauchemars qui la font hurler la nuit.

— Emma, reprend Pauline, promettez-moi qu'ils ne m'ouvriront pas le ventre… une fois que je serai…

— Taisez-vous, l'interrompt Emma, je vous interdis de songer à de telles horreurs.

— Oui, mais il paraît qu'ils le font, on me l'a dit, ils ouvrent, ils creusent, ils sortent les boyaux et puis ils les jettent. Ils ne le feront pas, n'est-ce pas, je suis une princesse !

Sa voix est craintive, apeurée, Mme de Cavour tend la main et lui caresse la joue.

— Calmez-vous, vous vivrez des années ma belle princesse.

— Non, je ne crois pas… alors tu me promets ?

— Je vous le jure Votre Altesse, ils ne toucheront pas à votre…

— Mon ventre, il est fait pour l'amour mon ventre, n'est-ce pas ?

— Oui, Votre Altesse.

— Un ventre pour l'amour…

Soudain, elle se redresse et se met à hurler :

— Toutes ces garces qui me jalousent, toutes ces putains qui se vendent pour une rente en faveur de leur cocu de mari me détestent, moi qui aime l'amour, qui aime le faire, oh oui ! Seigneur… peut-être que je ne le ferai plus jamais, que c'est tout empoisonné là-dedans. J'ai trop péché. Dieu me punit. C'est pour ça que je voulais voir Sa Sainteté. J'ai demandé que le cortège s'arrête devant la villa. Hureau a refusé. Refusé ! Plus personne n'obéit.

— Vous irez demain matin, madame, Sa Sainteté vous attend à dix heures à la préfecture.

— Oui, oui, ce capitaine de gendarmerie, Hureau, je le connais, il commandait l'escorte en 1807. Un bel homme. Je ne l'ai pas eu celui-là. J'ai dû oublier. Je crois qu'il a une histoire avec Maria, notre hôtesse. Ils sont beaux tous les deux. C'est bien. Il doit bien faire l'amour Hureau. Il est long et sec, ce sont les meilleurs à condition qu'ils ne soient pas trop rigides sinon ils cassent.

Pauline éclate de rire, s'étouffe. Emma, entre deux quintes, tapote le dos de la princesse.

— Il me faut un habit noir, Emma, pour demain.

— Nous allons en chercher un ensemble Votre Altesse.

— Oh, oui ! on va s'amuser, demande à la cuisine qu'ils nous préparent un dîner. J'ai faim, un dîner rien que pour nous deux.

Dehors des groupes, accrochés aux grilles de la villa, continuent de hurler : « Vive le pape… *Viva il papa…* » Certains brandissent le poing en direction des fenêtres de la demeure. Un orchestre se met à jouer, des hommes et des femmes se prennent le bras et forment la ronde. Un fifre roucoule et vibre, les jeunes filles font tourbillonner leurs jupons, les hommes tournent autour en levant les pieds très haut. La nuit est belle, on oublie les privations, on oublie la faim.

Pauline s'est recroquevillée dans son lit, les deux mains sur ses oreilles pour ne pas entendre.

— Ils nous narguent… pourquoi me détestent-ils ? Ils m'aimaient tant. Plus personne ne m'aime.

— Je vais chercher les robes ! s'exclame d'une voix enjouée Emma.

— Inutile, je suis fatiguée laissez-moi, vous choisirez celle que vous voudrez, aucune ne conviendra, elles n'ont pas été faites pour plaire à un pape, mais pour séduire les hommes. Mouchez les bougies avant de vous retirer, il y a trop de lumière ici… je vous rappellerai tout à l'heure.

Une fois la dame d'honneur sortie, Pauline s'extrait du lit et se dirige vers l'une des fenêtres, repousse légèrement les rideaux, se ménage une lucarne. La lune éclaire le jardin d'une lumière douce presque matinale. De l'autre côté des arbres et au-delà des danseurs, la mer ruisselle de millions d'éclats d'or. Tout cela est si beau, bien trop beau, Pauline pose son front brûlant contre le carreau. Pourquoi tant de beauté, tant de beauté indifférente ? Elle est venue pour guérir, pour que le soleil terrasse la douleur, mais le soleil ne fait rien, ni la mer, ni le ciel bleu, si bleu, rien, tout cela est inutile, finalement l'amour seul pourrait la guérir. Elle le sait. Mais à qui peut-elle se confier ? Certainement pas aux médecins, ces courtisans cauteleux qui la méprisent. Ils pensent que c'est bien fait. Elle le lit dans leur regard. À qui parler ? À Maria. Elle l'a découverte à son arrivée, souriante, affable, serviable sans être ni servile ni obséquieuse. Une femme intelligente façonnée par les tourments et les douleurs, cela se devine dans son sourire. Elles ont passé quelques soirées à s'entretenir, à se confier l'une à l'autre pour mieux détourner la souffrance, toutes les sortes de souffrance. Ce soir elle regrette qu'elle ne soit pas là. À l'heure qu'il est, elle doit se trouver dans les bras de Hureau. « Je ne suis pas jalouse, ce doit être extraordinaire de revoir un homme après six ans d'absence, moi qui les ai tous oubliés au bout de deux semaines. » Tous non. Il y a eu ce gamin qu'elle a déniaisé ici même dans cette chambre le soir du bal. Ce doit être un homme maintenant. Il était doux mais pas seulement doux, pur, oui c'est cela pur. « L'ai-je dévergondé ? J'espère que non, je l'ai fait avec tant d'amour, tant de tendresse. Il s'est sauvé. Il a couru sous la pluie, la nuit de l'éboulement. » Elle le revoyait, disparaissant dans la tempête. Elle avait beaucoup pleuré. C'était peut-être là le secret ! La pérennité inattendue de la mémoire. Elle se recouche. La nuit va être longue, interminable. Si elle n'avait si mal, elle aurait fait cueillir un de ces jeunes idiots qui levaient la patte devant la grille. Elle lui aurait appris autre chose que de crier : « Vive le pape. » Le pape… elle devait préparer sa confession. Ne rien oublier, que tout soit absous.

Giovanni avait pris le chemin de Laghet à la nuit tombante. La pluie ne le gênait pas, il s'était habitué à marcher par tous les temps. Ce qui l'inquiétait, c'était le hurlement des loups. Ils se rapprochaient de la ville, on en avait vu à Aspremont, à Tourrette, à Bellet, à Falicon. Un homme avait échappé à la mort de justesse, abandonnant un bras entre les crocs de la bête. La disette les poussait, la même disette qui décimait les hommes. Sur le passage du pape, un homme s'était effondré. Plusieurs mouraient ainsi chaque jour dans les rues. Les récoltes n'avaient pas été bonnes, les réquisitions militaires avaient ponctionné le reste. Les armées qui passaient se dirigeant ou revenant d'Italie ravageaient les greniers, épuisaient les réserves. Le Comté avait faim. Plus rien ne venait ni du Piémont ni du reste de la France, le blocus avec l'Angleterre assassinait le négoce, l'huile restait dans les jarres.

Sa quête incessante l'avait poussé à reprendre le chemin de cette ville qu'il détestait et aimait à la fois. Ici, plus que partout ailleurs, ses connaissances pouvaient être utiles. Mais à quoi bon vouloir se leurrer, autre chose l'attirait. Nice, pour son malheur, avait été le seul endroit où il s'était senti aimé. Depuis six ans il avait erré dans le désert, le désert des campagnes, le désert des sentiments. Il donnait on ne lui rendait rien. Il aidait dans les fermes, il tentait de mettre au point des techniques d'amélioration des cultures, on se méfiait. Quel était ce pèlerin d'un nouveau genre, la giberne pleine de pincettes et d'éprouvettes ? Un espion envoyé par les Anglais ? Un étranger avec un drôle d'accent. Il reprenait la route.

Un soir, épuisé, il eut envie de revoir Don Conso, plus qu'une envie, un besoin. Il était arrivé par la route, longeant la grande plaine marécageuse qui s'étendait à partir du Var. Il apercevait à travers le ciel gris les clochers dorés dominant la cité, à chacun de ses pas, ils semblaient changer de place comme de gros chiens jaunes surveillant à l'horizon l'étranger s'avançant. Dès qu'il rencontra la foule, il sut, le pape ! Il frémit, Pie VII, le souverain des âmes au nom duquel lui, misérable enfant perdu, avait été chargé d'une mission. Il se mêla à la foule, suivit le flot. Il voulait voir le vicaire de l'Église, l'homme vermoulu qui résistait de ses faibles forces au despotisme. Il marcha au pas lent du cortège et, soudain, il le vit pénétrer dans la cathédrale, cette même cathédrale où il avait passé tant d'heures en attente, dans l'espoir… il était si jeune. Le vieil homme se profilait dans la lumière des torches, de là où il se trouvait Giovanni crut reconnaître l'un de ces prélats poudrés qui rendaient visite au couvent de son enfance, lors de certaines fêtes carillonnées. Flottant dans l'espace tels des oiseaux au bec pincé, à la lèvre hautaine, jamais leur regard ne croisait celui des humbles qui se prosternaient sur leur passage. On ne voyait ni leurs pieds ni leurs jambes au-dessous de la robe, ils glissaient et disparaissaient laissant derrière eux un étrange parfum de bouquet fané. Il fendit l'assistance exaltée et sortit de la ville, le lourd silence de la nuit, la lune qui effleurait les massifs dominant la vallée du Paillon, la respiration apaisée du fleuve lui firent du bien. Le plain-chant du ciel, le bruissement des chênes verts, le martèlement régulier de son pas au milieu du chemin, il respirait. Il oubliait le petit homme mince pénétrant tel un seigneur dans la nef de la cathédrale. Soudain dans le ressac du vent, il entendit la plainte lugubre, elle venait d'un bosquet de pins, tache sombre ignorée par la lune. Giovanni ralentit le pas. Le loup l'avait entendu approcher. Il le guettait. Surtout ne pas s'arrêter, poursuivre la route comme si de rien n'était. Giovanni fumait peu, il jugea que c'était le moment ou jamais, il alluma une petite pipe en bruyère qu'un soir de mélancolie il s'était achetée dans une échoppe à la sortie du village de Cogolin. Il tira deux bouffées précipitées qui s'élevèrent tranquilles au-dessus de sa tête. Le loup fit retentir un hurlement qui le glaça, glaça la montagne tout entière. Le silence qui suivit ne se contentait plus d'être absence, il devenait solide, la peur coulait en dedans. Le chemin lui-même prenait une allure menaçante. La bête pouvait surgir d'un moment à l'autre. Elle avait flairé le pauvre bonhomme avec sa pipe. Elle le jaugeait, se déplaçait à la même vitesse que lui, s'arrêtant quand il s'arrêtait. Elle bondirait seulement après avoir étudié son coup. Giovanni se dit que sans couteau, sans arme aucune, il constituait une proie sans recours. Il se mit à chanter, la voix se cassa, ne s'exhala de ses lèvres qu'un filet expirant. Il fouilla ses poches et en sortit un briquet d'amadou. Dans ses pérégrinations il avait appris à reconnaître l'endroit propice pour allumer un feu, d'un seul coup d'œil déceler le bois sec sous l'humus. Il exécuta un mouvement rapide et se retrouva dans un épais taillis de ronces, il plongea la main sans prendre garde aux piquants, tâtonnant quelques instants avant de découvrir sous un amas des herbes sèches et des branches mortes. Il les rassembla, approcha le briquet et attendit. La flamme s'éleva, effilochée puis de plus en plus ample. Les brindilles craquaient, Giovanni aviva le foyer en y plongeant une souche humide qui après quelques hésitations s'embrasa. L'homme était dissimulé, la bête fit un pas en direction des fourrés quand la flamme s'en évada. Elle recula en poussant un jappement de jeune chiot. Le feu n'empêchait pas l'odeur de venir jusqu'à ses narines, elle se coucha en grognant, dépitée mais patiente. Malgré le foyer Giovanni sentait le froid le pénétrer jusqu'à l'os. Il ne fallait surtout pas qu'il s'engourdisse, sombre dans le sommeil. Il fouilla son sac et en sortit un livre à la couverture maculée de boue et de terre séchées, un livre qui avait connu la canicule et les pluies diluviennes, un livre cabossé par la route, les lectures répétées, aux lettres usées, certaines effacées. Il l'avait ouvert pour la première fois des semaines après son départ du Sanctuaire. Ce livre portait le souvenir de Maria. La solitude et l'ennui furent les plus forts, il lut une ligne au hasard puis des passages entiers, toujours dans le désordre. Il se laissait porter sans chercher à comprendre le sens profond. Lorsque cela devenait trop ardu, il sautait à autre chose. Le *Génie du christianisme* lui semblait un magnifique poème tantôt fulgurant tantôt mélancolique dont Dieu le Christ et la Nature étaient les protagonistes. Une épopée confuse aux phrases souples se nouant puis se dénouant, se noyant dans les nuages, serpentant dans les forêts mais toujours resurgissant pour mener le lecteur sur un tertre où il pouvait reprendre souffle, réfléchir et s'envoler à nouveau. À la fin du livre, le lecteur-voyageur s'apercevait que pas une seule fois il ne s'était intéressé en cours de route à la raison profonde d'un tel périple. Désormais il ne partait plus à l'aventure, il allait à son plaisir, sans perdre de temps : le livre s'ouvrait de lui-même aux pages désirées. Assis face au feu, il se mit à lire à haute voix. L'exercice le tiendrait éveillé et peut-être que l'assemblage des braises et de la lecture éloignerait la bête. Sa voix lui sembla éteinte, écrasée par l'immensité des lieux. Il n'en continua pas moins. Les lettres dansaient devant ses yeux brouillés par l'éclair mouvant de la flamme. « Un Espagnol des Florides nous a conté qu'ayant enlevé la couvée d'un crocodile, et la faisant emporter dans un panier par des Nègres, la femelle le suivit avec des cris pitoyables. On posa deux des petits à terre : la mère aussitôt se mit à les pousser avec ses mains et son museau ; tantôt se tenant derrière eux pour les défendre tantôt marchant à leur tête pour leur montrer le chemin. » Il égrenait les mots sans chercher une seconde à en assimiler le sens. Sa bouche était sèche, sa gorge brûlait. Les mots ne calmaient pas sa peur, rendaient encore plus étrange sa situation. Pensait-il que la maman crocodile allait pourfendre le loup mort de faim ? Sa main avait ouvert le livre à ce passage sur les animaux, les serpents, les éléphants, les crocodiles imbriqués dans une envolée lyrique. Il tourna les pages, il ne cherchait rien en particulier, se contentant de fuir les allusions aux animaux. La salive lui manquait, ses lèvres se gonflaient, les yeux le piquaient. Il lut : « On aimait à voir le gros if qui ne végétait plus que par son écorce, le pommier du presbytère, le haut gazon, les peupliers, l'ormeau des morts, et les buis, et les petites croix de consolation et de grâce. Au milieu des paisibles monuments, le temple villageois élevait sa tour surmontée de l'emblème rustique de la vigilance. On n'entendait dans ces lieux que le chant du rouge-gorge, et le bruit des brebis qui broutaient l'herbe de la tombe de leur ancien pasteur. »

Il reposa le livre, déploya son corps engourdi. Les bruits nocturnes de la forêt emplissaient à nouveau l'espace, craquements, course éperdue d'un rongeur, cri bref d'un oiseau de nuit. Du loup, plus rien. Veillait-il quelque part dans les fourrés ? Giovanni regarda tout autour de lui, la crainte lui serrait la poitrine. La bête était toujours là. Elle serait là jusqu'à l'aube, jusqu'à ce qu'il cède, que le sommeil le prenne. Il raviva le feu, se saisit du livre, en effeuilla les pages, ce simple geste suffit à faire surgir le visage de Maria, recommencé par autant de feuilles tournées comme dans une lanterne magique. Ce visage était celui de la première fois où il l'avait aperçue à son chevet, d'une beauté sombre, qui peu à peu s'illumina d'un sourire, qu'un voile de tristesse rendait intemporelle. Il serra le livre contre lui en s'avouant que le but de ce voyage n'était ni la recherche d'alimentation nouvelle pour remédier à la famine, ni même de se confier au doux Don Conso mais de revoir sa mère. Il eut honte de ce sentiment qu'il s'était si longtemps interdit. Il pensa au loup et se mit à la recherche de bois sec. Le matin était encore loin. Abandonnant Chateaubriand, il chanta des airs anciens des montagnes du Piémont, des comptines de son enfance. Il remarqua avec terreur que la réserve de bois s'épuisait. Il allait devoir rechercher des branchages. Sa voix s'éraillait. Bientôt ce serait la fin, plus de flamme, plus de chant. Derrière lui se trouvait un fossé menant à un vallon où devait sillonner un ruisseau bien qu'on ne l'entendît point. Il s'y jeta dévalant la pente sur le dos. Il avait vu juste l'eau était bien là, stagnante. Il respira doucement, se tenant le plus parfaitement immobile, la bouche seule émergeant des feuillages qui végétaient à la surface. L'eau noire et glaciale murmurait un *lamento* sinistre. Combien de temps pourrait-il tenir avant que le froid ne le paralyse ?

Le loup sentit que l'homme s'était déplacé. Il se redressa et huma le vent. Il se dirigea vers le fossé en évitant le feu mourant. Arrivé sur le talus, il s'immobilisa. L'homme n'était pas loin. Il fit plusieurs tours sur lui-même et soudainement poussa un long hurlement. Il fallait terroriser l'homme, l'obliger à sortir à découvert. Giovanni plongea la tête sous l'eau et tant que sa respiration le lui permit, se coula sous les rameaux d'une forêt engloutie. Il refit surface. Il avait à peine bougé. Le découragement le saisit, ses membres défaillirent. La bête devait sentir sa peur, ce suintement annonciateur que la curée était proche. Un râle s'échappait de ses poumons. Il allait mourir là, dévoré au fond d'un ravin. Il ferma les yeux, sa résistance s'émoussait. Je n'ai pas eu le temps de vivre, se répétait-il. Je n'ai pas eu le temps d'aimer. Dans un éclair fulgurant, il revit Catherine l'attendant sur la Corniche puis dansant au bal de la princesse. Dieu jouait avec son destin comme s'il voulait le mettre à l'épreuve sans cesse. Le sursis accordé une première fois trouverait sa résolution dans cette eau putride. Il s'ébroua. Debout, le courage lui revint. De l'autre côté la paroi s'élevait trop à pic pour songer à l'entreprendre, il ne lui restait que la pente qu'il venait de dévaler. Il n'hésita pas, si le loup l'attendait, il se battrait à mains nues. Il se hissa, grimpa sur les genoux, une fois sur le talus, il découvrit que sa dérive l'avait transporté loin du feu. Il en aperçut la faible lueur. Il se recroquevilla, la nuit semblait remplie de son souffle. Il décida de compter jusqu'à cent avant de reprendre sa route. Ce fut très long. Arrivé à cent, il se dirigea d'un pas normal, régulier, en direction du foyer, se baissa, s'empara du livre et de son sac. Alors il vit deux yeux rouges qui le guettaient, il donna un violent coup de pied dans les cendres pour les rallumer et entonna une prière. Il hurlait à tue-tête. Il hurla ainsi de longues minutes qui lui parurent des heures. Puis l'effort de prononcer des mots articulés devint impossible, alors il clama l'alphabet, des larmes de douleur et de rage dans la voix. Le loup attendait que l'homme cesse de hurler. Il ne cessait pas, ces sons inarticulés, ces étranges cris de guerre constituaient une menace. Il s'éloigna, hésitant encore, mais à la première lueur de l'aube il prit le parti de s'enfoncer dans la montagne. Les cris de l'homme le poursuivirent longtemps.

Le jour venu, Giovanni s'écroula, abasourdi, il avait tenu tant qu'il avait pu. Il rêvait de soleil et de chaleur. Il se réveilla, ce n'était pas un rêve, le soleil brillait, il faisait chaud.

Catherine virevolte au milieu de ces hommes d'âge mûr réunis dans le grand salon de l'hôtel particulier de son beau-père. Elle sert les alcools et le thé. Il y a là, intimement mêlés, le maire, Caissotti de Roubion, le notaire Tiranty, les anciens conventionnels Massard, Joseph Dabray, Hilarion Spitalieri de Cessole, les royalistes Barthélemy Tonduti de l'Escarène, Eugène Spitalieri de Cessole, le frère de l'autre, le négociant Toselli. Si on se retrouve chez les Arson à la fin d'une journée si mémorable, le pape dormant à la préfecture, c'est que le moment est venu de réfléchir à l'avenir. Oh, ils y pensent, cela fait un moment, très exactement depuis le désastre de la campagne de Russie. Le commencement de la fin. Ces hommes que tout sépare, jacobins et fervents du royaume de Piémont-Sardaigne, s'apprêtent à se disputer le Comté, dépouille de l'Empire.

— Si je comprends bien, grogne Dabray, réfugié derrière le piano à queue, il va nous rester à choisir entre deux rois, le Français ou le Piémontais. La République passe aux oubliettes.

— Nous n'y pouvons rien ! s'exclame Tonduti. C'est l'affaire des Français, il m'étonnerait qu'ils se rallient à la République, ils en ont soupé de votre République.

— Moi, je parle d'une république du Comté, précise Dabray.

L'assemblée se récrie.

— Assez de balivernes, il n'y a jamais eu l'ombre d'une république niçoise, s'emporte le maire.

— Je sais, sourit Dabray de cet air narquois qui fait que même ses amis s'en méfient. J'étais là quand nous nous sommes donnés à la République française comme une jeune fille le soir de ses épousailles. Naïve et ignorante. L'Empire déchu, instaurons la république, nous négocierons ensuite avec la France et le Piémont.

— Foutaise, intervient le notaire Tiranty affalé dans un fauteuil dont son ventre déborde. Si la royauté est rétablie en France, tant mieux, nous deviendrons des sujets de Louis XVIII.

— Vous avez tort de vous enchanter pareillement, ironise le long Barthélemy Tonduti, il est fort à craindre que la royauté française exige que les biens réquisitionnés dont vous avez si largement profité soient rendus à leurs propriétaires. Mais là n'est pas notre affaire, nous Niçois nous avons un souverain, il s'appelle Victor-Emmanuel, nous devons lui retourner. La mascarade est terminée.

Le banquier Arson se demande bien pourquoi

il a tenu à rassembler ces gens que tout divise, rien ne peut sortir de fructueux d'une telle réunion. Son idée à lui, c'est la royauté, plutôt Louis XVIII que Victor-Emmanuel mais après tout... ce roi sera comme neuf, heureux de retrouver ses terres et sans doute plein d'enthousiasme. Il aura besoin d'un argentier sur la place, et cet argentier ce sera lui. Ouf ! la fin de cette calamité qui empêche de commercer. L'Empire n'a enrichi que les maréchaux certainement pas les banquiers. Il est temps que les choses redeviennent normales.

— Messieurs, dit-il, ne préjugeons de rien, l'Empereur n'a peut-être pas dit son dernier mot. Avec ce diable d'homme, l'incroyable est toujours possible.

— Il sera écrasé ! s'exclame Eugène de Cessole, comme ceci !

L'homme presse ses deux mains l'une contre l'autre, tandis que du regard il cherche son frère, son ennemi intime. L'esprit de pardon n'habite pas cet ancien officier des troupes sardes devenu prêtre deux ans auparavant.

Hilarion, aussi rond que son frère Eugène est sec, préfère ne pas répondre à la provocation. Il a servi avec Masséna avant de devenir juge au tribunal. Depuis quelques jours, il ne dort plus, que sera l'avenir ? Allait-on assister à une sorte de contre-révolution fomentée par des fanatiques comme son frère ?

— Ce qu'il faut, assure le maire Caissotti de Roubion, c'est prendre nos distances avec le préfet.

— Il paraît qu'il ne reçoit plus aucun ordre de Paris, lance Tonduti.

— On m'assure, dit Tiranty, qu'il est tout dévoué d'avance aux Bourbons.

— C'est un noble tout de même, lâche avec hauteur Eugène de Cessole.

— En effet, il ne peut pas être tout à fait mauvais, ricane Dabray. Messieurs je trouve cette assemblée, d'une part prématurée et, d'autre part, en ce qui me concerne, factieuse. J'entends ici des choses qu'un républicain ne devrait pas entendre sinon pour les dénoncer. Aussi permettez-moi de me retirer. Je n'aime pas Napoléon, c'est un fait, mais je crains encore plus ceux qui vont lui succéder. Nous voilà revenus aux temps obscurs.

Sur ces mots, après un salut à la cantonade, il se retire. Catherine, en bonne hôtesse, le raccompagne jusqu'au perron.

— Ces réunions doivent vous ennuyer ?

— Parfois, je l'avoue.

— Oui, grogne Dabray, plus pour lui-même que pour la jeune femme, l'avenir n'est pas gai.

Catherine ne s'ennuyait pas seulement lors des soirées politiques. Elle s'ennuyait tout le temps. Son mari, Pierre-Joseph, s'était rapidement révélé un vieil enfant sous la complète domination de son père. Son rôle dans la banque équivalait à zéro. Pierre-Joseph ne faisait rien. Il n'aimait rien, ni les voyages ni la société ni la politique. Son seul intérêt, rester enfermé des heures à lire des traités de sciences occultes et de magie. Pierre-Joseph vivait dans les étoiles. Catherine lui avait proposé de faire un voyage à Paris. « Pourquoi ? » s'était-il étonné. L'incongruité du vœu de sa femme l'avait laissé sans voix. Ils n'allèrent pas à Paris. Il n'allèrent nulle part. Catherine détesta quelque temps son mari puis jugea plus reposant de le mépriser. Le monde qui s'écroulait, l'Empire fracassé redonnait l'espoir à la jeune femme, enfin il se passait quelque chose. D'une façon ou d'une autre, elle comptait bien vivre. Vivre enfin ! Elle comprenait sa mère qui avait couru les routes. Ah, qu'il vienne celui qui l'enlèverait, militaire ou autre ! Elle le suivrait immédiatement. Son banquier n'ayant pas été capable de lui faire un enfant, elle se sentait libre. Pierre-Joseph pas plus dans ce domaine qu'en toute chose ne se montrait brillant. L'accomplissement du devoir, la formule consacrée semblait à la jeune femme n'avoir jamais mieux convenu.

La soirée se termina fort tard, chacun avait avancé ses pions. Prudemment. Suffisamment pour marquer sa place. Catherine raccompagna chacun des invités, embrassa son beau-père en se disant que son époux dormait certainement, ce qui lui éviterait une corvée.

Maria repoussa les draps, Hureau dormait encore, elle regarda ce visage où la barbe avait poussé, le beau visage d'un homme épuisé par les aventures, les désillusions, les épreuves, un homme que seuls le courage et la ténacité d'aller au bout tenaient encore. Ils s'étaient aimés précautionneusement, il avait fallu se redécouvrir, eux qui se connaissaient à peine, oublier la honte de la nudité, du temps passé sur les corps. Bientôt, pensait Maria, nous serons de vieux amants avant même d'avoir été amants. Cette nuit n'avait été qu'une succession de tendresse, d'étreintes furtives comme si chacun craignait de brusquer l'autre, s'interdisant la passion par peur du ridicule dans les yeux du partenaire. Fallait-il qu'elle le réveille ? Il devait avoir tant de sommeil en retard, toute une existence. Une seule fois, lui arrivera-t-il de ne pas la quitter au matin ? Une seule fois, passer une journée ensemble, parlant peu, s'éblouissant l'un l'autre. Était-il trop tard pour pareil bonheur ? Elle fit sa toilette puis s'approcha du lit, elle vit qu'il la regardait en souriant.

— Je supporte la lumière ? fit-elle en l'embrassant.

Il la serra contre lui et répondit par un hochement de tête. Ils roulèrent sur l'oreiller, se retrouvèrent face au bleu du ciel, un bleu limpide sans une ombre, sans le moindre nuage. Ils restèrent un moment silencieux.

— À quoi sert tant de beauté, murmura Maria, si vous devez toujours partir, c'est injuste ?

— J'ai vu de tels ciels en Espagne, répondit Hureau, des cerisiers en fleur, des parfums suaves, le bonheur, le goût du bonheur, puis au coin d'un chemin nous retrouvions des nôtres crucifiés, un peu plus loin des membres arrachés, accrochés le long des murets parmi les haies en fleurs.

— Pourquoi de telles horreurs ? frémit Maria.

Hureau haussa les épaules.

— Le fanatisme… Je déteste ce vieillard doucereux si frêle, si fragile, que je dois ramener dans sa tanière. Aucune goutte de sang n'a jamais souillé ses mains, d'autres le font pour lui, du moins en son nom.

Maria protesta :

— Le Christ ce n'est pas cela, la religion non plus.

— Je ne sais pas, bougonna Hureau, ce que je sais c'est que ce peut être cela.

Il se redressa, embrassa Maria.

— Pardon de vous attrister avant mon départ.

— J'ai l'habitude, répondit Maria.

— De quoi ?

— De vos départs, cette fois me faudra-t-il attendre six ans avant de vous revoir ? Je vous préviens, dans six ans je serai l'une de ces femmes en noir que plus personne ne songe à regarder.

Il enfila son uniforme, attacha son sabre, releva le col de sa chemise, ses bottes claquèrent sur le plancher.

— Non Maria, cette fois je serai de retour plus vite, l'épopée touche à sa fin.

— Pourquoi l'Empereur perdrait-il cette guerre, lui qui les a toutes gagnées ? C'est impossible !

Hureau s'approcha de la fenêtre, huma l'air acidulé du matin.

— La trahison est partout, ils ont senti la bête touchée, blessée, ils vont se ruer à la curée. Avez-vous vu hier ce déferlement d'enthousiasme ? Le peuple ne souhaite plus la gloire, il veut la paix et qu'on lui parle de vie éternelle.

— Eh bien tant mieux, s'exclama Maria, si cela vous ramène auprès de moi !

— Aimeriez-vous un vaincu ? J'en doute. L'amour ne fait pas bon ménage avec la défaite.

Maria se précipita au cou du capitaine.

— Nous n'avons plus le temps de nous poser toutes ces questions.

Hureau la fit tournoyer autour de lui.

— Je reviendrai, murmura-t-il à son oreille.

— Je vous attendrai, mais faites vite le temps joue contre nous.

Elle le vit traverser la place Impériale, avant de disparaître il se retourna fit un geste de la main. Elle répondit en lui lançant un baiser. Seule, encore seule... Elle poussa un gémissement et s'effondra sur le lit froissé qui conservait le creux laissé par le capitaine. Elle s'y coula, tentant d'en capter l'ultime trace de chaleur.

Il fait beau, le vent déplace à peine le pavillon de la princesse hissé en haut du mât. Les rameurs peinent, la grosse barque glisse en direction d'Antibes, entourée d'embarcations légères. Les remparts de la cité se profilent tandis que le fort Carré, noyé dans une brume de chaleur, ressemble à la citadelle oubliée d'un roi mort. La princesse a voulu revoir la demeure où elle a passé une partie de son adolescence. Le préfet en grand uniforme tient son chapeau d'une main. Il a refusé de s'asseoir. Peut-être a-t-il le mal de mer? Pauline aujourd'hui se sent bien, pas une seule de ces crises qui la font se tordre de douleur. Son ventre la laisse en paix. Elle ferme les yeux, goûte le vent, les senteurs qui viennent de la terre, les odeurs du printemps, les bouffées de fleurs sauvages, le serpolet, le fenouil, l'origan, la mauve qui peuplent les collines, parcourent les vallées et viennent parfumer la mer. À côté de la princesse, Mme de Cavour dort, elle a tant de nuits sans sommeil. Maria est assise aux pieds de Pauline, la princesse a insisté pour que sa nouvelle amie l'accompagne dans cette escapade à la recherche du bonheur évanoui. Autant Maria estimait peu l'astre éblouissant, autant la femme malade, apeurée, éveille chez elle un sentiment de tendresse. Sans se l'être avoué les deux femmes partagent la même peur de l'avenir. Toute la contrée est figée dans l'absence, absence de nouvelles de Paris, de nouvelles des armées, de nouvelles de l'Empereur. La guerre coupe la France en deux, pour se rendre à Nice un messager doit faire le détour par Bordeaux, un détour si grand qu'aucun ne l'entreprend. La princesse attend, le préfet attend, Maria attend, le bateau glisse, les rameurs entament un chant où il est question d'une jeune fille dont l'amant est parti à la guerre. L'attente est la même, les espoirs différents. Pauline attend son frère victorieux et que la fête recommence, Marie attend la victoire et le retour promis de Hureau. Le préfet, lui, qu'attend-il ? Et tous ces visages croisés au moment de l'embarquement qui saluaient la princesse, qu'attendaient-ils ? La fin ? Le changement ? La paix ! Le premier coup de canon en l'honneur de Son Altesse retentit. Elle se redresse, dans la lumière de perle de fin d'après-midi, le soleil dans les cheveux, telle Cléopâtre pénétrant dans le port d'Alexandrie. Le commandant de la garnison vient au-devant de la princesse. Un homme dans la quarantaine, éblouissant dans son uniforme. Un valeureux que les guerres ont épargné, peut-être oublié, il commande la garnison d'Antibes. Aucun ennemi n'est en vue. Pauline pose la main sur son poignet, elle sourit, le commandant fond, les hommes présentent les armes, le deuxième coup de canon fait frissonner les enfants venus jeter des fleurs aux pieds de l'altesse. Le commandant fait quelques pas, Pauline toujours appuyée à son poignet, c'est le plus grand, le plus beau jour de son existence, de toute sa carrière, il lui restera la gloire de cette main impériale posée sur son poignet. La demeure du commandant possède vue sur le port et la mer. Les invités gagnent la cour d'honneur. On boit du champagne, le maire prononce un discours que personne n'écoute, le canon continue de tonner. Vingt et un coups. Le commandant a bien fait les choses. Il a entendu parler de l'amour de Pauline pour les bains, les appartements sont chauffés.

À l'étage, la princesse se précipite à la fenêtre, l'ouvre en grand, une traînée partage le ciel, rouge à l'ouest, vert du côté de l'Italie. Une lumière dorée s'éteint doucement sur les remparts, des oiseaux noirs filent au-dessus des toits. La nuit arrive...

— Regarde, s'exclame Pauline en se saisissant du bras de Maria, comme c'est beau, beau à pleurer ! Oh, Maria ! si je partais là, à ce moment même, dans tes bras, dans ce paysage, je crois que je mourrais tranquille.

— Meurt-on jamais tranquille Votre Altesse ?

Après un silence, Pauline referme lentement la croisée.

— Maria dis-moi, es-tu amoureuse ? Je suis curieuse. Tu es si, comment dire, étrange, non ce n'est pas ce que je voulais dire, si réservée, oui c'est cela, réservée.

Maria ne cherche pas à se dérober.

— Oui, Altesse, vous jugerez peut-être que c'est bien tard mais je le reconnais, je suis amoureuse.

Mutine, Pauline s'approche de Maria.

— Qui est-ce ? Je le connais ?

— Oui, Altesse, il s'agit du capitaine Hureau. Il dirigeait l'escorte lors de votre premier séjour à Nice.

— Oui, oui, Hureau...

Pauline se tait, le soir assombrit la pièce où le lit, sur un piédestal, ressemble à un tabernacle. Mme de Cavour, silencieusement, allume les bougies.

— Hureau, reprend Pauline, bien sûr c'est un bel homme, il me plaisait à moi aussi mais rien, pas ça...

Et ce disant elle fait claquer l'ongle de son pouce contre ses dents.

— As-tu connu d'autres amours ?

— Il y en a eu un autre, il est mort.

— Tu penses souvent à lui ?

— Tout le temps.

Pauline s'installe à la coiffeuse tandis que Mme de Cavour s'approche avec les peignes et les brosses.

— Tout le temps dis-tu ? Comment est-ce possible, est-ce cela l'amour, la mémoire ? Seigneur ! j'ai manqué de mémoire. Sais-tu que l'autre jour quand je me suis confessée au pape, arrivée devant lui je ne trouvais rien à lui dire. Il était là, la main devant les yeux, moi à genoux : « Je vous écoute », me dit-il. J'étais sans voix, sans souvenir, sans remords, sans regret, plus rien... j'ai balbutié... Il m'a regardée. Je tremblais, oh, comme je tremblais. Il s'est redressé, j'étais toujours à genoux. Il a tendu les mains pour m'aider à me relever. Je n'osais pas les saisir. Il avait les mains glacées... À un moment nos deux visages se sont rapprochés, il se baissait, je me relevais. Quand je fus très près, presque à le toucher, il a murmuré à mon oreille : « Ayez du courage... toutes les persécutions auront une fin. » Je n'ai pas compris, de quelles persécutions voulait-il parler ? J'ai fait la génuflexion et je suis sortie à reculons. Je ne dirai rien de cette entrevue à Napoléon, il me gronderait. J'aurais dû confesser mes péchés au lieu de rester muette.

Maria croise le regard de la princesse dans le miroir de la coiffeuse.

— Peut-être n'avez-vous pas de péchés à vous faire pardonner ?

— Oh, si !

— Oui, mais vous les avez oubliés, cela revient au même.

— Tu en es sûre Maria ?

— Sûre, Votre Altesse.

Pauline se jette dans les bras de Maria, l'embrasse, comme un enfant à qui on vient d'annoncer que la punition est levée. Mme de Cavour, en reprenant ses peignes et ses brosses, soupire :

— Pitié, il va falloir que je recommence tout...

Le dîner fut somptueux, à croire que les restrictions et la disette sévissaient dans un autre univers. Les convives souriaient, évitant d'évoquer la guerre, les alliés occupant une partie du territoire. Maria saisissait parfois un sourire ironique derrière les propos de quelques notables empesés, des lueurs d'inquiétude dans les regards des militaires. Le commandant, lui, continuait de savourer le plus beau jour de sa vie. Dubouchage jouait au sphinx, silencieux, concentré, il parlait à peine et mangeait peu. À l'instant d'ouvrir le bal, il fit valoir un rhumatisme terrible, sans doute contracté lors de la traversée en mer. Le commandant dut s'exécuter. Pauline se glissa entre ses bras, l'homme possédait une belle envergure, des bras forts et musclés. Elle eut envie de lui, une envie furieuse, irrésistible. Après tout ce soir elle n'avait pas mal. Les médecins lui interdisaient toute relation intime. Pour combien de temps ? Pas toute la vie ? Elle valsa, elle tournoya, le commandant dansait mal mais il la pressait si fort, sa poitrine était si large, elle enfouit son visage dans le baudrier, huma un parfum d'ambre et faillit en vaciller. Quand la musique s'arrêta, les jambes lui manquèrent. Elle s'accrocha à Maria.

— Retiens-moi, il me plaît, je le veux, je le veux…

— Non princesse, vous savez bien que c'est impossible, prenez un peu de liqueur.

— Je m'en fiche de la liqueur, c'est un homme qu'il me faut.

Maria posa son bras sur les épaules de la princesse et la tint serrée. L'assemblée, stupéfaite, regardait cette femme sans titre, inconnue de la plupart, enlacer l'altesse.

La salle, debout, s'inclina devant l'étrange couple. Le préfet et le commandant suivaient à quelques pas. Avant de prendre congé d'eux, Pauline leur confirma son désir de se rendre le lendemain sur les lieux de sa jeunesse, l'époque où le général d'artillerie Buonaparte tenait garnison.

— Faites préparer une collation, lança-t-elle dans un sourire. Rien que du froid.

Le commandant et le préfet s'inclinèrent.

La princesse quitta le bal appuyée sur Maria.

Une fois de l'autre côté de la porte, Pauline se mit à trembler.

— Je ne veux pas dormir seule…

Elle éclata en sanglots.

— Je dormirai à vos côtés, Votre Altesse.

Mme de Cavour attendait au pied de l'immense lit, une tasse de chocolat chaud à la main.

Le commandant ouvrait la marche, il transpirait sous le soleil de midi, suivi de Dubouchage qui prenait garde de ne pas rester coincé dans les mauvaises herbes. De petits paysans regardaient de loin cet étrange convoi, avançant sur leur terrain de jeu habituel, les dames en vert et en rose, les hommes en noir et en doré, leurs pieds finement chaussés foulant les feuilles desséchées de l'automne passé. Pauline portait une tunique rose flottante et courte qui la faisait ressembler à une écolière. La brume s'était complètement levée, révélant un ciel d'un bleu parfait sur lequel les sommets des montagnes lointaines se profilaient avec une telle intensité qu'ils en paraissaient à portée de la main. Le chemin montait, les robes s'accrochaient, les rires fusaient, les militaires tenaient les paniers à provisions, des seaux remplis de glace et de bouteilles, enfin apparut la maison, une grande bastide vétuste, une de ces fermes du XVIIe siècle aux murs épais pour empêcher aussi bien le froid que la chaleur de pénétrer. Pauline s'immobilisa, il y eut un instant de silence, la princesse se mit à courir, elle traversa le jardin, le terre-plein et ne s'arrêta qu'au pied de la terrasse. Un homme s'avança, tenant son chapeau à la main, son visage labouré par le soleil, ses gros doigts entaillés, ses bras sur lesquels se lisait la démarcation de la chemise annonçaient le paysan aussi massif et noueux qu'un olivier.

— M. Baptiste ! s'écria Pauline.

Elle s'accrocha au cou de l'homme qui n'osa bouger. Deux grosses larmes se perdirent dans les sillons tortueux de son visage. Lentement, il referma ses bras sur le corps frêle de la princesse. Pauline, émue, se tourna en direction de l'assemblée.

— M. Baptiste, s'écria-t-elle, notre voisin.

Elle ne put continuer… Elle se revoyait, nimbée par le soleil, le visage barbouillé par le sucre des figues fraîches, insolente, belle, jeune, si jeune… M. Baptiste courait en vain derrière elle : « Mes figues, mes figues… » Elle se réfugiait dans le foin de la remise. M. Baptiste pouvait la chercher, remuer toute la poussière de la terre, hurler et tempêter, il ne la trouverait jamais. À l'époque elle se moquait de lui, elle se moquait de la terre entière, sauf de son grand frère qui la grondait, mais ce n'était qu'un jeu.

— Monsieur Baptiste, monsieur Baptiste.

Il y avait tant de regret, de tendresse dans sa façon de prononcer ce nom qui lui était revenu du fond de la mémoire.

— Ce n'est pas encore l'époque des figues mais j'en ai des séchées de l'été dernier, pleines de sucre… j'ai pensé à vous.

La voix chaude et grave de M. Baptiste, inchangée ou si peu…

— Oh, oui des figues !

Pauline dansait de joie. Les pièces se succédaient, toutes semblables, vides, monotones, poussiéreuses, seule l'inclinaison du soleil changeait l'atmosphère tantôt lumineuse, tantôt obscure. Pauline poussait des cris de surprise, elle reconnaissait la chambre de sa mère, le petit cabinet attenant où elle avait son lit, de l'autre côté du couloir se trouvait la chambre de ses sœurs. À l'étage supérieur elle s'exclama :

— La chambre de mon frère, de Napoléon puis, après une hésitation : de l'Empereur. Il couchait là quand il venait nous surprendre, il passait deux jours avec nous. Comme il nous aimait...

Pressée dans le couloir étroit, la suite conserva le silence, personne ne crut bon de s'extasier. Pauline s'aperçut-elle de cette gêne diffuse ? Elle rebroussa chemin, la visite était terminée.

Les militaires et les domestiques avaient dressé la collation sur l'herbe, face à la demeure. Avant de s'asseoir, on servit le champagne. M. Baptiste regardait le liquide pétillant, c'était la première fois qu'il en voyait. Pauline se tenait près de lui le retenant dès qu'il semblait vouloir s'éloigner.

— Je fais porter les figues maintenant ? bredouilla-t-il.

— Non plus tard, chuchota Pauline, nous allons déjeuner d'abord.

— Mais je ne suis pas invité, protesta Baptiste.

— Moi, je vous invite.

On fit place, Maria d'un côté de la princesse, Baptiste de l'autre. Le commandant et le préfet face à eux. Une quinzaine de personnes se tenait à la

« table de la princesse », le reste des invités partageait trois autres nappes blanches. Chargé des mets, Dubouchage avait choisi un repas léger : asperges du Vaucluse, saint-pierre froid et, malgré les recommandations de la veille, quelques plats chauds : agneau des Alpes, poularde aux légumes, préparés dans une cuisine de campagne dressée derrière la bastide. Les fruits provenaient des vergers environnants : oranges, kakis, noisettes, les toutes premières fraises. La princesse goûta à peine aux mets, la pâleur envahissait son visage, ses yeux avaient du mal à se tenir ouverts. Elle avait si peu et si mal dormi, poussant des cris de détresse, se pelotonnant contre la poitrine de Maria, lui demandant de la protéger, de ne laisser entrer personne. « Ils veulent me tuer… — Mais personne ne veut vous tuer, répondait d'une voix douce Maria. — Tu crois vraiment ? — Oui, dormez maintenant. »

Le sommeil n'était venu qu'à l'aube. Au premier chant d'oiseau, la princesse s'endormit bouche grande ouverte, refrénant jusque dans son inconscience, un cri de terreur.

Effet du soleil ou impossibilité de se taire plus longtemps, le commandant évoqua les événements, des nouvelles fraîches que Dubouchage lui-même ignorait.

— Je suis fier de vous annoncer qu'après avoir libéré Chalon, notre vaillante armée s'est emparée de Reims. On peut espérer que Schwartzenberg rétrograde sur Chaumont ou Troye. Blücher est à Laon et ne bouge pas. L'Empereur compte rallier Vitry et, avec une armée de soixante-dix mille hommes, se jeter sur Nancy. Dès lors, il entraîne Schwartzenberg loin de Blücher et rejette les Autrichiens au-delà du Rhin.

— Vos nouvelles datent de quand ? fit Dubouchage.

— À peine une dizaine de jours, monsieur le préfet, elles m'ont été apportées par une ancienne ordonnance devenue roulier et en qui j'ai toute confiance. Il se trouvait non loin du lieu des combats.

Pauline, qui avait repris quelques couleurs à l'écoute des paroles du commandant, se leva.

— Buvons en l'honneur de ces bonnes nouvelles.

On déboucha de nouvelles bouteilles de champagne, M. Baptiste, qui s'était absenté, revint avec un panier débordant de figues séchées. La tablée poussa un ah ! d'admiration.

— Trinquons mes amis, lança Pauline, pour l'Empereur, trinquons pour la victoire, trinquons pour la liberté du territoire français, trinquons pour monsieur Baptiste mon ami, mon vieil ami.

Les verres s'élevèrent dans la lumière, le vin frémissait, l'assistance s'exclama : « Hourra... Hourra... Hourra... »

Pauline embrassa sur les deux joues le paysan, les convives s'écrièrent à nouveau. Décidément, c'était une belle journée de printemps.

L'homme descendit de cheval, et ôta son couvre-chef recouvert d'une pellicule blanchâtre. Il s'avança vers les convives, s'arrêta devant le préfet, s'inclina légèrement et prononça d'une voix éraillée par la fatigue :

— Monsieur le préfet, je suis chargé de vous annoncer de la part du maréchal Masséna, commandant la huitième région militaire, que l'Empereur, sa majesté Napoléon a abdiqué au château de Fontainebleau.

Pauline laissa filer entre ses lèvres un cri bref, terrible, et s'écroula les bras en croix au milieu des verres et des assiettes. L'assistance n'avait pas bougé, le vent annonçant le soir faisait voleter les cheveux des femmes. On n'entendait que la rumeur venant des cuisines, des rires, des sifflements, des chansons.

— Ce n'est pas possible, Maria secouait la tête… Ce n'est pas possible.

La première, elle s'agenouilla et souleva le visage de la princesse.

— De l'eau, fit-elle, vite de l'eau et du vinaigre.

Le préfet remit de l'ordre dans sa tenue, plaça son chapeau sur sa tête et s'avança vers le messager.

— Je vous remercie d'avoir fait diligence, sait-on la date de l'abdication ?

— Le 4 avril, monsieur.

— Le 4 ! s'exclama Dubouchage, mais nous ne sommes que le 6 !

— Nous avons reçu la nouvelle au commandement militaire de la région par télégramme.

— Extraordinaire, fit Dubouchage, plus ébranlé par la rapidité de la nouvelle que par la nouvelle elle-même.

Le commandant pleurait sans soucis de cacher ses larmes puis vint la colère.

— Trahison, l'Empereur a été trahi, nous le savons nous autres les militaires, trahi par ceux qui lui doivent le pain et les honneurs, des salauds, des vendus. Le ciel leur tombera sur la tête. Les maréchaux ne voulaient plus faire la guerre, ça ne les intéressait plus la guerre, ce qu'ils voulaient c'était se goberger dans leurs hôtels particuliers, dans leurs châteaux à la campagne. Des va-nu-pieds enrichis. Des gougnafiers, oui !

— Taisez-vous, tenta de le calmer Dubouchage, la fête est finie il faut raccompagner la princesse. Et que chacun fasse son devoir, vous le vôtre, moi le mien.

— Mon devoir, je l'ai toujours fait !

— C'est bien commandant, dès que la nouvelle sera connue il y aura certainement des incidents. Je file à Nice. Désignez les hommes pour accompagner la princesse.

— Vous ne restez pas auprès d'elle ? s'étonna le commandant.

— Je n'ai pas le temps, fit le préfet.

Pauline reprit ses esprits, regarda les visages des femmes poudrées au-dessus d'elle. Elle tendit les bras en direction de Maria qui la souleva précautionneusement.

— Je veux partir, chuchota Pauline. Je veux être avec lui.

Elle bredouillait, elle tremblait, quelqu'un lui tendit une pelisse de fourrure.

— Nous rentrons immédiatement, Votre Altesse, répondit Maria, où est M. Dubouchage ?

— Envolé, répondit le commandant. Que puis-je faire pour votre service, madame ?

Maria se tourna vers lui, reconnaissante.

— Faites-nous préparer une escorte, nous rentrons à Nice.

— Pas à Nice à Paris, intervint la princesse.

Mme de Cavour vint au secours de Maria :

— Nous prendrons la route demain, cette nuit il faut vous reposer.

— Je n'ai pas besoin de repos.

— Comment allons-nous faire pour traverser la France ? confia Mme de Cavour à Maria. Les routes sont-elles sûres ? trouverons-nous des chevaux de poste ?

— Tâchons d'abord de gagner Nice, la rassura Maria, ensuite nous verrons. Ce n'est pas la fin du monde.

Si cela l'était. La fin d'un monde. Le sien. L'Empereur déchu, l'Empereur vaincu, c'était sa jeunesse vaincue, déchue. La chance tournait le dos à l'Empereur et la solitude descendait sur elle. Elle avait lié son sort au sien. Elle savait, par un pacte indicible, mystérieux, intangible, qu'il ne pouvait rien lui arriver tant que le général brillerait et régnerait.

Le retour fut long, le pont de fortune au-dessus du Var croulait sous les chargements, des convois militaires fourbus venant d'Italie, mais aussi des civils pressés de fuir. Lorsqu'il arrivait que l'on reconnaisse la princesse, les têtes se détournaient. À Nice, des groupes parcouraient les rues en criant : « Vive le roi ! » Quel roi ? le Français ? l'Italien ? Dans la nuit les torches prenaient des allures menaçantes, le jeune lieutenant qui commandait le cortège, préféra le scinder en deux, Mme de Cavour dans la première voiture passerait par le bord de mer, la princesse et Maria dans la seconde longeraient à l'intérieur la route de France.

Devant la villa Grandi se tenait un attroupement hurlant que tenait en respect un détachement militaire. Les cris redoublèrent dès que l'on aperçut la princesse.

— À mort ! À mort la sœur du tyran !

Pauline cacha son visage derrière ses mains.

— Pourquoi ? fit-elle. Pourquoi ? Je n'ai jamais fait de mal à personne.

— N'écoutez pas, fit Maria, ce sont des misérables, le peuple vous aime, il aime l'Empereur.

— Que vais-je devenir ? Et Napoléon ?

La voix de Pauline s'étouffait.

Et nous, se dit Maria, qu'allons-nous devenir, nous qui avons cru en l'Empereur ? Ce n'était pas à elle qu'elle pensait, mais à Hureau, à tous les semblables de Hureau, ces innombrables hommes qui n'avaient fait que la guerre pendant quinze ans. Ces hommes d'une seule foi, d'un seul credo, qui après avoir lutté pour des idées s'étaient battus de tout leur cœur pour un homme qui, pensaient-ils, incarnait ces idées.

Les domestiques avaient déserté, la villa lugubre résonnait des cris de haine de la foule. Mme de Cavour et Maria préparèrent le lit de la princesse dans la pénombre.

— N'allumez pas, supplia Pauline.

Les soldats se tenaient dans le jardin, l'arme au pied. Passeront-ils la nuit à nous garder ? se demandait Maria. Une autre question plus insidieuse la tenaillait, et si ces hommes sans commandement apparent les livraient aux aboyeurs ? Calfeutrée au fond du lit, Pauline attendait en tremblant. Elle attendait le jour, le départ, des nouvelles... Elle attendait, elle ne savait plus quoi... Maria avait préparé une collation légère un potage, une salade et des fruits. Pauline refusa toute nourriture. Mme de Cavour et Maria s'installèrent de chaque côté du lit. Les clameurs s'estompèrent puis cessèrent, Maria se leva et souleva imperceptiblement les rideaux : les déchaînés étaient partis, les militaires toujours là. Maria soupira. Elle voulut rassurer la princesse, mais celle-ci s'était endormie assise, les yeux mi-clos comme ceux des statues étrusques.

Une aube grise et humide mit un temps fou à chasser la nuit. Des nuages noirs que le vent déployait flottaient au-dessus de la mer. Maria et Mme de Cavour n'avaient pas fermé l'œil, elles sursautèrent aux coups frappés à la grande porte qui ouvrait sur le jardin. Maria rajusta sa robe, c'était à elle d'aller ouvrir. Sur le seuil se tenait le général Gaspard Éberlé, le commandant de la place. La guerre pour lui s'était arrêtée sur le Mincio, en 1800, lorsqu'un éclat d'obus lui avait déchiqueté le bras. Amputé, il cultivait son jardin dans les ruines du Château. Malgré son repos forcé, l'homme sentait encore la poudre, son regard flamboyait, ses moustaches menaient toujours la charge.

Il se tenait droit, le dolman soigneusement épinglé, la manche du bras manquant tombait tel un étendard mouillé.

— Madame, fit-il de sa voix caverneuse, réveillez Son Altesse, une escorte la conduira loin de Nice où, pour des raisons de sécurité, elle ne peut rester.

Il ne claqua pas les talons mais l'intention y était.

Réveillée, Pauline se précipita.

— Que veut-il ? Il m'arrête ?

— Vous arrêter ! Quelle idée ! Bien au contraire, il se propose de vous mettre sous la protection de ses hommes pour vous conduire dans un lieu sûr.

Pauline tournait en rond, les mains sur le ventre.

— Un lieu sûr ? Cela veut dire quoi un lieu sûr ? Si je suis toujours princesse je suis partout en lieu sûr...

Elle n'acheva pas sa phrase.

— Il faut partir, insista Maria, Votre Altesse est en danger, vous l'avez bien vu cette nuit.

— Mes malles, ma literie, ma vaisselle, je dois tout laisser ?

— Oui, fit Maria. Mme de Cavour va vous préparer un nécessaire, le reste j'y veillerai, rien ne sera détruit je vous le promets.

Pauline se laissa tomber sur le lit, les cheveux épars, la chemise de nuit entrouverte laissait apparaître ses seins amaigris, le dessin effrayant des côtes saillantes.

— Peut-être ne reviendrai-je jamais Maria ! J'étais si heureuse ici, le parfum des orangers le matin… et ce bal, t'en souviens-tu Maria de ce bal ? Ce fut une soirée magnifique, une nuit d'amour, j'étais belle ! Je lisais le désir dans les yeux des hommes, les jeunes, les moins jeunes, tous… ils me voulaient ! Et moi, j'adorais qu'ils me veuillent.

Le bal. Maria s'en souvenait et de ce qui suivi. Si Jean-Jacques s'était trouvé entre ses bras, les coupables étaient ceux qui avaient joué de son innocence. Pauline, elle, avait donné de l'amour. À sa façon, de tout son être, de tout son corps, de toute sa chair.

Le pas d'Éberlé retentit dans le salon, impatient. Tandis que Mme de Cavour coiffait la princesse, Maria termina son bagage. Pauline se leva, traversa la chambre, pénétra dans le grand salon, à cet instant malgré sa pâleur, elle était redevenue altesse impériale. Éberlé s'inclina, Pauline lui tendit sa main à baiser.

— Alors général, où allons-nous ?

— Votre Altesse avez-vous des amis où vous pourriez trouver refuge momentanément ?

Pauline réfléchit puis lança le nom de Gréoulx, là où elle prenait des bains bien inutiles, Gréoulx où elle s'ennuyait tant !

Gaspard Éberlé haussa les sourcils.

— C'est loin mais nous tâcherons d'y parvenir. Je mets à votre disposition une vingtaine de gendarmes sous les ordres de mes meilleurs officiers.

— Et vous, fit Pauline ?

— Moi Votre Altesse, je reste là où le devoir me dit de me tenir. Des incidents risquent d'éclater dans la cité, je devrai y remédier.

Pauline lasse se tourna vers Maria.

— Toi aussi Maria, tu vas m'abandonner n'est-ce pas ?

Maria ne répondit pas, pouvait-elle suivre la princesse dans son errance ? Sa place était à Nice, le seul endroit où Jean-Jacques et Hureau étaient sûrs de la retrouver. Elle serra dans ses bras Pauline. Le petit groupe sortit sur le terre-plein, une grosse patache attelée de six chevaux attendait. On plaça les bagages sur le toit à part une mallette que Mme de Cavour tenait serrée contre sa poitrine. Les bijoux de la princesse, sa fortune. L'officier se présenta. Éberlé lui fit ses recommandations, les hommes prirent position. Pauline s'engouffra dans la berline, Mme de Cavour derrière elle. La princesse se pencha par la portière, son regard embrassa les arbres, la pelouse qui descendait en pente douce jusqu'à la mer, les massifs de fleurs grelottant d'humidité, elle leva le front, aperçut les collines et plus loin encore les montagnes que le brouillard enveloppait. Avant que l'ordre de départ ne fût lancé ses yeux retrouvèrent Maria debout à côté de la portière. Les deux femmes se regardèrent. Maria esquissa un sourire. Pauline porta deux doigts à ses lèvres et souffla un baiser.

Maria attendit un long moment, immobile, lorsqu'elle se décida à rentrer, il y avait longtemps que la princesse et son escorte avaient été absorbées par la brume de mer.

Tiranty se démenait dans le bureau du préfet, marchait de long en large, poussait d'énormes soupirs, transpirait, fumait, haletait. Il s'adressa à Dubouchage qui, consciencieusement, assis dans un fauteuil droit, fixait l'horizon par la fenêtre grande ouverte.

— Vous devez vous adresser à la population, martelait Tiranty, la ville est en rumeur, vous devez prendre position pour les Bourbons, dépêchez-vous avant que les partisans du Piémont-Sardaigne ne relèvent la tête.

— Mon cher notaire, sursauta le préfet, je ne vous connaissais pas de tels sentiments royalistes. Vous, la figure de proue du jacobinisme.

Tiranty ralluma sa pipe éteinte et se laissa tomber dans un fauteuil proportionné à sa dimension.

— Oui, oui, vous avez raison, mais moi je suis réaliste avant tout, la Révolution c'est du passé, Napoléon aussi. Que reste-t-il ? les Bourbons ! L'important c'est que le Comté demeure français. Dans cette histoire je ne pense qu'à l'intérêt de la ville.

Dubouchage sourit, Tiranty ne voyait selon son habitude que son intérêt, intérêt du commerce, intérêt de cette frange de la bourgeoisie qui avait fait fortune sous la Révolution, prospéré sous l'Empire et qui aujourd'hui était prête à se rallier à n'importe quel drapeau, n'importe quelle cocarde pourvu que l'essentiel fût sauvé : l'argent. Ce ralliement, Dubouchage le savait raisonnable, en son cœur il n'avait jamais cessé d'être partisan de la royauté. Il venait d'elle, il y retournerait tel l'enfant prodigue rentrant au foyer. Le délicat était la manière, passer des aigles de l'Empereur à la cocarde blanche sans que cela ne paraisse une trahison. Tiranty sembla lire dans ses pensées, il répondit ouvertement à la question que le préfet osait à peine se formuler à lui-même :

— Évitez les demi-mesures, les ambiguïtés, le peuple aime les idées clairement exprimées. Vous représentez la France, la France ne disparaît pas avec l'Empire. L'Empereur est mort, vive le Roi. C'est votre devoir de fonctionnaire de l'État de proclamer votre attachement à la chose publique. Moi, à votre place, je n'hésiterais pas.

— Vous n'êtes pas à ma place, répondit vivement Dubouchage.

Il se redressa et arpenta la pièce. À ma place, quel toupet ! Oui mais le coquin a raison, trahir, avec ou sans gants la trahison demeure la trahison. Il se retourna vers le reste de l'assemblée :

— Je ferai le nécessaire dès ce soir.

Son devoir, il le savait, était de démissionner, de partir de cette ville à jamais. Oui, mais il aimait trop regarder de son bureau le spectacle du soleil levant, sa masse rouge qui soudainement embrasait la mer, il aimait trop attendre la fin du jour les soirs d'été dans le jardin de la préfecture parmi l'odeur poivrée des lauriers, il aimait trop rêver à une nouvelle vie possible sous ce climat si fort, si brutal. Ici, il s'imaginait moins vieux, mieux, il se sentait encore jeune. Ici, vivait cette femme dont il n'abandonnait pas l'espoir de faire la conquête. Oui, il trahirait, franchement, ouvertement, pas pour la carrière, les récompenses futures, ni même pour de l'argent comme un quelconque Tiranty, non il allait trahir dans le seul but dérisoire de continuer de respirer le même air que Maria, de se réveiller sous le même ciel. Je vais trahir par puérilité amoureuse, se dit-il. Il n'en ressentit aucune honte, juste un peu de mélancolie.

Les martinets tournoyaient au-dessus du Cours, ils semblaient savoir où ils allaient, puis brusquement ils rebroussaient chemin et tournoyaient à nouveau, l'un d'entre eux en pointe, les autres derrière comme deux ailes déployées. De temps à autre retentissait un cri, ou plutôt était-ce un appel ? Le soir vers les sept heures Catherine aimait s'installer à la terrasse du Café du Commerce et siroter un sorbet au citron. Il y avait toujours foule en soirée dès le printemps venu, des familles en promenade le mari devançant l'épouse chapeautée et enrubannée, des militaires aussi, des dragons hauts comme des montagnes, des hussards aux grosses moustaches, des grenadiers plus fiers que tous les autres réunis. Tous ces militaires, tous ces bourgeois la prenaient-ils pour une gourgandine ? Une jeune femme comme il faut ne pouvait s'attabler seule à une terrasse de café. Pourtant il se dégageait d'elle quelque chose de si différent qu'il était rare qu'on vienne l'importuner. D'ailleurs pour l'instant, on avait autre chose à penser, les négociants, les commerçants s'inquiétaient. Que serait l'avenir ? Où était le pouvoir ? Resterait-on français ? Que se passait-il à Paris ? On ne savait rien. On était si loin. Les militaires ne recevaient aucun ordre, l'Empereur parti, rien ne serait plus comme avant. Seraient-ils rendus à leur foyer ? Y aurait-il une autre guerre et contre qui ? L'Empereur déchu, ils se sentaient orphelins, même les tout jeunes qui n'avaient pas eu le temps de servir. On leur ôtait tout espoir de gloire avant même de pouvoir faire leurs preuves. Ils erraient sombrement, eux qui avaient été la colonne vertébrale de l'Empire se retrouvaient rejetés, inutiles et, ils le sentaient dans les ricanements de certains, méprisés.

Ce soir-là, Catherine ne regardait personne, l'esprit entièrement préoccupé par cet énergumène qu'elle avait croisé le matin même à l'hospice de la Charité où, comme chaque jour, elle apportait le reliquat des repas de la veille en provenance de la table de son beau-père, des morceaux fastueux qui faisaient scintiller les prunelles des affamés. Elle aurait pu envoyer une domestique mais il était de bon ton pour les dames de s'adonner aux bonnes œuvres. La vérité était que cette occupation la distrayait. Elle l'accomplissait sérieusement, s'inquiétant des uns et des autres, donnant de son temps. Les odeurs et la crasse la gênaient, au début elle se forçait pour franchir le seuil du mouroir, puis c'était devenu une habitude. Une fois dans le bâtiment, elle traversait la grande salle où les malades et les blessés croupissaient, les plus heureux sur des paillasses, les autres sur des matelas dévorés par la vermine à même le sol. Les cuisines se situaient dans une pièce tout en longueur sans fenêtre où gisait un grand poêle, jamais tout à fait éteint, avec dessus d'énormes gamelles d'un brouet clair où flottaient des trognons de légumes et des croûtes de pain. Les cuisinières vivaient là, la plupart avec leur progéniture dans les jambes. Une vingtaine d'enfants couraient et piaillaient, ne s'arrêtant que la nuit venue pour s'endormir en cercle autour du poêle sur de vieux sacs de grains. Elle l'avait remarqué au milieu de la grande salle, vêtu d'une longue vareuse qui lui descendait aux chevilles, se déplaçant entre les malades, les bras chargés de miches de pain à la couleur étrangement sombre. L'homme était jeune et, malgré son accoutrement, singulièrement beau. D'une beauté d'autant plus remarquable qu'elle semblait défier la misère et la lèpre des lieux. Ce qui étonnait le plus, c'était sa chevelure en longues boucles encadrant le visage. Il ne paraissait être ni un militaire ni un médecin ni un prêtre, il ne ressemblait à rien de socialement définissable. Catherine pressa le pas sans raison, arrivée dans la cuisine elle eut la certitude d'avoir déjà vu cet homme.

L'image ondoya, peu à peu, le souvenir se précisa, ce teint noir, cette allure timide resurgissaient dans sa mémoire. Elle n'en était pas absolument certaine mais ses mains moites, les battements de son cœur lui disaient qu'elle ne se trompait pas, cet homme c'était Giovanni. Lui revinrent le moulin à huile, la nuit d'hiver, le fracas du fleuve et par-dessus tout le baiser. Un baiser comme elle n'en avait plus connu de semblable. Un baiser d'amour, le premier, le seul. Elle interrogea les femmes, connaissaient-elles l'homme à la vareuse ? Bien sûr, tout le monde le connaissait. Un jour il était apparu avec ses pains à la farine de châtaigne. Il les distribuait aux malades, aux gardes, aux enfants et même aux cuisinières, on l'appelait « l'ange » à cause de ses cheveux. On ne savait rien de lui, ni d'où il venait, ni les raisons qui le poussaient à agir de la sorte.

Catherine se libéra de son fardeau et se précipita dans la salle commune : l'homme n'était plus là.

Catherine avait laissé fondre son sorbet sans y toucher. Giovanni était revenu ! Elle s'apercevait qu'elle n'avait jamais cessé de penser à lui, que le jeune homme mystérieux hantait le vide de son existence. Il demeurait l'unique empreinte sentimentale de ses rêves. À tel point qu'elle se demandait parfois si elle n'avait pas imaginé leurs brèves rencontres. Il avait disparu, il réapparaissait des années plus tard… Entre-temps, elle avait assisté chaque jour, chaque heure, chaque minute à l'effondrement de ses illusions. Aujourd'hui elle était prête à aimer, sa vie allait enfin devenir un roman. Les cris la sortirent de son exaltation, autour d'elle, des groupes se formaient, une fièvre brutale arrachait la soirée à sa torpeur, elle dut se lever, la terrasse était envahie. Une clameur parcourut l'assistance : « Vive le roi », « À mort le tyran ! » Un remous la poussa contre le mur de soutènement des Terrasses. Une proclamation y était affichée, on s'écrasait autour, les premiers arrivés la lisaient à haute voix :

« Habitants des Alpes-Maritimes ! Des princes magnanimes viennent d'accorder à la France le bienfait d'une paix, que tant de vicissitudes, de peines, de maux et de calamités ont fait ardemment désirer. Ces souverains puissants mettent le comble à leur grandeur en appelant un Bourbon sur le trône de ses ancêtres afin de donner un roi légitime à des sujets fidèles et le père le plus tendre à des enfants soumis. Nous trouvons les garants de cette fidélité pure dans les actes déjà émanés du gouvernement provisoire qui a été établi à Paris et qui tient les rênes de l'administration en attendant l'arrivée du roi Louis XVIII.

« Habitants des Alpes-Maritimes ! L'époque est venue où vous allez recueillir le fruit des sacrifices généreux qui ont été exigés de vous. Depuis douze ans, j'ai le bonheur d'administrer votre pays ; j'ai été environné constamment de toutes les satisfactions qui pouvaient alléger la tâche difficile et quelquefois pénible que j'avais à remplir. Je m'attends donc que, en cette circonstance, vous seconderez encore par tout votre zèle, votre bon esprit et par différents moyens, nos efforts soutenus qui tendront toujours au maintien de la tranquillité publique, à la gloire du Souverain et à votre bonheur particulier.

« Fait à Nice le 16 avril 1814. Le préfet. »

« À la préfecture… À la préfecture… » Le mot d'ordre fut lancé, et comme si l'immense masse qui noyait le Cours n'attendait que cela, ce fut une ruée en direction de la rue Saint-François-de-Paule. À la sortie du Cours la foule se déversait dans une forme de goulot où venaient se heurter plusieurs vagues successives. « Laissez respirer… Laissez respirer », criaient ceux coincés entre les premiers et les derniers arrivants. Mais personne ne cédait un pouce de terrain. Un nouveau mot d'ordre fut clamé : « Le préfet au balcon », suivi de « Préfet, la cocarde ! » Immédiatement dix, vingt, cent voix, puis toute l'assistance entonna le refrain. La contagion était fulgurante : « Quelle cocarde ? » demandaient certains. N'empêche, ils s'y mettaient mêlant leur voix, les yeux brillants d'allégresse, ils jetaient leur chapeau en l'air. « Mort au despotisme ! » Cette fois l'explosion fit frémir les fenêtres. « Despotisme » suscitait un grondement qui allait en grossissant, s'exhalait de gosier en gosier, il semblait que le mot même martelait le pavé avec une vigueur inépuisable. À cet instant, au balcon de la préfecture, une ombre se profila immobile, silencieuse. C'était lui ! Des bravos retentirent. Et de nouveau, le mot d'ordre : « La cocarde préfet, la cocarde… » Toute la foule scandait : « La cocarde, la cocarde », telles deux vagues s'entremêlant et se brisant dans un même embrasement. Il était impossible à Catherine de reconnaître dans la silhouette du balcon léchée par la flamme fugace des torches l'homme qui avait arrangé son mariage, l'homme de l'Empereur. L'ombre disparut quelques secondes et revint, brandissant à bout de bras un mouchoir blanc qu'elle tenait haut et droit, se tournant successivement à chaque angle du balcon. Une salve de bravos accueillit le mouchoir que la plupart pourtant distinguaient à peine. L'ombre resta un moment, la cocarde improvisée sur le cœur. Savourait-elle les clameurs, s'identifiait-elle avec ce bout de chiffon blanc, goûtait-elle la gloire de l'instant ? L'assistance commença à se disperser. Le préfet se retira en mesurant chaque pas.

Le reflux se produisit le long des berges du Paillon, une bousculade jeta au sol une dizaine de personnes. Ils étaient peu nombreux, peut-être une centaine, ils brandissaient un drapeau aux trois couleurs. Un cri parcourut la foule : « Les bonapartistes ! » Le cri se changea en effroi lorsque les jeunes gens arrivèrent à hauteur de la préfecture. Véloces, tonitruants, sur leur visage pouvait se lire toute la détermination que donne le désespoir. Ils se jetèrent dans la masse qui explosa, les promeneurs, tous ceux qui s'étaient trouvés là à réclamer la cocarde prirent la fuite. Sauve-qui-peut ! En quelques minutes, la foule s'évapora... Les bonapartistes couraient, criaient, chantaient, face à la préfecture ils formèrent un cercle mouvant d'où jaillirent le bleu le blanc et le rouge : en mouchoir, en écharpe, en chemise, en n'importe quoi pourvu que la couleur y fût. « Vive l'Empereur ! » se mêlait aux « Mort aux royalistes », « À la lanterne, le préfet», «À l'échafaud les Bourbons», «Mort au tyran», «À bas le despotisme», du côté opposé du Cours jaillirent, cocarde blanche à leur chapeau, gourdin à la main, les royalistes. Les deux groupes se firent face. Un instant, chacun resta sur ses positions en silence. À tel point que l'on entendit le clocher de Saint-François sonner neuf coups. Et, par-delà le clocher, le frottement soyeux des vagues venant mourir le long du rivage. Soudain il y eut une sorte de clameur sourde, ce fut l'assaut. Étrangement le combat se déroula sans bruit, comme si les cris et les insultes s'effaçaient devant les coups. Les rares éclats venaient du martèlement des poings s'enfonçant dans les ventres, des gémissements s'échappant des poitrines, du ressac des corps s'entremêlant sur le pavé. Les partisans de l'Empereur dépourvus de bâtons se servaient des chaises des Terrasses, lorsque l'une d'entre elles se fracassait c'était comme un coup de tonnerre par une nuit d'été.

Dès le premier mouvement de panique, Catherine fut bousculée, emportée, elle tenta de résister, une poussée plus forte la jeta sur le pavé. Le souffle lui manqua, on piétinait sa robe de velours, elle reçut une semelle dans la poitrine. Elle ferma les yeux et remonta ses genoux à la hauteur du ventre. Le calme revenu, elle se releva titubante. Elle décida de gagner l'hôtel d'York qui se trouvait à quelques pas. Elle fut incapable d'avancer, une violente douleur lui vrilla les côtes. Elle se jeta en avant et vomit un flot de bile. Elle souleva une chaise renversée et l'appuya à une porte cochère. Elle reprenait souffle. Elle s'aperçut alors du silence effrayant, le vide, l'absence, pas une fenêtre entrouverte, un volet soulevé, rien, personne, pas la moindre preuve qu'une foule innombrable avait fréquenté ce lieu, criant, chantant, vociférant. Les gens de bien s'étaient couchés comme les martinets. Le père et le fils Arson apparurent à son esprit, elle les imaginait dans le souci qu'il lui fût arrivé un accident. Le père se démenait, envoyait des messagers à la police, dans les hôpitaux, tandis que le fils devait se forcer à se montrer inquiet. Morte, aurait-il du chagrin ? Elle se trouvait en sécurité sur cette chaise en pleine rue à deux pas d'hommes assez fous, assez courageux, assez convaincus pour se battre. Décidément c'était une journée exceptionnelle. Elle allongea ses jambes comme l'aurait fait un garçon. Qu'ils aillent au diable, elle rentrerait chez les Arson quand elle en aurait envie et peut-être irait-elle à l'hôtel chez sa mère passer le reste de la nuit. Ces dernières années, s'enlisant dans l'ennui, elle s'était mise à comprendre Maria et même à l'envier. À cet instant les combattants refluèrent sur le Cours, le sang coulait sur leur visage, leurs habits déchirés flottaient autour d'eux. Plusieurs s'écroulèrent, le visage contre le carreau. Sans l'avoir voulu, une fois encore elle se trouva au milieu de la tempête. Elle tenta de fuir mais en se précipitant, elle perdit l'équilibre et dut se protéger le visage avec ses bras pour éviter d'être écrasée. La mêlée se déplaça, elle demeura sur le carreau avec les blessés. Elle rampa pour se mettre à l'écart, un vertige la saisit, elle posa son front contre le sol glacé. Elle respirait doucement, précautionneusement. Elle se sentit soulevée, portée et allongée sur un étal réservé à la vente du poisson. Elle leva les yeux sur celui qui lui portait secours. Elle le reconnut immédiatement. Giovanni. Il ne s'intéressait pas particulièrement à elle. Il était là pour les blessés, avec l'aide de deux autres hommes, il les alignait sur les bancs, pansant les plus atteints, brandissait un flacon d'alcool avec lequel il nettoyait les plaies. Catherine pensa qu'elle allait sentir le poisson, qu'elle était défaite, la coiffure aux quatre vents, le rouge fondu, le noir des yeux délayé. Il ne l'avait pas reconnue. La nuit poudroyait d'étoiles et la lune se trouvait juste au-dessus telle une grosse lampe de ménage. Elle remit de l'ordre dans sa tenue, s'épousseta, lissa ses cheveux.

La tignasse du jeune homme brillait dans la nuit, Catherine pouvait suivre ses déplacements, elle s'avança à sa rencontre, le retint par le bras.

— Je peux vous aider ? demanda-t-elle.

Il répondit sans la regarder :

— Oui, si vous savez panser, et si le sang ne vous effraie pas.

Ce disant, il lui tendit du coton, de la charpie et une bouteille à moitié pleine d'alcool.

— Usez-en avec économie, fit-il.

Catherine s'approcha d'un bonapartiste évanoui, au cuir chevelu ouvert, elle ne s'en émut pas une seconde, elle lava la plaie, entoura tant bien que mal la tête du blessé qui, revenant à lui, la remercia avec effusion. Catherine se sentait aussi à l'aise qu'une vivandière à la bataille de Wagram.

Elle allait, elle venait, les mains ensanglantées, la robe de velours tachée, les manches relevées. Elle servait sous les yeux de l'homme dont elle voulait faire la conquête. Durant ces précieux instants elle eut des ailes. Les blessés, royalistes et bonapartistes confondus, s'éloignaient après avoir reçu des soins. Seuls quatre d'entre eux ne reprirent pas leurs esprits et furent conduits à l'hôpital. Giovanni se frottait les mains et les avant-bras à grande eau à la fontaine qu'on utilisait pour laver le poisson. Il l'entendit s'approcher, un frisson lui parcourut le dos. Il se retourna. Elle était belle avec tout ce sang sur elle, ses cheveux blonds défaits adoucissaient son visage. Femme, elle était toujours enfant.

— Vous ne me reconnaissez pas? demanda-t-elle d'un ton mutin.

Dès qu'il l'avait vue s'écrouler sur le sol dans sa belle robe d'après-midi, il l'avait reconnue. Avant même de la secourir, il songea à ce qui s'était passé, à ce qui avait pu se passer dans la vie de la jeune femme. Combien de fois au cours de ces années, par les nuits solitaires, ne l'avait-il aperçue sous ses paupières closes s'envoler sur la piste de danse, rayonnante, souple, coquette, de bal en bal, de bras en bras, vision de grâce et de douleur. Cette nuit, elle ne ressemblait plus à cette image. Peut-être à cause du sang et de ses cheveux défaits?

Il répondit laconiquement :

— Comment vous portez-vous, mademoiselle Catherine?

Elle crut défaillir, cette froideur… ce « mademoiselle » lancé comme un reproche. Où était-il passé durant toutes ces années ? Pourquoi était-il parti sans un adieu ? Elle se tut, elle ne voulait pas le contrarier. L'important était qu'il fût là. Ce soir, il ne portait pas son odieuse vareuse mais une veste en gros drap. Elle frissonnait d'être auprès de lui, de traverser le Cours désert.

— Êtes-vous pour les Bourbons ou les bonapartistes ? demanda-t-elle pour rompre le silence.

— Je ne suis pour personne, répondit Giovanni. Je soigne les uns et les autres.

— Vous les nourrissez aussi.

Giovanni la regarda curieusement.

— Comment le savez-vous ?

— Je fais le bien moi aussi, dit-elle avec une pointe de fierté dans la voix. Je vous ai vu distribuer vos drôles de pains noirs à l'hôpital.

— Oui, ils sont fabriqués avec de la farine de châtaigne c'est très revigorant.

— Ah oui !

Il l'agaçait avec son pain, cette façon distante qu'il avait de lui répondre. Se prenait-il pour le Christ ? Elle chercha un stratagème et en trouva un. Soudain elle vacilla comme prise d'un étourdissement, il la retint dans ses bras. Elle posa la tête contre sa poitrine, l'étoffe de la chemise n'arrivait pas à étouffer les battements précipités du cœur. Ces battements désordonnés la rassurèrent. Elle chercha son regard. Il ne put se dérober. Elle leva vers lui des yeux d'eau limpide, transparents, un regard pénétrant et tendre. Il serra son visage entre ses mains brûlantes.

— Vous allez mieux, fit-il d'une voix si changée

que l'on aurait pu croire qu'il s'agissait de celle d'un autre.

— Oh oui ! je vais mieux... Vous revoir, je m'attendais si peu...

Ils marchaient, elle lui tenait le bras, la tête appuyée sur son épaule. Inconsciemment, ils avaient pris la direction de l'hôtel d'York. Elle se sentait légère, sûre de sa séduction, pas suffisamment cependant pour avouer son mariage. Elle prit l'initiative de l'attaque :

— Vous qui disparaissez sans crier gare, vous seriez-vous lié durant tout ce temps ?

Elle connaissait la réponse, tout son être lui disait que Giovanni n'avait connu aucun attachement sérieux, son cœur était libre.

Il ne prit pas la peine de répondre, se contentant de hocher la tête négativement.

— Vous logez toujours là ? fit-il en désignant l'hôtel.

— Toujours, répondit-elle avec assurance. Et vous ?

— Au monastère de Laghet quand j'ai le temps d'y remonter, autrement, je dors à l'hôpital.

— Vous ne craignez pas la contagion ?

Il haussa les épaules.

— Non. Je m'en remets à la volonté du Seigneur.

Ces dernières paroles la glacèrent.

— Nous reverrons-nous ?

— Je suis à l'hôpital de la Charité tous les matins.

— Moi aussi.

Il s'inclina en signe d'acquiescement et s'éloigna.

« Il va se retourner, se dit-elle. S'il se retourne avant la rue Saint-François-de-Paule c'est qu'il m'aime. Je veux qu'il se retourne. Je le veux... retourne-toi mon amour, retourne-toi... »

Il se retourna.

« J'ai gagné... il m'aime... »

Catherine attendit quelques instants et rebroussa chemin. Elle devait traverser le Paillon pour se rendre à l'hôtel particulier des Arson. Qu'allait-elle dire à son mari ?

« Bah, j'improviserai... »

Maria acheta trois carnets de cuir rouge, des plumes, de l'encre et ferma l'hôtel. Elle écrivait une bonne partie du jour et, comme à l'accoutumée, passait l'heure des repas avec son mari. En fin d'après-midi, elle se rendait sur le bord de mer, effectuait une longue marche, son esprit vagabondait, elle imaginait l'Empereur s'embarquant à Fréjus pour l'île d'Elbe, minuscule bouton de botte perdu en Méditerranée, dernier royaume pour celui qui avait régné sur l'Europe. Elle aurait aimé être à ses côtés, simplement à ses côtés, lui sourire, le réconforter. Elle le voyait, gros homme croisant au large de la Corse où il était né, en respirant pour la dernière fois, les parfums. À quoi pensait-il ? À quoi pouvait-on penser quand on avait tout perdu ? Lui restait-il de l'espoir, une envie de vivre, de vivre malgré tout ? Ils avaient le même âge tous les deux, il avait été au Levant, parcouru l'Europe de la Catalogne à la Moskova, de Milan à Berlin, de Vienne à Varsovie, elle durant tout ce temps n'avait pas bougé. Il avait tout vaincu, elle s'était contentée de vivre dans le souvenir et l'espérance entre un amour mort et un amour absent. Sa seule échappée, sa belle échappée, elle l'avait accomplie sur ses traces, en Italie, dans sa fulgurance et sa gloire.

Maria ne regardait personne mais on la regardait, elle la bonapartiste, la révolutionnaire, elle sortie de rien, elle si orgueilleuse, on la regardait avec ironie, avec une misérable et sombre commisération. Elle appartenait au clan des vaincus. Un soir on lui jeta une pierre, un caillou ramassé sur la grève. Elle se retourna. Pas de coupable, que des innocents prenant le frais, des enfants poussant des cerceaux, des bourgeoises faisant tournoyer leurs ombrelles à travers lesquelles le soleil jetait des ombres mouvantes. On la détestait donc à ce point ? Stupéfaite, Maria hésita entre les pleurs et la colère. Une fois dans sa chambre elle tira les rideaux et ferma les volets. Seule la fenêtre de la chambre de Vincent demeura ouverte sur l'extérieur, les allées et venues étaient devenues l'unique occupation de l'hôtelier.

Plongé dans l'hébétude, il passait ses journées assis dans un fauteuil face à la croisée. Il ne parlait presque plus, sinon un murmure indistinct, bredouillis confus que Maria et Aglaée étaient les seules à déchiffrer. Vincent se croyait à l'époque de la Révolution. Ce qu'il apercevait au-dehors était le spectacle de vingt ans en arrière. La guillotine avait disparu mais lui la voyait toujours tendant ses bras noirs, les généraux dont il citait les noms étaient ceux de l'armée d'Italie. Parfois il s'inquiétait du sort de Robespierre le Jeune, qui avait logé à l'hôtel en 1793. Masséna demeurait son obsession, il croyait même l'apercevoir sous son chapeau emplumé. Benjamin revenait le visiter, l'Anglais l'entretenait de l'état du monde. Maria acquiesçait en souriant, jamais elle ne le contrariait. Vincent ne sortait de sa torpeur que lorsqu'elle le nourrissait, son regard s'allumait tandis qu'elle découpait la viande. Elle lui disait : « Mangez, c'est bon... » La nourriture lui était indifférente. Ce qu'il aimait, c'était la voir se pencher au-dessus de lui, sentir son odeur, ses narines se dilataient telles celles d'un chien heureux de retrouver son territoire. Il s'endormait aussitôt la dernière bouchée avalée.

Toutes lumières éteintes, ce fut de la chambre de Vincent que Maria assista au spectacle de la foule se massant sur le Cours, débordant place Impériale jusque devant l'hôtel, les cris de joie quand Dubouchage arbora la cocarde. Elle reconnut dans l'assistance parmi ceux qui crachaient « Mort au tyran » des hommes qui devaient tout à l'Empire, honneurs, fortune. Elle les vit brandir la cocarde blanche, et la placer sur les seins de leur femme.

— Que se passe-t-il ? bredouilla Vincent, apeuré.

— Rien soyez tranquille, fit Maria en lui renouant le nœud de sa cravate.

Il aimait qu'elle s'occupe de ces petits détails.

Puis ce fut la débandade, l'attroupement s'égailla par les ruelles. Les bonapartistes chargeaient ! Par la fenêtre, Maria assista à l'arrivée des « blancs », à la mêlée qui s'ensuivit. Elle descendit l'escalier, prête à ouvrir la porte, à porter secours.

Le remue-ménage vint d'en haut, de la chambre de Vincent. Elle regrimpa les marches en courant, dans la chambre Vincent se tenait debout le visage traversé d'une horrible grimace, bras levés dans sa direction, tentant d'exprimer une souffrance qu'il était incapable de formuler, sa bouche se tordait, émettant des grognements barbouillés de salive. Maria se précipita, lui arracha le col et tenta de le faire se rasseoir. Vincent se débattait, son poids lui servait de force, Maria succomba et se retrouva projetée sur le plancher. Elle entendit Vincent gémir, porter les mains à sa gorge, le souffle lui manquait, sa poitrine sifflait, l'air ne passait plus.

— Vincent…

Les yeux exorbités du gros homme l'imploraient.

— Vincent revenez… je vous en supplie revenez.

Elle voulut lui écarter les mâchoires avec le manche d'une cuillère, que l'air pénètre dans les poumons. Vincent s'écroula sur lui-même, les genoux plièrent, il s'effondra, son regard immense rempli d'effroi fixé en direction de Maria.

— Vincent…

Elle plaça la main sur son cœur, l'oreille contre sa poitrine. Vincent était entré dans cette immobilité qui efface la présence du corps. Maria se redressa et instinctivement alla fermer les volets. Elle alluma la lampe à huile sur la petite table près du fauteuil, tira une chaise et vint s'asseoir près de son mari. Elle le revit le jour du mariage, sa fierté, son air joufflu. Comme il dut être heureux ce jour-là ! Sans doute l'avait-elle fait souffrir, et plus que quiconque. Son bonheur, son plaisir elle les avait toujours gagnés à son détriment. La mort de Vincent résonnait en elle comme une sorte de glas à une partie de son existence. Sa jeunesse, ses courses, ses folies, ses naïvetés, ses rêves s'anéantissaient dans l'immobilité définitive de cet homme bon.

Elle veilla Vincent le reste de la nuit, à l'aube, au moment où au relais de poste on donnait à boire aux chevaux, elle sortit de son sommeil la femme de chambre et lui annonça :

— Monsieur est mort cette nuit, allez prévenir ma fille à l'hôtel Arson. Dites-lui simplement que son père est très malade. Avant, faites monter deux palefreniers des écuries pour m'aider à coucher monsieur.

Les hommes peinèrent pour soulever la masse inerte et l'allonger sur le lit. Ensuite Maria déshabilla complètement Vincent, lui fit sa toilette, le revêtit de son plus bel habit. À ce moment-là seulement elle prévint Aglaée.

— Vous pouvez le voir, fit-elle. Il dort, apaisé.

Giovanni avait dormi sous les rochers de Rauba Capeu, il se réveilla glacé, les muscles endoloris mais plein d'une fièvre d'allégresse. Cela faisait des années qu'il n'avait senti le sang battre en lui avec une telle force, il aimait Catherine ! Quelle volonté il lui avait fallu pour ne pas, dès la première minute, l'envelopper dans ses bras et lui clamer son amour. Mais enfin cette volonté avait joué en sa faveur, elle s'était dévoilée la première. Après toutes ces années, malgré les danses et les contredanses, quand elle s'était réfugiée entre ses bras, il avait perçu son émotion. Peut-on jouer avec les battements d'un cœur ? Cette allégresse le décida à rendre visite à sa mère le jour même. Il s'en sentait enfin le courage. Il lui dirait : « Je vous pardonne. » Il tomberait à genoux. Il serait un homme nouveau, lavé de toutes les misères. Il parcourut en sifflotant le chemin qui le conduisait à l'hôpital, ce matin il n'aura pas de pain à distribuer, il se contentera de donner de l'amitié. La matinée se passa sans que Catherine n'apparût. Il fixait la grosse horloge accrochée à l'un des murs de la salle commune, les minutes, les heures s'égrenaient, son sourire et sa bonne humeur s'amenuisaient. À midi, il fut convaincu que Catherine ne viendrait pas. N'y tenant plus, il s'enhardit à demander à une femme de salle :

— Savez-vous si la jeune demoiselle qui passe ici chaque matin risque de venir malgré l'heure tardive ?

La femme, qui tenait serré sur son ventre un linge taché, répondit sans hésiter :

— Vous voulez dire Mme Catherine, l'épouse du banquier Arson ? Je ne crois pas, son père est mort cette nuit.

Giovanni, toujours si réservé, partit d'un grand éclat de rire.

« L'ange » riait ! L'événement était de taille, on en parla jusque dans les cuisines.

Dubouchage remarqua quelques reflets blancs dans la chevelure épaisse de Maria. Existaient-ils avant la mort de Vincent ? Était-ce la tenue de deuil qui les mettait en évidence ? Maria avait laissé la pièce dans la pénombre, les flammes de la cheminée léchaient son visage et jetaient des lueurs dans la salle à manger qui paraissait immense avec les chaises empilées le long des murs, les tables poussées les unes contre les autres. Il flottait une légère odeur d'huile, un remugle évadé des cuisines désertées. Elle vieillit, se dit Dubouchage et cette constatation le consolait. Le préfet se sentait de moins en moins préfet, à la cocarde blanche avait succédé la cocarde bleue de la Maison de Savoie, toute la partie est du département, se moquait des Bourbons, la population voulait retrouver l'état d'avant, certains la république de Gênes, la majorité le roi de Sardaigne. San Remo se trouvait dans la tourmente, on avait brûlé le registre des contributions, les cadastres et les archives à Ceriana, Bajardo, Taggia, Bordighera. Dans l'ancien Comté s'exerçaient des vengeances personnelles, les maires nommés par l'Empire se demandaient combien de temps ils le resteraient. Tous ceux qui avaient servi l'Empereur tremblaient. Paris se taisait. Aux lettres de Dubouchage, on ne répondait pas. L'abandon. Tout se jouait entre les princes, ce coin perdu de France, français d'hier, n'était qu'une infime partie du gâteau napoléonien qu'il fallait découper et redécouper en famille.

L'humiliation de la cocarde blanche n'avait servi à rien.

— Mes jours sont comptés, dit-il d'une voix morne. Nous assisterons bientôt au retour des Sardes, les premières troupes sont paraît-il aux frontières du département. Maria qu'allez-vous faire ? Vous ne pouvez tranquillement rester à les attendre, vous êtes trop compromise avec le régime. Vous ne vous en rendez peut-être pas compte, mais vous êtes en danger.

Maria n'avait pas eu la cruauté de refuser de le recevoir. Elle ressentait une certaine forme de pitié pour cet homme accroché désespérément à sa charge. Lui en avait-il coûté de trahir ? Comment trahit-on quand toute sa vie on a fait de la dignité un principe ?

— Et que voulez-vous que je fasse ? interrogea-t-elle. Je suis chez moi ici, mes biens s'y trouvent, où irais-je, en France ? Ce serait un comble de me réfugier chez les Bourbons.

Il savait qu'il avait peu de chances, ce peu il fallait qu'il le tente. Si de cette tourmente il pouvait gagner l'estime de cette femme alors mon Dieu, il n'aurait pas vécu toutes ces années en vain.

Serait effacée la disgrâce que l'Empereur lui avait fait subir, effacé le dégoût que lui provoquaient ces militaires nés du ruisseau faits barons, comtes, princes, cette ridicule noblesse de carnaval, effacée cette gourgandine de Pauline ! Devant elle, il s'était incliné, il avait baissé la tête et pas seulement devant elle mais devant le moindre potentat en visite. Il aurait dû se démettre, attendre la fin du cirque, comme d'autres. Il aurait dû, mais se priver de pouvoir… mais ne plus la voir. Comme elle était belle dans ses vêtements de deuil ! S'il existait une mince chance, c'était maintenant…

— Maria, je vais me permettre de troubler votre deuil mais le temps presse, les événements parfois décident pour nous. Voilà, si je vous ai demandé cette entrevue c'est pour vous faire une confession. Le temps passé n'a rien changé à mes sentiments. Je vous aime Maria, je suis prêt à vous consacrer les jours qui me restent à vivre. Vous étiez l'épouse d'un brave homme, aujourd'hui vous êtes libre. Libre… Excusez ma brutalité mais demain peut-être partirai-je pour toujours. Il sera trop tard. Maria je suis venu vous demander de m'épouser. J'ai des biens, je peux vivre de mes revenus…

Le visage de Maria restait impassible, il eut beau y chercher une trace de surprise, d'émotion, de colère, de contentement, l'immobilité la faisait paraître indifférente aux êtres. Les mots le découvraient, le rendaient vulnérable, la certitude lui venait qu'il s'adressait à une statue, sensation renforcée par les ombres du feu qui ondulaient sur elle. Il parlait en homme, en amoureux, elle l'écoutait depuis un lieu lointain, nocturne, insaisissable.

Enfin, elle consentit à lever les yeux vers lui.

— Vous avez plus de constance dans vos sentiments que dans vos convictions, fit-elle avec un sourire.

Ce sourire, Dubouchage ne l'accepta pas, ce sourire lui témoignait tout le dédain qu'elle éprouvait pour sa personne. Il se redressa vivement. De quel droit s'adressait-elle à lui sur ce ton ? Il s'insurgea :

— Cette cocarde, car c'est bien de cela qu'il s'agit, je l'ai arborée pour vous, pour avoir le soin de servir la France en restant près de vous.

— Quelle France ? interrompit Maria.

— La France des rois, la France éternelle.

Il perdait toute prudence. Il s'en voulait de s'emporter.

— Mais moi, dit Maria, cette France n'est pas la mienne. La France qui a franchi le Var en 1792 portait la cocarde tricolore à son chapeau, elle chantait *Ça ira* et marchait avec des chaussures aux semelles trouées. C'est cette France que je connais, c'est celle que j'aime.

— Balivernes, un jour il faudra bien rabaisser votre orgueil, Maria.

— En vous épousant ? Je préfère périr sous les coups de vos amis.

Maria se leva. L'entretien était terminé.

Les bras ballants, la tête vide, Dubouchage demeura inerte, une boule lui nouait la gorge, une boule de colère et de chagrin. Il fit demi-tour, traversa la salle, elle n'en finissait pas, il sentait le regard de Maria dans son dos. En cet instant il n'était plus préfet, il n'était plus rien, rien d'autre qu'un vieillard malheureux. Une lingère ! se répétait-il. Une lingère... Les pleurs l'emportèrent sur la colère, des larmes jaillirent sous ses paupières.

Le soleil brillait comme il brille au printemps, lourd de chaleur mais encore suave, pétillant, un soleil de matin joyeux. Sous ce poudroiement, les hommes, le visage laminé par la fatigue, s'avançaient telle une armée de cadavres. Ils venaient d'Italie, ils marchaient depuis des jours et des jours sans chef, sans ravitaillement. Ils avaient dévoré les chevaux puis la paille des chevaux. Ils avaient franchi le col de Tende, ultime obstacle qui les séparait de chez eux. Ils étaient une partie de ce qui restait de l'armée d'Italie. Personne ne leur avait donné d'ordre, ils avaient décidé de rentrer en France. Le voyage était long, la diarrhée, le typhus s'étaient mis à galoper dans les rangs. Ceux qui se tenaient sur leurs jambes soutenaient les malades et les blessés. Ils avançaient comme des fourmis, là où ils passaient le ciel bleu disparaissait, l'odeur de l'herbe faisait place à la pourriture, au moisi. Ils étaient gris, maculés de boue, seuls leurs yeux émergeaient de la crasse. Et ces yeux étaient terribles, durs comme du silex, empreints d'une ardeur fiévreuse, cruelle. Ils remontaient le Paillon en direction de la ville qu'ils devinaient dans la tiédeur ocre du matin. Entre eux, ils s'interrogeaient, comment s'appelait cette ville ? L'un répondait : « Nice. » Ils s'en foutaient d'ailleurs du nom, ce qu'ils voulaient, c'était une ville française où ils puissent se reposer, où on leur donnerait à manger, à boire, où ils pourraient dormir, où ils recevraient des ordres, un chef, des provisions pour la route. Où était l'Empereur ? À Paris, à Berlin, allez savoir… En attendant, on les avait abandonnés comme de vieux clous rouillés. Pourtant c'étaient des hommes qui avaient fait leurs preuves, des « vieilles moustaches », comme les appelait Napoléon. Cuits et recuits par le feu. Depuis dix ans, ils avaient parcouru à pied l'Europe entière, des marches effrayantes au son des tambours, au son des fifres, au son des canons et dans le silence de la mort. Ce col-là, celui de Tende, vraiment il venait trop tard pour des ventres vides, gonflés d'eau croupie. Ils n'osaient pas se compter de crainte de découvrir le nombre de ceux qui s'étaient écroulés sur le bord du chemin. On ne pouvait rien faire pour eux. Ils s'allongeaient pour abréger les souffrances, crever sans trop de douleur. On passait sans les voir, on savait qu'ils étaient là, parfois on les entendait geindre, appeler leur mère et ça, c'était le plus terrible : appeler sa mère signifie que le gouffre s'ouvre, que le noir s'avance et qu'on meurt de peur avant de mourir tout court. Ces putains de cols étaient aussi difficiles à descendre qu'à monter, à certains endroits on devait s'accrocher. Une fois en bas, ils se crurent à la mer, il leur fallut encore trois jours de marche pour la humer, la garce. Cette fois, ils y étaient ! Ils la voyaient, lumineuse, ondoyante, là où le fleuve se jetait dans un éclat mousseux. Ils rencontrèrent les premières maisons, la plupart flanquées d'un jardin avec un mûrier ou un micocoulier qui jetaient leurs ombres sur les façades aveugles. Des femmes, le couffin sur la tête, les dépassaient sans un regard. Elles faisaient rouler leurs hanches et leurs fesses, le tout solidement planté sur leurs jambes de montagnardes. Les jeunes, noires de peau, avançaient fières, arrogantes, s'interpellant entre elles dans une langue étrange que l'on aurait dite constituée par la rocaille des torrents. Elles riaient en croisant cette bande de débraillés. Les soldats s'étaient arrêtés et les regardaient. Pas tellement elles, mais les légumes et les fruits sur leur tête, les oranges, les poivrons, les choux. Ils auraient pu les arracher des couffins, mais ils restaient immobiles, paralysés, bien trop fatigués pour tenter quoi que ce fût, peut-être si l'une des filles leur avait tendu un cageot de fraises fraîchement cueillies, peut-être oui, se seraient-ils précipités et auraient dévoré les fruits comme le saint sacrement, mais elles ne détournaient pas la tête. Les vieilles non plus avec leur bouche édentée, leurs mamelles qui giclaient du caraco. Pas un mot. Pas un sourire. Les hommes se regardaient… Où étaient-ils ? En France ? Ils reprirent leur marche laissant quelques-uns d'entre eux sur le pavé en leur promettant qu'on viendrait les chercher plus tard.

Plus tard on savait que ce serait trop tard.

Les vaillants débouchèrent sur une grande place carrée bordée par des arcades et décidèrent de ne pas aller plus loin. Ceux qui savaient lire notèrent que la place s'appelait place Napoléon sur certaines plaques et de la République sur d'autres. Ils étaient bien en France. Ils jetèrent leur paquetage et s'allongèrent au soleil. Les passants évitaient de les regarder, certains les enjambaient poliment. Des odeurs de pois chiches, d'oignons frits leur parvenaient par les venelles sombres en contrebas de la place. Un peu partout des clochers sonnèrent les douze coups de midi. La faim… Dans cet état de fièvre et de mirage qu'occasionne la faiblesse extrême, ils virent venir à eux une sorte de moine, vêtu d'une vareuse qui lui tombait aux genoux, la tête surmontée d'une tignasse de nègre et tenant les longes de deux mules chargées d'énormes panières. Derrière lui, et les hommes durent se frotter les yeux pour y croire, une élégante jeune femme blonde poussait de ses mains fines une charrette remplie de jarres. Les choses se passèrent en silence, le jeune homme ouvrit une panière et en sortit un pain plus noir que l'enfer. Ils se précipitèrent, il y en avait pour tous, ils plongèrent leurs dents dans la croûte, les enfoncèrent dans la mie épaisse comme du ciment. Jamais ils n'avaient mangé quelque chose de semblable. C'était infect, c'était merveilleux. L'élégante suivait avec l'eau. De la bonne eau claire, fraîche. L'innocente voulait les servir… non vraiment merci, ils levèrent les jarres et laissèrent couler le liquide. Du pain et de l'eau ! Ils en oubliaient les odeurs de farcis, d'ail roussi, de pois chiches brûlants, certains vomirent, l'estomac trop plein soudainement, d'autres se couchèrent et s'endormirent aussitôt. La blonde distribuait l'eau et en plus elle souriait. De tout ce temps pas un seul mot ne fut échangé. Mais que faisait en compagnie d'un si étrange personnage une jeune dame si fragile, si bien mise dans sa robe à godets qui flottait autour d'elle au moindre souffle de vent ? Ah, il y avait longtemps qu'ils n'avaient pas vu quelque chose d'aussi frais.

De l'autre côté de la ville, soulevant des nuages d'une poussière blanche, cinq cents chevaux caracolaient, cinq cents chevaux et cinq cents Croates, Autrichiens et Hongrois juchés dessus. On les distinguait à peine mais ce que l'on arrivait à deviner laissait sans voix, jamais on n'avait vu rien de tel, pas même les marins suédois et norvégiens livrant la morue séchée. Ce qui se profilait là c'était des géants blonds, des moustaches blondes, des baudriers rouges, des capes blanches, des sabres au travers de la selle, des bottes qui grimpaient jusqu'aux genoux, des bottes luisantes. Cinq cents bonshommes, cinq cents chevaux nourris jusqu'aux yeux, à la chair saine et éclatante de santé. Une fois dépassé Sainte-Hélène et les Baumettes, ils ralentirent le galop, la brume de poussière qui les enveloppait s'évapora, révélant la splendeur du drap de leur uniforme, la qualité du cuir de leurs bottes, la rutilance et l'arrogance de toute leur personne. Ces cinq cents cavaliers étaient en provenance de Fréjus où ils avaient embarqué l'Empereur pour l'île d'Elbe. Ils venaient prendre possession de la ville, ils ne savaient pas au juste pour qui, mais quelle importance, eux natifs des montagnes croates, des plaines de Hongrie, ici ils se croyaient chez les Maures d'Afrique, les barbaresques d'Arabie ! Ils marchaient au pas, arrivés à la Croix de Marbre, les attendait un attroupement qui poussa des « *viva !* ». Ils étaient reçus en libérateurs. Ils se demandaient bien pourquoi. Ils n'en étaient que plus fiers, leurs yeux bleus se mettaient à détailler les filles qui les suivaient en courant, le sein frémissant sous la toile légère. Ni une, ni deux, ils les saisissaient d'un bras et les plaçaient entre eux et le pommeau de leur selle. Les filles riaient dans un nuage de dentelles, les plus dégourdies avaient préféré ceinturer le cavalier et se tenir en amazone derrière lui. Ainsi elles sentaient mieux leur force, leurs muscles, leur odeur de cuir et de bergamote. À Paris, paraît-il, les jeunes filles de la bourgeoisie en avaient fait autant avec les cosaques, évaporées de joie sur les chevaux des libérateurs. Le cortège joyeux se dirigea vers le quai Saint-Jean-Baptiste, à certaines fenêtres apparut le drapeau de la Maison de Savoie. On fêtait ces militaires qui annonçaient la fin des Français, la fin des guerres lointaines, la paix revenue, le bon roi de Turin. Le passé ressuscitait avec ces Hongrois, ces Croates, ces officiers autrichiens, ces brandebourgs dorés comme ceux des soldats d'antan, ces soldats des armées royales qui de temps à autre se livraient à la guerre pour des histoires de succession pour un trône quelconque. À l'époque, on ne venait pas chercher votre fils à domicile pour l'envoyer se battre pour la liberté. Si par chance la guerre ne venait pas au pied de votre maison, on pouvait vivre tranquillement plusieurs guerres successives sans s'en apercevoir. Ces Hongrois, Croates et Autrichiens gommaient de leur prestance vingt ans d'histoire. Ils installèrent le bivouac quai Saint Jean-Baptiste, il y avait là des écuries et du foin pour les chevaux. Ils allumèrent des grands feux à la flamme étincelante s'élançant dans le ciel rose du soir. Les hommes ôtèrent leur gilet, en bras de chemise, culotte bouffante, chantant et riant, ils préparèrent de gros chaudrons de soupe au lard.

Le premier mort de sa vie avait été son père. Lorsque Catherine le découvrit au matin, il reposait la mâchoire tenue par un linge. Il semblait dormir, elle s'approcha, il était livide, elle le toucha, il était glacé, elle recula, effrayée. Maria lui dit : « Il est mort cette nuit soudainement... » Pour la première fois, depuis bien des années, elle entoura de ses bras les épaules de sa fille. Catherine, d'abord avec réserve comme s'il s'agissait d'un geste interdit, se rapprocha puis fondit en larmes et sa tête alla d'elle-même s'enfouir contre la poitrine de Maria. Elles restèrent ainsi un long moment, Maria murmura : « Rentre chez toi Catherine, je veille sur lui. — Non, répondit-elle, je veux rester. Je n'ai pas peur. Je l'aimais. »

L'enterrement eut lieu le lendemain. Vincent avait fait construire un caveau assez grand pour y recevoir sa femme mais jamais il ne lui avait fait de confidences à ce sujet. Devant la tombe ouverte il y avait peu de monde, Aglaée en pleurs, Tiranty, le notaire, qui se disait que ce pauvre Vincent après avoir gâché sa vie s'était débrouillé pour mourir incognito, à l'impromptu, la famille Arson, le père avec une mine de circonstance, le fils accroché à Catherine, à tel point qu'on aurait pu croire que c'était lui que l'on devait soutenir. L'idée de la mort le faisait trembler. Au moment où le cercueil toucha le fond du caveau, il poussa un cri de détresse.

Avec les hommes de l'armée d'Italie, couverts de vermine, atteints de dysenterie et de fièvres putrides, Catherine, après la mort, faisait connaissance de ses compagnes, la douleur, la saleté, l'humiliation. Le lendemain des obsèques de son père, elle avait retrouvé, le cœur battant, Giovanni au chevet d'un mourant. Il releva à peine la tête pour lui lancer :

— J'ai appris la disparition de monsieur votre père, dans cette épreuve je suis de tout cœur avec vous, j'ai appris également que vous étiez mariée, les deux informations sont terribles.

— Je vous l'aurais dit, bredouilla Catherine d'un ton de petite fille prise en faute.

— Peu m'importe ce que vous m'auriez dit ou pas, vous vous comportez avec bien trop de légèreté, madame.

— Appelez-moi Catherine, je vous en prie.

Le malade dont Giovanni essuyait le visage couvert d'une mauvaise sueur poussa un gémissement et sa tête chuta sur le côté. Il était mort.

— Je ne suis pas un muscadin, fit Giovanni, je ne joue pas avec les sentiments ni avec les personnes, je suis d'un incroyable sérieux.

— Laissez-moi vous aider…

Affolée, la jeune femme n'avait trouvé que cet argument.

— Ce n'est pas moi qu'il faut aider, ce sont les malades, les démunis, si vous vous en sentez la force et le courage.

— Oui !

Quand arriva cette colonne d'hommes exténués, elle participa à la distribution des pains. Elle s'occupa de la toilette des blessés, écrasa les poux, nettoya les plaies. Giovanni enfin lui adressa la parole :

— Laissez cela et allez chercher du secours à l'hôpital, que des médecins se déplacent et vite. Ces hommes ont besoin de soins.

À l'hôpital, Catherine redevint Mme Arson, dont le beau-père savait se montrer généreux. Catherine jubilait, jamais l'existence ne lui avait paru aussi intense, forte, magnifique. Elle aidait, elle nourrissait, elle consolait mais, surtout, oui surtout, elle aimait. La froideur de Giovanni donnait des ailes à son amour. Ce qui n'était qu'élan et penchant devenait passion. Elle l'admirait, cette admiration lui donnait de la chaleur jusque dans son ventre, elle brûlait, ses membres brûlaient. « J'aime », se répétait-elle. Elle aimait son silence, elle aimait ses rebuffades, elle croyait même que c'était cette dureté envers elle qu'elle appréciait le plus. Elle serait l'esclave d'un saint !

Les médecins vinrent et ne firent rien sinon vouloir transporter les blessés et les malades à l'hôpital. L'hôpital ! Non, ils ne voulaient pas. Ils préféraient mourir au grand air. Dehors il restait une petite chance, à l'intérieur aucune. On en traîna quelques-uns à l'entrée de l'établissement, là, devant leur refus, on les allongea sur des paillasses le long du mur. La population fuyait, apeurée par la contagion, la puanteur, la vermine. Personne ne s'approchait de la rangée de la mort. Le soir tombait, on entendait des appels, des hurlements de douleur.

— Cessez de me suivre, ordonna Giovanni, ces hommes sont contagieux, reposez-vous et revenez demain matin.

— Pourquoi ne puis-je vous suivre ? se rebella Catherine. Si ces hommes sont contagieux ils le sont aussi pour vous.

— Non, répondit le jeune homme, vous êtes trop gracile, trop fragile, vous venez d'un monde trop doux pour affronter le mal. Il sautera sur vous comme sur une proie.

Il se tut… Elle esquissa un geste de la main puis les yeux embrumés de larmes elle chuchota :

— Vous le savez, je vous aime.

— Taisez-vous… taisez-vous, je vous en prie.

Il lui tourna le dos et se dirigea vers le mur où fumaient quelques torchères misérables.

L'odeur se faufila dans les venelles, un arôme lourd, juteux. « Ça sent le lard ! » s'exclamèrent les hommes. L'odeur se faisait insistante comme une invite un soir de Noël. « Ça sent le lard », les hommes couchés se dressèrent, ceux assis se levèrent, narines palpitantes. Bon sang, d'où cela venait-il ? « Du lard, du lard », cent ans, mille ans qu'ils n'avaient pas humé l'envoûtant parfum. Bientôt ils furent tous debout, nez au vent, tentant de capter la direction. Ils ne tardèrent pas à se mettre en route, affûtant leur flair, ravalant leur salive. « Là ! » cria un homme. Ils s'immobilisèrent, formèrent une masse compacte, menaçante. Devant eux s'étendait le cantonnement des Hongrois avec les fumées bleutées s'élevant dans le ciel délavé du soir. Des colliers de vapeur s'échappaient d'autant de feux surmontés de marmites où clapotait doucement la soupe avec le lard dans son gras, son épaisseur de viande grenue. Les Hongrois, les Croates, les Autrichiens ne se doutaient de rien, ils fumaient la pipe, lavaient leur linge, ciraient leurs bottes. La soirée était si belle... Les miséreux de l'armée française retrouvèrent leur instinct de patrouilleurs dans les lignes ennemies, ils rebroussèrent chemin sans une exclamation inutile. Ils savaient ce qu'il leur restait à faire. Ils regagnèrent la place Napoléon, se saisirent de leurs mousquetons, de leurs sabres, de leurs baïonnettes, chargèrent leurs pistolets. Ils étaient déterminés, pas besoin de chef, leurs gestes étaient précis, peut-être était-ce la dernière bataille. Ils y pensaient. Monter à l'assaut pour de la soupe au lard... ils ne trouvaient pas cela déshonorant bien au contraire, dans tout combat, il faut qu'il y ait une récompense, un but, sauver la République, servir l'Empereur, arracher le lard à l'ennemi. Après plusieurs années de service tout se vaut. Ne pas mourir de faim est un devoir. Ils remontèrent le long du Paillon et débouchèrent quai Saint-Jean-Baptiste en se déployant au pas de charge. Les Hongrois aperçurent trop tard cette déferlante déboulant dans le camp. Ils se précipitèrent sur leurs armes. Ils étaient en chemise, en bretelles, ceinture défaite. Ils couraient dans tous les sens en lançant des cris. Les officiers jetaient des ordres dans le vide. Plus loin, dans les écuries, on entendait les chevaux se cabrer, leurs sabots heurtaient violemment les portes en bois. L'avant-garde des Français tira la première salve tandis que les rangs suivants hurlaient : « À la soupe... ne tirez pas dans les marmites nom de Dieu ! » Les Hongrois, les Croates, les Autrichiens abandonnèrent le terrain. Il fallait se replier et s'abriter.

La soupe cuisait toujours, les marmites ronronnaient, tranquilles. Ils n'avaient qu'à tendre la main pour s'emparer de cette fameuse soupe au lard, les Alliés avaient fui, il suffisait de soulever les marmites et de les emporter sur la place où les attendaient ceux qui ne tenaient pas debout... La soupe, ce sera pour plus tard. En vérité, ils n'y pensaient plus. Ils s'élancèrent à la poursuite des Hongrois, des Croates et des Autrichiens. Le goût de la chasse était plus fort que la faim. Il n'y avait rien à gagner, à espérer, la guerre était finie, ils s'en moquaient, l'ennemi était devant eux. C'était leur ennemi de toujours. Ils n'allaient pas le laisser en paix, l'esquiver pour une malheureuse soupe au lard. Les « blancs » s'étaient égaillés dans le lacis des arrière-cours de ce quartier d'écuries et de remises. Les Français se divisèrent en petits groupes, s'enfonçant dans ce magma où la clarté de la lune elle-même ne pénétrait pas. Parfois retentissaient de brefs échanges de coups de feu suivis de moments de silence, un silence inquiétant, peuplé d'hommes se guettant sans se voir. Puis soudain un hurlement de douleur, des pas affolés, des bottes heurtant le pavé. Un homme restait allongé, ensanglanté, une balle dans le ventre. Il gémissait, on l'entendait alentour d'un camp, d'un autre, impossible de savoir. S'il en avait la force, il se réfugierait dans la paille des chevaux, dans l'odeur de crottin, la chaleur de la litière. En moins d'une heure, du quai Saint-Jean-Baptiste à la mer, du Paillon à la rue Saint-François-de-Paule, dans les ruelles en pente montant aux ruines du Château, des hommes en poursuivirent d'autres, la plupart du temps à un contre un, à travers le dédale de la vieille cité, dans des boyaux infects où la pisse coulait au travers comme d'une artère arrachée. Celui qui s'écroulait savait que l'autre ne lui ferait pas de quartier. Ici on était loin d'un champ de bataille, ici c'était la haine, le désespoir qui s'exaltaient.

Dès le premier coup de feu, Giovanni pensa que Catherine devait être rentrée chez elle à l'abri. Chez elle, il eut un pincement au cœur mais n'y prêta pas garde. Il évoqua Maria qui peut-être se trouvait en danger, Maria qu'il n'avait toujours pas rencontrée depuis son retour malgré les appels pressants de Don Conso. Il se dirigea vers l'hôtel. Aucune trace de lumière ne filtrait derrière les volets. Il frappa contre la porte plusieurs coups violents que le bois massif semblait absorber. Des pas précipités se rapprochèrent, Giovanni se retourna, la tache blanche d'une chemise de hussard croate se faufilait. L'homme traînait la jambe, laissant derrière lui un filet de sang. Il se réfugia dans un renfoncement de l'ancien couvent. Giovanni entendait son souffle. Un Français surgit sabre à la main, arrêtant sa course, il chercha à deviner de quel côté le Croate avait filé. Un instant, il regarda dans la direction de Giovanni puis détourna les yeux. Le mouvement lui permit d'entrevoir l'éclat blanc contre la muraille du couvent. Son homme était là. D'un pas calme et lent, il traversa la place vers cette minuscule lueur pâle. Le Croate le vit s'approcher, il déboula face au Français. Les deux hommes s'observèrent un instant puis se précipitèrent l'un vers l'autre. Le corps à corps fut bref, le Croate, désarmé, voulut se saisir du poignet du Français, sa jambe lui manqua, il vacilla et vint se couler contre la lame du sabre. Le Français resta un moment debout à contempler le mort, puis il se pencha et essuya la lame dégoulinante à la chemise blanche.

Giovanni redoubla de coups contre la porte, du poing et du pied. Enfin le battant s'entrouvrit juste pour laisser deviner un long visage de femme apeuré.

— Je veux voir la patronne, fit Giovanni.

La femme ne paraissait pas comprendre. Giovanni répéta sa question en italien. La servante bredouilla quelque chose qui ressemblait à :

— De la part de qui ?

— Son fils, s'énerva Giovanni.

La porte coulissa, la servante tenait une bougie à la main qui l'éclairait à peine. Giovanni se retrouva dans l'obscurité. En haut de l'escalier, Maria apparut, un chandelier à bout de bras. Ce qui surprit Giovanni ce fut sa longue robe noire. Le temps que dura la descente, il remarqua la beauté nouvelle de Maria, une beauté sévère que la lumière mouvante mettait en évidence. Le visage s'était creusé comme apuré, le front paraissait plus haut, les yeux brillaient, froids et doux à la fois.

— C'est moi, dit-il bêtement.

Maria s'approcha, posa le chandelier sur l'ancienne table d'hôte et lui tendit les bras. Le jeune homme hésita puis, d'un mouvement brusque, vint s'encastrer entre les deux bras qui se replièrent sur ses épaules. Elle sentait bon, un parfum d'herbes, d'herbes à la fin d'une journée ensoleillée. Il ferma les yeux. Un moment le silence fut complet, un silence grignoté par les craquements du bois.

— Passons à la cuisine, dit Maria, vous devez avoir faim. Malheureusement, j'ai bien peur de n'avoir pas grand-chose. Si l'hôtel était encore ouvert, mais là… j'ai congédié la cuisinière depuis la mort de Vincent.

Giovanni ne broncha pas : Voilà la raison de sa robe noire, pensa-t-il. Il suivit sa mère dans la cuisine d'où venait cette odeur d'huile froide qui l'avait assailli lorsqu'il avait franchi le seuil. Maria se déplaçait sans bruit sur le carrelage craquelé par l'usure. Voici donc le lieu où je suis né, le destin m'y ramène, tant de fuites, de circonvolutions n'ont servi à rien. Me voici avec ma mère, la nuit, à boire une tasse de mauvais café. Mauvais, mais comme je suis heureux de le boire avec elle. Elle me revoit après tant d'années et c'est comme si nous nous étions quittés hier. Elle ne s'inquiète pas de savoir d'où je viens, ni pourquoi je suis revenu, peut-on encore surprendre cette femme ? Vêtu de cette vareuse commode mais ridicule, elle ne fait aucun commentaire. Elle pourrait peut-être me dire que j'ai bien vieilli, que je suis un homme maintenant…

Maria s'était assise, l'angle de la table les séparait. Sur une assiette elle avait placé des beignets et une sorte de gros biscuits parfumés à la fleur d'oranger.

— Voilà toute ma richesse.

— Cela ira fort bien.

Elle ne le quittait pas des yeux.

« Les épreuves lui ont ôté la juvénilité agaçante qui était la sienne, maintenant il est vraiment beau, d'une beauté d'homme, un homme racé, sans mièvrerie. Ses yeux, ses cheveux sont les miens, sa bouche et son nez appartiennent à Benjamin. Il doit plaire. Peut-être devrais-je lui montrer la chambre où il est né. Mais est-ce bien nécessaire ? Aujourd'hui tout cela n'a plus aucun sens. Je suis chez moi et mon fils, oui mon fils boit mon café, mange mes beignets comme tout enfant, il aime les douceurs que lui sert sa maman. Il est là. Toute son absence est effacée. Je veux profiter de ce moment avant qu'il ne reparte, car il repartira. Insatisfait comme moi, à la différence que c'est un homme et qu'il pourra tenter de combler son insatisfaction. Je voulais changer ma vie, lui c'est celle des autres qu'il veut changer, c'est peut-être plus digne. »

— Savez-vous madame, intervint Giovanni, que vous êtes en danger, seule dans cette grande bâtisse avec tout ce qui se passe dehors ?

— Vous croyez ? fit-elle étonnée, juste pour qu'il lui avoue qu'il était là pour la protéger.

— J'en suis certain, fit-il d'un ton convaincu. C'est la raison de ma présence ce soir.

— Vous êtes venu me protéger alors ?

— Oui, en quelque sorte.

Maria se leva et l'embrassa sur le front.

— Vous avez eu raison, je vous en suis reconnaissante, murmura-t-elle à son oreille.

Giovanni dévora les beignets, goûta aux biscuits. Maria le regardait manger, quand il eut terminé elle demanda :

— Peut-être êtes-vous fatigué ? ce ne sont pas les lits qui manquent.

— Non, répondit Giovanni, je préfère rester avec vous, on ne sait jamais.

— Je vais refaire du café ! s'exclama joyeusement Maria.

Ils ne parlaient pas. Ils s'observaient à la dérobée mais dans cette observation, lentement, s'immisçaient la tendresse et l'amour. Leurs regards se croisèrent enfin. Giovanni tendit la main, Maria la saisit, la contempla et la baisa. Il ne fit aucun effort pour cacher ses larmes. Des larmes que Maria aurait bien bues sur sa joue, elle n'osa, se contentant de les effacer avec le pouce comme on le fait avec un tout-petit.

Ce furent d'abord des appels, des voix avinées,

puis des coups retentirent aux volets. Giovanni se faufila dans l'entrée, se jucha sur une chaise et par l'œil-de-bœuf découvrit un groupe d'excités, des hommes soûls, des femmes tenant des flambeaux. Les militaires avaient disparu. Le jeune homme se laissa retomber sur le sol. Les cris se transformèrent en houle de haine : « À mort ! » proclamaient-ils, « À mort la salope... », « À mort la bonapartiste... », « À mort la putain ! »

Il fallait faire vite, Giovanni demanda :

— Peut-on se cacher ici ?

— Non, répondit Maria, mais on peut fuir par les souterrains.

— Ne perdons pas de temps. Avez-vous une lanterne, des couvertures, une gourde d'eau ? Allons-y. Vous les entendez, c'est après vous qu'ils en ont.

Maria ne répondit pas, elle grimpa quatre à quatre l'escalier menant aux étages et en redescendit avec deux couvertures, dans la cuisine elle s'empara d'une lampe en fer forgé, d'une outre d'eau et du reste des biscuits. Dans la remise, derrière la cuisine, se trouvait une trappe ouvrant sur un escalier menant à la cave. Maria descendit la première, se dirigea à travers des rangées de tonneaux poussiéreux jusqu'à un emplacement où se trouvait un anneau de fer.

— Je ne suis jamais descendue là-dedans, fit-elle, ce sont des souterrains datant du Moyen Âge, du temps de l'ancienne citadelle sur la colline du Château, où aboutissent-ils, je n'en sais rien, Vincent mon mari disait qu'en les suivant on pouvait atteindre le Paillon. Les invasions barbaresques venaient de la mer, on doit donc lui tourner le dos en remontant le fleuve en direction de la montagne.

— C'est ce qu'il nous faut, dit Giovanni.

En disant ces mots, il se saisit à pleines mains de l'anneau rouillé. Il tira de toutes ses forces, l'anneau résista.

— Allez me chercher une pioche, demanda Giovanni. Vous avez une pioche ou un pic pour faire levier ?

— J'espère, répondit Maria.

Elle laissa la lampe à son fils et s'éloigna éclairée par la flamme d'une bougie.

Elle revint avec une pioche qu'elle tendit à Giovanni.

— Maintenant faut que ça marche…

Il introduisit l'arête de la pioche dans l'anneau, appuya sur le manche de bois. Une fois… deux fois… L'anneau bougea, un frémissement. Brusquement il céda, un épouvantable remugle de moisissure leur sauta au visage. Giovanni balança la lanterne dans le trou béant. Une échelle de fer scellée dans la pierre descendait droit mais la faible lumière ne permettait pas de découvrir où elle aboutissait.

— Suivez-moi, fit Giovanni, faites attention à votre robe.

— J'ai l'habitude.

Elle remonta sa jupe, l'attacha autour de sa taille, laissant ses jambes à découvert.

— N'allez-vous pas avoir froid ?

— Allez-y, on verra bien.

Au fur et à mesure de la descente, l'air se chargeait d'humidité, de l'odeur soufrée du salpêtre. De temps à autre, Giovanni arrêtait la descente et jetait la lumière de la lanterne nouée à son cou vers le bas.

— Je crois que nous y sommes, fit-il.

L'échelle aboutissait à un tunnel suffisamment haut pour qu'un homme s'y tienne debout mais interdisait la marche de front. L'obscurité profonde ressemblait à une matière molle dans laquelle il fallait s'enfoncer. La nuit opaque pesait sur la poitrine, le cœur et la respiration s'accéléraient.

— Il va falloir ménager l'huile, recommanda Giovanni.

— J'ai amené des bougies, fit Maria, un briquet aussi.

Le jeune homme s'avança, l'espace d'une seconde, il lui parut que plus jamais il ne reverrait la lumière du jour.

Impossible de se faire une idée du chemin parcouru et encore moins de deviner ce qui se trouvait devant. Ils avançaient et l'étau se resserrait, le boyau rétrécissait, les murs suintaient d'un liquide gras, nauséabond. Maria pensa qu'ils pouvaient mourir étouffés sous un éboulement, ces souterrains avaient subi le bombardement, la destruction du château par Louis XIV, personne n'y venait depuis. Les quelques-uns qui connaissaient leur existence en ressentaient une crainte superstitieuse. Ils avaient fui un danger pour en courir un autre, inconnu, sournois. Soudain le souterrain buta contre la paroi, il fallut emprunter un goulot où, cette fois, la progression ne pouvait s'effectuer que plié en deux.

— Avançons, fit Maria. Nous déboucherons forcément quelque part.

Giovanni ne partageait pas l'espoir de Maria, mais il se coula dans le réduit. Le plafond s'abaissa encore et ils durent poursuivre à genoux, dans une terre réduite à l'état de poussière qui s'infiltrait dans la bouche entre les dents, bouchait les narines. Chaque respiration représentait un effort, l'air épais charriait un fleuve charbonneux. Nous allons périr asphyxiés, se dit Giovanni, aussitôt il se révolta, il fallait sortir de là ! Il pressa sa reptation, aspirant à petites gorgées l'air poisseux. Brusquement la flamme de la lanterne se ranima, devint plus claire, plus haute. De l'air ! Et avec l'air une lumière incertaine, diffuse, lointaine encore, tout au bout de l'infâme conduit. Maria soupira. Giovanni jeta toutes ses forces vers l'avant. Haletants, ils débouchèrent dans une large rotonde qui leur parut immense. Ils se redressèrent, lentement, reprirent souffle, levèrent la tête et aperçurent le ciel. Un minuscule morceau de ciel par l'extrémité d'une cheminée naturelle percée à même la roche. Ils s'assirent et regardèrent, une étoile brillait, cachée un instant par un nuage, elle réapparut plus scintillante encore.

— Nous allons nous reposer et manger un morceau, dit Giovanni qui parlait à voix basse comme dans la nef d'une église.

Maria plaça les biscuits sur un mouchoir, ils étaient enduits de poussière. Une poussière qui avait pénétré à l'intérieur de la pâte elle-même.

— Quel dommage, fit-elle, espérons au moins que l'eau sera buvable.

Elle tendit la gourde qu'elle avait nouée à son cou. L'eau, bien protégée, était demeurée pure et fraîche. Il leur fallut plusieurs gorgées à chacun pour nettoyer l'épaisse couche de poussière qui tapissait leur gorge. Ils toussèrent et crachèrent une sorte de mâchefer boueux.

— Avez-vous une idée de l'endroit où nous sommes ? demanda Giovanni.

— Sans doute sous la colline du Château, il n'y a que là que l'on peut trouver une faille aussi importante. Peut-être même sous l'ancienne cathédrale, c'était je crois le point culminant.

— Il existait une cathédrale ! s'exclama Giovanni, étonné.

— Oui, une cathédrale, un bourg, à l'abri des invasions. Les habitants cultivaient la vigne, faisaient pousser des légumes. Au bord de la mer, il n'existait qu'un village de pêcheurs. Longtemps il exista une rivalité entre les deux, la cité du bas l'emporta. Quand les armées de Louis XIV arrivèrent il ne demeurait que la garnison de la citadelle. Ils la détruisirent pierre à pierre, le roi avait ordonné qu'il n'en restât rien.

— Des villes, des civilisations entières disparaissent, dit Giovanni, j'ai vu cela en Italie, près du couvent où je me trouvais, on a mis au jour des ruines datant des Romains, des rues, des thermes avec des fresques intactes représentant des femmes portant des jarres, elles étaient belles et souriantes. Les moines ont fait détruire les fresques, « des fresques païennes », ont-ils dit. À cette époque, j'étais suffisamment stupide pour participer à leur destruction. Je le regrette aujourd'hui.

Pour la première fois Giovanni évoquait le passé : Son enfance, sa jeunesse sans mère, pensa Maria, comme il devait me détester…

— Si nous tentions d'avaler quelque chose ? proposa Giovanni d'un ton enjoué. Nous avons besoin de forces pour nous sortir d'ici.

Tandis qu'il partait à la recherche d'une nouvelle galerie, Maria à la lueur d'une bougie essaya de nettoyer deux biscuits, ôtant les minuscules grains de poussière un à un.

Quand le jeune homme revint, ils paraissaient presque mangeables.

— Il existe une galerie, fit-il, mais elle part en direction de l'ouest, or le Paillon et la campagne sont à l'est.

— Le principal, c'est de sortir d'ici.

Giovanni grignota les biscuits, Maria lui laissa le sien.

— Je n'ai pas faim, je vous assure. Je préfère me reposer.

Et comme pour confirmer sa volonté de prendre du repos, elle étendit ses jambes dans la terre grise.

— Vous arrive-t-il d'avoir peur ? demanda-t-elle.

— Oui, répondit Giovanni. Il n'y a pas très longtemps encore en me rendant à Laghet, ma route a croisé celle d'un loup. Le diable me voulait, j'ai allumé un feu et j'ai récité du Chateaubriand toute la nuit.

— Du Chateaubriand !

— Le livre que vous m'avez offert ne m'a jamais quitté, je connais des passages entiers par cœur, il m'a consolé bien des fois, peut-être cette nuit-là m'a-t-il sauvé la vie. Qui sait? Au matin le loup était parti. Un loup qui hurle à quelques pas de vous c'est terrible, je croyais deviner ses yeux dans la nuit, deux boules rouges et cruelles.

Maria souriait : J'ai veillé sur lui, c'est mon âme qui l'a sauvé pas Chateaubriand…

— Vous avez porté un intérêt à ce livre?

Giovanni s'installa dos contre la pierre.

— Éteignez la bougie, la clarté de la lune suffit largement, dit-il avant de répondre. J'ai surtout apprécié tout ce qui concerne la nature, l'évocation des ciels et des étangs, la migration des oiseaux, la germination des fleurs cela est d'une si stupéfiante beauté. Vous souvenez-vous de l'évocation du Mississippi dans *Atala*, les arbres de toutes les couleurs qui montent si haut que le regard a de la peine à en deviner la cime? Le magnolia avec ses roses blanches, le palmier solide comme un roc, mais que le moindre souffle de vent fait frémir. Cela fait rêver! Les piverts empourprés, les oiseaux moqueurs, la colombe de Virginie, le perroquet vert à tête jaune, les cardinaux, les colibris étincelants, il y a aussi ces serpents oiseleurs suspendus dans les arbres comme des lianes. Ces pages enfiévrées m'ont donné la soif d'arpenter des contrées vierges. Désormais je désire découvrir autre chose que l'olive, oh, je l'aime l'olive, mais il me faut aussi l'érable, le tulipier, l'alcée, je veux m'enfoncer dans les savanes aux herbes hautes, remonter des fleuves inconnus. Ici bientôt on ne respirera plus.

Giovanni se tut, haletant.

Maria avait suivi le vol des oiseaux multicolores, humé l'arôme liquoreux des fleurs de magnolia, parcouru les herbes des savanes, entendu la rumeur sourde des grands fleuves.

— Partez mon fils, partez et revenez enrichi de tous ces trésors, murmura-t-elle.

Ému, Giovanni se leva.

— En attendant, fit-il, sauvons-nous d'ici...

Ils suivirent la galerie repérée par Giovanni, spacieuse, elle montait en pente douce. Bientôt leur arriva la rumeur d'un fracas, une succession régulière de coups, des coups lourds, denses, allant en s'éparpillant.

— La mer ! fit Maria.

Ils avancèrent et ce fut l'éblouissement, par une large alvéole leur apparut l'écume mousseuse de la vague. Ils ne dominaient pas la mer, ils étaient dans son ventre, là où elle se brise. Ils se trouvaient dans une grotte dont la seule issue donnait sur l'eau se dressant et se fracassant en une pluie torrentielle.

— Nous sommes sous les rochers de Rauba Capeu, expliqua Maria, au pied du Château. Le remous y est souvent violent.

Ils devaient parler fort pour s'entendre, le gong de la mer résonnait avec un vacarme assourdissant. Giovanni s'approcha de la muraille d'eau. Il n'y avait qu'une solution, se lancer dans le tourbillon après avoir aspiré le plus d'air possible, attendre le ressac pour faire surface, à condition de ne pas heurter de la tête un rocher ou être emporté par le courant. Le choix se jouait à risquer de périr étouffé en rebroussant chemin ou noyé en allant de l'avant. Il n'eut rien à expliquer, Maria avait suivi le même cheminement que le sien. D'une voix assurée elle s'enquit :

— Vous savez nager, j'espère ?

— Oui, rassurez-vous.

— Déshabillez-vous, avec cette vareuse vous allez piquer du nez immédiatement.

Il jeta sa vareuse et la chemise qui se trouvait dessous, ôta ses souliers de moine marcheur et se retrouva torse nu, vêtu de sa seule culotte.

— Je passe la première, fit Maria, je connais cette mer, c'est la mienne, il y a très longtemps je venais ici avec les enfants de Sainte-Réparate et nous nous laissions tomber du haut des rochers. Suivez-moi.

— À la grâce de Dieu, murmura Giovanni.

Maria ne répondit pas, elle se jeta dans le gros de la vague au moment où elle se présentait gonflée avant d'expirer en mille gerbes qui retombaient en éclats d'argent. L'eau l'engloutit, Giovanni la vit disparaître puis resurgir les bras le long du corps, soulevée par la vague, ses cheveux défaits auréolant son visage d'un bouquet d'algues.

Il plongea, aspiré par le tourbillon, le noir l'enveloppa, en levant les yeux, il distingua Maria, voguant telle une voile blanche. Le ressac le saisit, il se sentit hissé, porté par le flot. Il émergea, c'était l'aube, juste avant le moment où le soleil pousse les montagnes et déboule dans le creux de la mer. À la surface, la vapeur était légère, teintée par le rose et le vert du ciel. Giovanni reprit souffle, Maria était à ses côtés, elle flottait, immobile, couchée sur le dos, le visage tourné en direction de là où allait poindre le jour. Elle souriait.

Ils traversèrent la ville déserte, dégoulinants d'eau, et se dirigèrent vers l'hôtel d'York. À l'entrée les excités de la veille dormaient une bouteille à la main, ils les enjambèrent. Maria s'enveloppa d'une cape de laine brune, Giovanni emprunta des vêtements de Vincent, trop larges pour lui.

En mettant les pieds sur la grève son fils avait déclaré :

— Partons pour Laghet, là-haut vous serez à l'abri le temps que ces imbéciles reprennent leurs esprits.

Une heure plus tard ils prirent la route de la montagne, Maria sur son cheval, Giovanni sur une mule récupérée à l'hôpital.

Don Conso venait de terminer les vêpres et se préparait avant la nuit à arroser les légumes du potager quand il les vit arriver dans la lumière dorée, tous deux légers comme l'air.

— La mère et le fils… le fils et la mère, murmura-t-il.

La chaleur arriva, le soleil devint blanc, les volets furent tirés, on se calfeutra dans les pièces les plus sombres. Dès la fin de la matinée, on ne rencontrait dans les rues que de rares chiens tirant la langue, des cochers assoupis sous leur capote. Le désert s'étendait de la mer à la campagne dans une somnolence pesante. Seules les églises bruissaient même aux heures les plus chaudes. Les moines étaient revenus, les capucins à Saint-Barthélemy, les franciscains à Cimiez. Dans la lourdeur irrespirable de l'air brûlant les juges et les consuls réenfilaient les costumes qu'ils portaient avant 1792, dépoussiéraient les perruques et les chapeaux qu'ils plaçaient en équilibre sur leur tête.

Un matin, les étudiants en arrivant au lycée, inauguré un an avant par Dubouchage, virent se dresser devant eux l'ombre noire des prêtres. Dans les salles de classe toutes les expressions en français avaient été remplacées durant la nuit par des locutions en italien. Avant d'étudier, il fallut prier, ceux qui ne savaient pas firent semblant, gorge serrée. Aux lycéens juifs on rappela qu'il existait une école pour eux dans le ghetto. Quel ghetto ? Celui que l'on venait de rétablir et dont on fermait les portes chaque soir. « *Coma dinans !* » avait dit le roi Victor-Emmanuel. « Comme avant ! » — avant 1793. Pendant plus de vingt ans, vingt étés, vingt hivers, rien, il ne s'était rien passé. Il suffisait de gommer les choses, d'effacer la trace française dans les esprits, les cœurs, les mentalités et jusque dans les âmes. Pour ce faire, on avait la police et les religieux. On avait le soleil qui anéantit.

Aux églises, aux couvents, les cloches sonnent, elles s'occupent du salut de tous. À quoi bon se révolter ? La torpeur devient torture quand on s'insurge, se dresse, se lève. Le soir venu, on fait fondre des morceaux de glace dans la bouche, de la glace pilée avec de la fraise ou du citron. On regarde le ciel s'amadouer de gris perle. Le clapotis de la vague imperceptible glisse sur le rivage, la nuit arrive avec le premier souffle d'air. À la caserne de la place Impériale, redevenue Saint-Dominique, la trompette de la garnison sarde sonne l'extinction des feux. Sur le Cours les officiers font rutiler l'or des brandebourgs, l'éclat argent des ceinturons tandis que le plumet des shakos, même sans le moindre souffle de vent, se pavane fièrement.

Dans la fournaise du jour, le sirop de la nuit, arrivent à toute heure les soldats oubliés de l'Empire. Ils rentrent en France. Ils tendent la main pour un peu de pain, un peu d'eau. Certains étaient prisonniers dans des camps lointains de Bohême, de Moldavie. Si près du but, ils s'écroulent. Ils cherchent la fraîcheur dans les églises, s'endorment dans les travées, se transforment en soldats mendiants, quelques-uns vont mourir sur la grève, le plus loin possible des hommes, comme s'ils avaient honte. La police les chasse, tout désarmés, démunis, affamés qu'ils soient, ils font encore peur. Le moindre signe qui rappelle « l'Ogre » fait trembler. Les lambeaux de leurs uniformes sont les témoins de trop de victoires. Il faudrait les brûler comme on le fait pour le vêtement des cholériques. Plus de victoire, plus d'uniforme, plus de souvenir, le pouvoir nouveau veut une canicule sans mémoire.

Ces hommes aux yeux hagards, Maria les guette, reverra-t-elle ainsi Hureau un jour lui revenir ? Il lui arrive de donner à manger à l'un de ces soldats perdus et de l'interroger. Des capitaines, il y en a tant... ils ne se souviennent plus. Bien sûr, c'était une immense armée. Sait-on jamais cependant ? La moindre indiscrétion, quelqu'un qui aurait entendu parler d'un capitaine de gendarmerie de la Garde. Un corps d'élite. Élite... Oui tout ça, c'était avant. Tout a été dispersé, tout a fondu. Peut-être avait-il été fait prisonnier ? Peut-être moisissait-il quelque part dans cette vieille Europe qui retrouvait ses frontières, ses principautés, qui se refermait avec le délicieux étirement de quelqu'un se réveillant après un cauchemar ?

Le général Éberlé avait mis fin aux combats de rues en rassemblant tout son monde, ne laissant sur place que les mourants. Quelques jours plus tard, ce fut le tour de Dubouchage de prendre la route. Elle aperçut la voiture verte du préfet aux armes de l'Empire passer devant l'hôtel, faire le tour de la place, hésiter un moment puis disparaître. Le lendemain Maria boucla l'hôtel et prit le chemin de la villa. En longeant la mer, elle songea que c'était là l'itinéraire de sa vie, de la vieille cité à la ville anglaise, de la ville anglaise au vieux quartier. Elle ne ressentait aucune amertume, une page était tournée, voilà tout. La page s'était tournée durant cette nuit dans les souterrains où elle avait retrouvé, après tant d'années, si intensément, l'amour de son fils. Désormais elle pouvait attendre. Attendre la vieillesse comme les autres femmes de son âge. Mais non, elle, elle attendait Hureau. Elle se disait que s'il avait trouvé la mort, quel que soit l'endroit où il serait tombé, elle l'aurait su. Hureau était vivant. Parfois elle perdait confiance en croisant un bataillon d'éclopés, ainsi appelait-on les débris des régiments de hussards, de cuirassiers, de grenadiers abandonnés à leur sort. Il leur manquait un bras, un œil, un nez, une jambe, certains, le visage couturé de cicatrices violacées, ressemblaient à des monstres. Dans leurs plaies suppurantes la mort était en marche, arrachant lambeau par lambeau la chair et la vie. La peur, le dégoût et la volonté qu'ils disparaissent le plus rapidement possible faisaient qu'on les nourrissait plus facilement que les solitaires.

Au milieu de l'après-midi, la cloche du portail sonnait. C'était Giovanni. Il venait presque chaque jour. Maria se rendait à sa rencontre dans le jardin d'hiver, sous cette même véranda où elle l'avait reconnu le soir du bal de Pauline. De cette soirée, elle ne disait mot au jeune homme. Giovanni conservait son secret sur cette nuit qui avait fait bifurquer le cours de sa vie. Tous deux se retiraient dans la fraîcheur du grand salon, Maria avait préparé du thé glacé qu'ils buvaient doucement dans un silence soyeux et confortable. Singulièrement, ils ne retrouvaient pas la familiarité qui avait été la leur dans les souterrains du Château, grignotant des biscuits incrustés de sable. Giovanni s'était fait couper les cheveux, habillé de velours neuf, il semblait apaisé, absent parfois, mais heureux.

Maria comprit que son fils était amoureux. Il n'y avait que la pensée de l'être aimé pour faire ainsi briller les yeux d'un homme. Elle n'osait s'en réjouir tout en se refusant à l'évocation du pire. Il y avait tant de jeunes filles et de jolies femmes auxquelles son fils pouvait plaire. Le fait que Catherine lors de ses visites ne lui ait jamais paru plus aimable, scintillante, elle qui avait vécu toutes les années de son mariage dans une léthargie maussade, ne pouvait être qu'une coïncidence ! Giovanni prenait congé en début de soirée, il regagnait Laghet à dos de mule, mais le plus souvent il restait à Nice pour être plus tôt à l'hôpital où le flot des blessés et des malades ne tarissait pas. Où passait-il la nuit ? Maria lui proposait une chambre dans la grande demeure. Il refusait dans un sourire.

— Je dors à la belle étoile.

Au plus fort de la canicule d'août, à l'heure où l'horizon se voile d'un rideau mouvant de pluies sèches, un homme vêtu d'un costume de drap noir, et d'une redingote, chapeau enfoncé sur la tête, se présenta à la porte de la villa. Maria, malgré la tenue civile, reconnut le militaire dans la raideur du visiteur.

— Vous êtes Maria Tordo ? fit-il d'une voix habituée au commandement.

Elle acquiesça d'un signe de tête.

L'homme tendit une enveloppe fripée par un long voyage. Maria sut immédiatement qu'il s'agissait d'une lettre de Hureau. Elle maîtrisa son impatience et proposa au messager de prendre un peu de repos.

— Merci madame, fit l'homme, mais moins on me verra dans les parages, mieux cela vaudra, la police sarde est sur les dents. Un cabriolet m'attend pour me conduire à Toulon où j'espère arriver dans la nuit. Vous voyez, je n'ai pas de temps à perdre.

L'homme souleva à demi son chapeau et tourna le dos. Maria attendit qu'il traverse le jardin puis, d'un pas qu'elle s'efforça sans précipitation, elle vint se blottir dans la fraîcheur du salon. La lettre venait de Portoferraio, île d'Elbe, elle était signée Hureau.

Chère Maria,

Vous avez dû mourir d'inquiétude. Je n'ai qu'une excuse : le monde s'est écroulé autour de nous. J'ai vécu ces derniers mois plongé dans un cauchemar dont je ne suis pas encore complètement remis. La chance cependant ne m'a pas abandonné : je suis vivant. J'ai vu succomber tant de mes amis que je dois sans doute m'estimer heureux d'avoir survécu. Je ne vous raconterai pas ici toutes les péripéties de mon retour en France après avoir laissé le pape à Savone. Lorsque je l'ai quitté, le vieillard m'a semblé avoir récupéré dix ans de vie. Tant mieux pour lui. Passons à l'essentiel, j'ai participé en compagnie de l'Empereur aux combats de la campagne de France où les hommes, essentiellement des jeunes conscrits, se sont conduits en héros, se battant avec une détermination et une volonté farouches. Nous avons remporté la partie et pourtant nous avons été vaincus par la trahison. Trahison oui, trahison des maréchaux, trahison des politiques, trahison de tous ceux, comblés jusqu'à l'étouffement de biens et de prébendes par l'Empereur, ceux-là oui se sont précipités dans la trahison avec la jubilation et la vitalité qu'ils auraient dû montrer à la défense de l'Empereur et de la France.

Pas un seul instant vous n'avez été absente de mon esprit, de mon cœur. Si une balle ou un boulet m'avait atteint, ma dernière pensée aurait été pour vous. La mort a daigné m'épargner, la chance, toujours elle, a joué jusqu'au bout puisque me voilà parmi les fidèles qui ont suivi l'Empereur sur cette île. Notre régiment est arrivé sur les lieux alors que Sa Majesté s'y trouvait déjà depuis une quinzaine de jours. L'embarquement eut lieu à Fréjus… Nous avons suivi la côte un bon moment, j'ai vu Antibes, son cap et j'ai aperçu Nice nichée au fond de la baie. Vous étiez là, si près… Je passais au large, la mer était d'un calme absolu, nous n'avancions pas. Si ce n'était le souci du devoir, je sautais et je venais à vous. Puis ce fut le rivage de la Corse, qu'a-t-il pensé Lui en longeant sa terre natale ? Nous sommes arrivés fin mai. La première chose qu'a faite l'Empereur fut de nous passer en revue. Il semblait diriger la manœuvre de toute une armée, à la fin, nous fûmes étonnés de nous retrouver si peu nombreux, quelques instants nous avions cru que c'était toute la Grande Armée qui se trouvait sur ce bout de terre. Un bout de terre que Sa Majesté a eu vite fait de transformer en « petit Empire ». Elle a commencé par changer le tracé des routes, les habitants d'ici buvaient de l'eau infecte depuis toujours, l'Empereur a cherché et trouvé une fontaine d'eau potable dont le cours fut dirigé vers Portoferraio. Il a fait venir de Toscane une grande quantité de mûriers et d'autres essences afin de rendre moins désertique ce caillou perdu dans la Méditerranée. Portoferraio est en travaux, on démolit actuellement des masures qui cachaient la vue. La placette centrale du bourg a été augmentée aux dimensions d'une place d'armes. Bref, il n'arrête pas et nous non plus. Les ouvriers de ces grands travaux sont presque tous des soldats. Les hommes troquent l'uniforme de grenadier pour le tablier de terrassier. L'Empereur visite le chantier chaque jour, écoute les réclamations et s'efforce de les satisfaire. Il paraît sincèrement heureux. Mais, pour faire partie de sa garde rapprochée, je sais que les heures sont pesantes.

Si loin de vous j'ai pourtant eu de vos nouvelles. Devinez par qui ? La princesse Pauline est arrivée dans l'île. J'ai été chargé de l'accueillir, cela faisait sept ans que je ne l'avais vue, je l'ai trouvée à la fois très fatiguée et toujours aussi étonnamment pleine de charme. Elle m'a narré sa dernière nuit à Nice chez vous, une nuit d'appréhension et de terreur où elle se félicitait que vous soyez restée à ses côtés. À travers son récit, je ne voyais que vous. J'avais peur pour vous dans cette ville où les éléments hostiles au régime ne manquent pas. Et si c'était vous qui étiez en danger ? Cette idée m'était insupportable. Depuis je me suis raisonné, à peu de frais peut-être, en vous imaginant comme d'habitude courageuse et entreprenante, sachant faire face aux événements. Rassuré définitivement, quand le serai-je ? Je vous le demande, ne répondez à cette lettre que si vous trouvez quelqu'un pour la porter et en qui vous ayez toute confiance, sinon abstenez-vous. Le courrier est sous surveillance. Je reviens à la princesse qui a amené avec elle la légèreté et la distraction qui nous manquaient. Chaque soir l'Empereur monte un étage et va dîner chez elle. Se retrouvent à la table les édiles de la ville, l'intendant M. de Balbiani, le chambellan M. Vantini, le maire, le colonel de la Garde locale, tout ce beau monde ébahi assiste aux évolutions de Son Altesse qui se conduit avec eux comme s'il s'agissait des ambassadeurs les plus fins, des cours royales européennes. Elle organise des représentations théâtrales, des bals, des soirées de jeux. Les amusements se terminent vers minuit, la société ici n'est pas habituée à veiller tard. Le plus souvent l'Empereur s'est déjà retiré pour travailler.

Certains soirs, Sa Majesté aime se rendre à l'ermitage qu'elle s'est fait aménager à San Martino. Côtoyé par un torrent, l'endroit conserve de la fraîcheur même au plus gros de la chaleur. De là, on domine la ville et le port, par les soirées très claires de pleine lune on distingue à l'horizon les côtes de la Toscane. L'Empereur n'y dort jamais, il s'assoit un moment, contemple le miroitement de la mer puis reprend le chemin de Portoferraio. Nous sommes très peu à l'accompagner dans cette promenade qui ressemble plutôt à une longue méditation. Nous nous tenons à l'écart pour ne pas le troubler. L'autre soir cependant, il nous a demandé à Cornuel, Loubers, Lamourette, Combi et moi-même de le rejoindre. Il nous a entretenus des nouvelles de France qu'il reçoit quasiment chaque jour par des visites ou des envoyés spéciaux, bref l'enthousiasme pour les Bourbons s'effrite, nous a-t-il dit : le peuple se retrouve avec le clergé dominateur, les impôts, qui devaient diminuer, ont augmenté, quant aux nobles, non seulement ils n'ont rien appris, mais ils n'ont rien oublié de leur arrogance, comme si la France depuis 1789 n'avait pas changé de visage. Je ne vous entretiendrais pas de ses propos si je n'y voyais se profiler un événement. Cet événement pourrait bien être le retour !

En attendant, ce 15 août, on fête l'anniversaire de l'Empereur. Une vaste tente a été dressée sur la grande place afin que la population participe à la liesse. Il y aura de la musique et des discours.

Maria, je me suis peu entretenu de vous mais j'avais tellement envie de me confier. Ce soir, dans cette nuit d'été, il me semblera que vous êtes à mes côtés, que je vous prends la main, que nous dansons ensemble et que vous m'aimez comme je vous aime.

Un jour nos destins cesseront de se croiser et s'assembleront à jamais.

À bientôt Maria, avec tout mon amour.

P.-S. l'Empereur m'a élevé au grade de colonel. Il m'a donné l'accolade. J'ai pleuré d'émotion, pas pour le grade...

Maria conserva un long moment la lettre posée sur ses genoux. Le sentiment qui la dominait était un mouvement de colère, elle ne comprenait pas, elle ne comprenait plus, pourquoi Hureau l'avait laissée si longtemps sans nouvelles, n'aurait-il pas pu, de Fréjus, en une nuit au galop, venir la rejoindre ? Un Hureau plus amoureux l'aurait fait. Certes il l'aimait, mais moins que l'Empereur ou encore ce qu'il appelait ses « missions ». Maria se leva et parcourut l'immense demeure que gagnait la pénombre. Au-dehors les oiseaux de nuit et les crapauds avaient commencé leur musique. La nuit n'apportait aucune fraîcheur, une touffeur morte envahissait les pièces. La mer sombre roulait inerte sur les galets. On l'entendait sans la distinguer. À sa place, un vide noir, oppressant.

Elle dut s'avouer qu'elle était jalouse, jalouse de Pauline. « Toujours aussi étonnamment pleine de grâce », écrivait-il et cette grâce étonnante malgré la fatigue, autrement dit sa fatigue ajoutait à sa beauté ! Pauline, Pauline la fleur dévoreuse, qui pouvait-elle bien dévorer sur ce caillou perdu ? Hureau lui plaisait, elle ne l'avait pas caché. La réserve de Hureau ? Peut-on jamais compter sur un homme, un homme esseulé qui plus est ? Bien sûr, il y avait la maladie de la princesse, mais qu'en était-il exactement de cette maladie ? Et si soudain elle s'évanouissait laissant le champ libre aux étreintes ? Un court instant, Maria eut la vision de Pauline et de Hureau enlacés dans cet ermitage que le colonel évoquait et qui semblait tout à fait propice à ce genre de rencontre. Elle se retira dans sa chambre, s'aspergea d'eau, s'allongea mouillée sur les draps tièdes. Pourquoi n'irait-elle pas, elle aussi, comme tout le monde à l'île d'Elbe ? L'endroit était très fréquenté, des Anglais paraît-il, venaient reluquer sous le nez l'Empereur vaincu. Rien ne la retenait. Elle imagina la traversée, l'arrivée sur l'île, la surprise de Hureau, elle se vit jouer la femme trop éprise pour supporter plus longtemps la séparation. Elle pouvait égrener les scènes les unes après les autres, la joie vraie ou fausse de Pauline. Elle s'inventa même une rencontre avec l'Empereur, ils marchaient ensemble le long de la mer, évoquaient l'Italie, il lui avouait qu'il n'avait jamais mangé d'œufs au miroir aussi bons que les siens. Soudain un éclair silencieux illumina le jardin, Maria émergea de son rêve éveillé. Les éclairs se succédèrent sans bruit au-dessus de la mer, jetant des lueurs violettes. Elle ouvrit la fenêtre en grand, une forte odeur chargée d'eau saturait l'atmosphère. Elle se recoucha, sa crise de jalousie faiblissait, elle avait tort de douter d'un homme comme Hureau. Il fallait chasser les mauvaises pensées qui encombraient son esprit. Hureau accomplissait son devoir. Admirerait-elle un homme qui n'obéirait qu'à sa passion, fût-elle amoureuse, manquant à l'honneur ? Peut-être après tout que leur étrange amour reposait sur l'absence et le souvenir, le vide et le plein ?

À l'aube l'orage éclata enfin. Le vent de mer se leva, apportant avec lui la fraîcheur. Maria frissonna, tira sur son corps luisant de sueur une légère couverture de coutil. Elle resta un long moment à écouter la pluie violente fouettant les branches des arbres avant que le sommeil ne la gagne.

Giovanni très vite s'aperçut qu'une journée sans Catherine était une journée fade, perdue, monotone. Ils prirent l'habitude de se voir, hors l'hôpital, dans de longues promenades qui les menaient au-delà de Villefranche, dans les prairies qui s'étendaient le long de la mer du cap Ferrat, au pied du village d'Èze. Catherine n'avait aucune peine à quitter comme bon lui semblait la maison Arson. Elle disait qu'elle partait soigner les malades, ce qui était en partie vrai. D'ailleurs personne ne lui posait de questions. Peu à peu s'instaura l'habitude, dès le début de l'après-midi, de suivre la côte, elle à cheval, lui à dos de mule. Catherine amenait de chez elle des nourritures délicieuses : poulet gras et tendre, lapin en gelée, farcis à la viande, des fruits et même du vin. Après deux heures de route, ils choisissaient parmi les bruyères un pin large et ample, au vert si sombre qu'il en semblait noir, ils appréciaient cet arbre aux ramures qui pliaient doucement comme les ailes d'un gros oiseau fatigué. Ils disposaient les plats, débouchaient le vin, étendaient une nappe blanche, une nouvelle chaque jour. C'était le moment de la journée où le soleil frappait sans pitié, une chaleur, amplifiée par la stridulation lancinante des cigales, les empêchait de manger, ils touchaient à peine aux aliments, le simple effet de se concentrer sur la mastication faisait perler la sueur à leur front. Levé de très bonne heure, Giovanni fatigué s'endormait lourdement, Catherine le regardait. Elle attendait ce moment avec volupté, l'instant où elle pouvait le contempler jusqu'à s'en repaître, où d'une main tendre elle chassait les insectes qui prenaient cet homme étendu et immobile pour une plante inconnue. Elle déboutonnait sa chemise, deux ou trois boutons à partir du col, écartait lentement le tissu puis, d'un doigt, frôlait la peau découverte. Une peau teintée par le grand air d'une coloration de fruit mûr. Cette caresse furtive était la seule qu'elle se permettait. Giovanni se dérobait chaque fois qu'elle tentait de l'approcher de trop près. La seule intimité qu'il lui autorisait était de lui saisir la main et, parfois, rapidement, par surprise, de la porter à ses lèvres. Le visage enfoui dans le buis et la lavande, Giovanni s'abandonnait. La témérité de Catherine allait jusqu'à approcher ses lèvres du front et des joues de l'endormi, à laisser couler son souffle pour y sécher les larmes de transpiration. Les lèvres dansaient au-dessus de la peau offerte sans jamais la toucher. À chaque fois elle réduisait l'espace qui séparait le baiser de la chair, un jour elle n'y tiendra plus et ses lèvres, légères comme un papillon, se poseront là, sous les paupières, la peau s'y trouve si fine, si fragile.

Giovanni s'éveillait, s'excusait d'avoir succombé au sommeil, dans ces instants-là son regard se voilait de tendresse, il lui prenait la main, pas longtemps, suffisamment pour que Catherine en frémisse. Son cœur s'enflammait tandis qu'elle rangeait les vivres dans le panier, qu'elle repliait la nappe à peine froissée. Le retour. Deux longues heures encore en sa compagnie, au pas nonchalant de leurs montures. L'air frémissait de chaleur mais déjà la terre se préparait pour le soir et sa fraîcheur, une fraîcheur que l'on ne pouvait que pressentir mais dont les signes se lisaient dans la longueur plus ample des ombres, dans le vol précipité des oiseaux, dans la course sous les herbes des bêtes invisibles, dans le ciel se voilant d'un verni de laine gris pâle. En contrebas du chemin qu'ils suivaient, en clignant des yeux, ils entrapercevaient le soleil fondant dans la mer en longues coulées vermeilles. Le miroitement s'étendait au plus large de l'horizon, effaçant la mer elle-même pour n'en laisser que la substance.

De temps à autre ils croisaient un homme coupant des roseaux, un pêcheur jambes nues encore empenné de perles d'eau, un vieux paysan fauchant un pré adossé à la montagne qui allait s'alanguissant d'une traînée crémeuse d'herbes jusqu'au rivage.

Ils étaient au paradis.

D'autres fois ils obliquaient les sentiers escarpés, découvrant des prairies grandes comme des mouchoirs avec un olivier solitaire planté là depuis des siècles. À chaque lacet apparaissaient des territoires abandonnés, des vergers aux arbres fruitiers écroulés, des masures éventrées dont ne subsistait que la façade de pierre mangée par le lierre. Ces manifestations d'un labeur ancien passionnaient Giovanni, il s'enfonçait au creux des ronces, faisant fuir les serpents sous sa semelle. Catherine l'attendait et s'ennuyait. Il lui préférait un noyer centenaire, une noria oubliée cachée sous les hautes herbes. Il revenait joyeux. Il lui racontait des histoires du temps des Romains ou encore de l'époque des Templiers. Elle l'écoutait avec l'attention d'un enfant mais elle aurait préféré qu'il lui parle de leur amour. Giovanni faisait régner un trop grand recueillement pour qu'elle ose le rompre avec des déclarations sentimentales. Elle se tenait en une adoration muette qui lui laissait, à la fin de la journée, une terrible sensation d'inanité.

Le village de La Turbie était renommé pour ses brusques changements de temps, des orages et des pluies pouvaient investir un ciel parfaitement bleu quelques instants encore auparavant. Ce fut exactement ce qui se produisit, de lourds nuages surgis de nulle part vinrent obscurcir le donjon et les toits des maisons moyenâgeuses. Le froid tomba sur leurs épaules puis l'averse arriva, couchée de biais par le vent de mer. Ils se réfugièrent dans une ancienne écurie ornée d'ogives romanes. Une odeur de feu de bois subsistait dans la pièce sombre et voûtée. Ils s'installèrent sur un muret taillé dans la pierre d'un ancien abreuvoir. Catherine se blottit le plus près possible, jusqu'à toucher de son bras nu celui de Giovanni. Elle trouva qu'avec ses cheveux mouillés il ressemblait à un guerrier romain de l'Antiquité tel qu'elle en avait vu sur les gravures de son livre d'histoire. Cette image de guerrier coïncida avec l'étrange récit qu'il entreprit de lui raconter, tandis que la pluie faisait tinter le toit sur leurs têtes.

— Savez-vous qu'ici se dressait un monument à la gloire de l'empereur César-Auguste ? Il faut imaginer ces colonnes dressées haut pour soutenir la voûte du temple. Les navigateurs qui longeaient la côte en avaient fait un repère, les légionnaires romains qui empruntaient la voie Julia-Augusta le saluaient d'un *Ave Cæsar* retentissant. Majestueux, dominant les flots et la campagne, il marquait la frontière entre la Gaule et l'Empire. Bien avant Auguste, un autre dieu occupait les lieux, les Phéniciens avaient dressé là un monument consacré à Apollon. Auguste n'effaça pas Apollon. Des siècles plus tard, caché dans les vieux murs, Apollon parlait, il prenait même plaisir à renseigner les maris sur la fidélité de leur épouse. Un mari dans le doute se rendait de nuit au temple et l'interrogeait. Si les murs conservaient le silence, le mari s'en retournait le cœur allègre. Sinon, dès les premières questions, Apollon rugissait, se mettait à hurler, si fort qu'on l'entendait depuis le rivage : « Cocu, cocu ! » Le mari, le sang glacé, restait un moment pétrifié avant de reprendre ses esprits.

— Mais pourquoi Apollon faisait-il cela ? intervint Catherine.

— Sans doute la vengeance d'un dieu de l'Olympe envers un empereur mortel, fût-il César-

Auguste, qui lui avait volé sa place. La tradition se perpétua jusqu'au Moyen Âge. L'un des derniers à questionner l'idole fut Aymeri, prince de Narbonne. Il traîna son épouse Tiburge au pied de la tour, mais ce que le prince ignorait c'est que la jeune femme avait demandé protection à saint Honorat, le saint qui débarrassa les îles de Lérins des milliers de serpents qui l'infestaient. Le saint n'aimait pas les idoles, il coupa un morceau de sa robe de bure et la donna à Tiburge. Aussi, quand le prince Aymeri voulut savoir, Apollon lui répondit : « Dame de grand mérite est Tiburge, je ne connais pas qu'elle ait fauté un seul jour. » Aymeri, fou de joie, embrassa sa femme.

— Mais le trompait-elle cette Tiburge ?

— La légende ne le dit pas, il ne faut pas vouloir tout savoir, d'ailleurs par la suite, Apollon s'est tu.

— Il était vexé ?

— Il était vaincu par le saint.

— Vous trouvez une morale dans cette histoire ?

Giovanni sourit, la pluie avait cessé, l'eau s'écoulait du toit par les rayons du soleil renaissants.

— Il doit en exister plusieurs, l'une d'entre elles est certainement celle-ci : il vaut mieux le silence que le scandale.

— Et si le scandale était la vérité ?

— Quelle vérité ? Saint Honorat en faisant don de sa bure a lavé le péché de Tiburge, effacé le scandale.

Dehors la terre séchait déjà, laissant échapper une vapeur tiède.

Catherine voyait avec appréhension arriver la fin de l'été, qu'en serait-il alors de leurs rendez-vous le long des après-midi ? La pluie mettrait fin à leurs rencontres puis ce serait l'hiver, les chemins impraticables, le temps de se retrouver et la nuit viendrait mettre un terme à leur réunion. L'été filait, les journées raccourcissaient et Giovanni demeurait dans cette tendresse timide, ces frôlements imperceptibles qui l'affolaient. Pourquoi lui avoir raconté cette légende de Tiburge, sinon pour la mettre en garde ? Elle se moquait bien des oracles bavards, que lui importait que l'on sache qu'elle aime ? Elle se moquait de sa réputation. Elle n'était pas la fille de Maria impunément. L'estime de la société lui était indifférente. Elle voulait fuir de cette ville, fuir avec celui qu'elle désirait. Peu importe le qu'en-dira-t-on. Faire souffrir Pierre-Joseph ? L'idée seule que ce gros benêt puisse être malheureux la faisait sourire. Elle allait avoir vingt-cinq ans, sans jamais avoir connu la folie, la passion, la volupté de la jeunesse. Le temps se refermait sur elle comme une tenaille, une impression physique, douloureuse, qui devenait insupportable plus les jours passaient.

À la fin août, la chaleur devint grise, le soleil disparut, des vents chauds soulevèrent des moutons sur la mer. Dans les herbes, les insectes, pris d'une étrange agitation, tournoyaient inlassablement, s'accrochaient à la peau et la piquaient avec férocité. Les orages s'annonçaient, on pouvait en deviner les nuées sur les hauts sommets des montagnes italiennes. Leur avant-garde noire galopait déjà dans le ciel, des troupes entières rassemblées, gonflées de pluie. Ils n'éclataient pas encore, ils attendaient la flamme du tonnerre. Catherine eut l'idée de passer une nuit à la belle étoile. Oh, juste une nuit tous les deux, à l'abri d'une cabane ou d'un arbre, tels deux enfants jouant aux sauvages. Giovanni refusa, elle insista, serait-il assez cruel pour lui sacrifier ce plaisir innocent avant la triste perspective de journées où les intempéries les contraindrait à l'absence de l'autre ?

Ils trouvèrent refuge dans un aplomb au-dessus de la mer où trônait un gigantesque pin dont le tronc s'enfonçait dans la roche, avec une puissance de roi solitaire. Tout son être semblait dire : « Je suis là de toute éternité et rien au monde ne peut m'atteindre, ni la tempête, ni la foudre, ni même les tremblements de terre. » Cet arbre rappela à Giovanni, en plus énorme, celui qui lui avait sauvé la vie non loin de là. Il redoutait cette nuit, résurrection de moments vécus dans les limbes. Des années et des années plus tard, le destin le ramenait dans les parages en compagnie de celle pour qui il avait failli mourir. Ils confectionnèrent deux lits de branches et de mousse, allumèrent un feu dont le vent couchait la flamme, de grosses vagues déferlaient au pied de la paroi, ce n'était pas encore la tempête, la mer semblait rassembler ses forces en prévision de l'assaut. Un drap noir voilait le ciel, la nuit était lourde, charnelle, chargée du miel des herbes et des fleurs. Un frisson parcourut Giovanni, il essuya ses mains moites, une angoisse indicible lui serrait la poitrine. Il fallait dormir, ou attendre dans la fièvre le lever du jour. Il pria en silence, le visage entre les mains. Prier, cela ne lui était pas arrivé depuis des mois. Ce soir l'angoisse était trop forte, la prière lui revint tout naturellement, comme une partie de soi longtemps paralysée et dont on retrouve soudain l'usage. Il s'allongea, la roche sentait le bois brûlé. Malgré le fracas des vagues, le soupir incessant de l'arbre, ses gémissements, ses sanglots parfois, il percevait le souffle de Catherine, un souffle rapide, nerveux. Une rafale de pluie balaya la roche, des gouttes épaisses, tièdes se brisèrent avec un bruit mou de fruit trop mûr. Catherine vint se blottir contre lui, ses mains, qui faisaient une tache blanche dans la nuit, arrachèrent les boutons de son gilet. Les gouttes d'eau glissaient sur son épaule. Le visage de la jeune femme ruisselait. Elle le saisit par le cou et lentement, très lentement, approcha sa bouche de la sienne. Ils sombrèrent enlacés, noués l'un à l'autre. Il sentit son ventre se soulever, son être entier brûler. Tout en l'embrassant, en absorbant sa salive mêlée de pluie, il défit la ceinture de cuir qui le maintenait.

Catherine libéra ses lèvres et murmura :

— Viens ! viens mon amour...

Une lame glacée s'abattit sur lui. Il resta figé, dans l'impossibilité de se mouvoir. C'était plus fort que tout, plus fort que le désir. Il rampa à l'abri de l'arbre. Il pleurait. Catherine se jeta contre lui.

— Tu ne veux pas de moi... tu ne veux pas de moi ?

Elle le lâcha et le gifla plusieurs fois.

— Je te hais, clama-t-elle. Je te hais.

Elle s'éloigna en courant par le sentier qui dévalait vers la mer, Giovanni se lança à sa poursuite. Des éclairs zébraient le ciel, de longues écharpes mauves et silencieuses.

— Catherine ! Catherine ! cria-t-il.

Il la vit s'enfoncer dans la vague, disparaître et resurgir, balancée aux flots, mince fétu pâle. Il se jeta dans la vague suivante, l'eau était mousseuse de chaleur comme si une énorme chaudière en entretenait le bouillonnement. Catherine jaillit de l'onde entièrement nue et vint s'échouer sur l'étroite bande blanche du rivage. Il nagea vers elle. Elle l'attendait. Il pensa aux madones de son enfance, à leur blondeur, à leur pureté, à leur innocence, à leur fragilité. Catherine laissait l'eau ruisseler sur elle, immobile. Giovanni eut l'impression d'une apparition, irréelle. Essoufflé, il s'écroula aux pieds de Catherine. Puis, après un long moment, tous deux gravirent la pente et retrouvèrent le refuge du grand pin.

— Couvrez-vous, chuchota Giovanni.

Catherine secoua ses longs cheveux blonds, une onde de gouttelettes s'en échappa.

— Non, répondit-elle, regarde-moi, regarde-moi, lève les yeux. Je suis nue… je suis belle.

Il secoua la tête de désespoir.

— Vous avez peur du péché, s'insurgea-t-elle. Ne vous en occupez pas, faites comme si cette femme à l'hôpital ne vous avait rien dit à mon sujet. Voilà, je suis Catherine et je vous ai attendu fidèlement des années. D'ailleurs il ne fallait pas partir. Si je me suis mariée, mal mariée, c'est de votre faute. Vous avez fui je ne sais qui ou quoi. Déjà à l'époque vous ne m'aimiez pas.

— Je vous aimais, se récria Giovanni.

— Pourquoi alors ?

— Je vous ai trahie, du moins à l'époque j'en avais la certitude, mais je me suis expliqué de cela dans la lettre que je vous ai fait parvenir.

— Quelle lettre ? Je n'ai reçu aucune lettre.

— Impossible, j'ai remis cette lettre à quelqu'un de confiance, Mme Tordo, l'hôtesse chez qui vous logiez.

Catherine sursauta.

— Ma mère... c'est étonnant elle ne me l'a jamais donnée.

Giovanni s'appuya contre l'écorce rugueuse du géant. Tout s'éclairait, tout s'obscurcissait, son esprit tourbillonnait, il vacilla. Maintenant il comprenait l'origine de la lame glacée venue du plus profond de lui-même qui l'avait paralysé quelques minutes plus tôt.

— Sans doute l'a-t-elle égarée, fit-il. Maintenant je vous en prie, rhabillez-vous.

L'orage grondait au-dessus d'eux, lançant des bras de feu dans la mer.

Catherine sourit.

— Mes vêtements sont trempés. Je me rhabillerai demain matin. Tu me protégeras de l'orage ?

— Oui, murmura-t-il, je vous protégerai.

Les orages avaient lavé le ciel, un matin il était apparu dans toute la tendresse d'un bleu de velours. La fin de l'été jouait avec la douceur d'un printemps ressuscité. L'après-midi cependant le soleil reprenait sa force ancienne, les guêpes se livraient à leur ronde infernale. Maria écrivait sous la véranda quand Giovanni se présenta à la grille du jardin. Jamais elle ne l'avait vu aussi élégant, il portait un pantalon collant gris clair avec des bottes à larges revers, un gilet à boutons d'argent ciselés et, malgré la chaleur, une redingote à haut collet. Son visage démentait ce que sa tenue pouvait avoir de futile, il ne portait plus aucune des traces de ce bonheur éthéré que Maria avait cru déceler lors de ses dernières visites. La tristesse marquait à nouveau ses traits. Et, au-delà de cette tristesse connue, une mélancolie inattendue, un sentiment douloureux. Elle se leva pour l'embrasser. Dans un premier temps Giovanni se rétracta puis céda. Maria prépara le thé en silence, minutieusement, elle savait qu'elle ne faisait que gagner du temps. Quand elle retourna sous la véranda portant le plateau, Giovanni semblait plus serein. Il l'aida à disposer les tasses et les biscuits parfumés au citron. À peine la première gorgée avalée, il reposa sa tasse.

— Madame, dit-il d'une voix qu'il voulait solennelle, je suis venu vous annoncer mon départ. Ici je me sens dépérir comme je vous en ai déjà entretenue, il me faut d'autres horizons, des pays neufs, d'autres civilisations à découvrir.

— C'est une décision bien rapide, fit Maria, s'efforçant de conserver son impassibilité.

— Je sais, mais les circonstances m'y forcent.

Elle ne lui demanda pas quelles circonstances.

— Quand partez-vous ?

— Le plus tôt possible, dès ce soir je gagne

Gênes où j'embarquerai dans le premier bateau en partance pour les Amériques.

Maria regarda au-delà de Giovanni, une voile rouge se découpait sur la mer, sans doute un bateau de pêche qui rentrait au port. Splendide immuabilité des choses. Elle se décida à reporter son regard sur son fils. Quelles que soient les raisons de ce départ précipité, la faute lui en incombait. La malédiction la poursuivait. Elle rejeta cette idée, il n'y avait pas de malédiction, seulement la malchance et la fatalité, un écheveau de circonstances. Comment avait-il su pour Catherine ? Car il savait. Les yeux de Giovanni ne mentaient pas et ses yeux lui disaient qu'il savait. Le comment n'avait aucun intérêt. Il savait et cette connaissance était pour lui un déchirement, une sorte de petite mort. Elle songea au bonheur qu'elle avait ressenti, flottant dans la lumière de l'aube à ses côtés, au sortir du souterrain. Elle sourit à ce souvenir d'éternité.

— Avez-vous de l'argent ? demanda-t-elle.

— Non.

— Moi, j'en ai pour vous.

Il ébaucha un geste de protestation.

— Tranquillisez-vous cet argent est à vous, votre père me l'a laissé. J'imagine que le moment est venu de vous le confier. Vous penserez à lui, je crois qu'il vous aurait beaucoup aimé. Vous êtes un homme digne et droit comme il les appréciait. Je suis certaine que vous ferez un bon usage de votre vie, mieux que moi sans aucun doute.

— Ne dites pas cela, dit-il précipitamment.

— Attendez-moi, je reviens...

Maria courut jusqu'à sa chambre, dans un coffret elle avait placé la fortune de son père, une grosse somme d'argent. Cet argent volé allait enfin servir, retrouver un honneur perdu. Cet argent, Grandi le devait bien au fils de Benjamin.

Elle tendit le coffret à Giovanni.

— N'ouvrez pas maintenant et ne me dites pas merci, tout est bien ainsi.

Giovanni se leva, extrêmement pâle, il s'avança et prit sa mère dans ses bras.

— Au revoir madame, je vous aime.

Maria ferma les yeux de bonheur.

— Moi aussi je vous aime, mon fils.

Ils restèrent un instant serrés et silencieux. Maria fut la première à se détacher.

— Y a-t-il un message à transmettre à quelqu'un ?

Giovanni hésita :

— Vous signalerez mon départ, pour le reste...

— Laissez-moi vous regarder une dernière fois puis vous partirez et vous ne vous retournerez pas. Reculez un peu que je vous voie mieux.

Giovanni recula de deux pas et vint s'inscrire dans l'encadrement de la porte vitrée. Le soleil ruisselait sur ses cheveux laissant le reste de sa personne dans l'ombre. Maria le regarda un long moment puis d'un ton léger, comme si elle mettait fin à une visite ordinaire.

— C'est pourtant vrai que vous êtes beau.

— Merci, dit-il.

Puis brusquement, il tourna le dos et s'éloigna d'un pas régulier sans se retourner une seule fois.

Maria le suivit du regard jusqu'à ce qu'il franchisse le portail et disparaisse dans l'éblouissement lamé d'argent du bord de mer.

QUATRIEME PARTIE

1815

« Ses ennemis fascinés le cherchent et ne le voient pas ; il se cache dans sa gloire comme le lion du Sahara se cache dans les rayons du soleil. »

CHATEAUBRIAND
Mémoires d'outre-tombe

La buée rejetée par les naseaux du cheval lui apporte un peu de chaleur, le martèlement des fers sur la roche la rassure. Dans les instants où la lune disparaît, la nuit dérobe le sentier, il ne reste à la monture qu'à obéir à son instinct. Maria l'encourage, mi-paroles mi-chansons, elle murmure à son oreille frémissante. Le cheval se méfie des éboulis, des barres rocheuses, des descentes brusques où un seul écart suffirait pour verser dans le précipice. Abritée par une couverture sous laquelle elle a revêtu son vieil uniforme de la campagne d'Italie, le front couvert d'une toque de fourrure, courbée sur l'encolure de l'animal, elle ressemble à l'une de ces étranges créatures qui hantent les montagnes les nuits d'hiver. Lorsque la lune réapparaît, la roche redevient brune et menaçante, tandis que dans la profondeur du gouffre, un filet d'eau étincelle. Ni les ténèbres, ni les dangers ne peuvent la ralentir. N'est-ce pas sa dernière chevauchée ? Elle est partie dès la nouvelle connue, depuis la veille, elle a changé deux fois de monture, n'a pas dormi, à peine mangé.

Le prince Honoré de Monaco, qui arrivait de Paris en berline par la route de l'Esterel, a croisé l'Empereur sur le sable de la plage de Cannes, accompagné d'une petite troupe, il venait de débarquer à Golfe-Juan. Honoré de Monaco n'en revenait pas, frétillant, il répandait l'incroyable, l'inouïe, l'impossible nouvelle. Napoléon lui avait lancé : « Venez avec nous Prince ! » Oui, il lui avait proposé de se joindre à lui ! Il avait répondu : « Sire, je rentre chez moi. » Et l'Empereur de lui rétorquer : « Et moi aussi... »

Elle n'avait pas hésité, elle avait sellé un cheval, la mer était grise, une brise âpre lui piquait les yeux. L'Empereur venait à elle, ses pas s'enfonçaient dans ce sable, foulait ce sol caillouteux, il était là et avec lui, Hureau, et avec lui le retour de la vie, de l'amour, de la jeunesse. Volé, elle aurait volé si elle avait pu, ce retour annonçait la fin de la petite mort, de l'ennui, de la pesanteur. Il revenait et, une fois de plus, une fois encore, elle avait vingt ans. Il revenait et elle retrouvait la nuit, le froid, le vent, la jouissance incomparable de sentir vibrer le sang dans ses veines dans son ventre, toute cette chaleur oubliée, vaincue, condamnée. Seigneur, comme elle avait eu raison de croire, de ne jamais céder au désespoir ! Il n'était pas trop tard, tout pouvait recommencer, l'épopée, la gloire, serrer Hureau dans ses bras, le broyer d'amour, être à ses côtés, là où il irait de bataille en bataille. Vivre, vivre enfin, vivre une bonne fois et qu'importe si la mort survenait, pourvu que ce soit dans un flamboiement de poussière et de soleil. À Golfe-Juan, on lui avait dit de prendre la route de Cannes. Arrivée dans la bourgade, le long du rivage, la cendre froide du bivouac jonchait encore le sable. L'Empereur avait pris la route de l'intérieur, direction Grasse. Dans la cité des parfums, on lui désigna la montagne, la succession de pics et de sommets qui s'échelonnaient jusqu'à Digne, plus loin encore, Sisteron, Gap, Grenoble. Elle s'enfonça dans le noir massif, seuls les loups et les bandits fréquentaient la nuit venue de tels déserts. Elle tenait serrée la crosse du pistolet que lui avait donné Hureau des années auparavant. Elle n'avait que quelques heures de retard. La troupe avançait lentement. Légère, sans bagages, elle ne tarderait pas à la rejoindre.

Elle descend de cheval, elle souffle, elle observe, l'aurait-on trompée ? Pourtant, il n'existe qu'un chemin. Elle doit continuer. Elle se penche à l'oreille du cheval. « Je sais bien que tu n'es pas rassuré. Mais que peut-il nous arriver ? La lune est revenue. Sa clarté nous préserve du précipice. Écoute ! Je ne rêve pas... non, je ne rêve pas... j'entends des voix. On dirait même qu'elles chantent ! Oui, oui, c'est bien cela, elles chantent. Tu entends ? Ce sont bien eux. »

Bon, bon, Napoléon est de retour en France
Bon, bon, Napoléon a chassé les Bourbons.

Maria lève la tête, ils grimpent dans les lacets, quelques torches jettent des lueurs fumeuses sur un chapelet de silhouettes écrasées sous la charge du fourniment. « Bon, bon Napoléon... » Des appels, des cris de fureur lorsque le canon du fusil cogne contre la roche, quand le pied dérape et que c'est la culbute à plat ventre avec le sac qui gît, ouvert, des jurons, des rires aussi et puis soudain : « Vive l'Empereur… », et d'autres en écho : « Vive la France… », et puis soudain, un grand silence, le souffle qui s'échappe des poitrines, un jet de salive lancé loin en avant et tous de se racler la gorge… Un officier longe la colonne pour encourager les hommes. Le regard de Maria remonte la longue enfilade, les mulets en queue, les grenadiers plus haut, devant l'escadron des Polonais, des cavaliers sans chevaux qui portent sur leur dos la selle du cheval absent, en avant l'état-major. Maria reconnaît les plumets des officiers, enfin, seul en tête, l'Empereur, le pas régulier s'appuyant sur une canne, ses courtes jambes semblant s'enfoncer dans le mélange de verglas et de boue qui recouvre le sentier. Maria a compté quatre chevaux pour l'ensemble de la petite armée. Quatre chevaux que l'on ménage. L'Empereur dérape et tombe. Maria ne peut s'empêcher de pousser un cri. Elle s'en veut de révéler ainsi sa présence. Le brouhaha qui monte de la troupe a couvert le gémissement échappé de ses lèvres. L'Empereur se relève, on l'aide, on l'époussette, il avance, il retombe, les hommes qui le suivent chutent à leur tour, une plaque de verglas, une dégringolade, nez dans la pierraille. L'Empereur se redresse, repousse les aides, repart. Au loin, plus haut, les feux de Séranon.

Maria monte à la rencontre de ces hommes embarqués dans une aventure folle : la reconquête de la France sans canons, sans chevaux, un millier de braves types, pas plus héros que cela, qui souffrent du sac bien trop lourd et des bretelles qui fendent leurs épaules. Se voient-ils déjà à Paris ? Ils s'en foutent de Paris, ils ne croient en rien, ils croient en Lui. Pour l'instant ils sont morts de fatigue, arrivés à Séranon, ils s'écroulent autour des feux, s'endorment sans manger. L'homme qui a fait allumer les braseros s'appelle Blaise, il regarde s'avancer vers lui l'Empereur couvert de boue, il s'incline, il n'est pas bonapartiste, il n'est pas royaliste, il est accueillant. Il faut savoir recevoir les voyageurs arrivant harassés, même au milieu de la nuit. Il conduit l'Empereur au château, enfin c'est comme cela que l'on dénomme pompeusement une grande maison de campagne aux solides murs de pierre. À l'intérieur, il y fait frais en été et jamais glacial en hiver. La demeure est entièrement vide, personne n'y habite plus depuis des lustres. Blaise a garni l'immense cheminée de la salle d'apparat. Quand l'Empereur y pénètre, les flammes jettent des ombres colorées le long de la muraille grise. Il fait doux. Un fauteuil, un beau, un gros, un confortable trône au milieu de la pièce face au feu. Ce sera le fauteuil de l'Empereur. Blaise est confus, il n'a aucun lit à proposer à Sa Majesté. Rien. Sinon ce fauteuil. On s'y enfonce, on dirait qu'il se referme sur vous, tellement il est crevassé et déformé par la vieillesse. L'Empereur s'y laisse tomber. Il n'a pas pris la peine d'ôter sa capote grise, ni même ses bottes. Le bois crépite doucement, régulièrement. Il berce l'Empereur qui s'endort, tête inclinée sur la poitrine. Les grenadiers chargés de sa personne s'allongent à même le sol, tels de gros chiens tranquilles, un œil ouvert, l'autre clos.

Le froid, les feux effilochés sous un ciel où la lune a définitivement déserté, le silence, un silence terrible, le silence de tous ces hommes endormis, prostrés, Maria erre d'un groupe à l'autre, personne ne lui a rien demandé, ni même ne s'est étonné de sa présence. Elle s'approche de la grande bâtisse, là où dort Napoléon, Hureau ne doit pas être loin. Soudain elle a peur, et si l'un des gardes chargé de veiller l'Empereur tire sur elle ? Quelle allure doit-elle avoir, ombre parmi les ombres ? Mieux vaut attendre l'aube. Elle s'accroupit en retrait du bivouac, le long d'un muret. Le froid la pénètre, engourdit ses jambes et ses bras. Elle se relève, il lui faut risquer de se mêler aux soldats autour des feux. Elle se glisse entre les faisceaux des fusils, enjambe les hommes. Là, pourquoi pas ? Deux masses indistinctes, elle se faufile, immédiatement il fait plus chaud, la chaleur de la flamme, celle des corps. Elle remonte la couverture sur son visage, ferme les yeux. Le sommeil ne vient pas. Comment va réagir Hureau ? Ne va-t-il pas lui ordonner de rentrer à Nice ? N'a-t-elle pas rêvé une fois encore une impossible rencontre, un voyage à deux au cœur de la tourmente ? Pour qui se prend-elle ? Se veut-elle soldat, se veut-elle officier, général et pourtant femme ? La nervosité la fait bouger, l'un de ses voisins grogne, elle s'immobilise. Le grenadier réveillé l'observe en silence. Elle s'aperçoit que la toque qui protégeait ses cheveux gît à côté d'elle. L'homme regarde cette masse noire de cheveux encadrant un visage bien trop fin pour être celui d'un homme. Il sourit, se penche, de sa bouche s'échappe la vapeur d'un souffle précipité. Sa main se soulève, se dirige vers ce cou offert dont il devine la chair tiède. Il ne prononce pas un mot. Maria non plus. Elle colle le canon de son pistolet sur la bouche entrouverte prête pour le baiser. Les lèvres de l'homme se referment, le corps entier se rétracte, la main tendue retombe sur le sol gelé.

Maria dans un murmure, comme s'adressant à un enfant :

— Ne bouge pas ou je te fais sauter la gueule.

— J'ai compris, j'ai compris, bredouille l'homme, ôte-moi ça… Bon Dieu, ôte-moi ça…

— Comment t'appelles-tu ?

— Innocent Louis, première compagnie.

— Quel est le nom de ton capitaine ?

L'homme tremble, le froid n'a rien à y voir.

— Lamourette… Antoine… mais vous n'allez pas me dénoncer… j'ai rien fait… Lamourette, il est capable de m'aligner…

— Aligner ?

— Oui pardi, contre un arbre, vous m'avez compris.

Maria baisse le canon du pistolet mais le laisse toujours pointé en direction du grenadier.

— Tu connais le colonel Hureau ?

— Non, de quel régiment ? un cavalier ?

— Un gendarme.

L'homme réfléchit un instant.

— Si c'est un gendarme, il doit faire partie de l'état-major, je crois qu'il y en a quelques-uns avec le général Cambronne.

— Où se trouve-t-il, ce général ?

— En avant, c'est lui qui est chargé de la réquisition des chevaux, du logement du « petit caporal ». Il tâte le terrain, qu'on ne tombe pas dans une embuscade.

— Où est-il en ce moment ?

— Exactement, j'en sais rien, du côté de Castellane, peut-être bien.

Maria se saisit de sa toque.

— Innocent, tu vas m'accompagner.

L'autre bondit.

— Vous êtes folle ! Je vais déserter peut-être, pour vos beaux yeux ? Je préfère encore que vous me tiriez dessus tout de suite.

— Tu ne désertes pas, tu rejoins l'avant-garde en m'accompagnant. Il me faut un homme près de moi. Tu en es un Innocent ?

— Pardi, j'en suis un !

— Alors, allons-y. Mon cheval est là, à côté.

— Mais j'en ai pas moi…

— On va emprunter un mulet.

— Ben dites donc, vous ne vous gênez pas !

Un jour noir se lève, les nuages s'entassent, des nuages lourds, gris de cendre.

— Il va neiger, lâche Innocent et, dans cette simple constatation, il y a toute la malchance d'être tombé sur une sauvage, de se retrouver à dos de mulet — un mulet volé ! — et d'être obligé de la suivre le long d'une paroi boisée d'un vert aussi sombre que la nuit.

Lorsque apparaît le Verdon, tel un immense serpent à la crête argentée, les premiers flocons doux et vaporeux se mettent à tomber avec une lenteur infinie. Mais une fois passé les villages de La Bâtie et de La Garde, ils caracolent dru, serrés, pressés, chacun d'eux piquant la chair avec une jouissance. Un épais rideau à travers lequel on devine à peine, juchée sur un roc, Castellane, perdue dans l'absence du ciel, environnée d'un tapis volant d'éclairs blancs. De rares fumées fantomales attestent que là-haut toute forme de vie n'a pas disparu. Plus le sentier grimpe plus les fumées se font grasses, humectées de bois humide et de cendres chaudes. Les fenêtres des premières bâtisses ressemblent à des trous d'ombre. Parfois on devine des lueurs rouges et or dans les cheminées.

Combien dura la montée sur Castellane ? Des heures. Moins évidemment, mais cela parut interminable à Maria et à son cheval, à Innocent et à son mulet. Les souffles et les haleines se fondaient dans l'effort. Enfin, ce fut la grande rue déserte. La neige maculée par endroits témoignait que des bêtes et des hommes étaient passés par là, peu de temps auparavant. Les habitants se calfeutraient, derrière les murs on devinait des regards, des visages camouflés. Ils attendaient. Ils ne voulaient pour rien au monde être vus mais voir. Voir ce fou qui revenait avec sa bande, on ne pouvait pas appeler autrement la colonne misérable qui, paraît-il, l'accompagnait. L'étrange c'est qu'il fût arrivé jusqu'ici, si loin de la mer, que personne ne fût venu lui donner la raclée.

La curiosité l'emportait, on se recroquevillait derrière les rideaux, les hommes entourés des femmes et des enfants, on avait même sauté les repas. Maria s'étonnait de l'absence de vie, une absence opaque. Des militaires, même dans ce théâtre d'ombres gelées, cela respire, gueule, tandis que là, rien sinon cette neige grumeleuse qui croustillait sous la langue comme une poignée de riz. Arrivée devant la mairie, Maria posa pied à terre, collées près d'une fenêtre grillagée plusieurs affiches, certaines déjà rendues illisibles. Elle s'approcha. Les yeux brouillés par la neige tourbillonnante, elle lut les deux proclamations adressées, l'une aux Français, l'autre à l'armée.

Dans la première l'Empereur proclamait :

« Français !

J'arrive parmi vous reprendre, mes droits qui sont les vôtres. Tout ce que des individus ont fait, écrit ou dit depuis la prise de Paris, je l'ignorerai toujours, et je ne conserverai que le souvenir des importants services qu'ils ont rendus…

Français !

Il n'est aucune nation quelque petite qu'elle soit, qui n'ait eu le droit et n'ait tenté de se soustraire au déshonneur d'obéir à un prince "imposé par un ennemi momentanément victorieux"… »

Dans la seconde il demandait à l'armée :

« Soldats !

Reprenez ces aigles que vous aviez à Ulm, à Austerlitz, à Wagram, à Iéna, à Friedland, à

Tudela, à Ekmühl, à Essling, à Smolensk, à la Moskova, à Lützen, à Wurtchen, à Montmirail... Venez vous ranger sous les drapeaux de votre chef. Son existence ne se compose que de la vôtre ; "ses droits ne sont que ceux du Peuple et les vôtres", son intérêt, son honneur, sa gloire ne sont autres que votre intérêt, votre honneur, votre gloire. La victoire marchera au pas de charge ; l'aigle, avec les couleurs nationales, volera de clocher en clocher jusqu'aux tours de Notre-Dame. Alors vous pourrez montrer avec honneur vos cicatrices ; alors vous pourrez vous vanter de ce que vous aurez fait : vous serez "les libérateurs de la Patrie" ! »

— Lisez, ordonna Maria.

Le grenadier secoua la tête.

— Je ne sais pas lire. C'est lui ? J'ai pas besoin de lire. Ce qu'il dit est bien. La lecture, c'est pour les civils.

Maria s'avança et, à son grand étonnement, trouva le portail de la mairie ouvert. L'antichambre était lugubre, l'eau suintait des murs. Son pas résonna sur le pavé boueux. Une troupe avait piétiné ici. Dans la pénombre, rencogné contre le mur, elle découvrit un petit groupe d'hommes et de femmes habillés de noir, en vêtements du dimanche. Ils paraissaient surpris. Ce n'était pas le grand personnage attendu. Ils retrouvèrent leur méfiance naturelle.

— Je cherche le général Cambronne, est-il entre vos murs ?

Un homme s'avança, à son ventre en avant on sentait qu'il était important.

— Je suis le maire, prévint-il, le général dont vous parlez nous a rendu visite mais il a repris la route en direction de Barrême.

Barrême était-ce loin ? On lui précisa : « Un peu plus de six lieues. »

— Vingt-quatre kilomètres, corrigea le maire qui voulait prouver que Castellane ne se trouvait pas hors du monde et de la civilisation, mais ça monte, ajouta-t-il avec un sourire qui se voulait fin.

— Vous avez des chevaux frais ? demanda Maria.

— Non, répondit un autre homme, peut-être l'aubergiste ou le responsable du relais de poste. Ce général, Cambronne comme vous l'appelez, les a tous achetés, un bon prix d'ailleurs, ainsi que les fournitures et les rations.

— Et des mules ? Vous avez bien des mules ?

Il fallait qu'ils en aient sinon le voyage s'arrêtait ici, son cheval ne ferait pas un pas de plus. Un troisième homme se détacha du groupe, celui-ci était habillé avec plus de recherche, écharpe, cravate, les besicles désignaient au premier coup d'œil à l'interlocuteur que la lecture devait être son passe-temps favori.

— François de Saint-Martin pour vous servir, adjoint, il me reste bien quatre mules…

— Je suis prête à les payer un bon prix.

— Mon Dieu, ce n'est pas cela mais mon cœur est royaliste voyez-vous, aussi je voudrais être certain qu'elles ne finiront pas au service de Bonaparte.

Le maire intervint :

— Saint-Martin, vous avez bien accepté que les proclamations soient affichées…

— Je n'ai rien accepté du tout, les militaires les ont collées eux-mêmes.

— Vous avez fourni les pinceaux et la colle.

Saint-Martin, offusqué, s'apprêtait à poursuivre la confrontation, Maria intervint :

— Voyons ces mules, je vous promets qu'elles sont pour mon usage personnel, je vais rejoindre le colonel Hureau, mon ami.

— Dans ce cas…, finit par articuler l'homme aux besicles.

La neige tombait toujours teintée de rose par un soleil invisible. L'écurie se trouvait à l'écart du bourg, Maria fit tinter les pièces d'or qu'elle sortit de la grosse écharpe qui ceinturait sa taille.

— Ça ira ?

Saint-Martin s'inclina.

— Pour Barrême, c'est tout droit, Cambronne et ses hommes ont deux heures d'avance sur vous, vous les rejoindrez au village, à condition qu'ils y fassent étape.

Maria confia les longes des mules de rechange à Innocent. Devant elle, s'étendait un désert immaculé.

À travers la neige que le vent faisait tourbillonner, elle avait traversé la plaine des Palus, gravi le col de Lèque, descendu dans la vallée de l'Asse, elle s'était dit que c'était trop de souffrance trop de dureté, que son corps demandait grâce, que sa volonté cédait. Dans la nuit blanche, dans cet épais silence qui étreint et étouffe, elle avait pensé qu'elle allait mettre pied à terre et attendre la troupe de l'Empereur. Mais elle continuait. Innocent ne se plaignait pas. Il marchait au pas régulier des mules. Maria en se retournant distinguait cette masse informe qui avançait, avançait toujours, muette, inébranlable, elle l'obligeait à forcer son courage. Elle descendait de la mule et poursuivait à pied. L'animal lui donnait de la chaleur et la protégeait. De l'autre coté du pont enjambant l'Asse, Barrême se profila. Cambronne avait bien fait les choses, les ruelles brillaient comme par un soir de bal, les lanternes suspendues aux fenêtres jetaient des lueurs mouvantes sur les murs.

— On dirait Noël, dit Innocent. C'étaient ses premiers mots depuis Castellane.

On indiqua à Maria la maison du juge de paix où Cambronne préparait le logis de l'Empereur. Dans le salon, adossé au marbre de la cheminée, découpé par les flammes, le général paraissait encore plus massif, plus grand qu'il n'était en réalité. La violence du feu recouvrait d'un voile violacé sa trogne nimbée par les frimas de Moravie, de Saxe, de Pologne, d'Espagne, de Russie, de Leipzig, de la campagne de France, tous les frimas d'Europe inscrits entre un front de chêne et un nez de serpe.

Maria s'avança.

— Général, je cherche le colonel Hureau.

Cambronne la fixa avec méfiance, une femme jetée dans la tempête à la recherche d'un colonel de gendarmerie ne pouvait être qu'une espionne ou une putain inconsciente.

— Qui êtes-vous ? D'où venez-vous ?

— Je m'appelle Maria Tordo, je viens de Nice, je suis l'amie du colonel, je veux le retrouver.

— Rien que ça, maugréa Cambronne. Nice la ville de Masséna, le traître nous a lancé ses chiens depuis Marseille, Masséna…

Il se tut un instant puis reprit :

— J'ai servi sous lui. Un sacré soldat, mais se vendre aux Bourbons, je n'arrive pas à y croire. Vous le connaissez ?

Maria hésita puis d'un signe de tête acquiesça.

— Eh bien, dites-lui que si par malchance il tire un seul coup de fusil contre l'Empereur, je lui coupe les couilles, sauf votre respect.

— Je ne saurais lui transmettre vos intentions, cela fait une vingtaine d'années que je ne le fréquente plus.

Cambronne éclata d'un rire bref, un glapissement féroce qui fit tressaillir sa mâchoire et entrechoquer ses dents.

— Vous êtes une drôle, ma belle.

Maria s'inclina exprimant ainsi sa fierté du compliment. Cambronne pêcha dans une tabatière ornée du portrait de l'Empereur une prise et l'aspira.

— Ma foi ma jolie, votre Hureau à l'heure où je vous parle se trouve sur la route de Digne. Il faut voler, a dit l'Empereur, le succès de notre entreprise en dépend.

Maria chancela et pour la première fois depuis

bien longtemps fut incapable de retenir ses larmes.

— Asseyez-vous, fit Cambronne, je comprends votre désarroi. Quelle idée de courir ainsi après un homme ! Enfin, c'est votre affaire. Il ne vous reste plus qu'à attendre ici tranquillement, demain je pars à l'aube. Vous m'accompagnerez.

Dormir... dormir au chaud. Maria était d'accord, la voix brumeuse de Cambronne la berçait.

Dans une chambre reculée qui sentait la cire et la lavande, elle dormit trois heures allongée sur un canapé. Elle se réveilla engourdie par le froid. Dans la cheminée s'éteignaient les derniers sarments. À un miroir piqueté de taches, Maria découvrit son visage. « Mon Dieu je fais peur ! » Elle défit ses cheveux et les recoiffa avec ses doigts. L'éclat des braises accentuait la couleur brune de sa peau. « On dirait une noiraude. » Elle sentait la fatigue en elle comme jamais auparavant, cette pesanteur qui alourdissait ses jambes, la raideur du bas du dos, la crampe qui courait d'une épaule à l'autre, les picotements derrière les yeux, cette crispation insistante qui lui vrillait les tempes. « Ce doit être cela la vieillesse, mais je n'ai pas le temps, moi, de vieillir. Il faut remettre ça à plus tard. Promis, c'est ma dernière folie. Allez carcasse, l'ultime effort. Plus tard nous écouterons tes plaintes. Tu ne vois pas que nous vivons des événements exceptionnels ? Demain... ne pensons pas à demain. J'ai faim... »

Une rumeur lui parvint du salon où elle se trouvait quelques heures auparavant en compagnie de Cambronne. L'escalier craqua sous ses pas. Elle voulut se faire toute petite, invisible, la porte du salon était entrouverte. Protégée par la pénombre de l'antichambre, elle put regarder sans être vue. Près des fenêtres, l'état-major, Bertrand, Drouot, Cambronne, face à la cheminée, l'Empereur en discussion avec l'hôte des lieux, un juge de paix, vieil homme doux à la chevelure blanche. De l'Empereur, Maria ne distinguait que le dos. Soudain il se retourna, prenant par les épaules le juge de paix. Maria ne l'avait plus rencontré depuis la campagne d'Italie. Vingt ans plus tôt. S'il n'y avait eu les portraits et les gravures, elle n'aurait pas reconnu le général. Il n'avait pas seulement vieilli, c'était un autre. Quand la substitution s'était-elle effectuée ? Elle en avait le souffle coupé. Seigneur ! est-ce possible ? L'Empereur se déplaça en direction de ses généraux, son visage se détacha : Oui, c'était bien lui ! le nez, les yeux, surtout les yeux, ces yeux enflammés. La vision ne dura que le temps du passage dans la lumière, l'ombre l'emprisonnant à nouveau lui rendait sa pesanteur, sa calvitie, son dos voûté, ses jambes arquées. « Le temps a-t-il agi sur moi de la sorte ? Serais-je aussi méconnaissable ? »

Maria quitta l'antichambre, suivit un couloir, des odeurs lui signalèrent l'approche des cuisines. Une grosse cuisinière de fonte à plusieurs feux tenait le milieu d'une pièce sombre. Devant le fourneau rougeoyant une femme en tablier était assise, la tête recouverte d'un fichu. À l'entrée de Maria elle leva à peine les yeux. Maria s'immobilisa, ne sachant que faire. Un bruit de pas derrière elle la sauva de l'embarras. Cambronne suivi de deux aides de camps, chapeau sur la tête, s'adressa à la vieille au fichu :

— Service de l'Empereur, qu'avez-vous dans ces casseroles, du pot-au-feu ?

— C'est vendredi, répondit la vieille révélant une bouche sans dents, pas de gras.

— Pas de gras, grommela Cambronne, mais il me faut de la viande, Sa Majesté a invité Bertrand, Drouot et votre serviteur à sa table. C'est bien ma chance. Et là-dedans ?

Le général désigna le murmure vaporeux d'un immense faitout.

— La soupe de nous autres, les domestiques, grogna la vieille.

D'un revers de main Cambronne ôta le couvercle, découvrit un liquide épais qui ronronnait à feu doux.

— Passez-moi une cuiller que je goûte… c'est chaud. C'est chaud… bon Dieu ! Chaud et bon, la soupe fera l'affaire.

La femme tenta un geste de protestation, puis, découragée, laissa échapper un soupir. Poursuivant son inspection, Cambronne souleva le couvercle d'une poêle dans laquelle mijotait une sauce rouge nappant un poisson blanc coupé en morceaux.

— De la morue ! s'exclama le général. J'en ai mangé au Portugal, bien faite c'est fameux. Vous avez mis des tomates ?

La femme approuva d'un hochement de tête.

— Oui pas mauvais, approuva le général après avoir avalé une cuillerée de la mixture. Manque de relevé mais ça ira. Les Portugais y mettaient des piments, bien forts ça chauffe le sang.

Cambronne demeura immobile un instant.

— Ouais, manque quelque chose entre la soupe et la morue.

— Une omelette, intervint Maria. Je peux la préparer.

Le général, qui ne s'était pas encore aperçu de sa présence, la fixa un moment, la détaillant comme s'il la voyait pour la première fois.

Maria crut comprendre.

— Non, je ne veux pas empoisonner l'Empereur…

— De toute façon, les plats sont goûtés par ces deux-là avant d'être présentés à l'Empereur, fit le général en désignant les deux officiers. Vous êtes une spécialiste de l'omelette, madame ?

Se rendant compte de l'incongruité de sa demande, Maria rougit.

— Excusez-moi général, un vieux souvenir.

— Quel souvenir ?

— J'ai été la cantinière de l'Empereur à Lodi, à Mondovi, à Cherasco. Il aime les œufs, le poulet également. Je connais ses goûts, enfin je les connaissais.

— Ils n'ont pas changé, madame, rien n'a changé.

Le ton de Cambronne se fit nostalgique, presque tendre :

— L'homme de Lodi et d'Arcole est toujours vivant, nous allons le prouver à l'Europe entière, une fois encore, la dernière. Ce sera la bonne. Ils vont enfin comprendre les rois, les princes, toute cette racaille, que nous sommes la liberté en marche. N'est-ce pas, madame ? Préparez votre omelette, je vais rappeler votre souvenir à l'Empereur.

— Non ! s'exclama Maria, c'est inutile, j'y mettrai tout mon savoir et tout mon amour. Si Sa Majesté en manifeste de la satisfaction, cela suffira à mon contentement.

Cambronne s'inclina, laissant les deux officiers de bouche sur place. La vieille s'était endormie, les yeux clos, un ronflement s'échappait de sa bouche entrouverte. Maria commença à casser les œufs. Pour la deuxième fois de la journée, elle ne put empêcher ses yeux de se noyer et les larmes de couler.

Au milieu de la nuit, elle réveilla Innocent.

— Voulez-vous me suivre ou rester avec les autres ?

— Après tout pourquoi pas ? fit Innocent. Vous êtes une curieuse bonne femme.

Ils quittèrent la maison du juge par une porte donnant sur une cour qui s'ouvrait sur la campagne. La nuit resplendissait nette, tranchante, le ciel définitivement nettoyé de toute sa boue neigeuse. Le froid faisait crisser la roche, gelait la terre. Il s'élevait de cette glaciation comme un chant régulier, un étrange sifflement. Le pas des mules résonnait par-delà les pins, rebondissait d'écho en écho avant de se perdre dans la vallée voisine. Pourquoi attendre le départ de Cambronne et de ses hommes ? Trois heures de sommeil lui avaient suffi. Sans vouloir se l'avouer, elle supposait que si elle s'arrêtait trop longtemps, si la quête de Hureau devenait une affaire quotidienne en compagnie de la troupe, peut-être perdrait-elle tout intérêt. Il y avait dans la recherche de son amant quelque chose d'insensé qui ne pouvait se plier au cadre médiocre d'une femme d'officier rejoignant son époux. Ce qu'elle désirait, ce n'était pas rejoindre Hureau mais lui apparaître. Elle voulait être la grâce, pas le devoir. Elle n'avait aucun devoir, son amour était tissé d'une infinité de minuscules trames légères, fragiles, fugaces et parfaitement indéfinissables. Je me sens bien, se dit-elle, j'aime cette nuit lumineuse où le moindre froissement prend une importance considérable. J'aime la solitude, j'aime ce froid qui me brûle le visage, j'aime la menace qui rôde, ces grands arbres noirs qui me la cachent. J'aime cet idiot qui me suit sans savoir pourquoi. En cas de danger, il ne servirait à rien, mais son souffle est rassurant. L'Empereur a fait des compliments sur mon omelette. Cambronne m'a sans doute menti par gentillesse. J'ai fait semblant de le croire pour lui être agréable. La goutte de lait que j'ai rajoutée la rendait onctueuse. Mais l'Empereur sait-il encore reconnaître une bonne omelette ?

Une alouette traversa le ciel, poussa un cri. Un jour bleuté apparut derrière un clocher. C'était l'aube, c'était Digne. Des vergers, des jardins potagers englués dans la froidure dévalaient la pente raide qui menait à la ville. Le jour se leva complètement, entre la route et le talus, Maria remarqua deux taches rouges et blanches, puis une autre se distinguant à peine dans le massif d'un taillis. Un tel rouge dans le petit matin, on ne pouvait s'y tromper, c'était la garde nationale. Ils étaient quatre, n'en menant pas large.

— Halte-là ! fit le plus âgé qui devait être le chef.

Les gardes reluquaient l'uniforme d'Innocent.

— Vous êtes avec Bonaparte, il vous suit ?

Innocent prit la parole :

— Je n'en sais rien, j'ai foutu le camp, j'ai pris mes cliques et mes claques, tel quel, vous me voyez l'uniforme encore sur le dos.

Maria un instant se demanda si Innocent ne disait pas la vérité. L'aplomb du grenadier la stupéfiait.

— Et madame ? fit le garde.

Innocent ne laissa pas à Maria le temps de répondre.

— Ah, ça, madame, je l'ai sauvée des pattes des Polonais qui suivent l'Usurpateur. Une voyageuse qu'ils ont fait descendre de la berline de la poste et qu'ils voulaient malmener. Heureusement il n'y a pas eu trop de mal, n'est-ce pas ma bonne dame ?

— Ça non, fit Maria, grâce à vous monsieur.

— Ouais, grogna le chef, faut nous suivre à la préfecture. Là vous vous expliquerez.

Maria et Innocent emboîtèrent le pas aux quatre hommes. Le grenadier cligna de l'œil et porta un doigt à ses lèvres. La ville s'éveillait, une lumière froide vernissait les toitures des maisons. Des femmes déblayaient la neige de la veille devant le seuil des maisons. Elles interrogèrent les gardes qui passèrent raides et droits sans leur répondre. À la préfecture, malgré l'heure matinale, une foule affairée se pressait. Les gardes introduisirent Maria et Innocent dans une grande pièce lambrissée où une estrade témoignait qu'on se trouvait dans la salle de bal. Le chef s'éloigna en disant : « Je reviens. »

Maria s'installa sur une chaise inconfortable tandis qu'Innocent allumait une petite pipe en écume. Puis s'adressant aux trois gardes restés pour les surveiller :

— Telle que vous la voyez cette pipe m'accompagne depuis les débuts, j'aurais pu la perdre ou la casser mille fois. Eh bien non, elle a survécu à tout, même à la Bérézina… Jeunes gens, vous avez entendu parler de la campagne de Russie ?

Les gardes acquiescèrent, ils semblaient si effrayés qu'ils devaient se méfier du son de leur propre voix.

— Oui, je disais donc, poursuivit Innocent, que ma pipe et moi nous sommes sortis vivants de cette Russie de malheur. Voyez-vous messieurs, c'est là-bas que j'ai pris le dégoût de la guerre. Ma pipe je la laissais dans mon sac, si je l'avais portée à ma bouche elle aurait gelé et mes lèvres avec. Il aurait fallu me découper avec un couteau comme on le faisait pour les chevaux qui tombaient. On leur fendait la cuisse, on taillait dedans un morceau pour le faire rôtir quand il y avait du feu, sinon on le mangeait cru. Moi qui vous parle, j'ai mangé du cheval cru, j'étais pas même certain qu'il soit mort le cheval.

L'un des gardes se dressa et se précipita pour vomir par une des fenêtres qui ouvraient sur la cour. Tout en continuant de fumer tranquillement, Innocent ponctua l'incident par un laconique :

— Oui mon brave, c'était ainsi.

Pendant ce temps la salle de bal résonnait des pas précipités d'hommes et de femmes, la plupart charriant des dossiers, des tiroirs pleins, tirant des malles, enfin on vint chercher les deux prisonniers. On introduisit Maria et le grenadier dans un vaste bureau jonché de papiers. Un homme en jetait des brassées entières dans la cheminée. Il se retourna.

— Je suis le préfet Duval. Qui êtes-vous, d'où venez-vous, avez-vous vu Bonaparte ?

Innocent répondit avec toujours la même assurance matoise :

— Nous venons de Barrême et comme je l'ai déjà dit aux collègues…

— Oui, oui, l'Empereur, enfin Bonaparte s'y trouve-t-il ?

— Oui, fit Maria coupant la parole à Innocent, il devait prendre la route ce matin même à l'aube.

— Et comment savez-vous ça ?

— Tout Barrême le sait, monsieur.

Le préfet réfléchit puis, fixant Maria :

— Et la troupe, je veux dire les hommes qui l'entourent, sont-ils nombreux ?

— Environ trois mille.

— Je dirais plutôt cinq mille, intervient Innocent.

— Peste !

À cet instant surgit un gros homme braillant, brandissant le poing.

— Monsieur le préfet, se mit-il à hurler, on ne peut pas laisser passer l'Usurpateur, qu'on me donne des hommes, des munitions.

— Je n'ai pas d'hommes, encore moins de munitions, foutez-moi la paix.

— Mais la garde civile !

— Leurs fusils ne sont pas chargés, monsieur l'ingénieur, allez plutôt garder vos femmes.

L'ingénieur s'éclipsa en protestant.

— Mais alors nous ne faisons rien… nous ne faisons rien… !

Le préfet poussa un soupir puis, s'adressant à Maria :

— Madame, la ville ne sera pas défendue, voulez-vous me suivre dans ma campagne où je vais rejoindre mon épouse et mes enfants, le temps de vous remettre ?

— Non, répondit dans un sourire Maria, je vous remercie monsieur le préfet, je vais tenter de gagner Sisteron où mon époux prendra soin de ma personne. Ce militaire, qui m'a déjà sauvée du pire, me protégera, il va dans la même direction.

Perplexe, le préfet les fixa tous les deux puis s'empara d'une mallette en cuir qu'il glissa sous son bras.

— Comme bon vous semblera, madame. Puis s'adressant à Innocent : Quant à vous militaire, je vous conseille de changer de tenue. Les fusils de la garde nationale ne sont pas tous dépourvus de balles.

Sur ce, il disparut. Dans la cheminée un morceau de papier orné de la couronne royale achevait de se consumer. Maria et Innocent traversèrent la ville sous un soleil pâle et froid. Où se trouvait Hureau ? Maria ne savait quelle décision prendre. Elle décida d'attendre le général Cambronne, si Hureau devait se manifester ce serait à ses côtés.

— Allons dormir, dit-elle à Innocent, dans des draps frais pour une fois.

L'hôtel du Petit-Paris, sur le cours des Arès, possédait la même allure de maison bourgeoise que l'hôtel d'York, Maria décida qu'il ferait l'affaire.

— Je voudrais deux chambres, fit-elle à l'hôtelier.

— Impossible madame, tout a été retenu.

Maria sentit son cœur battre.

— Par qui ?

L'hôtelier hésita.

— Un militaire, moi vous savez je ne cherche pas à comprendre, les chambres m'ont été payées rubis sur l'ongle, c'est le principal.

— À quoi ressemblait ce militaire ? Était-il grand, petit, gros, maigre, quel uniforme ?

— Je n'y connais rien en uniformes, disons plutôt grand et maigre, l'air pas commode.

Maria sourit, c'était Hureau ! Le fantôme courant les chemins s'était enfin incarné.

— Il a pris une chambre ce militaire ?

— Pensez-vous ! il semblait avoir le feu aux fesses ! Aussitôt arrivé, aussitôt envolé.

Reprendre la route ne servirait à rien, le colonel possédait trop d'avance, mieux valait dormir quelques heures.

— Monsieur, louez-nous deux de ces chambres, ceux pour qui elles ont été retenues n'arriveront que dans quelques heures. Je paierai double.

L'hôtclier, qui était gras et livide, domina sa peur.

— Payable d'avance, fit-il.

— Pas pour moi, intervint Innocent, je dormirai dans l'écurie.

— Pas question ! s'exclama Maria.

Le grenadier fit un grand sourire qui révéla une mâchoire où il ne restait que quelques dents solitaires.

— Vous en faites pas madame, je préfère l'écurie, j'aime l'odeur de la paille, puis je dois vous avouer, ça fait bien longtemps que je n'ai pas couché dans un lit, ce qu'on appelle un vrai lit, j'aurais bien trop peur d'y laisser ma peau, les lits chez nous, les militaires, c'est pour les mourants.

Des bruits de bottes réveillèrent Maria. Un grand soleil pénétrait par la fenêtre. Sur le Cours les soldats installaient le bivouac, on allumait des feux dont le bois répandait une fumée noire et âcre. Le général était arrivé. Maria fit une rapide toilette et descendit l'escalier qui menait à la salle commune. Cambronne, entouré de ses officiers, lampait une soupe épaisse dans laquelle trempait du pain. Le général fit signe à Maria d'approcher.

— Alors, vous l'avez trouvé votre bel ami ?

— Vous savez bien que non.

— Hureau, c'est notre aiglon, dit Cambronne, jamais il ne se pose.

Toute la tablée éclata de rire.

— Venez ici madame, je suis heureux, nous avons pu nous procurer des chevaux, des mules, même des charrettes, le tout sans rencontrer un seul royaliste, à croire que ces gens-là n'ont jamais existé.

Maria accepta l'assiette de soupe que lui tendit un jeune officier. À peine avait-elle trempé ses lèvres dans le breuvage que Cambronne lui confia :

— Faites la route vers Sisteron et Gap avec nous, madame. Dans cette ville nous nous rassemblons. Je vous promets cette fois un Hureau en chair et en os.

Cambronne alluma un cigare noir de Toscane puis, après la première bouffée de fumée, s'adressant à la tablée :

— Messieurs, la première vraie difficulté nous allons la rencontrer devant les murailles de la citadelle de Sisteron.

Cambronne a été soucieux tout le long d'une route parsemée de coulées caillouteuses. La centaine d'hommes de l'escorte garde le silence. Ils approchent. Ils franchissent le pont qui conduit à Sisteron. Ils attendent. Rien ne bouge, pas une lumière. Ils avancent dans une nuit gorgée de vapeur d'eau, Cambronne a recommandé à Maria de se tenir à l'arrière. Ils marchent les uns derrière les autres, les sabots de leurs montures recouverts de tissu, Maria a la sensation que toute cette aventure est un rêve et qu'elle va se réveiller dans son lit, l'Empereur toujours sur son île, Hureau un fantôme. Les voilà dans la ville. La citadelle dort, le maire dort, on le réveille, il porte un bonnet de nuit rivé sur le crâne. Il attendait l'Empereur pour le lendemain.

Dans la chambre de l'hôtel du Bras-d'Or, Maria écrit à la lueur d'une bougie, les hommes bivouaquent dans la rue, elle entend leurs rires, l'odeur des chevaux envahit la pièce. Elle aime ces instants de rumeur et de silence. Le sommeil n'arrive pas à la prendre, elle sent bouillir le sang dans ses veines. Dans un jour, moins peut-être, elle reverra Martial. Aura-t-il changé ? Changé à son égard ? En une année elle n'a reçu qu'une lettre. La censure interdit-elle à un colonel bonapartiste d'écrire à la femme aimée ? Mauvaise querelle. Elle est trop impatiente, fébrile, que ne ressemble-t-elle à ces montagnes, ces vallons, ces prairies… Il existe une tendresse de la beauté qui jamais ne se flétrit. Jean-Jacques a eu raison de partir à la recherche de territoires immenses. Où se trouve-t-il à cet instant ? Là-bas, aux Amériques, ce doit être la tombée du jour, on pense que son fils lui manque, quelle erreur ! elle le sent si proche qu'en vérité c'est en elle, dans son ventre, qu'il marche comme dans les plaines du grand Ouest.

À deux heures de marche de Gap, la troupe fait halte, quelqu'un a fait parvenir à Cambronne une proclamation affichée sur les murs de la cité qui l'a rendu fou de rage. La proclamation disait : « Cet ennemi funeste à votre repos qui a coûté à la France et à l'Europe tant de sang et de larmes, cet aventurier qui obéit à des calculs affreux d'ambition et intérêt personnels. C'est à vous bons Alpéens à le désabuser. » Il leur en foutra du repos… Ces gens-là ont-ils si peu de conviction ? Ou plutôt n'ont-ils que celles de leur tranquillité, de leur confort ? Dans la salle obscure de cette auberge à flanc de montagne, le général boit du vin chaud, les yeux clos, assis à une table de bois sombre. La fatigue ? Rien, ce n'est rien, il ira jusqu'à l'épuisement. Personne parmi les officiers et les soldats ne doute de la réussite de l'aventure. Pourtant, c'est certain, demain ou après-demain, les troupes royalistes se dresseront devant eux, avec des chevaux, des canons, des munitions, impossible d'imaginer que cette poignée de va-nu-pieds continue d'avancer sans rencontrer d'obstacles. Maria s'efforce elle aussi d'y croire, elle plonge le nez dans son verre de vin chaud. Elle ne veut pas gêner Cambronne qui se redresse, vermoulu, furieux d'avoir été surpris dans un moment de relâchement.

— Venez madame, Gap nous attend.

Cet homme possède la foi, la conviction qui font vivre au-delà des limites. L'amour est-il aussi fort, puissant ? Maria se lève, embrumée de douce chaleur. Partir, il lui faut repartir… Interminable voyage. Hureau sera-t-il à Gap ?… Cambronne l'a promis. Mais ce n'est pas le genre de promesse qui a de l'importance pour lui. Dehors les soldats entonnent :

Nous allons voir le grand Napoléon !
Le vainqueur de toutes les nations.
Bon ! Bon !
Napoléon
Va rentrer dans sa maison.

À huit heures du soir, Gap pousse des hourras sous des guirlandes de lumières, la ville ne s'abandonne pas comme les précédentes, elle se donne. L'état-major s'installe à l'auberge Marchand. Maria ferme son esprit, ferme son cœur, s'interdit d'imaginer. L'aubergiste s'avance. « Vous êtes madame Tordo ? On vous attend à la chambre 7. » Maria maîtrise mal les battements de son cœur. Impossible de se présenter à Hureau couverte de poussière, décoiffée, un plaid usé sur les épaules. Elle réclame un endroit pour se remettre, l'aubergiste la conduit à un réduit qui sent l'ail séché mais possède un broc d'eau froide et un miroir. Un miroir ! Dans son sac, Maria se saisit du nécessaire amené en prévision de ce moment, du linge, une redingote de velours vert, de quoi redevenir une femme. Elle met du rouge à ses joues, se recoiffe. Quelle allure a-t-elle ? Le miroir ne donne pas de réponse, trop petit, maculé d'humidité. Maria tremble. Elle monte à l'étage doucement, à cet instant la pensée que toute cette histoire d'amour n'en est pas une la terrasse. Elle s'immobilise avec l'envie de rebrousser chemin. La gorge serrée, elle finit d'escalader les marches. Au fond du couloir où brûlent deux chandelles, la porte du 7, elle frappe, une voix lui répond : « Entrez. » Elle pousse la porte. Est-elle idiote, elle s'attendait à découvrir Martial en militaire… Pas du tout, il est vêtu en bourgeois, un de ces habits de colporteur que personne ne remarque. Dans la pénombre, elle le devine plus qu'elle ne le voit. Tous deux restent ainsi à s'observer. Enfin, Hureau fait un pas, Maria se précipite. Il sent le froid, sa maigreur sèche et noueuse le fait ressembler à un arbre calciné par le gel. Son visage, malgré le sourire, est gris de fatigue. Un gris de cendre.

— Ne me regardez pas, murmure-t-il, je suis

sale, boueux, cela fait une semaine que je cours la montagne.

— Non, vous êtes beau.

Martial a commandé le dîner, Maria prépare la table, allume les bougies, tire les rideaux. Elle raconte son périple, sa rencontre avec Innocent, sans en préciser les détails, la bienveillance de Cambronne, l'omelette préparée pour l'Empereur. Martial l'écoute, absent, les lèvres figées dans un sourire immobile. Une servante apporte les plats. Maria dispose la volaille à la crème, le pâté, les écrevisses, le fromage de chèvre, la tarte. La flamme des bougies jette une clarté orangée sur la nappe et les couverts. Maria éclate en sanglots, brusquement les digues se sont rompues, elle tombe à genoux, incapable de formuler si elle est malheureuse à mourir ou bien s'il s'agit d'un moment de bonheur rare. Elle grelotte, les pleurs emportent la réserve, l'appréhension, la pudeur. Hureau la relève : « Calmez-vous, calmez-vous, il faut manger. » Elle tente d'avaler une bouchée, s'étouffe. « Doucement », dit Martial. Maria tranche une aile, l'enduit de crème, dispose une pomme de terre et lui tend l'assiette. Il n'y touche pas. Alors elle découpe le poulet en lamelles qu'elle fait glisser entre ses lèvres comme on le fait à un enfant. Martial la regarde. Heureux ? Elle en a le sentiment. Pour l'écrevisse, Hureau est trop harassé. Il réclame du vin, la servante l'a oublié. Maria dévale l'escalier, déboule dans la salle à manger où des officiers chantent à pleins poumons. Elle réclame le vin, on lui propose du blanc et du rouge, elle prend les deux. Elle grimpe les marches quatre à quatre : « Voilà le vin, mon amour. » Martial s'est endormi fourchette à la main, la tête versée sur la poitrine. Elle essuie la sueur sur son visage. « Seigneur, il dort ! » Un moment, elle croit la fin du monde arrivée. Ils se retrouvent, il dort. Elle ôte la fourchette d'entre ses doigts, déboutonne son col, passe la main sur son front, sur ses joues, sur sa barbe où aux poils noirs se mêlent des filaments gris. Des cris retentissent dans la rue, elle entrouvre la fenêtre, l'Empereur marche au milieu de la foule, dans son habit vert et or de dragon, trop étroit, on le croirait revêtu d'une cuirasse. « C'est lui ! c'est lui. » L'Empereur s'immobilise, des femmes se précipitent pour le toucher. Les grenadiers de la Garde hésitent, il leur fait signe que tout va bien. Péniblement, l'état-major lui ouvre un chemin jusqu'à l'entrée de l'auberge. Maria pourrait descendre, aller à sa rencontre, l'embrasser, pourquoi pas ? Elle ferme la fenêtre, Martial dort toujours, elle s'allonge sur le lit et attend.

Les rires, les chants, les musiques ont duré une bonne partie de la nuit. Cette effervescence rappelle à Maria l'entrée des Français dans Milan, la liesse qui courait les rues. Elle se revoit en compagnie de Gros pénétrant à la Scala. Elle pense rarement à Jean-Antoine, il est devenu célèbre, peintre de la Cour, peintre des batailles, peintre des victoires. Elle s'en veut d'évoquer le peintre alors que Martial se trouve près d'elle. Elle chasse son image, elle revient, insistante, au milieu d'un fatras de souvenirs et de rêves. Hureau se lève, elle entend son pas pesant sur le plancher. Elle ferme les yeux pour lui éviter d'avoir à s'excuser de la réveiller. Précautionneusement, il vient se placer à ses côtés. Il l'embrasse, la serre très fort, se rendort. Elle se fond contre son corps et se laisse glisser dans le sommeil à son tour.

Il fait très froid, cependant Maria a ouvert la fenêtre, la lumière matinale pénètre dans la chambre. Hureau repose dans la lueur crayeuse de l'aube, elle détaille ce visage si présent dans son cœur, si absent dans sa vie. La fatigue dont il est empreint vient de plus loin que les aléas d'une course dans les montagnes, elle s'inscrit de l'intérieur, marquant les arêtes du nez et de la bouche, en laissant filtrer un sentiment tragique. Elle a envie de poser ses lèvres sur cette fatigue immense, de l'ôter par la chaleur et l'humidité tendre de ses lèvres.

Les chevaux sont fringants, une lumière éblouissante éclabousse les forêts de fayards et de pins. Maria découvre ces montagnes différentes de celles du Comté, plus vertes, plus vastes, enlacées de plaines et de vallées. Par cette journée de printemps, l'expédition connaît des allures de promenade. Martial caracole en tête auprès de Cambronne. Maria ne se sent pas abandonnée, c'est si facile de suivre les autres sans se poser de questions. En début de soirée, on est venu prévenir le général qu'à La Mure se tenait un bataillon du cinquième régiment de ligne sous les ordres du commandant Lessard. « Lessard ! s'est exclamé Cambronne, je le connais on peut discuter avec lui. » Autour de Maria les hommes se préparent à la confrontation, les mines se durcissent, le silence s'établit sans que l'ordre n'en ait été donné. À l'entrée du village, la troupe fait halte, de l'autre côté de la place se tient le bataillon de Lessard. Hureau fait partie du petit groupe qui, entourant Cambronne, parlemente avec le commandant. Maria distingue les plumets et les toques blanches des royalistes. Que se disent ces hommes qui ont servi durant tant de temps dans les mêmes rangs ? Cambronne revient avec sa tête des mauvais jours. On rebrousse chemin. Martial se laisse glisser à hauteur de Maria : « Lessard n'a rien voulu savoir, il est décidé à nous interdire le passage. Nous nous replions sur Ponthaut, nous attendrons l'Empereur là-bas. »

L'endroit est terrifiant, le pont de Ponthaut relie deux escarpements au-dessus du torrent de La Bonne. On entend l'eau sans la voir, à la lueur des torches les hommes s'installent, tout le monde a faim, on comptait sur du chaud à La Mure, on devra se contenter d'un quignon de pain sec. Maria cherche un abri, un bosquet ou un surplomb de rocher, quand Martial vient la saisir par la main. Après avoir grimpé un sentier raide, ils arrivent à un terre-plein bordé de mélèzes, très peu éloigné du campement, pourtant elle a le sentiment de se trouver dans un repli secret, un territoire inconnu. Hureau déploie une housse, déballe des victuailles, une bouteille de vin blanc. Maria sourit, voilà ce qui la charme en lui, le mystère qu'il entretient sur toutes choses, son talent de ménager des joies dans les moments les plus inattendus. Maria a envie d'être grise, d'aimer sans retenue dans cette nuit glaciale, dans la musique des mélèzes, dans le fracas lointain du torrent, dans le chant des branches que ploie le vent, dans le mouvement du ciel et des étoiles. Berger et bergère sous un arbre, la terre meurtrit la chair de Maria et cela lui plaît. Ils ne se sont pas dénudés, ils se sont troussés. Ils crient et seuls les oiseaux de nuit peuvent les entendre. Foulée et terrassée sur l'herbe qui se froisse et se brise, Maria sent une chaleur en elle dont elle ne portait plus le souvenir, une chaleur dont elle ne saurait exactement situer la source et qui la remplit. C'est une jouissance qu'elle veut retenir, qui l'étreint, la tue, qui s'échappe, qui meurt. Elle demeure pantelante. Rien n'a changé, ni les arbres, ni les herbes, ni le ciel, ni les nuages… et pourtant tout a changé.

Un brouhaha de sabots, de bottes, l'ordre du départ. Hureau a bondi. Maria court derrière lui, dégringole dans la pente raide. Il faut grimper à cheval, refaire la route en sens inverse. Étourdie, Maria suit le mouvement. À l'aube la troupe pénètre dans La Mure que les « blancs » ont abandonnée. Elle ne cherche pas à comprendre pourquoi, elle respire l'air du village qui sent le charbon de bois. À l'auberge, on lui sert le lait d'une vache qui était en train de paître dans le pré à côté. Bien-être du corps, fatigue, Maria s'assoupit. À son réveil il fait grand soleil, l'Empereur déjeune en face d'elle. Comme elle a dû dormir longtemps ! Seul, le visage comme lustré de plâtre, l'Empereur regarde dans le vague. Indifférent ?

Soucieux ? Absent ? Où vogue l'esprit de ce gros homme figé à l'intérieur de lui-même ? Maria voudrait disparaître sous la table. Il ne la voit pas, il est bien trop loin. Elle se lève, coulisse dans l'espoir de gagner la prairie. Il la regarde. Il sourit. Non, il ne m'a pas reconnue, impossible. Maria lui rend son sourire. Il fait un geste, la main s'élève puis retombe en balayant devant lui. Dans ce mouvement très simple, très bref il y a le dessein de la fatalité. « Je joue mais je n'ai plus de cartes, mes doigts sont vides, je suis libre. » La main repose pataude sur la table. Maria baisse la tête, peut-être la regarde-t-il encore ? Elle aimerait lui dire qu'elle a compris, qu'elle l'a toujours compris, qu'elle a partagé son rêve et la folie de son rêve, sa détresse aussi. Quand enfin elle se redresse, l'homme au visage de plâtre a disparu, sur la table, quelques miettes et une soucoupe de crème fraîche.

Les voici rassemblés sur un coteau qui domine le lac de Laffrey. Les royalistes de Lessard sont rangés en bataillons entre le lac et la montagne. L'endroit est triste et majestueux. Hureau, un Hureau que Maria peine à identifier avec celui de la nuit, est venu lui dire de se tenir à l'écart. Face à l'Empereur, pour la première fois, se dresse une armée. Pas une goutte de sang français a-t-il juré, si le sang doit couler ce sera le sien. Tous le savent, l'espoir réside dans le silence des armes. Cambronne est parti parlementer. Une fois de plus.

L'Empereur va et vient, les bras croisés sur la poitrine. Cambronne est de retour.

— Toujours non ? interroge l'Empereur.

— Toujours non, Majesté.

L'Empereur donne l'ordre aux grenadiers de le suivre fusil sous le bras. Il avance, derrière lui les derniers gardiens du temple, les fidèles, les fous, les inconscients, Bertrand, Drouot, Cambronne, plus loin, Hureau et un groupe d'officiers, les enfants perdus de l'Empire. Maria fixe son attention sur le chapeau de l'Empereur, son étroite redingote grise, aujourd'hui il a revêtu l'habit des gravures, l'uniforme de la légende. Un nuage cache le soleil, le lac ressemble à un œil noir. L'Empereur marche d'un pas lent, égal, la distance qui le sépare des « blancs » n'est pas très longue. Le voilà à portée de fusil. Il s'immobilise. À côté de Maria, les hommes retiennent leur souffle. À cet instant ces durs à cuire, ces trognes de feu et de poudre qui ont connu les batailles, l'incendie et la glace, la peur et la souffrance, ces soldats que la mort a oubliés sont étreints par une angoisse inconnue, sourde, rampante comme la montée de la fièvre dans un organisme malade. L'Empereur reprend sa marche. Soudain un grenadier se met à hurler en direction des « blancs » : « Eh, les gars, faites pas les malins, le "petit caporal" veut vous parler ! » L'Empereur avance toujours. Les royalistes regardent s'approcher l'homme de plâtre, cette statue vivante, inexorable. Lessard gueule : « Feu ! » Rien. « Feu je vous dis... » Les gars ne bougent pas, ne tirent pas. L'Empereur n'est plus qu'à quelques pas, il écarte les pans de sa redingote, met à nu la poitrine, l'estomac, le ventre, il se campe sur ses jambes et d'une voix de ténor lance :

— Soldats du cinquième, me reconnaissez-vous ? S'il y a parmi vous un soldat qui veut tuer son Empereur, il peut le faire, me voici…

Ceux du cinquième jettent leurs armes, bousculent Lessard et d'une seule voix clament : « Vive l'Empereur. » Un « vive l'Empereur » qui roule d'une rive à l'autre du lac. À côté de Maria les hommes courent à leur rencontre. Ils se rejoignent, s'enlacent. On embrasse Maria, pardi une femme ! On la pousse, on la traîne. Un cercle s'est formé autour de l'Empereur. Il reboutonne sa redingote. Il a gagné une fois encore. Sans carte en main, sans rien, juste un pari.

Grenoble s'ouvre, s'écartèle, la garnison s'est ralliée. Les bourgeois des grandes maisons ont fermé leurs volets, cadenassé les portes. La foule des ouvriers, des artisans est dans la rue, elle danse, elle chante, elle braille. Elle l'aime son « caporal ». Il lui a sucé le sang… Et alors ? Elle a aimé son baiser. C'est comme ça… Vous voyez Louis XVIII à la place ! Paraît qu'il a déjà pris la poudre d'escampette, le cul dans une berline, par la porte de service il a fui, le roi. De nuit.

À l'hôtel des Trois-Dauphins, l'Empereur a été porté en triomphe. On a failli le perdre. On l'a retrouvé. On aurait pu le tuer, on l'a cajolé, il arrive, fourbu. Les soldats aussi, treize lieues dans la journée… Demain repos a dit le « caporal ».

Dormir, oui il faut dormir. Maria n'a pas envie de dormir. Elle veut Hureau. Il est venu, il est là. Et pendant que les orchestres, les fifres et les tambours chantent la gloire, Maria et Martial se glissent dans un vrai et vaste lit aux draps doux et soyeux.

Martial se rase face à la croisée grande ouverte, de dessous le rasoir tranchant la cape noire surgit la peau légèrement irritée. Les muscles de son dos se nouent et se dénouent. Maria observe, elle a vu si peu d'hommes dans leurs ablutions, cette succession de gestes simples et beaux. Elle découvre un Hureau attentif à sa personne, passant du baume sur ses joues, jetant un œil sur le miroir pour en étudier les effets. À cet instant, il remarque son attention, il devient plus brusque, comme si ses prévenances envers lui-même l'ennuyaient. Maria se retient d'éclater de rire de crainte de le rendre de mauvaise humeur.

— Ne me regardez pas ainsi, fait-il. Je ne suis plus à un âge où on se laisse admirer.

— Vous êtes bête de dire des choses pareilles, venez plutôt là…

Maria tapote les draps, des draps à peine froissés, bien trop sages.

— Je dois me rendre à l'état-major…

— Hureau, je finirai par me lasser de vous.

Un soleil chatoyant inonde Martial, debout au milieu de la pièce. Il s'approche du lit, Maria se soulève et le fait basculer au milieu des oreillers.

— Vous ne m'échapperez plus. Racontez-moi l'île d'Elbe… parlez-moi de Pauline. Prenait-elle des bains de mer, des bains de lait d'ânesse, des bains de fleurs de rose, vous avait-elle réquisitionné, colonel, dites-moi ?

Hureau se débat, la chevelure en cascade de Maria l'aveugle. Il veut lui échapper, dresse ses mains pour la repousser mais ses doigts glissent sur une grande étendue de peau tiède. Il entend à son oreille un chuchotis.

— Était-elle plus tendre Pauline, plus caressante, ses seins plus fermes, son dos plus doux ?...

— Taisez-vous Maria, c'est vous que j'aime.

— Prouvez-le colonel, prouvez-le tout de suite et les jours à venir.

Les militaires reluquent avec envie ce colonel qui, à peine arrivé, se promène dans les rues avec une femme amoureuse pendue à son bras. C'est une journée de printemps presque chaude. Le temps s'est arrêté. Le malheur s'est donné congé. Dans l'auberge qui les accueille au bord de l'eau, le patron prend soin d'eux, les autres convives leur sourient. Toute cette sérénité, Maria le sait, est un vol commis contre le cours du destin. À un moment il faudra évoquer l'avenir. Pourra-t-elle continuer à suivre Hureau ? Son périple touche à sa fin. Tous deux reculent l'instant d'évoquer le futur. Ils se sourient, se disent les petits riens de l'amour. Martial évoque l'île d'Elbe, la vie quotidienne de l'Empereur en oubliant Pauline. L'aubergiste leur sert une liqueur verte, puissante, aromatique. Martial lampe le breuvage d'un trait. Puis soudain :

— Maria, je dois partir ce soir pour Lyon en

compagnie de Cambronne. Il va falloir nous quitter. Je sais le mal que je vous fais en disant cela. Comment faire autrement ? La course sur Paris commence.

Paris, la reconquête, Maria connaît la règle du jeu, l'Empire ne s'arrête pas sur les bords de l'Isère. Deux jours, deux nuits avec Martial, pouvait-elle espérer plus ? Elle doit s'en repaître comme d'un mets rare, succulent et à la dégustation improbable.

— Vous devez retourner à Nice, poursuit Hureau. Les événements vont aller très vite. La France aime toujours Napoléon, du moins le peuple. Mais que feront les souverains d'Europe, les Russes, les Autrichiens, les Prussiens, les Anglais ?

Maria trempe ses lèvres dans la liqueur sauvage.

— Il va y avoir la guerre ?

— Je le crains.

— Mais nous vaincrons, comme d'habitude ?

Martial se saisit de la main de Maria et l'embrasse.

— Nous n'avons plus d'armée, les réserves de munitions sont épuisées, cette fois ce sera tout ou rien. Nous vaincrons certainement. Nous avons déjà tellement vaincu sans jamais gagner la paix.

Un frisson saisit Maria, tout à coup son cœur se serre, le soleil s'estompe. Il fait froid.

— Nous nous reverrons, n'est-ce pas ?

Sa demande est celle d'une petite fille qui ne sait comment se rassurer à la venue des ombres du soir.

— Bien sûr ! s'exclame Martial. Vous penserez

à moi là-bas, vous serez loin de la tourmente. J'aime le Comté, j'aime son immobilité, sa façon de tourner le dos à l'Histoire. Il ne se passe rien, il ne se passera jamais rien.

— Taisez-vous, Martial, je veux aller là où vous allez.

— C'est impossible, Maria. Attendez-moi. Ne suis-je pas toujours revenu ?

Ils reprennent le chemin de l'hôtel, le brouillard descend sur la ville. Dans la chambre, Martial range son mince bagage. Maria se réfugie dans la buanderie pour repasser les plus belles chemises du colonel. Elle a toujours aimé repasser. Elle a appris à aimer, à souffrir en s'occupant du linge de Benjamin. Dans un coin de la pièce voûtée et sombre, un feu de braises maintient deux bouilloires d'eau en ébullition. Elle écoute le soupir de la vapeur. Elle ne veut penser à rien.

L'heure est venue, le rassemblement a lieu dans un champ de manœuvre à l'écart de la ville. Les cavaliers mettent la dernière main à l'harnachement des chevaux, très peu de lumière encore moins de bruit. Ils ont marché dans le plus complet silence, au débouché du pré, Maria ralentit le pas.

— Quittons-nous ici, Martial. N'oubliez pas que bientôt il ne nous restera que la vieillesse pour nous aimer.

Hureau sourit, de ce sourire mystérieux et ironique qu'elle lui a vu pour la première fois dans la grotte de la Vésubie.

— Maria, dès demain reprenez la route de

Nice. Ce soldat qui vous accompagnait, je l'ai désigné pour votre retour.

Il fait un pas. Elle le retient.

— C'est tout ce que vous avez à me dire ?

Martial s'immobilise, son regard se voile.

— Je vous aime, Maria, chuchote-t-il.

Ils se regardent un instant. Le colonel s'éloigne doucement, très doucement, rejoint les cavaliers dont la plupart sont déjà prêts. Les hommes et les chevaux se déploient dans la pâle lueur des quinquets. Un ordre claque, les sabots foulent le pavé, le brouillard happe la petite troupe. Il semble à Maria que Hureau se tourne dans la direction de l'endroit où ils se sont dit adieu.

Le lendemain, mercredi 9 mars au matin, Maria part pour Nice, l'Empereur quitte Grenoble en début d'après-midi, direction Paris.

La nouvelle du désastre de Waterloo arriva à Nice en même temps que l'annonce de la deuxième abdication de l'Empereur. On était à la fin juin. L'évêque fit célébrer un *Te Deum* pour fêter l'évènement. La chaleur avait vidé la ville. La garnison sarde se protégeait du soleil dans les casemates du Château. La population de la vieille cité ne sortait les chaises dans les ruelles que le soir. L'Empereur était revenu, il repartait, le Comté n'en avait presque rien su. Le gouvernement sarde avait envoyé des troupes à la frontière de Saint-Laurent-du-Var à tout hasard. Mais l'Ogre avait eu d'autres chats à fouetter. Le danger s'évanouissait avant même qu'on ait eu le temps de le craindre.

Maria apprit la nouvelle par Catherine qui n'en semblait pas contrite. Depuis son retour elle ne l'avait jamais vue aussi animée et joyeuse. L'écroulement de l'Empire n'y était pour rien, Catherine était enceinte. Elle l'annonça à sa mère en promenant sa main sur son ventre. Un bref instant,

Maria eut des doutes. Mais non, les dates ne concordaient pas…

Catherine disait cela avec entrain, une bonne humeur retrouvée, elle qui depuis le départ de Giovanni languissait, habitée d'une mélancolie dont rien ne pouvait la distraire. Maria ne sut que dire, bouleversée par ces deux événements si incroyables l'un et l'autre. Elle décida pour l'instant de se consacrer à sa fille. Dans un élan de tendresse, elle l'embrassa sur la joue.

— Je suis fière et heureuse pour vous ma fille. Pierre-Joseph est-il prévenu ?

— Pas encore, répondit Catherine d'un ton badin comme s'il s'agissait d'un détail.

Maria insista :

— Prévenez-le, c'est bien le moindre.

— Oui, oui, mais maman je dois vous confier qu'en aucune façon je n'ai pensé à lui. Pierre-Joseph est le père certes, disons comme un chat est le père de sa couvée. Dans mon esprit, j'ai fait cet enfant avec un autre. Et cela s'est fait tout seul. Comme par miracle.

— Tu es folle ! s'exclama Maria.

Pouvait-elle vraiment protester ? Catherine n'avait pas été conçue autrement. Il y avait eu Vincent qui s'agitait au-dessus d'elle, dont le poids spécifique se dissolvait à travers l'image de Benjamin. En ce qui concernait Catherine Maria ne pouvait se méprendre sur la personnalité de « l'autre ». Elle en ressentit toute la cruauté comme si elle en était elle-même l'ordonnatrice.

Après la visite de Catherine, Maria chercha sur les cartes le nom de Waterloo, en vain. Dans cette direction, elle ne trouva que les Flandres, Bruxelles, la Hollande, la mer du Nord. Elle pensa à ces hommes dont elle avait partagé l'exaltation à Laffray, elle revit des moustaches, des regards, des sourires, des belles têtes, belles parce que sans duplicité, sans calcul, sans intérêt, des têtes que les esprits raffinés trouvaient grossières. Où étaient-ils maintenant tous ces visages ? Dans quelle boue ? Où se trouvait Hureau ? Il lui avait déclaré : « Cette fois ce sera tout ou rien. » Dans la nuit étouffante, Maria martelait les mots à haute voix : « Tout ou rien. » Tout. Hureau à côté d'elle, se rasant, effectuant les mille gestes de chaque jour, survivant de la catastrophe, échappé de la mort. Ne lui avait-il pas promis ? Indubitablement, la vie allait continuer, la défaite serait effacée, la vie continuerait sur l'épiderme des morts, peut-être, mais elle continuerait.

Le matin, peu après le lever du soleil, Maria rangeait ses plumes, son encre, ses cahiers dans un nécessaire et partait à pied en direction de l'ouest. Là, sur les rives du Var, se tenaient de gros tilleuls qui même au plus ardent de la chaleur ne perdaient jamais leur ombre. Elle dérangeait si peu la solitude des lieux que les oiseaux ne prenaient pas la peine d'interrompre leur chant. Elle restait de longs moments parfaitement immobile, les insectes et les lézards la confondaient avec l'arbre sous lequel elle s'appuyait. Les couleuvres hésitaient puis, après quelques instants, la contournaient. Dans ce désert il y avait foule, un frétillement incessant, un brouhaha assourdissant, des musiques, des frôlements, des cris minuscules, des plaintes qui sourdaient de dessous une motte de terre. Maria se plaçait de telle façon que dans le lointain elle puisse apercevoir la mer. Cette filiation de la terre chaude, grasse, bouillante et de l'insaisissable miroir mouvant la pénétrait d'un sentiment de plénitude qui la désaccordait du temps. Elle se trouvait dans l'âge des cavernes, dans le profond d'une nature inchangée, opaque, absolue. Des pêcheurs, des enfants, des chasseurs de grenouilles, des coupeurs de joncs passaient à côté d'elle. Habitués à sa personne, ils prenaient soin de respecter sa contemplation.

Maria rentrait chez elle en début d'après-midi, elle craignait cette page vide de la journée, hantée par les cri-cri lancinants des cigales. Ces heures-là étaient les plus douloureuses, celles où s'émiettaient les raisons de vivre. Avec la tombée du jour revenaient les ondes protectrices, la brise de mer odorante, les rêves. Revenaient aussi les fantômes.

Elle sentit un mouvement dans le parc, curieuse plus qu'apeurée, Maria se retourna et reconnut dans cette silhouette que les lauriers lui cachaient le corps trapu d'Innocent. Elle faillit crier de joie. Innocent ! Sa seule présence, malgré la pénombre et le silence, faisait éclater les tambours, les fifres, le choc des sabots sur la pierraille, le vacarme des troupes en marche. Innocent c'était la route, c'était l'Empereur, c'était Hureau. Il mit un doigt sur ses lèvres et désigna d'un mouvement de tête l'intérieur de la demeure. Depuis la véranda il scruta un instant les lieux, puis enfin, à voix basse, se mit à parler :

— Je ne suis pas mécontent de vous avoir trouvée, c'est que par ici on traque tout ce qui ressemble à des bonapartistes. Si votre police tombe sur un demi-solde dans mon genre, ils auront vite fait de me mettre à l'ombre.

Maria acquiesça, la police sarde voyait des complots partout. Les voyageurs qui venaient de France étaient suspects. Elle-même figurait en tête de liste des personnalités dangereuses. On notait ses allées et venues, celles de ses domestiques.

— Avez-vous faim ? avez-vous soif ?

— Ma foi, ce serait pas de refus, par cette chaleur.

Maria courut à l'office chercher une bouteille de vin blanc mise à rafraîchir sous un filet d'eau courante captée au puits. Dans la cuisine, elle se saisit d'un pain et de l'un de ces gros saucissons venus d'Italie appelés *mortadella* ainsi que d'un morceau de tomme. Dans le salon, engoncé dans une tenue de civil qui le faisait ressembler à un paysan enrichi, Innocent n'avait pas bougé. Il lampa le vin frais qui laissa une brume mousseuse sur les parois du verre. Maria le servit à nouveau. Surtout ne rien demander, Innocent ne se trouvait pas là par hasard. À le regarder on ne pouvait rien deviner. Maria se souvenait de leur bref adieu au moment où elle allait franchir le Var. Elle lui avait dit :

— Accompagnez-moi, j'ai besoin d'un homme à tout faire.

Il avait souri.

— Ça, je peux pas. Le colonel m'a dit de vous accompagner, je vous ai accompagnée, maintenant je m'en retourne.

— Le colonel est un ami, je lui expliquerai que j'ai besoin de vous.

Innocent l'avait regardée comme on regarde quelqu'un d'absolument têtu qui refuse de comprendre.

— Les camarades m'attendent. Je ne peux pas les laisser dans l'embarras.

Sur ce, il avait fait virer sa monture, direction la France.

Innocent trempa ses lèvres dans le vin, prenant son temps cette fois. Il commença à parler sans regarder Maria, tenant serré le verre au creux de sa main :

— En vous quittant, j'ai rejoint Paris, l'Empereur s'y trouvait depuis quinze jours. Et tout le monde semblait bien content. Je me suis mis à la recherche du colonel pour lui rendre compte de ma mission auprès de vous. Je l'ai trouvé, il s'occupait de l'instruction des nouvelles recrues. Il m'a demandé si vous vous portiez bien. Je lui ai fait part du succès de notre voyage, il a paru très content. Il m'a tapé sur l'épaule et m'a dit : « Tu restes auprès de moi si tu veux. » J'ai dit : « Oui, pourquoi pas ? » Il m'a semblé que ce serait bien d'être à ses côtés. Ce sont des choses que l'on sent. On a travaillé très dur pendant un mois. Le colonel, il parle peu, il faut le comprendre à mi-mot. Parfois il vous regarde et ça vous donne froid dans le dos. On a fait ce qu'on devait faire. Puis nous voici partis pour les Flandres. Vous avez entendu parler de la suite. Nous, je veux dire le colonel et moi, nous faisions partie de la Vieille Garde. Quand l'Empereur a vu que nous étions à un contre trois, il a placé les bataillons en carrés. Ça voulait dire qu'on pouvait plus attaquer, seulement résister. Ney s'était épuisé avec la cavalerie. Les Prussiens avaient fait leur jonction avec les Anglais. On attendait l'armée de Grouchy, elle arrivait pas. Nous étions foutus. L'Empereur a voulu se mettre avec Cambronne dans le dernier carré. L'Empereur, à mon avis, il n'avait pas envie de continuer, il serait mort tranquille et nous avec. Les généraux de l'état-major ne pensaient pas la même chose, mais alors pas du tout. Eux, ils n'avaient pas envie d'y rester, sans doute qu'ils avaient des projets d'avenir. Bref, on s'est retrouvés au milieu des fuyards qui hurlaient et couraient dans la nuit sans savoir où. Les Prussiens derrière poussaient leurs hourras qui vous faisaient froid dans le dos. Dans l'affolement, j'ai vu des nôtres se tirer une balle dans la tête plutôt que de l'avoir tranchée par les uhlans. C'était effrayant. Le colonel, il se mêlait pas à l'état-major, je le sentais l'homme le plus malheureux du monde. L'état-major n'avait qu'une idée, faire partir l'Empereur sur Paris. Le colonel, il était de ceux qui pensaient qu'on pouvait reprendre le combat, que la Vieille Garde possédait encore des ressources, que Grouchy était à la tête d'une armée de trente mille hommes intacts, qu'en remettant de l'ordre parmi les fuyards on avait une chance de tenir bon et peut-être de renverser la situation. L'Empereur m'a paru comme un enfant, j'y vais, j'y vais pas. Finalement, il a écouté les autres, ceux qui pendant son exil ne s'étaient pas gênés pour le trahir et qui ne se gêneraient pas pour recommencer. Ils l'ont mis dans une carriole, eux se sont entassés dans des charrettes et hop… on ne l'a plus revu. Le colonel ne les a pas suivis, je suis resté avec lui. Le quartier général, il en existait encore un, se trouvait sur la route d'Avesnes. Nous allions au milieu des hommes qui avaient jeté leur arme, des chevaux qui crevaient de fatigue. Le colonel, je voyais son œil terrible rempli de rage qui étincelait dans la nuit. Un moment nous nous sommes laissé distancer, nous nous trouvions en lisière d'un bois. L'aube se levait. À ce moment, le colonel a tourné bride. Autrement dit, nous nous retrouvions face aux Prussiens, enfin dans leur direction. Le colonel m'a dit : « Tu le vois ? » Il faisait à peine jour, je voyais rien du tout : « Là-bas, l'officier prussien sur la crête… » Effectivement j'aperçois les brandebourgs d'un officier. Il était à peine visible, trahi seulement par les parements. « Je vais aller lui rendre visite », me dit le colonel. « Laissez donc, cela ne sert à rien. » J'ai pas pu m'empêcher de lui faire remarquer. Le colonel m'a foudroyé : « Toi, tu restes ici et tu ne t'en mêles pas. » Il ne me restait plus qu'à obéir. Il a fouillé à l'intérieur de sa soubreveste et en a sorti une bourse. « Tiens, c'est pour toi, fais-en bon usage. » Sur ce, il est parti de l'avant, au trot. Arrivé au milieu du champ, à découvert, il a mis sa monture au pas. L'autre là-haut ne pouvait pas ne pas le voir surtout qu'à cet instant le soleil s'est montré. Le colonel a pris son sabre en main, la lame brillait, l'officier prussien s'était immobilisé. Ils étaient là, à s'observer chacun avec l'air de pas faire attention à l'autre. Le colonel a dû trouver que ça durait trop longtemps ce petit jeu, il s'est avancé de quelques pas, a sorti son pistolet, l'a ajusté sur son bras gauche et a tiré. À mon avis c'était pour décider le Prussien à bouger vu que c'était trop loin pour l'atteindre. Le Prussien voyant ça, se met au galop. Le colonel fond sur lui et lui envoie son second coup de pistolet. Toujours pour l'exciter. L'officier s'est mis à jurer à pleins poumons, a sorti sa lame et a pointé. Les deux hommes se sont rencontrés. Le colonel a relevé le sabre du Prussien et du même coup lui a tranché le nez. L'autre s'écroule, du sang plein les yeux, alors, chose qu'il n'aurait jamais dû faire, le colonel lui tourne le dos, le Prussien n'était pas tout à fait mort, il lui restait deux coups de pistolet à tirer. La première balle a sifflé aux oreilles du colonel et, chose incroyable pour quelqu'un d'aguerri comme lui, au lieu de pousser sa monture, se mettre à couvert, il n'était plus qu'à quelques pas du bois où je l'attendais, il a fait volte-face, s'offrant carrément à la deuxième balle. Il a mis son cheval au trot, la balle est venue le cueillir en pleine poitrine. J'ai compris alors le sens de la bourse. Je vous l'ai dit, le colonel et moi on se saisissait sans se parler. J'ai achevé le Prussien d'un coup de sabre. Le colonel, je lui ai trouvé un bon air, c'est malheureux à dire, comme si sa dernière pensée l'avait rendu joyeux. Je vous ai ramené son bien, pas grand-chose, une boîte de cigares, une montre, un peu de monnaie et la croix que lui avait remise l'Empereur. J'ai caché tout ça sur la grève avant de me présenter à vous.

— Merci Innocent, merci pour tout, murmura Maria.

Durant une semaine des musiciens vinrent s'installer sur les Terrasses, ils étaient quatre, un piano, deux violons et un violoncelle. Les notables niçois étaient priés avec fermeté d'assister à ces concerts. Les édiles tenaient à faire savoir que le gouvernement de Turin protégeait les arts. Ce qui étonna le plus ce fut que ces musiciens jouaient en plein air à la lueur des chandelles. Ils s'installaient en toute simplicité, accordaient leurs instruments et commençaient. Quel changement avec le cérémonial de l'opéra ! Les premières soirées d'automne étaient arrivées, avec des flamboyances qui mettaient un temps fou à s'engloutir dans la mer. Derrière les musiciens, se dessinaient et se succédaient des ciels virant le long de la soirée, du rose acide au vert violet, avant que le noir, enfin, efface les dernières lueurs au-dessus des cimes de l'Esterel. Cette musique, tandis que s'éteignait le ciel, étreignait l'assistance d'une émotion inattendue, elle touchait à l'intérieur de soi, une partie profonde de l'être qui ne ressortissait ni à la raison ni à l'esprit, ni même au cœur, mais à un domaine inconnu que l'on découvrait avec un mélange de crainte et d'ivresse. L'effervescence de l'âme, pensaient les plus téméraires parmi les spectateurs, ceux qui ne craignaient pas pour l'occasion de mêler la part de Dieu avec l'éruption d'une création humaine. Âme ! le mot faisait peur.

Maria s'installait toujours à la même place, au premier rang. Ainsi, dos tourné à l'assistance, évitait-elle qu'on soit obligé de la saluer, ce qui pour beaucoup aurait constitué une faute. Plus que jamais elle était marquée par l'infamie bonapartiste. Cette femme, vêtue en noir pour on ne savait plus trop quel deuil, accumulait sur ses épaules les proscriptions, celle de la fille-mère, celle de l'adultère, celle de la fortune révolutionnaire, celle du parti français, celle du bonapartisme et enfin celle qui les englobait toutes : l'indépendance. Pour Maria la société ne comptait pas. Elle ne la voyait pas. Elle attendait que le miracle se produise. Et il se reproduisait chaque soir. La musique s'envolait, elle fermait les yeux, un fil se tendait, invisible, transparent, sur ce fil le premier violon s'élançait léger, ondoyant, puis arrivait le second, plus sourd, préparant la venue au cœur grave du violoncelle, le piano chantait avec les autres et cependant solitaire. Au contraire de ce que Maria avait vécu à la Scala de Milan où la musique et le chant avaient rendu toute sa chair à Benjamin à un point tel qu'elle avait tendu le bras pour le toucher, ce qu'elle ressentait à l'écoute du quatuor ressemblait à une mer sereine, un frémissement, une sorte de prémices au sommeil, un long sommeil éveillé et merveilleux où se diluaient le chagrin et la souffrance, l'amertume et l'ironie, l'injustice et la cruauté. Elle se coulait dans l'imperceptible *crescendo*, ce lent soupir, ce souffle rond qui naissait et mourait à la seconde, effaçant le mal, gommant la tristesse. Durant ce temps qui n'en était plus, Maria acceptait, son cœur s'apaisait, ses membres se dénouaient, elle s'offrait au ciel, à la divine douceur, à ce qui la poignait, la dépassait et qu'elle ne comprenait pas, elle s'offrait à la musique, au ravissement, à la paix de l'âme. À la fin du concert, un sentiment de pérennité et de bonheur l'envahissait que ni le soudain silence ni le brutal heurt des pieds de chaises sur les dalles n'arrivaient à briser. Le dernier soir elle osa s'avancer vers les musiciens. Ils étaient autrichiens et ne parlaient pas le français, Maria tenta, puisqu'ils étaient envoyés par Turin, l'italien, un seul, le violoncelliste, le pratiquait un peu. Comment leur exprimer ce qui justement ne pouvait l'être ? Maria se contenta de lui demander qui avait écrit cette musique joyeuse et tragique. Il lui révéla qu'elle avait été composée par un jeune homme mort à Vienne dans les débuts de la Révolution française, un dénommé Wolfgang Amadeus Mozart. Tout le long du trajet, en bordure de mer, qui la ramenait chez elle, Maria prononça plusieurs fois à mi-voix ce nom étrange : Mozart.

On la prévint qu'un voyageur avait laissé un bagage à son nom au relais de poste de l'hôtel d'York. Le voyageur, un homme d'une cinquantaine d'années, en route pour l'Italie, avait demandé si une certaine Maria était bien toujours la propriétaire des lieux. On lui répondit qu'effectivement il s'agissait de Maria Tordo, mais que l'hôtel était fermé. L'homme glissa un mot dans le bagage large et plat puis, s'adressant au maître de poste : « Vous lui ferez parvenir ceci, prenez-en soin, c'est extrêmement fragile. » Une fois les chevaux changés, le voyageur, qui semblait fatigué, était remonté dans la berline sans ajouter un mot.

L'objet était recouvert d'une grosse toile tenue par des rubans collés. Maria se refusa à déballer l'étrange présent sur place. Elle le fit livrer à la villa et l'installa sous la véranda du jardin d'hiver. Elle tourna autour. Elle connaissait cette forme d'objet, elle en avait déjà vu également recouverts d'une toile. Elle se souvint des tableaux de M. Fragonard dans la serre au fond du jardin de l'hôtel particulier de la marquise de Cabris à Grasse. À cet instant elle devina. Elle coupa le ruban, la toile chuta et, dans la clarté dorée de la fin de matinée, son portrait apparut. Elle. Elle vingt ans plus tôt, surgissant des pinceaux de Jean-Antoine Gros. Elle se souvint de la chambre de Milan, où pour la première fois elle l'avait aperçu, de la pluie forcenée qui frappait aux fenêtres, de la flamme fumeuse des bougies. À l'époque, il lui avait semblé que le portrait était bien le sien, sans pour autant qu'elle puisse s'y reconnaître. C'était une femme conquérante, voluptueuse et fière, une guerrière prête à dévorer la vie. Ce qui étonna Maria, à peine le tableau apparu, ce fut le combat que la lumière et l'ombre s'y livraient, combat dont son visage lui-même surgissait, non plus conquérant et fier comme dans son souvenir, mais livré à une grâce ensoleillée, peuplée d'ombres fatales. Elle ne dévorait pas la vie, elle était vie, soleil, lumière, vie, soleil, lumière guettés par l'ombre, le mal et la tragédie. Dans le fond du tableau, les contrastes s'apaisaient dans un ciel floconneux, tendre, un ciel italien par une belle soirée de printemps.

Dans les plis de la toile protectrice se trouvait le mot laissé par le voyageur. Maria le déplia avec lenteur comme pour en retarder la lecture. Ses yeux se portèrent sur la signature : Jean-Antoine Gros. Elle replia le mot et le glissa dans le tiroir du secrétaire. Elle le lirait plus tard. Elle s'éloigna, hésita puis, n'y tenant plus, revint se saisir de la missive. Pour la lire elle s'allongea à côté du tableau, à même le sol.

Maria,

Il y a vingt ans vous avez oublié dans une chambre de Milan un objet vous appartenant. Permettez qu'il vous soit rendu. Ce n'est pas de gaieté de cœur que je me sépare de votre portrait. Pour bien des raisons, la première évidemment c'est vous, éblouissante, lumineuse, vous indifférente, cruelle et tendre. Vous telle que je vous ai vue durant vingt ans et telle que je vous verrai toujours dans mon souvenir. Inchangée, incorruptible au temps. Vous Maria, l'Italienne, la Milanaise, la vagabonde des sentiers de Ligurie, du Piémont, de Lombardie, vous la mystérieuse, qui par une nuit pluvieuse en me donnant l'amour m'avez ouvert les portes dérobées de l'existence. Ces portes, je les ai franchies en hussard fougueux. Le monde m'appartenait, l'art m'appartenait, je tenais la gloire et la réussite. J'ai eu tout cela... Aujourd'hui, il me reste le doute, l'affreux doute. Peut-être me suis-je fourvoyé. J'ai peint les empereurs, les impératrices, les princesses, les armées en marche, j'ai peint la gloire et les crépuscules sanglants sur les champs de bataille. Mais si je devais sauver du naufrage de la postérité une œuvre, ce serait votre portrait. Le vôtre, le seul où j'ai capté le naturel, la jeunesse, la fougue, la beauté dans leur fragilité éphémère.

Aujourd'hui, je retourne en Italie le cœur désabusé, usé de m'être trop frotté à la société, dans le fol espoir de m'y redécouvrir jeune, je veux dire innocent. Vous rendre ce portrait m'a semblé un acte de foi en une renaissance possible. J'ai bouclé la boucle. Je ne sais comment s'est comporté le destin avec vous. Mais que vous soyez triomphante ou affligée, je vous supplie de considérer ce tableau avec indulgence, il est constitué de ma meilleure part et, j'ai la faiblesse de le croire, de ce qui en vous est éternel.

Votre Jean-Antoine Gros.

Plus tard, beaucoup plus tard, la lumière s'était déplacée sur le portrait, faisant miroiter de reflets roux l'épaisse et longue chevelure ébouriffée de Maria, la femme de chambre surgit, essoufflée.

— Madame, madame, votre fille vous fait appeler, elle ressent les premières douleurs... faites vite.

Maria traversa la ville moirée par le soleil couchant, l'or éclaboussait les clochers et les toits. La calèche longea la mer qui respirait lentement le ventre gonflé d'un souffle profond. Pour se rendre chez les Arson, qui venaient d'emménager sur la colline de Saint-Barthélemy, il fallait quitter les vieux quartiers et filer dans la campagne, longer des bergeries adossées aux restanques. Le soir avançait, plaquant des auréoles rose et jaune aux flancs des collines. Plus bas, l'ombre bleue des oliviers réveillait le chant des oiseaux de nuit. Maria ferma les yeux, elle songea aux derniers mots de la lettre du peintre : « Éternel. » L'éternité de son visage partagé entre la lumière et l'ombre. L'éternité de la jeunesse, l'éternité de la beauté. L'éternité, cela voulait dire pour toujours, pour toujours ses cheveux dans le vent, l'éclat noir du regard. Toujours ! Mais cette éternité-là ne lui appartenait pas, c'était celle du portrait, celle qu'elle avait ressentie sans pouvoir la nommer en écoutant la musique du compositeur autrichien. L'éternité de l'imaginaire, l'éternité de l'art. Elle ouvrit les yeux, le monastère de Saint-Barthélemy apparut. On arrivait. La calèche pénétra dans un parc, suivit des allées sinueuses, si ombragées et solennelles que même les oiseaux se parlaient à voix basse. Pierre-Joseph Arson attendait sa belle-mère sur le perron surplombant une volée de marches. Il conduisit Maria à la chambre de la jeune femme, des dizaines de domestiques parcouraient les couloirs des brocs d'eau à la main. La chambre de Catherine ressemblait à une église avec le lit à baldaquin au milieu, tel l'autel du Seigneur, entouré de torches, de lampes, de candélabres. Au pied du lit, des sages-femmes s'affairaient, leur tablier blanc flottant autour d'elles comme autant de suaires où parfois une tache de sang rappelait la chose sacrée qui se déroulait entre les draps de soie et les tentures de velours. À l'« autel », l'accoucheur officiait, bras de chemise relevés, deux servantes le suivaient pas à pas, tenant chacune une bassine d'eau chaude et des serviettes immaculées.

Maria s'approcha, Catherine, apeurée, semblait perdue dans l'immense vaisseau du lit. Elle cria : « Maman ! — Je suis là », répondit Maria. Elle regarda les Arson, le père le fils, elle leur fit signe de quitter la pièce. Elle fit de même avec l'armada des servantes, des sages-femmes, enfin de toute la foule qui se pressait autour du lit. À la plus âgée des sages-femmes et à l'accoucheur elle dit :

— À nous trois nous allons bien arriver à mettre cet enfant au monde, n'est-ce pas ?

L'accoucheur acquiesça, soulagé.

— Maman j'ai peur, bredouilla Catherine.

L'enfant était là... Catherine poussa un long cri, ses mains s'accrochèrent et griffèrent les bras de Maria. La tête terrorisée du père Arson apparut dans l'entrebâillement de la porte.

— C'est fait, lança Maria, vous êtes le grand-père d'une petite fille.

Le banquier chuta à genoux et pria. Maria regarda la boule sanguinolente qui venait de s'extraire des entrailles de sa fille. Elle avait d'immenses yeux farouches et noirs. Comme elle me ressemble ! pensa-t-elle.

Une semaine plus tard, elle laissa la mère et l'enfant que Catherine avait décidé d'appeler Mathilde. Elle se fit conduire par Innocent à la pointe Sainte-Hospice, au cap Ferrat, là où reposait Benjamin. Innocent, qui n'avait pas repris la route, semblait se trouver très bien d'occuper la place d'homme de confiance que lui avait proposée Maria.

Elle s'avança au milieu des herbes, elle chercha l'emplacement exact de la sépulture. Ce devait être ce minuscule remblai de terre couvert de myrtes sauvages. Elle s'en voulait que le temps ait été plus fort que sa mémoire, plus fort que l'amour. Quelle éternité pour Benjamin sous cette terre sèche ? Quelle éternité pour Hureau dans la boue des Flandres ? Qui se souvenait d'eux ? Une fois elle disparue, ils cesseront toute vie pour toujours. Elle était la dépositaire de leurs souvenirs. Elle vivante, Benjamin serait toujours ce jeune homme aux pieds nus dans le jardin, elle vivante, elle attendrait Hureau, il allait revenir, il était toujours revenu. Hureau avait promis. C'était un homme à tenir ses promesses. Un matin, il sera là, inchangé, elle lui demandera : « J'ai vieilli ? » Il répondra : « Tu es toujours aussi belle. »

Édition exclusivement réservée
aux adhérents du Club
Le Grand Livre du Mois
15, rue des Sablons
75116 Paris
réalisée avec l'autorisation des éditions Albin Michel

La composition de cet ouvrage
*a été réalisée par l'**Imprimerie Bussière**,*
l'impression a été effectuée
sur presse Cameron
*dans les ateliers de **Bussière Camedan Imprimeries***
à Saint-Amand-Montrond (Cher).

Achevé d'imprimer en mars 1999.
N° d'impression : 230-990225/4.
Dépôt légal : avril 1999.